Vi Keeland

Mister West

Roman

Aus dem Amerikanischen
von Babette Schröder

GOLDMANN

Die amerikanische Originalausgabe erschien 2017 unter dem Titel
»Beautiful Mistake« bei EverAfter Romance.

MIX
Papier | Fördert gute Waldnutzung
FSC www.fsc.org
FSC® C083411

Penguin Random House Verlagsgruppe FSC® N001967

4. Auflage
Deutsche Erstveröffentlichung Mai 2019

Published by arrangement with Brower Literary & Management
Umschlaggestaltung: UNO Werbeagentur, München
Umschlagmotiv: Getty Images/Andrea Cappelli/Picture Press
Redaktion: Antje Steinhäuser
MR · Herstellung: kw
Satz: KompetenzCenter, Mönchengladbach
Druck und Bindung: CPI books GmbH, Leck
Printed in the Czech Republic
ISBN: 978-3-442-48884-1

www.goldmann-verlag.de

Manchmal suchen wir uns unseren eigenen Weg.

*Manchmal ist er schon vorherbestimmt,
und wir können ihm nur folgen.*

1. Kapitel

Rachel

Es musste irgendeine logische, wissenschaftliche Erklärung dafür geben, dass sich mit guten Genen gesegnete Menschen meist wie Arschlöcher benahmen.

Erneut betrachtete ich den Grund für den Vollrausch meiner Freundin, der vor der Herrentoilette herumstand. Natürlich wartete vor der Damentoilette eine Schlange von fünf Frauen. Irgendwie war nur Männern das Vergnügen vergönnt, sich nach Belieben zu erleichtern. Der verheiratete Typ gab eine Nachricht in sein Smartphone ein – wahrscheinlich belog er gerade eine andere ahnungslose Frau. Während er eifrig tippte, musterte ich den Ringfinger seiner linken Hand. Kein Ring. *Wie im schlechten Film.* Mit einem glänzenden Goldreif, dem Symbol für eine dauerhafte Bindung, wäre es natürlich schwieriger, einer Frau weiszumachen, dass man Single war und auf der Suche nach *der Traumfrau.*

Was für ein Idiot.

Ich mochte Ava, aber ich glaube, ich wäre bei jedem Dreißigjährigen misstrauisch geworden, der mir beim ersten Date so einen Quatsch erzählt hätte.

Als er aufsah, glitt mein Blick gerade von der Hand des

verheirateten Typen zu seinem Gesicht. Wenn Blicke doch nur tatsächlich töten könnten. Wütend taxierte ich den Mistkerl. Ich hätte mir denken können, dass er zurückgrinste.

Idiot.

Wahrscheinlich dachte er, ich fände ihn interessant.

Um mich abzulenken, holte ich ebenfalls mein Handy aus der Tasche und richtete den Blick auf das Display, um meine Nachrichten zu checken. Nur dass ich ohne Brille leider die verdammten Buchstaben nicht erkennen konnte. Während ich das Telefon wieder wegsteckte und geduldig wartete, spürte ich seine Blicke auf mir. Ein missmutiges Gesicht beansprucht deutlich mehr Gesichtsmuskeln als ein Lächeln, und dieser Idiot war mir keine Falte wert.

Nachdem ich von der Toilette zurückkam und mich beim Händewaschen fast verbrüht hätte – am Waschbecken im O'Leary's gab es nur eine Temperatur, und zwar knallheiß –, wollte ich nach Hause. Meine Schicht war seit über einer Stunde zu Ende und seit der Fremdgeher aufgetaucht war, hatte Ava schlechte Laune. Darum würde sie vermutlich nichts dagegen haben, den Abend früh ausklingen zu lassen.

Auf dem Rückweg von der Damentoilette hielt mich ein wohlklingender Bariton auf. »Kennen wir uns nicht irgendwoher?«

Als ich mich umdrehte, stieß sich der verheiratete Typ von der Wand ab, als hätte er dort auf mich gewartet. *Ignoriere ihn, Rachel. Der ist deine Zeit nicht wert.* Ich sah ihm in die Augen, damit er begriff, dass ich ihn durchaus gehört hatte, dann wandte ich ihm den Rücken zu und ging durch den langen Korridor in Richtung Bar.

Doch er verstand den Hinweis nicht. Er folgte mir und

wollte gerade etwas sagen, als ich abrupt stehen blieb und mich zu ihm umwandte: »Sie sind ein Riesenarschloch, wissen Sie das?«

Er besaß die Frechheit, überrascht auszusehen. »Ich? Dann kennen wir uns also?«

»Ich kenne *Typen* wie Sie.«

»Was um alles in der Welt soll das heißen?«

Ich verdrehte die Augen. »Sie meinen, nur weil Sie umwerfend aussehen, könnten Sie die Leute nach Belieben über den Tisch ziehen und sich immer mit einem Lächeln aus der Affäre ziehen. Ich hoffe inständig, dass Sie eines Tages die Quittung dafür bekommen. Dass Ihre hübsche kleine Frau halb New York vögelt und eine Geschlechtskrankheit anschleppt, von der Ihnen Ihr großer Schwanz abfällt.«

Er hob die Hände. »Ich weiß nicht, für wen Sie mich halten, Süße, oder was mein *großer Schwanz* verbrochen haben soll, aber ich bin mir ziemlich sicher, dass Sie mich mit jemandem verwechseln.«

Ich machte ihm mit meinem Blick unmissverständlich klar, dass er sich diesen Quatsch sparen konnte. »Ich bin mit *Ava* hier.«

»*Ach. Ava.* Das erklärt natürlich alles.«

Ich knurrte ihn buchstäblich an. »*Grrrrr* ... nun, das sollte es.«

Dieser Idiot setzte ein strahlendes Lächeln auf. »Sie sind süß, wenn Sie so fauchen.«

Ich dachte, ich höre nicht richtig. »Versuchen Sie etwa, mit mir zu *flirten*?«

»Das wäre nicht okay, stimmt's? Wenn man bedenkt, dass Sie ... über mich und ... Ava ... und das alles Bescheid wissen.«

»Sie sind wahrhaftig ein Mistkerl.« Ich wandte mich zum Gehen.

»Warten Sie.« Er ergriff meinen Arm und hielt mich zurück. »Darf ich Sie nur etwas fragen?«

»Was?«

»Wer ist Ava?«

Unfassbar. Doch bei einem Kerl wie ihm war es durchaus möglich, dass er sich nicht mehr an die Namen der Frauen erinnerte, die er flachgelegt hatte. Schließlich war es schon ganze *zwei Wochen* her, seit die beiden zum letzten Mal miteinander geschlafen hatten. »Gehen Sie nach Hause zu Ihrer Frau, *Owen*.«

Ich ließ den verheirateten Owen im Flur stehen und kehrte an den Tisch zurück, an dem Ava stumm ihr Leid in Alkohol ertränkte.

»Wollen wir los? Ich bin müde und muss morgen früh aufstehen.«

Ich hielt es für das Beste, ihr meine kurze Begegnung mit Owen zu verschweigen. Das hätte alles noch schlimmer gemacht. Leider hatte sich Ava total in den Dreckskerl verliebt. In dem einen Monat, den sie zusammen waren, hatte er ihr total den Kopf verdreht – ihr etwas von einer Zukunft mit zwei Kindern und einem Mops erzählt.

Ironischerweise sollte er in gewisser Weise recht behalten. Die Zukunft hielt tatsächlich zwei Kinder und einen Mops für Ava bereit: Als sie ihm zufällig im Park über den Weg lief, führte er einen Hund an der Leine und war mit seinen beiden kleinen Töchtern unterwegs. Er hatte lediglich zu erwähnen vergessen, dass in dieser Zukunftsvision seine *Frau* mit einem einen Monat alten Säugling an seiner Seite war.

Ava schwankte leicht, als sie vom Barhocker sprang. »Ich sollte auf den Tresen steigen und alle Frauen vor diesem Stinktier warnen.«

Normalerweise hätte ich ihr zugestimmt, doch ich war mir ziemlich sicher, dass sie heute Abend nach einer solchen Aktion in der Notaufnahme landen würde.

»Das ist er nicht wert.« Ich zog ihren Pullover von der Rückenlehne des Hockers und hielt ihn ihr hin, damit sie hineinschlüpfen konnte. Sie seufzte und scheiterte die ersten beiden Male bei dem Versuch, den Arm in die Öffnung zu stecken.

Charlie, der uns fast den ganzen Abend über zugehört hatte, zapfte hinter dem Tresen ein Bier. »Jetzt reicht's. Ab sofort will ich Namen wissen.« Er knallte das volle Glas auf den Holztresen, sodass das Bier überschwappte. »Ich werde jedem Arschloch auf den Zahn fühlen, mit dem eine von euch beiden ausgeht.« Charlie O'Leary, einem pensionierten Polizisten, gehörte der Pub in Brooklyn, in dem Ava und ich jobbten.

Ich grinste. »Okay. Aber dir ist schon klar, dass ich dir am liebsten die Namen verdächtiger Serienmörder nennen möchte – nur um zu sehen, wie deine Ohren diesen süßen Lilaton annehmen. Den bekommen sie immer, wenn du dich ärgerst.« Ich beugte mich über den Tresen und küsste ihn auf die Wange. »Gute Nacht, Charlie-o.«

Er grummelte, wie dankbar er sei, keine Töchter zu haben, und scheuchte mich fort.

»Können wir durch die Hintertür verschwinden?«, fragte Ava. »Ich will ihm beim Rausgehen nicht begegnen.«

»Na klar.«

Ich hakte sie unter, damit sie beim Gehen nicht schwankte.

Nach ein paar Schritten blickte ich auf und sah den verheirateten Typen neben dem Hinterausgang stehen.

»Äh, Ava, wir sollten doch besser den Vorderausgang benutzen. Er steht jetzt an der Hintertür.«

Sie blickte sich im Raum um. »Nein, er steht vorne und redet mit Sal, dem neuen Kellner.«

Sie war betrunkener als vermutet. Ich deutete zum Hinterausgang und auf Owen. »Da ist der Hinterausgang, Ava.«

»Ich weiß. Aber Owen steht am Vorderausgang.«

Ich zog die Brauen zusammen. »Ist das nicht Owen? Der in dem blauen Hemd?«

Sie prustete betrunken. »Ich habe doch gesagt, es ist der gutaussehende Kerl in dem blauen Hemd. Nicht der Model-Typ, der aussieht wie ein griechischer Gott.«

Ich riss den Kopf herum und blickte in den vorderen Teil der Bar. In der Nähe der Vordertür stand nur ein Typ, den ich nicht kannte, und der unterhielt sich gerade mit Sal. »Owen spricht gerade mit dem neuen Kellner?«

Sie drehte sich noch einmal um und nickte seufzend. »Ich sollte Sal bitten, ihm eine reinzuhauen.«

»Ava – der Typ, der in diesem Augenblick mit Sal spricht, das ist Owen?«

»Ja.«

»Das Hemd ist *braun*, Ava. Nicht blau.«

Wieder wandte sie sich zur Vordertür, blinzelte und zuckte mit den Schultern. »Kann sein. Ich sehe gerade nicht so gut. Von der Schminke und vom Weinen sind meine Kontaktlinsen verschmiert.«

Als sie gesagt hatte, ihr Ex habe soeben die Bar betreten, und dabei zum Eingang zeigte, war da nur ein einziger Typ in einem blauen Hemd gewesen.

Mist.

Ich hatte den Falschen beschimpft.

Weil ich Ava schlecht überreden konnte, durch die Vordertür hinauszugehen, wo der *echte* Owen stand, biss ich die Zähne zusammen. Natürlich grinste der falsche Owen und ließ mich den ganzen Weg zur Hintertür nicht aus den Augen.

Als wir an ihm vorbeikamen, nickte er meiner Freundin zu. »Gute Nacht, Ava. Nacht, Wildkatze.«

Bis wir aus der Tür waren, sah ich stur geradeaus und wich dem Blick des Typen feige aus.

Ava war weniger willensstark. Sie drehte sich um und starrte den falschen Owen selbst dann noch an, als wir schon draußen in der kleinen Gasse standen. Sie mochte betrunken sein und verschmierte Kontaktlinsen haben, aber blind war sie nicht.

»Meine Güte. Hast du den Typen gesehen? Hat der etwa meinen Namen gesagt?«

Als gerade die Tür zuging, blickte ich mich noch einmal um. Mit einem frechen Grinsen im Gesicht winkte der falsche Owen mir zum Abschied.

»Das bildest du dir nur ein.«

O Gott, ich kam zu spät.

Als wären Seminare am Montag nach einer Doppelschicht am Sonntag nicht schon schlimm genug, hatte ich auch noch einen Kaffeefleck auf der Bluse, weil mich ein alter Mann in einem riesigen Cadillac zu einer Vollbremsung gezwungen hatte. Er war urplötzlich links abgebogen … und zwar von der rechten Spur aus.

Der erste Unitag war immer ein Albtraum. Die Leute

wanderten auf dem Campus umher und standen mitten auf der Straße, um ihren Kommilitonen den Weg zu den diversen Gebäuden zu beschreiben. Ich hupte zwei Erstsemester an, die mich daraufhin ansahen, als sei ich hier diejenige, die nervte.

Na los. Bewegt euch, Leute.

Nachdem ich dreimal um den Parkplatz gekurvt war, stellte ich den Wagen schließlich auf einem reservierten Stellplatz ab. Dann beugte ich mich vor und durchwühlte das Handschuhfach, wobei die Hälfte des Inhalts auf den Boden fiel, bis ich fand, was ich suchte.

Da ist er ja.

Ich klemmte einen alten Strafzettel hinter den Scheibenwischer und machte mich auf den Weg zu Hörsaal Zweihundertacht. Ich hatte einen ziemlichen Druck auf der Blase, doch das musste jetzt bis nach der Vorlesung warten. Davon abgesehen, dass er Komposition lehrte, wusste ich drei Dinge über Professor West. Erstens: Er hatte seine letzte Assistentin abgesägt, weil sie sich weigerte, seiner strengen Benotung zu folgen. Zweitens: Wann immer ich letzte Woche Leuten erzählte, dass ich Professor West zugeteilt worden war, verzogen sie das Gesicht und sagten, er sei ein Arschloch und vor ein paar Jahren fast gefeuert worden. Und drittens: Er hasste es, wenn sich Studenten verspäteten. Es hieß, er schließe die Tür ab, sobald er mit dem Unterricht begonnen habe, damit ihn Zuspätkommende nicht unterbrechen konnten.

Für mich verhieß das nichts Gutes. Aber was für eine Wahl blieb mir? Meine Assistenzstelle bei Professor Clarence war gestrichen worden, nachdem er vor drei Wochen plötzlich an einem Aneurysma gestorben war. Momentan konnte ich froh sein, dass ich überhaupt noch eine Assistenzstelle bekommen hatte. Ohne die konnte ich unmöglich die Semestergebühren des Musikkonservatoriums finanzieren. Um meine Miete und die ermäßigten Studiengebühren zahlen zu können, kellnerte ich bereits Vollzeit im O'Leary's.

Als ich den Hörsaal erreichte, war die Tür zu. Schweißperlen rannen in mein Dekolleté. Rasch versuchte ich, mich halbwegs salonfähig zu machen, und strich meine dunklen, widerspenstigen Locken glatt, sofern das bei der Feuchtigkeit überhaupt möglich war. Etwas gegen den Kaffeefleck zu unternehmen, der fast meine ganze rechte Brust überzog, war hoffnungslos. Also verschränkte ich einfach die Arme und bedeckte ihn mit der Ledermappe, die ich bei mir trug. Dann atmete ich tief durch und fasste den Türgriff.

Abgeschlossen.

Mist.

Was jetzt? Ich sah auf meinem Handy nach der Uhrzeit. Ich war nur acht Minuten zu spät, und es war der erste Tag des Herbstsemesters, trotzdem hörte ich den Professor drinnen bereits dozieren. Sollte ich klopfen und den Unterricht stören, obwohl ich wusste, dass er in dem Punkt besonders empfindlich war? Oder sollte ich mich gleich am ersten Tag gar nicht erst auf meinem neuen Posten blicken lassen?

Zu spät kommen war das geringere Übel.

Dachte ich zumindest.

Ich klopfte ein paarmal sachte an die Tür und hoffte, dass es einer der Studenten in den hinteren Reihen hörte, damit ich unbemerkt hineinschleichen konnte.

Die dröhnende Professorenstimme verstummte genau in dem Moment, in dem die Tür aufging. Die Sitzreihen in dem Hörsaal fielen nach unten ab – ich betrat den Raum ganz oben, der Professor stand ganz unten. Zum Glück sah er gerade in die andere Richtung und schrieb etwas an die Tafel, als ich auf Zehenspitzen hineinschlich. »Danke«, flüsterte ich einem Studenten zu, setzte mich auf den nächsten freien Platz und atmete erleichtert aus.

Doch offenbar hatte ich mich zu früh gefreut. Während er weiter an die Tafel schrieb, fragte der Professor: »Wer ist da zu spät gekommen?«

Ups.

Am liebsten wäre ich in meinem Stuhl versunken und hätte so getan, als sei ich es nicht gewesen. Aber ich war die Assistentin, keine Studentin. Es war wichtig, dass man mich respektierte, denn ich sollte in diesem Kurs gelegentlich unterrichten.

Ich räusperte mich. »Ich, Professor.«

Er drückte die Kappe auf den Marker und drehte sich um.

Ich blinzelte ein paarmal. Meine Augen mussten mir einen Streich spielen. Ich zog die Brille aus der Tasche und setzte sie auf – dabei konnte ich in der Ferne wunderbar sehen. Als ob das Aufsetzen der Lesebrille ein Wunder vollbringen und den Mann da vorn im Saal in einen anderen verwandeln könnte.

Doch er blieb derselbe.

Ein Irrtum war ausgeschlossen. Dieses Gesicht vergaß man nicht.

Verdammt gutaussehend.

Er war es.

Herr im Himmel.

Er war es *wirklich.*

Geliefert.

Ich war total geliefert.

Der Professor sah sich in dem Saal mit über zweihundert

Studenten um und konnte die Stimme nicht orten. Ich flehte zum Himmel, dass er es auf sich beruhen ließ und nur eine generelle Warnung abgeben wollte, dass er keine Verspätungen duldete.

Doch das Glück war mir nicht wohlgesinnt. Das war es nie.

»Aufstehen. Wer da zu spät gekommen ist, soll bitte aufstehen.«

O Gott.

Ich spürte, wie mir die fünfundzwanzigtausend Dollar Ermäßigung bei den Studiengebühren, die mir als Assistentin zustanden, urplötzlich wie Blei im Magen lagen. Wodurch es mir schwerfiel, mich von meinem Platz zu erheben. Doch er wartete. Es führte kein Weg daran vorbei. Das gab Ärger.

Zögernd stand ich auf und hoffte mit angehaltenem Atem, dass er mich nicht erkannte.

Vielleicht hatte er gestern Abend zu viel getrunken und konnte sich nicht mehr an unseren kurzen Wortwechsel in der Bar erinnern.

»Ich toleriere es nicht, wenn Studenten zu spät kommen. Das stört meinen Unterricht.«

»Verstanden.«

Das Deckenlicht beleuchtete sein Gesicht wie ein Bühnenscheinwerfer einen Schauspieler, sodass er Schwierigkeiten hatte, die obersten Reihen des Hörsaals zu erkennen. Er hob schützend eine Hand über die Augen. Ich stand zwanzig Sitzreihen über ihm – zwischen uns mussten knapp fünfzig Meter liegen –, doch als sich unsere Blicke trafen, war es, als gebe es nur uns zwei im Raum.

Mir war sofort klar, dass er mich erkannte. Alles spielte

sich wie in Zeitlupe ab. Ein laszives Grinsen erschien auf seinem attraktiven Gesicht, allerdings kein freundliches. Es erinnerte mich mehr an einen Hund, der ein Kätzchen in die Ecke getrieben hatte und nun mit der armen, kleinen Mieze seinen Spaß haben wollte.

Ich schluckte. »Es kommt nicht wieder vor. Ich bin Rachel Martin, Professor. Ihre Assistentin.«

2. Kapitel

Rachel

Der Saal war völlig leer. Ich war mir nicht einmal sicher, ob ihm klar war, dass ich noch auf meinem Platz saß. Falls ja, gelang es ihm gut, mich zu ignorieren, während er seinen Laptop einpackte.

»Entgegen der Gerüchte, die Sie wahrscheinlich über mich gehört haben, beiße ich nicht.«

Ich zuckte zusammen. Weil der große Hörsaal jetzt leer war, hallte seine tiefe Stimme von allen Wänden wider.

Ich stand auf und begab mich auf den peinlichen Gang nach unten. Ich schuldete dem Mann auf jeden Fall eine Entschuldigung. Selbst wenn er kein Professor gewesen wäre – ein Professor, der für die nächsten fünfzehn Wochen mein neuer Chef sein sollte. Ich hätte mich in den Hintern beißen können, dass ich mich nicht schon gestern Abend beim Verlassen der Bar bei ihm entschuldigt hatte. Jetzt sah es so aus, als täte ich es nur, weil die aktuelle Lage es erforderte.

Was zwar stimmte, nicht, dass wir uns da falsch verstehen, aber ich wollte nicht, dass es so *aussah*.

Ich atmete tief durch. »Was gestern Abend vorgefallen ist, tut mir sehr leid.«

Seine Miene war undurchdringlich. »Ich dachte mir schon, dass es Ihnen jetzt leidtut.«

»Ich habe Sie ganz offensichtlich mit jemandem verwechselt.«

»Das hatte ich vermutet. Sie dachten, ich wäre das Arschloch. Der mit dem großen Schwanz, stimmt's?«

Ich schloss die Augen. In den vergangenen neunzig Minuten war ich im Geiste wieder und wieder unseren gesamten Wortwechsel von gestern Abend durchgegangen. Ich dachte, ich hätte mich an jedes meiner Worte erinnert, doch das war anscheinend ein Irrtum. Als ich die Augen wieder öffnete, taxierte mich Professor West noch immer. Sein Blick war äußerst intensiv.

»Meine Freundin Ava war ungefähr einen Monat lang mit diesem Owen zusammen«, plapperte ich los. »Er hat ihr von Anfang an nur Blödsinn erzählt, aber das hat sie nicht gemerkt. Eines Abends, als sie von der Arbeit heimgehen wollte, hat er sie doch tatsächlich gefragt: ›Hast du was dagegen, wenn ich dich nach Hause bringe? Meine Mutter hat immer gesagt, ich solle meinen Träumen folgen.‹ Sie ist darauf reingefallen, auf das ganze Getue, vom ersten Tag an. An einem Samstag, an dem er angeblich aus geschäftlichen Gründen nicht in der Stadt war, machte sie Besorgungen für ihre Mutter. Auf dem Rückweg nahm sie eine Abkürzung durch den Madison Square Park und lief ihm dabei über den Weg. Er war mit seiner Frau und seinen Kindern unterwegs.«

»Und für den haben Sie mich gehalten?«

Ich nickte. »Sie ist in meiner Schicht vorbeigekommen und hat Long Island Iced Teas getrunken. Als Owen hereinspazierte, zeigte sie in seine Richtung und behauptete, er sei der im blauen Hemd.«

»Und wir trugen beide blaue Hemden?«

Ich musste unwillkürlich grinsen, als ich daran dachte, in welchem Zustand Ava gestern Abend gewesen war. »Eigentlich nicht. Ava trinkt kaum Alkohol. Es stellte sich heraus, dass sie angetrunkener war, als ich dachte. Owens Hemd war braun – nicht einmal schwarz, sodass man es etwa für marineblau hätte halten können.«

Professor Wests Mundwinkel zuckten.

»Jedenfalls tut es mir wirklich leid. Ich habe Sie kaum zu Wort kommen lassen. Als ich dann gemerkt habe, was passiert war, habe ich mich so geschämt, dass ich nicht einmal stehen geblieben bin, um mich zu entschuldigen.«

»Ich nehme Ihre Entschuldigung an. Auch wenn Sie nicht allein zu einem Mann in einem Flur gehen und ihn beschimpfen sollten, hatten Sie ehrenwerte Absichten.«

Ich hätte die Klappe halten und dankbar sein sollen, dass er meine Entschuldigung annahm. *Hätte ich.* »Warum sollte ich nicht in einem Flur zu einem Mann gehen?«

Er warf mir einen kühlen Blick zu. »Weil Sie anderthalb Meter und einen Keks groß sind und in der lauten Bar niemand gehört hätte, wenn ich Sie in die Herrentoilette geschleift und die Tür zugesperrt hätte.«

Ich verschränkte die Arme vor der Brust. »Ich kann sehr gut auf mich aufpassen.«

»Etwas anderes habe ich auch gar nicht behauptet. Ich sagte nur, Sie sollten sich nicht in solche Situationen bringen.«

»Das impliziert aber, dass ich nicht auf mich aufpassen kann.«

Er zog den Reißverschluss seiner Ledertasche zu. »Miss Martin, ich habe gerade Ihre Entschuldigung akzeptiert, weil Sie mich gestern Abend als Arschloch bezeichnet haben. Möchten Sie, dass ich das wieder rückgängig mache?«

Gott, ich benahm mich wirklich idiotisch. In Gegenwart dieses Mannes schien ich mich in eine Psychopathin zu verwandeln. »Nein, tut mir leid. Ich habe mich mies verhalten und möchte, wenn möglich, gern noch einmal von vorne anfangen.«

Er nickte. »Alles, was vor heute Morgen passiert ist, ist vergessen.«

»Danke.«

»Aber der heutige Morgen nicht. Ich dulde kein Zuspätkommen. Sehen Sie zu, dass das nicht wieder vorkommt.«

Ich schluckte. »Ja.«

Er hängte sich die abgewetzte braune Laptoptasche aus Leder über die Schulter. »Wir treffen uns hier morgen Nachmittag um siebzehn Uhr. Dann gehen wir den Lehrplan durch, besprechen die Stunden, die Sie geben werden, und mein Bewertungssystem.«

Der Termin lag mitten in meiner Schicht, aber irgendwie musste ich das hinkriegen. »Okay.«

»Sind Sie für heute fertig?«

»Ja. Und eigentlich muss ich jetzt zur Arbeit. Ich übernehme Avas Schicht, weil sie sich nach gestern Abend nicht besonders gut fühlt. Wir arbeiten beide im O'Leary's.«

»Kellnern Sie dort?«

»Ich kellnere, stehe hinter der Bar, und manchmal beschimpfe ich auch die Gäste.«

Daraufhin schenkte mir Professor West ein strahlendes Lächeln. *Wow, das sollte er öfters tun.* Nein, streichen. Das sollte er auf gar keinen Fall tun.

»Ich komme mit Ihnen nach draußen.«

Wir liefen gemeinsam durch die Flure und hinaus auf den Parkplatz. Neben meinem Wagen blieb ich stehen. »Das ist meiner. Also … morgen Nachmittag um siebzehn Uhr?«

Professor West betrachtete meinen heruntergekommenen alten Subaru. »Sie stehen auf dem Parkplatz, der für den Hochschulleiter reserviert ist. Sie haben einen Strafzettel.« Er kniff die Augen zusammen. »Vielmehr sieht es so aus, als hätten Sie *zwei* Tickets. Ist Ihre Zulassung abgelaufen oder so etwas?«

Mist. »Äh … nein. Ich bewahre einen alten Strafzettel im Handschuhfach auf und klemme ihn hinter den Scheibenwischer, wenn ich illegal parken muss.«

Er zog die Brauen hoch. »Einfallsreich.«

»Offensichtlich funktioniert es nicht immer.«

»Offensichtlich.«

»Es gibt hier zu wenig Parkplätze. Wenn man spät dran ist, findet man keinen mehr.«

Er musterte mich. »Hört sich an, als kämen Sie regelmäßig zu spät?«

»Das ist leider richtig.«

»Dann sollte ich meiner Bemerkung von vorhin noch etwas hinzufügen.«

»Oh nein, das ist nicht nötig. Zu Ihrem Seminar werde ich pünktlich sein.«

Er trat einen Schritt auf mich zu und beugte sich vor. »Gut zu wissen, Miss Martin. Aber das meinte ich nicht.«

Ich schluckte. *Gott, riecht der gut.*

»Ich sagte, dass ich keine Studenten beiße.« Er grinste, und zwar dermaßen anzüglich, dass ich es an ein paar interessanten Stellen spürte. »Das stimmt auch. Aber was das

Beißen von frechen Assistentinnen anbetrifft, kann ich nichts versprechen.«

Manche Mädchen hatten Väter, die ihr Gewehr durchluden, wenn Jungs ihre Töchter zu Hause abholten. Ich hatte Charlie.

Obwohl die New Yorker Stadtverwaltung schon vor mindestens zehn Jahren das Rauchen in Speiselokalen untersagt hatte, zündete sich Charlie hinter dem Tresen immer noch eine an. Benson & Hedges ohne Filter. Wer wollte das einem stämmigen Expolizisten auch verbieten?

»Also, wer ist dieser Mann, mit dem du dich heute Abend triffst?« Er holte den Baseballschläger hervor, den er hinter der Bar aufbewahrte, und legte ihn auf den Tresen. »Der bleibt hier liegen, bis er kommt.«

Lachend nahm ich das Tablett mit Getränken. »Ich komme schon klar, Charlie. Es ist ein zweiunddreißigjähriger Buchhalter von der Upper East Side.«

»Lass dich davon nicht blenden. Das Äußere kann täuschen. Salz verwechselt man leicht mit Zucker, Süße.«

Ich wusste gar nicht recht, weshalb ich überhaupt jemanden daten wollte. Seit vor acht Monaten die Sache mit Davis gescheitert war, befand ich mich in einer selbst auferlegten Dating-Auszeit. Ich hatte weder Zeit noch Energie für eine Beziehung. Ganz zu schweigen davon, dass ich im Allgemeinen kein großes Glück mit Männern hatte. Hauptsächlich tat ich es, um Ava einen Gefallen zu tun. Im letzten Winter hatten sie und ihr Freund sich an ihrem fünfundzwanzigsten Geburtstag nach sieben Jahren getrennt. Die beiden waren seit dem letzten Jahr an der Highschool ein Paar gewesen. Monatelang sah ich zu, wie sie schmollte, dann überredete ich sie schließlich, sich bei einer dieser Dating-Websites anzumelden. Aus Solidarität registrierte ich mich ebenfalls, allerdings mit dem Vorsatz, nicht wirklich mit jemandem auszugehen. Ich hatte ganze Arbeit geleistet: Auf jener Dating-Website lernte Ava den verheirateten Owen kennen. Mit einer Freundin wie mir würde sie sicher bald zu Antidepressiva greifen müssen.

Ich servierte die Drinks und nahm eine Bestellung von Tisch acht auf, obwohl meine Schicht eigentlich schon zu Ende war. Im Grunde hatte ich nur keine Lust, mich umzuziehen und für meine Verabredung fertig zu machen. Tischbedienung gab es im O'Leary's nach zwanzig Uhr nur, solange wir Lust hatten. Für jeden, dem das nicht passte, hatte Charlie einen Standardspruch parat: *Die Straße runter gibt es einen Burgerladen. Pass auf, dass du beim Gehen nicht die Tür ins Kreuz kriegst.*

Nachdem ich mein Kellnerinnen-Outfit abgelegt hatte, machte ich mich im Waschraum etwas frisch, tuschte mir die Wimpern, trug Lipgloss auf meine Lippen auf und betrachtete mich im Spiegel. Ich hatte das Glück, den hellen Porzellanteint meiner Mutter geerbt zu haben, sodass ich mich nie stark schminken musste. Ich erwog, meine grünen Augen mit einem schwarzen Eyeliner zu betonen, überlegte es mir dann jedoch anders. *Das reicht,* dachte ich. Etwas mehr Engagement wäre bei einem ersten Date vermutlich angezeigt gewesen.

Mason schien mir nach dem anfänglichen E-Mail-Austausch ganz nett zu sein, und so hatte ich während der letzten Wochen weiter mit ihm geschrieben. Er erfüllte alle Punkte, die ihn dazu qualifizierten, mit mir auszugehen: gute Anstellung: ja. Höflich: ja. Über dreißig, aber noch lange keine vierzig: ja. Benutzte in den E-Mails keine peinlichen, angesagten Ausdrücke: ja. Gutaussehend. Gute Frisur: ja, ja. Ich hätte aufgeregter sein müssen. Seit Davis war viel Zeit vergangen, jetzt konnte etwas Neues kommen.

Ich bemerkte ihn, bevor er mich entdeckte. Ich war ins Lager gegangen, um für Charlie ein paar Flaschen Tequila zu holen, und sah, wie Mason sich umschaute. Er sah wie auf den Fotos aus, was auf jeden Fall ein Pluspunkt war. Vielleicht ein wenig dünner, als ich erwartet hatte, aber der Unterschied war nicht so drastisch, dass es mich überraschte. Er war mittelgroß, mittelkräftig und sah gut aus, aber nicht so, dass man davon Schmetterlinge im Bauch bekam. Auch Mason trug ein blaues Hemd, was mich an Professor West und den gestrigen Abend erinnerte. Merkwürdigerweise war *das* etwas, was die Schmetterlinge in meinem Bauch aufflattern ließ.

Was das Beißen von frechen Assistentinnen anbetrifft, kann ich nichts versprechen.

Ich schüttelte den Kopf, um wieder klar denken zu können, und atmete tief durch, bevor ich mich auf den Weg zu Mason machte.

Kennt ihr das Gefühl, wenn man erwartet, etwas Bestimmtes zu schmecken, und dann stellt es sich als etwas anderes heraus? Zum Beispiel Stilles Wasser anstatt Mineralwasser mit Kohlensäure? Es ist nicht unbedingt so, dass man eines von beiden nicht mag, aber man hat sich auf etwas Geschmacksneutrales ohne Kohlensäure eingestellt, und stattdessen erlebt man ein unerwartetes Bitzeln – ein heftiges Bitzeln.

Mason war Bitzeln, als ich Leitungswasser erwartete.

Vielleicht hatte das Wort *Buchhalter* bei mir bestimmte Vorurteile geweckt, er war weitaus selbstbewusster und direkter, als ich angenommen hatte.

»Du siehst wirklich toll aus. Nach deinem Profilbild habe ich natürlich nichts anderes erwartet, aber da war nur dein Kopf zu sehen. Ich habe nicht damit gerechnet, dass es vom Hals abwärts mit Megan Fox weitergeht.«

»Danke … glaube ich.« Es war zwar ein Kompliment, aber die Art, wie er mich beäugte, gefiel mir nicht. Wir waren ein paar Häuser weiter zum Essen gegangen und dann für einen Drink ins O'Leary's zurückgekehrt. Seine Blicke wanderten über meinen Körper, während er an seinem vierten Whisky-Cola nippte. Für mich ein weiteres Alarmsignal – drei hochprozentige Drinks zum Abendessen bei der ersten Verabredung? Mit jedem Drink wurde er auf eine Weise dreister, die mir nicht gefiel.

»Du sagtest, du bist eine hundertprozentige Italienerin, stimmt's?«

»Nein, ich habe auch etwas Deutsches in mir.«

Er beugte sich vor und legte eine Hand auf mein Knie: »Wie wär's, wenn du heute Nacht ein bisschen mehr Deutsches in dir spüren würdest?«

Uhh. Ich wollte dem Idioten gerade sagen, dass er heute Nacht an sich selbst herumspielen sollte, als Charlie dazwischenging. *Mit dem Baseballschläger.* Er knallte ihn zwischen uns auf den Tresen, woraufhin Mason zurückzuckte.

»Alles in Ordnung bei euch? Mein Mädchen sieht nicht gerade glücklich aus.«

Ich wollte keine Szene machen. Das miese Date sollte einfach schnell vorbei sein.

»Ist das dein Vater?«, fragte Mason.

Ich ignorierte ihn und redete mit Charlie. »Alles in Ordnung. Wir wollten sowieso gerade gehen.«

Das verstand Mason prompt falsch. Er kippte den Rest seines Drinks herunter und stand auf. »Zu mir oder zu dir?«

»Du gehst zu dir. Ich zu mir.«

Er wollte nach mir greifen, und ich machte einen Schritt nach hinten. »Geh nach Hause, Mason. Bevor es dir Charlie mit dem Knüppel besorgt.«

Als er begriff, dass er heute keinen Sex haben würde, zahlte Mason seinen Deckel und zog ab. Nachdem er gegangen war, grinste ich Charlie an. »Hast du den Preis für Whisky-Cola verdoppelt?«

»Arschlochzulage.«

Ich lachte. Weil ich nicht gleich nach Mason vor die Tür gehen wollte, blieb ich eine Weile bei Charlie am Tresen sitzen.

»Daten nervt«, schnaubte ich. »Kein Wunder, dass ich das nicht öfter mache.«

»Ich bin froh, dass das Daten zu meiner Zeit nicht so war wie heute. Sonst hätte ich meine Audrey nie kennengelernt.«

Charlies Frau war vor über zehn Jahren verstorben – Herzinfarkt mit Anfang fünfzig.

»Wie habt ihr beide euch eigentlich kennengelernt?«

»Auf die altmodische Art. Im Supermarkt.«

»Wie süß. Seid ihr mit den Einkaufswagen zusammengestoßen? Wie im Film?«

»So ähnlich. Audrey war in der Obst- und Gemüseabteilung und legte ihre Sachen in den falschen Wagen. Sie war schon halb den Gang hinunter, ehe sie es bemerkte. Als sie zu ihrem Wagen zurückging, fiel ihr auf, dass in dem Wagen, den sie genommen hatte, ein handgeschriebener Einkaufszettel lag.

»War das dein Wagen?«

»Ja. Sie gab mir den Zettel zurück und sagte: ›Ich habe den falschen Wagen genommen. Ich möchte doch nicht, dass Sie etwas von den wichtigen Sachen auf Ihrer Liste vergessen.‹«

»Was stand auf deinem Einkaufszettel?«

Charlie zuckte mit den Schultern. »Da stand: ›Käse und der übrige Kram‹.«

Ich runzelte die Stirn. »Buchstäblich? *Käse und der übrige Kram?* Keine Liste von dem übrigen Kram?«

»Mir war es nur wichtig, mich an den Käse zu erinnern. Abends vor dem Zubettgehen esse ich gerne eine Scheibe Cheddar. *Der übrige Kram* stand für den Rest und war nicht so wichtig.« Charlie starrte ins Leere. »Na, jedenfalls lächelte Audrey mich an, und mein Herz machte diesen verrückten Doppelschlag, den es vorher noch nie gemacht hatte. Ich dachte, ich werde ohnmächtig. Ich musste mich gleich neben die Auberginen setzen, um wieder zu Atem zu kommen. Am Ende habe ich an dem Tag nicht nur Käse und den übrigen Kram aus dem Supermarkt mitgenommen.«

»Vielleicht sollte ich das mit dem Supermarkt auch mal ausprobieren. Ich glaube, Online-Dating ist nichts für mich.«

»Ich habe das nie gemacht, aber es kommt mir dumm vor. Im Geiste erstellt man eine Liste, was man von einem Partner erwartet, und sucht dann nach jemandem, der all die Punkte auf der Liste erfüllt. Doch im Grunde spielt es überhaupt keine Rolle, ob die Punkte erfüllt sind. Wenn du den Richtigen triffst, spürst du es in deinem Herzen.« Er zwinkerte mir zu. »Und noch an anderen Körperstellen.«

3. Kapitel

Rachel

Ich kam nicht ein bisschen zu spät, ich kam *gnadenlos zu spät.*

Außerdem brauchte ich eine Dusche, einen Automechaniker, eine Flasche Wein und sehr wahrscheinlich auch einen neuen Job – allerdings nicht unbedingt in dieser Reihenfolge. Und dabei war ich extra eine halbe Stunde vorher aufgebrochen, um die nur vier Blocks bis zum College zu fahren. Jede Menge Zeit, um einen Parkplatz zu finden und eine Viertelstunde vor unserem Termin hineinzuspazieren, um Professor Pünktlich zu zeigen, dass ich mich durchaus an Zeiten halten konnte. Aber dann … platzte mir ein Reifen. Ein lauter Knall, gefolgt von einem langen *Pfffft.* Ich versuchte, es zu ignorieren und fuhr zunächst weiter, doch der Wagen geriet immer wieder ins Schlingern und zog so stark nach rechts, dass ich anhalten musste.

Es nervte. Doch ich hatte noch Zeit, und mein Ex-Mitbewohner und Was-auch-immer er für kurze Zeit gewesen war – Davis – hatte mir beigebracht, wie man einen Reifen wechselte. Alles war gut … zunächst. Ich holte den Wagenheber heraus, kurbelte wie ein Profi das Auto hoch und machte mir an dem platten Reifen zu schaffen. Es lief prima, bis ich zur letzten Radmutter kam. Das verdammte Ding klemmte. Und zwar total. Da sich die Radmutter auf drei Uhr befand, setzte ich irgendwann den Schraubenschlüssel an und versuchte, ihn mit dem Fuß herunterzudrücken. Aber das Ding rührte sich nicht. Dann hatte ich die brillante Idee, mein gesamtes Gewicht einzusetzen und auf den langen Griff des Schraubenschlüssels zu springen, in der Hoffnung, das verdammte Teil durch den plötzlichen Druck zu lösen. Doch irgendwie rutschte der Schlüssel ab und knallte mir voll gegen das Schienbein.

Jetzt war ich zwanzig Minuten zu spät, und mein Bein tat höllisch weh. Bei drückenden zweiunddreißig Grad war ich in die Uni gehumpelt und roch nach Wagenschmiere. Ich konnte nur hoffen, dass Professor West womöglich selbst einen Platten gehabt hatte und ebenfalls zu spät kam. Es war nur eine vage Hoffnung, aber an irgendetwas musste ich mich klammern, um keinen völligen Nervenzusammenbruch zu erleiden, während ich durch die Flure hetzte.

Als ich den Hörsaal erreichte, spähte ich zunächst vorsichtig durch die Tür, bevor ich sie ganz öffnete. Natürlich saß Professor West schon am Pult.

Ich atmete tief durch und trat ein, um mich dem Donnerwetter zu stellen.

»Bevor Sie etwas sagen – ich war eine halbe Stunde früher dran als sonst. Ehrlich.«

Er schrieb gerade etwas in einen Terminkalender, und als er den Kopf hob, sah ich ihn zum ersten Mal mit Brille. *Mann. Damit sieht er noch schärfer aus.* War ich geistesgestört, dass ich sogar seinen bösen Blick irgendwie heiß fand?

»Und was ist heute passiert, Miss Martin? Ist Ihnen, seit

Sie Ihren Wagen vor einer halben Stunde im Parkverbot abgestellt haben, auf dem Weg zu meinem Hörsaal etwas dazwischengekommen? Haben Sie vielleicht Halt gemacht, um noch ein bisschen im Matsch zu spielen?«

»Wie bitte?«

Er musterte mich von oben bis unten. »Sie haben im Gesicht und überall auf der Kleidung Dreck.«

Ich hob die Hand und rieb mir über die Wange. »Oh. Das ist kein Schlamm. Das ist Schmiere.«

»Das ist natürlich viel besser.«

»Mir ist auf dem Weg hierher ein Reifen geplatzt.« Ich hatte keine Ahnung, wo sich der Dreck befand, doch aus Nervosität rieb ich mir beim Sprechen willkürlich durchs Gesicht. »Die Reifenmutter klemmte, und ich konnte sie nicht lösen. Ich habe versucht …«

»Miss Martin«, unterbrach er mich. »Lassen Sie das.«

»Es stimmt aber. Ich habe wirklich versucht, früh hier zu sein. Ich hatte extra einen Puffer eingebaut, und dann *peng* – platzt der Reifen. Diesmal war es nicht meine Schuld.«

»Ich meinte nicht Ihre ausführliche Geschichte. Hören Sie auf, sich im Gesicht herumzuwischen. Sehen Sie sich mal Ihre Hände an.«

Ich betrachtete meine Handflächen. *Mist.* Die waren voller Schmiere. »Habe ich mir das überall in meinem Gesicht verteilt?«

Er holte ein paar Taschentücher aus dem Schreibtisch, stand auf und kam zu mir. »Ihr Gesicht ist voller Schmiere. Gehen Sie auf die Damentoilette und waschen Sie es ab.«

Ich nickte und drehte mich um, doch auf dem Weg zur Tür kam mir ein Gedanke. »Sind Sie noch da, wenn ich zurückkomme?«

Professor West lächelte. »Ja, Rachel. Ich warte hier. Das ist anscheinend unser Ding.«

Nachdem ich mir die Schmiere von den Händen und aus dem Gesicht geschrubbt hatte, überlegte ich, ob ich versuchen sollte, den großen Fleck aus meiner Bluse zu waschen, aber das war hoffnungslos. Dreimal war ich meinem neuen Chef bisher begegnet. Beim ersten Mal hatte ich ihn beschimpft, beim zweiten Mal störte ich seinen Unterricht und trug eine Bluse mit einem Kaffeefleck, und beim dritten Mal ließ ich ihn fast eine halbe Stunde warten, und als ich endlich kam, war ich dreckverschmiert und sah verheerend aus. Es wurde wirklich immer besser.

Als ich in den Hörsaal zurückkehrte, hatte Professor West schon zusammengepackt.

»Tut mir leid. Haben Sie jetzt ein Seminar?«

»Nein. Aber es wird bald dunkel, deshalb sollten wir lieber aufbrechen.«

Dunkel? »Ähhh … okay. Können wir einen neuen Termin ausmachen? Vielleicht kann ich morgen vor dem Seminar vorbeikommen, und Sie erklären mir schnell, was ich für Sie erledigen soll?«

»Nein. Das machen wir heute Abend.« Er legte seine Hand auf meinen Rücken und führte mich zur Treppe des Hörsaals. »Sie müssen doch nicht in Ihrem anderen Job arbeiten, oder?«

»Nein. Ich habe mir heute Abend freigenommen.«

»Heute Abend sind hier keine Vorlesungen mehr. Wenn wir fertig sind, können wir zurückkommen.«

»Wenn wir fertig sind?«

»Mit Ihrem Wagen. Ich montiere den Ersatzreifen und folge Ihnen mit meinem Wagen zum Reifenhändler. Danach können wir wieder herkommen und alles durchgehen, was wir zu besprechen haben.«

»Sie wollen meinen Reifen wechseln?«

»Ich kann Sie doch nicht hängenlassen, Rachel.«

»Das müssen Sie nicht tun, Professor West.«

»Doch, natürlich. Und nennen Sie mich Caine.«

Caines Muskeln passten zu seinem perfekt geschnittenen Gesicht. Das weiße Anzughemd hatte er ausgezogen, bevor er sich daranmachte, meinen Reifen zu wechseln. In einem dünnen weißen Unterhemd bearbeitete er den Radmutternschlüssel, während ich mich auf seine Muskeln konzentrierte, die jedes Mal hervortraten, wenn er sie anspannte. Mit einiger Anstrengung gelang es ihm, die verklemmte Radmutter zu lösen. Er hatte unglaubliche Bizeps, modelliert und gebräunt – und aus der Mitte trat eine Vene hervor, die bis hinunter zu seinen Unterarmen lief. Falls es so etwas wie einen Arm-Porno gab, sah ich ihn gerade auf meinem ganz persönlichen Privatsender. Es fühlte sich nicht richtig an, ihn derart anzustarren, aber meine Güte, ich genoss den Anblick.

Irgendwann war es so weit, er zog den Reifen ab und hob ihn hoch, um ihn in den Kofferraum zu wuchten. Dabei rutschte sein Unterhemd nach oben und entblößte zwei tiefe Einkerbungen, die am Abschluss seiner klar definierten Bauchmuskeln v-förmig zusammenliefen. Ich verspürte das starke Verlangen, seinen Bauch zu berühren und mit den Fingern über die feinen Härchen zu streichen, die vom Bauchnabel zu dem hervorlugenden schwarzen Bund seiner Unterwäsche verliefen und dort verschwanden.

Er legte den platten Reifen in meinen Kofferraum und machte sich daran, den kleinen Reservereifen zu montieren.

»Sie sollten wirklich einen Ersatzreifen haben, der gleich groß ist«, sagte er, während er das neue Rad montierte. »Diese kleinen Reservereifen sind gefährlich. Sie bringen den Wagen aus dem Gleichgewicht, und wenn man damit einen Unfall hat, ist die Gefahr größer, dass man sich überschlägt.«

Ab und zu sah er zu mir hoch und erwischte mich fast dabei, wie ich ihn beäugte. Ich musste mich dringend ablenken, also stieg ich in den Wagen und schnappte mir mein Smartphone, um den nächsten Reifenhändler ausfindig zu machen.

Als er den Wagenheber in den Kofferraum zurücklegte und die Klappe zuschlug, ging die Sonne bereits unter. Obwohl es sich etwas abgekühlt hatte, war die Luftfeuchtigkeit noch immer sehr hoch. Caine war verschwitzt und sein Unterhemd eindeutig ruiniert.

»Ich glaube, ich schulde Ihnen ein Unterhemd«, sagte ich und betrachtete die Wagenschmiere, die überall auf dem Stoff verteilt war.

Er sah an sich herunter. »Wenn es sowieso hinüber ist, kann ich das auch ausnutzen.« Er wischte sich die schmutzigen Hände an der Brust ab und verteilte die Schmiere über die noch sauberen Stellen. Dann griff er sich in den Nacken und zog sich das schmutzige Unterhemd über den Kopf.

Ich glaube, als ich freie Sicht auf seinen unglaublichen Körper hatte, klappte mir der Kiefer herunter. Keine Ahnung, ob er merkte, wie ich ihn angaffte. Ich schaffte es nicht, den Blick von ihm loszureißen. Er wischte sich mit dem T-Shirt den Schweiß aus dem Gesicht und säuberte anschließend noch einmal seine Hände. Obwohl ich mich körperlich nicht im Geringsten verausgabt hatte, begann ich, ebenfalls zu schwitzen.

»Wissen Sie, wo der nächste Reifenhändler ist?«

»Ähh … nur drei Straßen von hier entfernt.«

»Ich ziehe mir nur schnell mein Hemd wieder an, dann fahre ich hinter Ihnen her.«

Schade. »Okay. Vielen Dank.«

Ich saß einen Moment im Auto und war froh, mich kurz sammeln zu können, bevor ich losfahren musste. Wie lange war es her, seit ich das letzte Mal Sex hatte? Acht Monate? Herrje, wahrscheinlich hätte ich es letzte Nacht mit Mason treiben sollen, nur um meine Libido zu besänftigen. Ein kurzer Blick auf ein Sixpack und Muskeln, schon bekam ich ein feuchtes Höschen. Ich fühlte mich wie eine liebestolle Siebzehnjährige.

Als wir den Wagen beim Reifenexpress ablieferten, war es schon fast halb acht, und es hieß, ich sollte den Wagen am nächsten Morgen abholen. Caine stand mir die ganze Zeit zur Seite und sorgte sogar dafür, dass ich einen einigermaßen erschwinglichen Reifen bekam. Der Verkäufer wollte mir einen verkaufen, der mehr kostete, als ich im O'Leary's in einer Woche an Trinkgeld verdiente.

»Ich komme mir vor wie eine hängengebliebene Schallplatte«, sagte ich, als wir schließlich in Caines Auto saßen. »Entweder entschuldige ich mich bei Ihnen, oder ich bedanke mich.«

»Kein Problem. Haben Sie noch Lust, den Lehrinhalt durchzugehen und einen Plan für das Semester auszuarbeiten?« Er schaute auf die Uhr. »Es ist schon ziemlich spät. Ich kann Sie auch zu Hause absetzen, falls Sie müde sind.«

»Ich bin eine Nachteule. Ich habe eher mit dem Aufstehen Probleme.«

Er nickte. »Okay, dann los.«

Kurz bevor er den Motor anließ, ließ mein Magen ein entsetzliches Knurren ertönen. Ein lautes, gurgelndes Rumoren hallte durch den stillen Wagen. Es hatte keinen Zweck, so zu tun, als sei nichts gewesen.

Caine grinste. »Wie wäre es, wenn wir unsere Pläne beim Essen durchsprechen?«

Ich hatte einen Mordshunger. Eigentlich wollte ich nach der Schicht bei der Arbeit etwas essen, aber dann war so viel zu tun gewesen, und unterwegs hatte ich nirgendwo halten wollen, damit ich nicht zu spät kam. Tolle Planung.

»Sehr gern.«

Er startete den Wagen. »Worauf haben Sie Appetit?«

»Ich bin für alles offen. Was immer Sie wollen.«

»Wie wäre es mit einem Burger? Essen Sie Fleisch?«

Zum Glück war es schon dunkel genug, dass man nicht sah, wie ich rot anlief. »Ähm … ja. Ich esse Fleisch.« Anscheinend war es genau das, wonach es meinen Körper und meinen Geist gerade verlangte.

4. Kapitel

Rachel

»Nur um das klarzustellen: Das war nicht nur ein Spruch, als wir uns das erste Mal gesehen haben. Sie kommen mir tatsächlich bekannt vor.« Caine trank einen Schluck Bier.

Dass er ein Bier bestellt hatte, überraschte mich. Ich hätte etwas Ausgefalleneres von ihm erwartet – teuren Wein vielleicht oder alten Scotch. Als ich ihn entspannt mit einem Bier in der Hand sah, erschien mir der konservative Professor in einem ganz anderen Licht. Vielleicht hatten aber auch seine Bauchmuskeln meine Sichtweise verändert.

»Vermutlich sind wir uns schon auf dem Campus begegnet«, sagte ich, obwohl ich mir ziemlich sicher war, ihn nie zuvor gesehen zu haben. An einen Mann mit seinem Aussehen hätte ich mich erinnert.

»Kann sein.«

»Sind Sie öfter im O'Leary's?«, fragte ich.

»Neulich Abend zum ersten Mal. Ich war auf dem Heimweg von einem Freund, der gerade in die Nähe gezogen ist.«

»Also, eigentlich bin ich entweder im O'Leary's oder auf dem Campus oder zu Hause, um zu schlafen oder zu lernen. Momentan bleibt mir kaum Zeit für etwas anderes.« Ich zielte mit einem Mozzarella-Stick auf ihn und grinste ironisch.

»Und das wird sich wohl auch nicht ändern. Dem *People*-Magazin zufolge wird dies ein arbeitsreiches Jahr ohne Vergnügen.«

»Ach ja? *People*-Magazin? Das klingt nach einer seriösen Quelle.«

»Finde ich auch. Ich musste fünf Fragen beantworten, also ist die Vorhersage ziemlich zuverlässig. Nur eine einzige falsche Antwort, und ich wäre vielleicht zu einem Jahr voller Abenteuer oder meditativer Selbsterkenntnis verdammt gewesen.«

Caine lachte. »Na, versuchen Sie, ein bisschen Freizeit dazwischenzuschieben. Sie kennen doch das alte Sprichwort: Arbeit allein macht auch nicht glücklich. Das ist langweilig.«

»Gegen langweilig habe ich nichts. Ich bemühe mich nicht mehr um Aufregung.«

»Nichts Aufregendes mehr? Wie alt sind Sie eigentlich? Zweiundzwanzig, dreiundzwanzig?«

»Fünfundzwanzig.« Ich zuckte die Achseln. »Als Teenie habe ich genug Abenteuer erlebt, da war ich außer Rand und Band. Jetzt versuche ich, erwachsen zu werden. Es ist gut, wenn man etwas zu tun hat. Es ist gut, sich wie eine Erwachsene zu benehmen.«

Caine kratzte sich am Kinn. »Außer Rand und Band? Wie zum Beispiel?«

»Auf keinen Fall, Professor. Ich habe mich schon genug blamiert. Diese Geschichten spare ich mir auf, bis ich Ihnen bewiesen habe, wie intelligent und begabt ich bin.«

Caine lächelte. Es war das erste offenherzige Lächeln, das er zuließ. Dann lehnte er sich zurück und legte lässig einen Arm über die Rückenlehne der Sitzbank. »In Ordnung. Dann erzählen Sie mir etwas über sich und die Musik. Ich würde gern ein bisschen mehr über Ihre Stärken und Ihre Begabung erfahren. Das hilft mir auch bei der Frage, welche Stunden ich Ihnen überlasse.«

»Was möchten Sie wissen?«

»Warum Musik?«

»Sie meinen, warum ich Musik als Hauptfach gewählt habe?«

»Nein. Ganz offensichtlich haben Sie sich für das Hauptfach entschieden, weil Sie die Musik lieben. Aber warum lieben Sie die Musik?«

»Das ist eine sehr weitreichende Frage und schwer mit wenigen Sätzen zu beantworten.«

»Versuchen Sie's. Es gibt keine falsche oder richtige Antwort.«

»Okay.« Ich dachte einen Augenblick nach. »Weil Musik all die Dinge ausdrückt, die Menschen ausdrücken müssen, aber nicht in Worte fassen können.«

Er ließ meine Antwort einen Moment sacken. »Singen Sie, oder spielen Sie ein Instrument?«, fragte er schließlich.

Ich lächelte. Schon im Grundstudium war Musik mein Hauptfach gewesen, darum wusste ich, dass meine Antwort stets für Verwirrung sorgte. »Weder das eine noch das andere. Ich kann einen Ton halten, aber ich singe nicht besonders gut, und es gibt kein Instrument, das ich sonderlich gut beherrsche. Anders als die meisten, die Musik im Hauptfach studieren.«

Fünfundachtzig Prozent aller Musikstudenten sangen oder spielten Klavier oder Gitarre. Die übrigen fünfzehn Prozent setzten sich überwiegend aus Schlagzeugern und Saxophonisten zusammen.

»Ich kann nicht behaupten, dass ich das oft höre.«

»Ich weiß. Im Grundstudium habe ich gelernt, ein paar Instrumente ganz ordentlich zu spielen, aber ich will weder Musikerin noch Rockstar werden. Ich mache meinen Master in Musiktherapie.«

Die Kellnerin kam und servierte uns riesige Burger. Ich hatte gehofft, das würde Caine ein wenig von mir ablenken, doch offenbar hatte er die wenigen Teile, die ich preisgegeben hatte, bereits zu einem Puzzle zusammengesetzt.

»Ich vermute, was immer Sie mit Musik ausdrücken mussten und nicht in Worte fassen konnten, ist dasselbe, was dazu geführt hat, dass Sie einige Jahre außer Rand und Band waren.«

»Bin ich so leicht zu durchschauen, oder haben Sie so eine gute Menschenkenntnis?«

Er sah mir prüfend in die Augen. »Weder noch. Sagen wir, ich kann es sehr gut nachvollziehen.«

Ich nickte. »Was ist mit Ihnen? Wollten Sie Rockstar werden?«

»So ähnlich.«

Ich grinste, ehe ich mir den Burger in den Mund schob. »Wow. Danke, dass Sie mir das alles anvertrauen. Sie sind ja ein offenes Buch.«

Caine lachte. »Sind Sie immer so ein Schlaumeier?«

»Antworten Sie immer so vage und ausweichend, wenn man Ihnen eine klare Frage stellt?«

Er musterte mich eine Weile, während er kaute und schluckte. »Na schön. Als ich jünger war, wollte ich Rockstar werden. Ist die Antwort klar genug?«

Ich grinste. »Singen Sie, oder spielen Sie ein Instrument?«

»Ich habe Schlagzeug gespielt.«

»Früher oder immer noch?«

»Sie stellen ganz schön viele Fragen.«

»Stört Sie das?«

Er lachte. »Und schon wieder eine. Essen Sie Ihren Burger, Miss Martin.«

Danach aßen wir schweigend weiter. Aber es war eine angenehme Stille. Caine leerte seinen Teller, ich stocherte noch in meinen Pommes, als sein Handy klingelte. Als er den Namen auf dem Display sah, entschuldigte er sich und verließ den Tisch, um ungestört zu telefonieren. Dies war zwar kein Date, dennoch frage ich mich, ob er verheiratet war und nicht wollte, dass seine Frau erfuhr, mit wem er gerade zusammen war. Der Fremdgeher Owen war mir noch frisch im Gedächtnis.

Als Caine zurückkam, entschuldigte er sich. »Tut mir leid.«

»Kein Problem.« Trotzdem war ich völlig ungerechtfertigt gereizt. »Ich habe aufgegessen. Wir können loslegen. Ich habe schon genug von Ihrer Zeit beansprucht.«

Sobald die Bedienung den Tisch abgeräumt hatte, holte Caine eine Mappe aus der Tasche, und wir gingen den Lehrplan durch. Wir steckten grob den Inhalt meiner ersten Unterrichtsstunden ab und vereinbarten, uns nach dem nächsten Seminar zu treffen, um die Planung abzuschließen. Ich sollte ihm bei drei seiner fünf Seminare assistieren und ein Seminar selbst halten. Caine erkundigte sich nach meinen Arbeitszeiten und plante die Termine für meine Assistenzstunden vor oder nach meinen Schichten im O'Leary's ein. Sehr rücksichtsvoll. Als wir fertig waren, bestellte er sich einen Kaffee.

»Und? Was für Gerüchte haben Sie über mich gehört?«, fragte er und lehnte sich auf der Sitzbank zurück.

»Wollen Sie das wirklich wissen?«

»Die meisten davon kenne ich bestimmt schon. Aber packen Sie sie ruhig auf den Tisch, dann sage ich Ihnen, ob sie stimmen oder nicht.«

»Okay. Man erzählt sich, dass Sie ein Pünktlichkeitsfanatiker sind. Ich brauche wohl nicht erst zu fragen, ob das stimmt.«

»Wohl kaum.« Er lächelte. »Was sonst noch?«

»Sie haben Ihre letzte Assistentin gefeuert, weil sie nicht streng genug benotet hat.«

Er nickte. »Das stimmt auch. Allerdings ist die Geschichte so nicht ganz vollständig. Sie hat *ihren Freund* nicht streng genug benotet. Vielmehr hat sie Noten für das vergeben, was er mit ihr anstellen wollte … da war er sehr einfallsreich. Ich stellte irgendwann fest, dass sich daraus seine Antworten in den Tests zusammensetzten. Was er schrieb, hatte nichts mit Musik zu tun, aber er bekam für alles Topnoten.«

»Oh.«

»Sonst noch etwas?«

Keine Ahnung, warum, aber das letzte Gerücht schmückte ich aus, um meine Neugierde zu befriedigen: »Sie sind verheiratet und wären fast entlassen worden, weil Sie mit Ihren Studentinnen geschlafen haben.«

Seine Miene verriet, dass ich einen wunden Punkt getroffen hatte. Caine biss die Zähne zusammen, seine vollen Lippen wurden zu einem schmalen Strich. »Ich bin nicht verheiratet und habe nach dem ersten Jahr aufgehört, mit meinen Studentinnen zu schlafen.«

Ich zog die Nase kraus. »Dann *haben* Sie also mit Ihren Studentinnen geschlafen?«

»Ich war jung und dumm. In meinem ersten Jahr als

Dozent verbrachte ich fast die ganze Zeit auf dem Campus. Es war der einzige Ort, an dem ich Leute kennenlernte.«

»Schon mal was von Dating-Websites gehört?«

»Natürlich, Schlauberger. Aber die Menschen sind selten so, wie sie online wirken.«

»Das kann man wohl sagen«, schnaubte ich.

Caine zog eine Braue hoch. »Klingt, als würden Sie aus Erfahrung sprechen.«

»In der Tat. Gerade gestern Abend.«

»Und …?«

»Er hatte nur eines im Sinn.«

»Sex?«

Ich nickte. »Männer können solche Arschlöcher sein. Nichts für ungut.«

Sein verflixter Mundwinkel zuckte schon wieder. »Kein Problem. Es sei denn, Sie bezeichnen mich als Arschloch – was nicht das erste Mal wäre.«

»Chatten Sie wochenlang mit einer Frau, erzählen ihr, dass Sie sich eine Beziehung wünschen, und sind dann beim ersten Date nur darauf aus, Sex zu haben?«

Caines Blick glitt zwischen meinen Augen hin und her. »Ich bin nicht auf eine Beziehung aus. Aber das stelle ich von Anfang an klar, um keine falschen Erwartungen zu wecken. Aber auch, wenn ich es von Anfang an offen ausspreche: Frauen hören nicht immer, was ich sage. Sie hören, was sie hören wollen.« Er machte eine Pause. »Man könnte sagen, Frauen können auch Arschlöcher sein. *Nichts für ungut.*«

Ich lachte. »Schon okay.«

Sein Blick glitt über mein Gesicht. »Darf ich Ihnen einen Rat geben?«

»Klar.«

»Sie sind schön. Und ein Mann, der behauptet, dass er nicht daran denkt, Sex mit Ihnen zu haben, wenn er Sie kennenlernt, erzählt Unsinn. Aber wenn ein Mann nicht spürt, dass Sie das nicht wollen, ist er unaufmerksam. Woraus sich schlussfolgern lässt, dass er vermutlich auch sonst nicht viel merkt und Ihre Zeit nicht wert ist.«

Er hatte vollkommen recht, doch diese Theorie konnte ich später noch genauer analysieren, denn im Moment beschäftigte mich nur eine Frage: *Denkt er gerade daran, dass er mit mir Sex haben will?*

5. Kapitel

Rachel

Orale Wahrnehmung.

Okay, kann sein, dass es in der Vorlesung um auditive Wahrnehmung ging. Egal. Jedenfalls ging mir auf meinem Platz in den hinteren Reihen alles Mögliche durch den Kopf, während Professor West darüber dozierte, wie unterschiedliche Personen – Philosophen, Komponisten, Mediziner und Teenager – den Akt des Hörens erklärten. Ich erinnerte mich, an dem Kurs im ersten Jahr meines Grundstudiums teilgenommen zu haben. Womöglich war ich inzwischen reifer geworden und wusste eine solche Veranstaltung mit fünfundzwanzig mehr zu schätzen als mit knapp einundzwanzig. Auf jeden Fall schaffte es dieser spezielle Professor, meine Aufmerksamkeit zu fesseln.

Während ich gespannt zuhörte, zeichnete der Typ mit der Beanie neben mir Aktbilder. Er hatte eine ganze Seite mit Skizzen gesichtsloser Körper erstellt, die zwar ziemlich gut aussahen, aber auch irgendwie anzüglich wirkten. Als er meinen Blick bemerkte, zuckte er die Achseln, grinste und flüsterte: »Ich muss mich irgendwie beschäftigen, während dieser eingebildete Fatzke herumlabert.«

Caine war kein Professor, der nur am Schreibtisch saß

und dozierte. Er wanderte durch den Saal und bezog die Studenten mit ein. »Zuhören lässt sich, je nach Funktion, in unterschiedliche Kategorien gliedern: informativ, genussvoll, kritisch, beziehungsorientiert, aufmerksam, differenzierend. Die äußeren Bedingungen und der Zeitpunkt beeinflussen, was wir hören. Wo hören Sie Musik, in welcher Form, und wer war der letzte Musiker, den Sie gehört haben?«

Ein paar Hände gingen nach oben. Eine Frau, die vorn saß, antwortete: »Im Zug, auf dem iPhone, und zwar Adele.«

Ein Student antwortete: »Ich arbeite im Madison Square Garden, deshalb kriege ich bei der Arbeit eine Menge Livemusik mit. Der letzte Jam war Maroon 5 beim Aufwärmen.«

Der Hörsaal verfügte über zwei Treppen, eine auf jeder Seite der breiten Sitzreihe in der Mitte. Ich saß neben der linken Treppe am Rand. Caine ging jedes Mal ein paar Stufen höher und hörte sich auf dem Weg die verschiedenen Antworten an.

Ein paar Reihen vor mir erklärte ein Typ mit langem Bart: »Im Lieferwagen. Ich arbeite für UPS und bin über ein Aux-Kabel verbunden. Gestern Abend war es ein altes Slayer-Album.«

Eine Frau auf der anderen Seite der Treppe sagte: »Bei der Arbeit. Ich sitze in einer Arztpraxis am Empfang. Dort läuft in einer Dauerschleife immer dieselbe Instrumentalmusik.«

»Anscheinend hören die meisten unterwegs oder bei der Arbeit Musik. Hört jemand in einer anderen Situation Musik?« Caine ging weiter nach oben und blieb zwei Stufen unterhalb meines Platzes stehen. So bot er mir eine perfekte Ausrede, ihn genau zu betrachten, ohne dass es zu offensichtlich war. Er sprach mit einer Studentin in meiner Nähe.

Heute trug er eine dunkle, zugeknöpfte Anzugweste über

einem weißen strukturierten Hemd. Ich war nicht gerade modebesessen, aber ich erkannte teure Kleidung, wenn ich sie sah. Caine legte für seine Hemden mehr hin als ich normalerweise für ein komplettes Outfit. Obwohl er Hemd und Weste mit Jeans und schwarzen Sneakern kombinierte, wirkte er äußerst elegant. Seine Haut erschien auf natürliche Weise gebräunt, weshalb ich mir ziemlich sicher war, dass er europäischer Abstammung sein musste – griechisch vielleicht oder italienisch. Genau wusste ich ihn nicht einzuordnen, jedenfalls sah er aus wie aus Stein gemeißelt. Er hatte eine gerade, männliche Nase, und sein Profil wirkte so vollkommen, wie ich es nie zuvor gesehen hatte. Die dunklen Wimpern sahen von der Seite faszinierend aus. Jede Frau würde ein kleines Vermögen für den dichten Kranz ausgeben, der seine schokoladenbraunen Augen umgab. Und er hatte einen Dreitagebart. Wie sich der wohl auf meiner Haut anfühlte? Ich schwelgte gerade in dieser Vorstellung, als ich merkte, dass Caine mich direkt ansah. Er kniff die Augen zusammen, und auch wenn er nicht lächelte, wirkte sein Blick irgendwie amüsiert.

Als er noch eine Stufe nach oben stieg, versuchte ich, mich ganz unbeeindruckt zu geben, als hätte ich nicht gerade seinen optischen Anlagen gehuldigt, und richtete den Blick geradeaus. Nur um festzustellen, dass ich nun direkt auf seinen Schritt starrte. Ich bemühte mich, den Blick auf etwas anderes zu richten, aber – hatte er … hatte er etwas in der Tasche … oder …? Dem Umriss nach zu urteilen war ich mir ziemlich sicher, dass da nichts war. Beziehungsweise *sehr wohl* etwas – etwas verdammt Beeindruckendes.

Caine drehte den Oberkörper und erteilte einer Frau auf der anderen Seite der Sitzreihe das Wort. Dabei spannte sich seine Jeans und bestätigte meinen Verdacht. Ganz offensichtlich war dieser umwerfende Mann auch noch gut bestückt. Ich wandte den Kopf ab, weil ich den Blick von der beeindruckenden Wölbung lösen musste, und der Künstler mit der Beanie lächelte mir charmant zu. Ich erwiderte sein Lächeln – und gleich darauf nahm Caine ihn dran.

Der Beaniekünstler war der erste Student, den er ansprach, der sich nicht mit Handzeichen gemeldet hatte. Vielleicht hatte der Professor gesehen, was der Typ machte, und wollte ihn wieder auf das Thema des Seminars zurückbringen.

»Was ist mit Ihnen?«, fragte Caine ihn kurz angebunden. »Wie hieß der letzte Song, den Sie gehört haben, und wie haben Sie ihn gehört?«

Der Typ setzte ein schiefes Grinsen auf. »Irgendwas von Pharrell. Aus den Bose-Lautsprechern in meinem Schlafzimmer, als ich mit einer rumgemacht habe.«

Die Studenten kicherten.

»Vielen Dank, Mr ...«

Caine hob die Hand und forderte den Mann auf, die Leerstelle zu füllen. Was der auch tat: »Ludwig.«

Caine nickte und machte kehrt, um wieder vor die Zuhörer zurückzukehren. »Alle heutigen Beispiele gehören zum ›Genussvolles Hören‹. Ich möchte, dass sich jeder von Ihnen vor der nächsten Stunde Jason Derulos Stück ›Trumpets‹ herunterlädt. Hören Sie es sich so an wie beim letzten Mal, als Sie genussvoll Musik gehört haben – über Kopfhörer in der Bahn, im Lieferwagen, beim Pakete Ausliefern, oder wie Mr Ludwig zu Hause beim Onanieren über die Bose-Lautsprecher.«

Der Saal schüttete sich aus vor Lachen.

»Wenn Sie damit fertig sind, möchte ich, dass Sie die Fragen hier beantworten.« Caine gab den Studenten in der ersten Reihe Zettel zum Durchreichen. »Das ist kein Test, deshalb sollten Ihre Antworten ehrlich sein. Lesen Sie die Fragen auf dem Bogen erst, nachdem Sie sich das Stück einmal angehört haben. Sonst suchen Sie in Gedanken schon beim Hören nach den Antworten, anstatt es einfach nur zu genießen. In unserer nächsten Stunde vergleichen wir die Ergebnisse mit denen, die man bei anderen Arten des Hörens bekommt.«

Ein paar Minuten später war das eineinhalbstündige Seminar vorbei, und die Studenten drängten hinaus. Ich wartete, bis sich der Raum geleert hatte, dann ging ich die Treppe hinunter nach vorne, um mit Caine zu reden.

»Pünktlich und fleckenfrei«, bemerkte er, ohne aufzusehen, während er seinen Laptop einpackte. »Beeindruckend.«

»Ich war schon immer der Meinung, dass der vierte Eindruck der wichtigste ist.« Ich lächelte.

Caine zog den Reißverschluss seiner Tasche zu. Ich hatte unsere Unterhaltung für witzig gehalten, aber damit lag ich anscheinend falsch. Er hatte einen strengen Tonfall und sah mich mit entsprechendem Blick an.

»Sie sollten sich nicht mit den Studenten einlassen.«

»Einlassen?«

»Wie auch immer Sie es nennen wollen.«

»Das verstehe ich nicht.«

»Vögeln«, schnaubte er. »Sie sollten nicht mit den Studenten vögeln. Ist das deutlicher, Rachel?«

»Okay. Ja. Jetzt ist klar, was Sie meinen. Aber ich weiß nicht, wie Sie darauf kommen, ich würde mit einem Studenten vögeln. Ich schlafe nicht mit Erstsemestern.«

»Weiß Mr Ludwig das?«

Allmählich ahnte ich, worum es hier eigentlich ging. »Sie müssen sich keine Sorgen machen, dass ich jemanden bei der Benotung bevorzuge. Nicht wie Ihre letzte Assistentin. Versprochen.«

Caine hielt meinen Blick für einige Sekunden fest, vielleicht wollte er prüfen, wie ernst es mir war, dann nickte er knapp. »Also, welche Prinzessin ist es?«

Verwirrt legte ich die Stirn in Falten. Dann dämmerte mir, dass ihm wohl der Test aufgefallen war, den ich vor Beginn des Seminars im *In-Style*-Magazins ausgefüllt hatte – *Welche Disneyprinzessin bist du?* Ich hatte ihn bei Unterrichtsbeginn auf den Boden auf meine Büchertasche gelegt.

»Jasmin aus Aladdin.« Ich grinste.

»Haben die das richtig erkannt?«

»Das möchte ich gern glauben. Jasmin ist logisch und skeptisch.«

»Ihnen ist aber schon klar, dass so etwas völliger Blödsinn ist, oder?«

»Gott, das hoffe ich. Letzten Monat habe ich einen Test in *Men's Health* gemacht. Überschrift: *Wie gesund sind Ihre Hoden?* Es sah nicht sehr gut für mich aus.«

Caines Mundwinkel zuckte. »Schlaumeier. Haben Sie Zeit, mit mir den Rest vom Lehrplan durchzugehen?«

»In ungefähr einer Stunde muss ich zur Arbeit.«

Er nahm seine Tasche vom Pult. »Ist mit Ihrem Wagen alles glattgegangen?«

»Eigentlich … nicht.«

»Was ist passiert?«

»Beim Reifenwechsel wurde festgestellt, dass die Führungsgelenke nicht in Ordnung sind – was auch immer das ist. Die werden heute auch noch ausgetauscht.«

»Brauchen Sie jemanden, der Sie zur Arbeit fährt?«

»Ich kann den Bus nehmen. Einer fährt direkt am Campus ab und hält zwei Straßen vom O'Leary's entfernt.«

»Ich wollte ohnehin vorschlagen, einen Happen zu essen, während wir die Planung fertigstellen. Ich habe heute Abend ein Fachbereichstreffen und muss vorher etwas zu mir nehmen. Wir könnten im O'Leary's essen, dann sind Sie schon bei der Arbeit, wenn Ihre Schicht anfängt.«

»Das wäre toll. Und ich gebe einen aus«, grinste ich. »Denn dort essen wir umsonst.«

»Sieht aus, als wäre da jemand zum Supermarkt gegangen.« Charlie sah über meine Schulter hinweg zu Caine, der hinter mir stand.

»Äh … Nein. Das ist Professor Caine West. Ich bin seine Lehrassistentin am Konservatorium. Caine, das ist Charlie, der Besitzer des O'Leary's.«

Caine streckte ihm die Hand hin. »Schön, Sie kennenzulernen, Charlie.«

Charlie schüttelte ihm die Hand. »Sind Sie vorbestraft, Professor?«

»Vorbestraft?«

»Ja. Ich mag es nicht, wenn mein Mädchen in Schwierigkeiten gerät.«

Ich ging dazwischen. »Charlie – er ist mein *Professor*. Ich glaube nicht, dass du ihn verhören musst.«

Charlie warf mir einen kurzen Blick zu. »Schön. Aber ich werde Sie im Auge behalten.«

Caine schien Charlies Drohung nicht das Geringste auszumachen. Vielmehr wirkte er amüsiert. »Gut zu wissen.«

Als sie die Hände schließlich lösten, gab sich Charlie etwas freundlicher. »Was nehmen Sie, Professor?«

»Wenn Sie ein Bier vom Fass haben, hätte ich gern eins. Ich war neulich Abend schon mal hier. Ein Freund, der gerade um die Ecke eingezogen ist, sagte, Sie machen die besten Chickenwings. An dem Abend war die Küche schon zu, deshalb konnte ich sie nicht probieren. Wie wäre es mit einer Portion davon?«

Charlie war vom alten Schlag. Es gab zwei Dinge, die ihn dazu brachten, einen Mann zu mögen: ein fester Händedruck und ein Kompliment für die Chickenwings seiner Frau. Er strahlte vor Stolz. »Die Chickenwings sind nach dem persönlichen Geheimrezept meiner Audrey zubereitet. Zwei Portionen. Geht sofort los. Und übrigens, falls Sie jemals herkommen und die Küche ist schon zu, sagen Sie einfach, dass Sie ein Freund von Charlie sind. Meine Crew ist ziemlich freundlich.«

»Ja, das stimmt. Rachel war sehr gastfreundlich, als wir uns das erste Mal begegnet sind.« Mit einem durchtriebenen Funkeln in den Augen blickte er zu mir herüber. »Ich hätte sie bitten sollen, mir eine Portion zu machen. Das hätte sie bestimmt gern getan.«

Charlie verstand die Anspielung nicht, zapfte ein Bier für Caine und eine Cola light für mich und verschwand dann in der Küche, um persönlich unsere Chickenwings zuzubereiten. Es war jene Übergangszeit am Nachmittag, wenn die Tagesgäste bereits nach Hause gegangen und die Abendgäste noch nicht eingetroffen waren. Deshalb saßen nur ein paar Stammgäste am Tresen – die meisten pensionierte Polizisten.

»Reizend. Ganz reizend, Professor.«

»Fand ich auch.«

Caine und ich setzten uns an einen ruhigen Ecktisch, wo wir genug Platz hatten, uns auszubreiten und beim Essen zu arbeiten. Weil ich das nächste Seminar halten sollte, erklärte er mir, was er mit der heutigen Hausaufgabe bezweckte.

»In dem verschlossenen Schrank in der Ecke des Hörsaals liegen zweihundert Bose-Kopfhörer, die die Umgebungsgeräusche unterdrücken. Bringen Sie ihnen bei, wie nur durch das Ändern der Hörbedingungen aus genussvollem Zuhören kritisches Zuhören wird. Lassen Sie sie den Song, den ich ihnen genannt habe, noch einmal am selben Ort hören – im Zug oder auf der Arbeit –, diesmal aber ohne Hintergrundgeräusche. Dann lassen Sie sie dieselben Fragen beantworten, die ich ihnen heute mitgegeben habe. Mindestens die Hälfte der Studenten wird Dinge bemerken, die ihnen beim ersten Mal nicht aufgefallen sind. Die Trompeten kommen vom Synthesizer.«

»Wirklich?«

»Es ist eine gute Übung, um den Einfluss der Umwelt auf das Hören zu verstehen, und es ist die perfekte Vorbereitung für die anstehenden Seminare über synthetische Musik.«

»Wow. Okay.« Ich runzelte die Stirn. »Sie lassen die Studenten also zweihundert Bose-Kopfhörer mit nach Hause nehmen? Der Professor, bei dem ich das Seminar damals besucht habe, hat das nicht getan. Das College hat seit den miesen Kopfhörern, die wir im Seminar für Musikproduktion benutzt haben, eindeutig aufgerüstet.«

»Das sind meine eigenen. Nicht die vom College.«

Ich rechnete schnell. Das waren mindestens fünftausend Dollar für eine Lehrstunde. »Und was ist, wenn Sie sie nicht zurückbekommen?«

»Das ist noch nie passiert.«

Ich setzte ein schiefes Grinsen auf. »Weil alle Studenten Angst vor Ihnen haben?«

»Im Gegensatz zu meiner neunmalklugen Assistentin«, murmelte Caine.

Charlie hielt die Tabletts mit Chickenwings in Händen, darum stieß er die Küchentür mit dem Hinterteil auf. Ich rutschte aus der Sitzecke, um sie ihm abzunehmen.

»Du hättest nach mir pfeifen sollen, wie sonst immer. Bei deinem Rücken solltest du keine Tabletts tragen.«

»Ich wollte dein Date nicht stören.«

»Das ist kein Date.«

Er sah zu Caine hinüber und zuckte mit den Schultern. »Sieht für mich so aus.«

»Ist es aber nicht«, erwiderte ich nur. »Wir arbeiten an Unterrichtsplänen für das Seminar.«

»Wenn du meinst«, sagte Charlie und ging zum Tresen zurück.

Ich stellte die Tabletts auf unserem Tisch ab und bemerkte, dass Caines Bierglas leer war. »Möchten Sie noch ein Bier?«

»Wenn Sie eins mittrinken.«

»Ich trinke nichts.«

Caine stutzte, dann schien er seine Schlüsse zu ziehen, und ich ahnte, was er dachte.

»Ich bin keine Alkoholikerin, falls Sie das denken.«

»Okay.«

Ich wollte nicht weiter darauf eingehen, doch er wartete, dass ich noch etwas sagte.

»Ich bin mit einem Alkoholiker aufgewachsen. Und als mein Leben einmal aus den Fugen geriet, merkte ich, dass ich auch etwas zu viel trank. Ich war nicht in einer Entzugsklinik oder so – ich bin keine trockene Alkoholikerin mit lebenslanger Mitgliedskarte bei den Anonymen Alkoholikern –, aber ich versuche meinen Alkoholkonsum auf Feiern und besondere Gelegenheiten zu beschränken.«

Der Grund, weshalb ich das normalerweise nicht weiter ausführte, war, dass die Leute mich dann immer so mitleidig ansahen. Oh. Sie hatte eine schlimme Kindheit. Seltsamerweise sah Caine mich nicht so an. Er schien mich vielmehr für das zu bewundern, was ich gerade gesagt hatte, und ich wusste nicht recht, was ich davon halten sollte. Ich fühlte mich irgendwie unwohl.

»Also … ich hole Ihnen noch ein Bier und trinke selbst ein alkoholfreies.«

Er lächelte freundlich. »Klingt gut.«

Als ich zurückkam, lenkte ich das Gespräch wieder auf die Arbeit. »Wenn die Bose-Kopfhörer wieder eingesammelt werden müssen, fasse ich den von Mr Ludwig nicht an. Der muss erst desinfiziert werden.«

Caine hob das Bierglas an die Lippen. »Heute hat er Sie gezeichnet, wissen Sie das?«

»Mich gezeichnet? Er hat Frauen ohne Kopf mit einer tollen Figur gezeichnet.«

Er trank einen Schluck Bier. »Und?«

»Er hat nicht mich gezeichnet.«

Caine bekam schmale Augen und schien abzuwägen, ob er sagen sollte, was ihm durch den Kopf ging oder nicht. Offenbar entschied er sich dafür.

»Sie haben da zwei Sommersprossen links am Hals.«

Sofort legte ich die Hand an meinen Hals. Er hatte absolut recht, aber sie waren von meinem Haar verdeckt. »Wovon reden Sie?«

»Sie haben die Angewohnheit, das Haar auf eine Seite zu

streichen – auf die rechte. Das ist mir neulich im Auto aufgefallen.«

»Okay …«

Caine sah mir in die Augen. »Die Skizzen, die Ihr Freund gezeichnet hat, hatten Hälse, aber keine Köpfe.«

»Ja. Die sind mir aufgefallen. Es gehört sich nicht gerade, so etwas im Unterricht zu zeichnen, aber er ist ein richtig guter Zeichner.«

»Ja, er achtet auf Details. Alle seine Frauen hatten eines gemeinsam.«

Ich machte große Augen. »Nein!«

Caine nickte. »Zwei Sommersprossen auf der linken Halsseite. Er hat Sie gezeichnet.«

»Er hat mich aber noch nie nackt gesehen.«

»Er hat Fantasie.« Caines Blick glitt kurz zu meinem Ausschnitt. Danach strahlte er mich anzüglich an: »Und zwar eine verdammt gute, würde ich sagen.«

In meinem Bauch flatterte ein Schwarm Schmetterlinge auf, und nicht nur das. Ich spürte ein Ziehen in meiner Mitte.

O Gott.

Ich versuchte, die Situation mit einem Scherz zu überspielen: »Deshalb lasse ich mich nicht mit Erstsemestern ein. Es versteht sich ja wohl von selbst, dass ich weder Beanieboy seine Kopfhörer abnehmen noch mich jemals wieder in seine Nähe setzen werde.«

»Ein guter Vorsatz.« Caine grinste. »Halten Sie sich an Männer.«

Er hatte recht. Doch ich fragte mich leise, ob ich gerade dabei war, mich an einen ganz bestimmten Mann zu halten.

6. Kapitel

Rachel

Ein regelmäßig wiederkehrendes Ereignis stand bevor. Nichts Nerviges, sondern etwas, auf das ich mich wirklich freute. Davis' monatliche Nachrichten trafen mit der Pünktlichkeit einer Bahnhofsuhr ein. Ich blickte auf mein Smartphone.

Davis: *Nächsten Mittwoch neunzehn Uhr? Ich hab dich vermisst.*

An jedem ersten Mittwoch im Monat traf ich mich mit meinen drei ehemaligen Mitbewohnern zum Abendessen. Davis war in den letzten beiden Collegejahren einer von ihnen gewesen. Für kurze Zeit lief etwas zwischen uns – aber für ihn war es einfach nicht der richtige Zeitpunkt gewesen.

Ich antwortete.

Rachel: *Ich freu mich schon.*

Als ich gerade auf Senden ging, kam Ava herein. Sie bediente in der Abendschicht an den Tischen, was bedeutete, dass ich hinter den Tresen wechselte und Charlie nach Hause ging.

»Hey, Rach.«

»Hey. Davis hat mir gerade eine Nachricht geschickt. Er kommt nächste Woche zum Abendessen.«

Ava wackelte mit den Brauen. »Das wird auch Zeit. Vielleicht kannst du ihn abfüllen und endlich deine Dürreperiode beenden.«

»Halt die Klappe.«

Ava war der einzige Mensch, der von mir und Davis wusste. Ich warf mit dem Handtuch, mit dem ich gerade den Tresen abgewischt hatte, nach ihr. »Ich hätte es dir nie erzählen sollen.«

»Mir erzählen?«, sagte sie, ließ zärtlich die Hände über ihren Oberkörper gleiten und stöhnte dabei: »Oh, Davis. *Oh, Davis.*«

Ich lachte. »Oh, Mann, ich kann dich nicht ausstehen.«

Als Ava ging, um sich für die Schicht umzuziehen, dachte ich an meinen alten Mitbewohner. Davis war kein typischer Collegestudent – ganz und gar nicht. Er stammte aus dem Süden, konnte *Danke* und *Bitte* sagen und hatte auch sonst gute Manieren. Bevor er nach Brooklyn kam, um Wirtschaft zu studieren, war er acht Jahre beim Militär gewesen. Als er einzog, steckte er außerdem mitten in einer Scheidung. In einer romantischen Gefühlsanwandlung hatte er als Achtzehnjähriger seine Schulliebe geheiratet, bevor er seinen ersten Auslandseinsatz im Irak antrat. Davis' Erzählungen zufolge hatte seine Ehe lange Zeit gut funktioniert. Er kam ab und zu auf Besuch und schickte ihr seinen Sold. Als er aus dem Militärdienst ausschied, lief es dann nicht mehr so gut, denn seine Frau merkte, dass sie sich nicht mehr unbemerkt durch die Gegend vögeln konnte, wenn der Ehemann keine halbe Weltreise entfernt war.

In den zwei Jahren, die wir zusammenwohnten, wurde Davis einer meiner besten Freunde – bis zu dem Abend, als wir seinen Abschluss feierten. Wir hatten beide zu viel getrunken. Eines führte zum anderen, und bevor die Nacht vorüber war … *Oh, Davis.*

Obwohl ich vorher nie ernsthaft auf die Idee gekommen war, etwas mit ihm anzufangen, dachte ich am nächsten Tag: *Wow, Supertyp. Sieht gut aus. Ist gut im Bett.* Plötzlich sah ich ihn mit anderen Augen.

Es dauerte etwas über einen Monat. Während ich mir eine Beziehung mit ihm immer besser vorstellen konnte, ging es Davis offenbar nicht so. Er beendete die Sache und sagte, seine Scheidung sei noch zu frisch, um eine neue Beziehung einzugehen, erst recht mit jemandem, der ihm so nah sei. Das konnte ich nachvollziehen – halbwegs jedenfalls. Kurz danach, als unser Mietvertrag auslief, gingen wir als Freunde auseinander – wir wollten etwas Zeit verstreichen lassen und es vielleicht später noch einmal miteinander versuchen. Nach dem Militärdienst und seiner Ehe hatte er einen Anspruch auf seine Freiheit.

Seitdem war ich solo geblieben, weil ich insgeheim hoffte, er würde auf das Versprechen zurückkommen, es zu einem späteren Zeitpunkt noch einmal miteinander zu versuchen. Nach acht Monaten begriff ich jedoch, was Sache war.

Mein Handy vibrierte und meldete den Eingang einer weiteren Nachricht.

Davis: *Wie jetzt? Hast du mich nicht vermisst?*

Lächelnd ließ ich die Finger über der Tastatur schweben und überlegte, was ich antworten sollte. Ava kam mit Pferdeschwanz und Kellnerinnen-Polo aus der Damentoilette. Während sie sich eine Schürze um die Taille band, sagte sie: »Fast hätte ich es vergessen. Du rätst nicht, was ich heute gesehen habe.«

»Was?«

»Komm schon, rate.«

»Okay. Einen Porno. Du hast dir einen Porno angeschaut.«

»Nein«, grinste sie.

»Du bist endlich mit deinem *Walking-Dead*-Marathon durch?«

»Nein.«

»Dann brauche ich einen kleinen Tipp. Du musst mir etwas auf die Sprünge helfen.«

»Okay.« Nachdenklich klackerte sie mit den Fingernägeln auf den Tresen. Dann grinste sie von einem Ohr zum anderen. »Es klingt ein bisschen nach … gelehrter Himmelsrichtung.«

Ich lachte. »Ich glaube, du hast sie nicht mehr alle.«

Ein Pärchen, das ich vor einiger Zeit an Tisch zwei platziert hatte, ließ mich wissen, dass es bestellen wollte. Ich deutete mit dem Kinn auf meine verrückte Freundin und richtete mein Handy auf sie.

»Und das da drüben klingt unmissverständlich nach Hunger an Tisch zwei!« Ich holte einen Bestellblock und einen Kuli aus der Ablage unter dem Tresen und schob ihr beides hin. »Jetzt geh und nimm die Bestellung auf, du verrücktes Huhn.«

Ich blickte noch auf Davis' Nachricht und dachte über eine Antwort nach, als mir plötzlich klar wurde, was sie mit ihrer rätselhaften Bemerkung über die gelehrte Himmelsrichtung gemeint hatte. Daraufhin verlor ich irgendwie das Interesse an meinem Handy und verstaute es unter dem Tresen, wo ich es immer während der Arbeit aufbewahrte.

Ava nahm die Bestellung von Tisch zwei entgegen und lieferte sie in der Küche ab, dann kam sie wieder zum Tresen, wo ich gerade ein Bier zapfte.

»Du hast vorhin Professor West gemeint?«, fragte ich.

»Sehr gut! Obwohl er in dem Video, das ich gesehen habe, nicht Caine West hieß, sondern Able Arsen.«

»Wie meinst du das?«

»Ich war heute beim Treffen für Lehrassistenten und habe da jemanden kennengelernt, der mal Assistent bei Dr. Anderson war.«

»Dem Leiter der Musikfakultät?«

»Ganz genau. Der Assistent heißt übrigens Norman – ziemlich blöder Name für einen Typen um die zwanzig, aber er ist süß. Er hat mich gefragt, ob ich diesen Freitag mit ihm und einem Haufen anderer Assistenten etwas trinken gehe. Und du kommst natürlich mit.«

»Okay …« Ich war froh, dass Ava wieder bessere Laune hatte, nachdem sie wegen Owen so fertig gewesen war. Aber was dieser Typ jetzt mit Caine zu tun hatte und wer um alles in der Welt Able Arsen war, begriff ich immer noch nicht. »Aber was hat das mit Professor West zu tun?«

»Dr. Anderson hat ihm erzählt, dass Professor West mal in einer Band gespielt hat. Die hatten damals sogar einen Vertrag mit einer großen Plattenfirma.« Sie holte das Handy heraus und wischte darauf herum. Als sie gefunden hatte, wonach sie suchte, klickte sie ein paar Tasten und hielt mir das Display hin. »Darf ich vorstellen? Able Arsen.«

Das Video war pixelig und die Klangqualität furchtbar – vermutlich mit einem der ersten Klapphandys gefilmt. Ich konnte nur erkennen, dass in der Ferne vier Typen auf einer Bühne spielten.

»Warte«, sagte Ava.

Gegen Ende des Videos zoomte die Kamera endlich näher an den Schlagzeuger heran, der auch sang. Er hielt den Kopf gesenkt und nickte im Takt, während er seine Trommeln bearbeitete. Die selbstsichere Art, wie er die Stöcke hielt und wie seine Muskeln bei jedem Schlag zuckten, war enorm sexy – wie viel Ausdauer musste man haben, um das stundenlang durchzuhalten.

Das leichte Flattern in meinem Bauch sagte es mir schon, bevor der Musiker den Kopf hob. Doch als die Kamera sein Gesicht erfasste, stockte mir der Atem.

Professor West hatte als Teenager genauso sexy ausgesehen wie jetzt. Nur dass er damals auf wilden Rocker gemacht hatte. Würde ich ihn nicht kennen und sollte raten, würde ich ihn heute für einen Jazzmusiker halten, oder vielleicht sogar für jemanden, der klassische Musik spielte. Irgendwie war der heiße, wilde Rocker auf eine erotische Weise gereift.

Am Ende des Songs hob Caine den Kopf und grinste die Menge verwegen an. Das schulterlange Haar war von der Anstrengung nassgeschwitzt, und er schleuderte einen Trommelstock in die Luft und fing ihn mit der anderen Hand auf. Schließlich griff er sich mit der freien Hand in den Nacken und streifte sich das verschwitzte Hemd vom Leib. Die Mädchen drehten beim Anblick seines Waschbrettbauchs durch. Ein Rockstar, ein Geschrei wie bei den Beatles.

Wow.

Dieses Lächeln.

Dieser Körper.

Einfach wow.

Caine West steckte anscheinend voller Überraschungen, und ich hatte bislang nur an der Oberfläche gekratzt.

In jener Nacht kam ich erst nach zwei Uhr morgens nach Hause. Meine Füße taten höllisch weh, und ich wollte nur noch in die warme Wanne und ein bisschen schlafen. Zur Abwechslung musste ich bis nachmittags weder zur Uni noch zur Arbeit. Ich ließ das heiße Wasser aus dem Hahn über meine Füße rinnen und lehnte mich entspannt zurück.

Was mir so durch den Kopf ging, war allerdings weniger entspannend. Sobald ich die Augen schloss, beherrschte das Bild des jungen Caine West meine Gedanken. Ich hatte die Videos an mich weitergeleitet und sie während meiner Schicht häufiger angesehen, als ich zugeben mochte.

Schließlich knickte ich ein, nahm mein Smartphone und gönnte mir noch eine Wiederholung. Jetzt war ich endlich allein und wurde nicht von einer grinsenden Ava dabei ertappt, wie ich verstohlen nach unten auf mein Display sah. Ich suchte in dem verpixelten Gesicht nach Merkmalen von Caine. Ein paar Dinge erkannte ich wieder – die Art, wie sein Mundwinkel zuckte und er mit dem Kopf nickte, als die Frauen während des Solos seinen Namen riefen. Die Art, wie er über die Bühne ging, als gehöre sie ihm. Heute war der Hörsaal seine Arena, doch das Selbstvertrauen, mit dem er sich dort präsentierte, war dasselbe. Was mich jedoch endgültig umhaute, waren seine Arme. Jedes Mal, wenn er auf die Trommeln schlug, trat diese Vene hervor, die vom Bizeps zum Unterarm lief. Ich hätte nie gedacht, dass eine Vene so sexy sein konnte.

Als ich genug gesehen hatte, war die Wanne fast voll, und ich drehte mit den Zehen das Wasser ab. Wenn ich meine Neugier nicht befriedigte, würde ich nicht einschlafen können. Das war mir klar, darum googelte ich Caines damaligen Künstlernamen.

Able Arsen.

Überrascht stellte ich fest, dass es Tausende von Treffern

gab. Wie besessen scrollte ich durch die Ergebnisse und fand unzählige Fotos von Caine. Er war nicht der Frontmann der Band, aber offenbar vergötterten die Medien ihn – und wer konnte es ihnen verübeln? Mir fiel auf, dass auf einer ganzen Reihe von Fotos dasselbe Mädchen auftauchte. Sie hatte langes, dunkles Haar und war dünn – fast zu dünn. Ihre hohlen Wangen ließen ihre schönen, hohen Wangenknochen etwas zu sehr hervorstehen. Auf den meisten Fotos trug sie eine Sonnenbrille, sie schien sich nicht gern fotografieren zu lassen. Es gab eine ganze Reihe Fotos, die sie mit der Band zeigten und auf denen Caine den Arm um sie gelegt hatte, als wollte er sie beschützen. Sie war eindeutig jünger als er – höchstens siebzehn oder achtzehn –, und ich wusste nicht zu sagen, ob sie seine Freundin oder vielleicht seine kleine Schwester war.

Als ich die Fotos und Artikel chronologisch sortierte, sodass die ältesten zuerst kamen, fiel mir auf, dass die Fotos mit ihr vor neun Jahren urplötzlich aufhörten. Drei oder vier Suchergebnisseiten später fand ich einen Artikel zum Tod des Leadsängers Liam Marshal. Danach verschwand Able Arsen von der Bildfläche.

Was ist passiert, Able Arsen?

Und vor allem: Wie ist aus dir *Professor* Caine West geworden?

7. Kapitel

Caine – fünfzehn Jahre zuvor

»Vergib mir, Vater, denn ich habe gesündigt.« Ich sah zum Kreuz in der winzigen, spärlich beleuchteten Nische hinauf und sog kräftig, bis die rote Glut das Ende des Joints erreichte und Daumen und Zeigefinger heiß wurden.

»Du kannst doch nicht um Vergebung bitten, wenn du gerade schon wieder sündigst. Du sollst bereuen, Blödmann.«

»Was sind das denn für Ausdrücke?! Wir sind in einer Kirche, um Himmels willen.«

Liam lachte auf der anderen Seite der dunklen Nische. »Ja klar. Du rauchst im Beichtstuhl eine fette Tüte, aber meine Wortwahl ist respektlos.«

Da hatte er nicht ganz unrecht. Und weil mich mein benebeltes Hirn gerade total peacig stimmte, drückte ich den winzigen Rest des Joints auf dem Fußboden aus und steckte mir den noch warmen Stummel in die Tasche.

»Ich hau jetzt ab«, sagte Liam.

»Wir sollen bis Mittag arbeiten.«

»Scheiß drauf. Wenn Pater Frank nach mir fragt, sag ihm, ich bin nach Hause gegangen, um mir einen runterzuholen.« Das hölzerne Schiebefenster, durch das wir uns unterhalten hatten und das die beiden Hälften des Beichtstuhls trennte, knallte zu, gefolgt von der Tür, durch die Liam verschwand.

Ich musste noch eine halbe Stunde totschlagen, bis ich mich bei Pater Frank abmelden konnte, also entspannte ich mich, lehnte mich an das rot bezogene Polster und hoffte, noch ein wenig dösen zu können. Auf der Priesterseite war der Stuhl verdammt bequem – bestimmt, weil er hier jeden Samstagnachmittag stundenlang ausharren musste, um sich den Mist anderer Leute anzuhören. Keine Ahnung, wie die Typen ihr gesamtes Leben hier verbringen konnten. Mich hatten schon die letzten paar Samstage verrückt gemacht.

Vor drei Wochen hatte meine Mutter Liam und mich erneut beim Schuleschwänzen erwischt. Es war unser letztes Schuljahr, meine Mutter war normalerweise ziemlich locker drauf, und Eltern rechneten mit ein paar Ausfällen. Das war es nicht, was die gottesfürchtige Grace West derart aufgebracht hatte. Mom war nicht einmal ausgeflippt, als sie hinten im Garten die halb nackte und völlig zugekiffte Emily Willis entdeckt hatte, die vor mir kniete und mir gerade einen blasen wollte. Nein. Meine Musik war schuld daran, dass ich zu einem einmonatigen Unfreiwilligendienst in der St. Killians-Kirche verdonnert worden war, wo ich nun jeden Samstagmorgen saubermachen musste. Meinen Eltern missfiel, dass ich weder vorhatte, aufs College zu gehen, noch in die solide Investmentgesellschaft unserer Familie einzusteigen, die den Namen West trug.

Weil ich Schlagzeug spielen und singen wollte, wurde ich zum Gemeindedienst verurteilt. Nach einem langen Gespräch zwischen meiner Mutter und Pater Frank erinnerte dieser Liam und mich außerdem bei jeder Gelegenheit daran, dass man vom Musikmachen nicht leben konnte.

Gott sei Dank brauchte ich nur noch eine Woche hier zu arbeiten.

Ich hatte mich gerade mit geschlossenen Augen meinen Tagträumen hingegeben, als quietschend die Tür des Beichtstuhls aufging. Ich nahm an, dass Liam zurückgekommen war.

»So schnell wieder gesündigt, du Loser?«, fragte ich.

Doch es war eindeutig nicht Liam, der da antwortete. Die Stimme war zart und bebte unsicher: »Vergib mir, Vater, denn ich habe gesündigt.«

Verdammt.

Auf der anderen Seite saß ein Mädchen, das mich für den Priester hielt. Ihrer Stimme nach konnte sie nicht älter als zehn oder elf sein. *Was zum Teufel kann sie zu beichten haben?*

Vermutlich hätte ich die Tür öffnen und hinausgehen sollen, bevor sie anfing, mir ihre dunkelsten Geheimnisse anzuvertrauen. Nein, nicht *vermutlich.* Ich hätte *auf jeden Fall* gehen sollen. Aber … vielleicht war es das gute Gras. Vielleicht war es ihr zittriges, leises Stimmchen, das mich neugierig machte. Vielleicht war ich auch gerade nicht ganz richtig im Kopf. Anstatt die Tür zu öffnen, öffnete ich sie im übertragenen Sinn. Als ich den Mund aufmachte, ahnte ich nicht, dass meine Worte mein Leben für immer verändern sollten.

»Sprich weiter«, forderte ich sie auf. »Beichte mir deine Sünden.«

8. Kapitel

Rachel

Caine war ungefähr in der Mitte des Seminars hereingeschlichen.

Plötzlich konnte ich nachvollziehen, weshalb er Verspätungen als Störung empfand. Denn seit zwanzig Minuten lenkte mich der Mann ab, der auf dem Platz hockte, auf dem ich während des letzten Seminars gesessen hatte. Neben ihm saß Mr Ludwig, der Aktzeichner mit der Beanie, und wirkte so nervös, wie ich mich fühlte. Obwohl seine Nervosität vermutlich eher daher rührte, dass der Professor gerade leise das Notizbuch vom Tisch genommen hatte, in das er auch heute wieder gezeichnet hatte. Es war jetzt zugeklappt und befand sich in Caines Tasche.

Ich versuchte, nicht zu den beiden hinzusehen, trotzdem spürte ich, dass Caine mich beobachtete. Wie konnte es sein, dass zweihundert Augenpaare auf mich gerichtet waren und ich nur eins davon wahrnahm?

Ich räusperte mich. »Der Unterricht ist bald vorbei. Deshalb werde ich, wie vorhin besprochen, jetzt die Kopfhörer verteilen.« Ich ging zum Materialschrank in der Ecke des Hörsaals, zog einen Karton heraus und brachte ihn zur ersten Sitzreihe. Ich bat den Studenten, der am Rand saß, einen

Kopfhörer herauszunehmen und die Schachtel weiterzureichen. Jede Reihe erhielt einen vollen Karton. Caine nahm schweigend ein paar Kartons und half mir, sie in den oberen Reihen des Hörsaals zu verteilen. Danach setzte er sich wieder. Als ich mit dem Verteilen fertig war, erinnerte ich die Studenten an die Übung, die an Professor Wests erste Hausaufgabe anknüpfte. Dann gab ich ihnen noch eine weitere Aufgabe, die ich mir ausgedacht hatte.

»Ich möchte, dass Sie zusätzlich zu der Übung, die wir schon besprochen haben, eine zweite Hörübung machen. Wir kennen alle Songs, mit denen wir schöne Erinnerungen an unsere frühe Jugend verbinden. Suchen Sie den Song aus, der für Sie mit den intensivsten Erinnerungen verknüpft ist. Und wenn Sie heute Abend allein zu Hause sind, möchte ich, dass Sie die Vorhänge zuziehen, alle Lampen ausschalten und das Zimmer so dunkel wie möglich machen. Dann legen Sie sich bequem hin – am besten aufs Bett – und hören sich mit dem Bose-Kopfhörer ihren Song an. Hören Sie ihn sich zweimal an. Das ist alles. Ganz einfach. Das, was Sie hören, verwenden wir in einer der nächsten Stunden.«

Als alle gegangen waren, kam Caine nach vorn. »Gut gemacht.«

»Danke. Ich wusste nicht, dass Sie dabei sein würden. Es hat mich ziemlich aus dem Konzept gebracht, als Sie so spät hereingekommen sind.« Ich grinste. »Ich mag keine Zuspätkommer. Ich finde, sie stören meinen Unterricht.«

Caine zog eine Augenbraue hoch. »Das merke ich mir.«

Ich packte meinen Laptop ein. »Mr Ludwig wirkte nicht gerade erbaut von Ihrer Gegenwart.«

»Mr Ludwig kann froh sein, dass er noch an meinem Unterricht teilnehmen darf.«

Caine half mir, die übriggebliebenen Kopfhörer und die Kartons aus den Sitzreihen einzusammeln.

»Und was ist Ihr Song?«, fragte er.

Ich kniff die Augen zusammen. »Hmm?«

»Die Hausaufgabe, die Sie ihnen gegeben haben. Welcher Song erinnert Sie an Ihre Kindheit?« Sofort dachte ich an »Devil in a Bottle«, einen alten Song von Lynyrd Skynyrd, aber das war für meine Begriffe ein bisschen zu ehrlich.

»Ich weiß nicht. Wahrscheinlich irgendwas von Maroon 5.«

Weil ich eine miserable Lügnerin war, vermied ich es, ihm in die Augen zu sehen. Doch als ich schließlich zu ihm hochsah, bemerkte ich, dass er auf seine typische Art die Augen zusammenzog. »Was ist denn?«, fragte ich.

»Das ist Unsinn.«

»Was soll das heißen?«, versuchte ich mich dumm zu stellen. Leider merkte ich, dass ich rot wurde.

»Sie haben sofort an einen ganz bestimmten Song gedacht. Und das war kein blöder Titel von Maroon 5.« Er kratzte sich das Kinn. »Ich wette, es gibt auch mehr als einen.«

Anstatt weiter zu lügen, drehte ich den Spieß um. »Welchen Song haben Sie, Professor Allwissend?«

Er sah mir in die Augen. »›Going, Going, Gone‹.«

»Bob Dylan?«

»Genau der.«

Hmm … Spontan fiel mir der Text nicht ein, aber ich wusste, dass es ein tiefgründiger, emotionaler Song war. Ich wollte ihn mir heute Abend unbedingt mit meinen geliehenen Bose-Kopfhörern anhören. Wie konnte ich meine Fähigkeiten in kritischem Hören besser schulen als bei dem Versuch, Caine Wests Geheimnisse zu ergründen? Weil er etwas verraten hatte, fühlte ich mich verpflichtet, auch etwas preiszugeben. »›Hurt‹.«

Er nickte. »Johnny Cash oder das Original von Nine Inch Nails?«

Ich lächelte. »Johnny. Auf jeden Fall. Das war der Lieblingssänger meiner Mutter.«

Wenn wir uns ansahen, lag eine Spannung zwischen uns. Ich hatte sie bei jeder unserer Begegnungen gespürt. Jedes Mal fühlte sie sich etwas anders an, doch die Spannung war immer da – wie ein Knistern in der Luft. Heute war sie weniger erotischer Natur als von Verständnis füreinander bestimmt. Wir hatten beide bedrückende Erfahrungen gemacht, die durch einen Song ausgedrückt wurden. Dabei fiel mir ein …

»Ich habe übrigens noch ein anderes Gerücht über Sie gehört.«

»Ach ja?«

»Ja, ursprünglich war es ein Gerücht, aber jetzt weiß ich, dass es stimmt. Darum ist es womöglich falsch, überhaupt von einem Gerücht zu sprechen.«

»Haben Sie festgestellt, dass ich tatsächlich ein arrogantes Arschloch bin?«, stichelte Caine. »Das war ja wohl nicht schwer herauszufinden.«

»Das Gerücht hat eher damit zu tun, dass Sie ein heimlicher Rockstar mit einem Plattenvertrag sind.«

Kaum war es ausgesprochen, merkte ich, dass ich einen Fehler begangen hatte. Caines eben noch amüsierte, freundliche Miene wirkte plötzlich kühl und ernst. Ich hatte eine Grenze überschritten und war ihm zu nahe getreten. Er war ziemlich sauer.

»Halten Sie sich aus meinem Privatleben heraus, Rachel.«

Ich öffnete den Mund, um mich zu entschuldigen, doch er ließ mich nicht zu Wort kommen.

»Sie sollten zu Ihrem anderen Job gehen. Es könnte schon bald der einzige sein, den Sie noch haben.« Mit diesen Worten griff er seine Ledertasche, stapfte die Treppe hinauf und aus dem Hörsaal, ehe ich mein weit offen stehendes, großes Mundwerk zubekam.

Beim Verlassen des Hörsaals knallte er derart laut die Tür zu, dass die Wände wackelten.

»Bist du sicher, dass bei dir alles okay ist?«

Charlie fragte schon zum dritten Mal. Das erste Mal, als ich ein Tablett voller Getränke fallen ließ. Zwei Gläser zerbrachen, und beim Saubermachen stellte ich mich derart ungeschickt an, dass ich mir in den Finger schnitt. Beim zweiten Mal hing ich meinen Gedanken nach und ließ beim Zapfen das Bier überlaufen. Jetzt wollte er nach Hause gehen und sah mich mit besorgter Miene an.

»Alles okay, Charlie. Ich bin nur ein bisschen müde«, log ich. »Ich bin spät ins Bett gekommen, weil ich an meiner Magisterarbeit geschrieben habe, und ich habe ein bisschen Kopfschmerzen. Aber mir geht's gut, tut mir leid wegen vorhin.«

»Die Gläser sind mir völlig egal, Hauptsache, dir geht's gut.« Er sah mir in die Augen. »Bist du sicher? Ich kann auch bleiben, und du nimmst dir frei.«

Ich lächelte. »Alles okay mit mir. Aber danke.«

Mittwoch war ohnehin der ruhigste Tag in der Woche. Heute Abend arbeitete ich allein mit Al, einem pensionierten Polizisten und alten Freund von Charlie, der ein paar Abende pro Woche hinterm Tresen stand. Ich war froh, dass Ava keinen Dienst hatte und mich nicht wegen meiner schlechten Laune löcherte. Den ganzen Abend über war ich hin- und hergerissen. Einerseits hatte ich ein schlechtes Gewissen, weil ich in Caines Leben herumgeschnüffelt hatte. Andererseits war ich sauer, dass er sich wie ein Arsch aufführte, nur weil ich seine Vergangenheit erwähnt hatte.

In dem kleinen, offenen Restaurantbereich, der sich an den Tresen anschloss, saßen nur wenige Gäste. So blieb mir viel Zeit, darüber nachzugrübeln, was am Nachmittag zwischen Caine und mir eigentlich schiefgelaufen war. Ganz offensichtlich hatte ich etwas angesprochen, aus dem ich mich heraushalten sollte. Es schien mir jedoch nichts mit unserem Pseudo-Arbeitgeber-Angestellten-Verhältnis zu tun zu haben. Schließlich hatte er sich zuerst nach meinem Privatleben erkundigt, eine persönliche Ebene schien für ihn also nicht tabu zu sein. Ich hatte nicht das Gefühl, zu weit gegangen zu sein, sondern eher den Eindruck, einen wunden Punkt berührt zu haben. Er hatte gesagt: »Halten Sie sich aus meinem Privatleben heraus«, aber aus völlig undurchsichtigen Gründen. Ich war mir sicher, dass er meinte: *Halten Sie sich aus* diesem *Bereich meines Privatlebens heraus.*

Doch das machte mir nicht zu schaffen. Um keine Missverständnisse aufkommen zu lassen, es tat mir natürlich leid, dass ich ihn verärgert hatte. Doch es hätte mir bei jedem leidgetan, wenn ich in einen Bereich seines Lebens eingedrungen wäre, über den er nicht sprechen wollte. Was mich durcheinanderbrachte, war, wie heftig es mir zusetzte. Ich fühlte mich körperlich zu Caine hingezogen, das konnte ich nicht leugnen – und welche Frau war das nicht? Aber als er so schroff und aufgeregt gewesen war, hatte ich gemerkt, dass ich ihn nicht nur körperlich anziehend fand. Ich hatte mich in meinen verfluchten Professor verknallt. Seit jenem ersten Tag nach dem Seminar fühlte ich mich auf einer anderen Ebene zu ihm hingezogen.

Um kurz vor neun kam ich aus der Damentoilette und sah nach dem letzten, übriggebliebenen Pärchen, das sich noch an seinem Kaffee festhielt. Da bemerkte ich aus dem Augenwinkel, dass sich jemand an einen der Tische gesetzt hatte und wollte gleich Bescheid sagen, dass die Küche für heute zu war. Überrascht stellte ich fest, dass es Caine war.

»Professor? Was machen Sie denn hier?«

Sein Blick sagte alles. Ihm lag etwas auf der Seele. »Können Sie sich einen Moment zu mir setzen?«

»Ja … klar. Ich bringe nur noch schnell die Rechnung an den letzten Tisch, dann sage ich Al Bescheid, dass er kassiert.«

Caine nickte. »Danke.«

Als ich zurückkam, stand schon eine Cola light auf meiner Seite des Tisches und eine Flasche Bier vor Caine. Ich band die Schürze ab, setzte mich hin und wartete, dass er etwas sagte.

»Ich möchte mich wegen heute Nachmittag entschuldigen«, sagte er.

»Eigentlich müsste ich mich entschuldigen. Ich hätte nicht in Ihrem Privatleben herumschnüffeln dürfen.«

»Das stimmt.« Er lächelte. »Aber ich habe falsch reagiert.«

Ich schüttelte den Kopf. »Ich sollte am besten wissen, dass es in der Vergangenheit von Menschen Dinge gibt, mit denen sie nicht konfrontiert werden wollen.«

Caine nickte. Er strich mit dem Finger über den Rand seiner Bierflasche. »Ich habe heute Abend ein bisschen Johnny Cash gehört.«

»Wirklich?«

Er sah mir in die Augen. »Ich glaube, bei uns beiden gibt es Dinge im Leben, an die wir lieber nicht rühren möchten.«

Das beschrieb sehr genau mein Gefühl gegenüber meiner Vergangenheit. Im Großen und Ganzen war ich darüber hinweg und dachte nicht mehr täglich daran. Doch irgendwie war sie ständig präsent, und es kostete mich Mühe, sie unter Verschluss zu halten.

»Ja, tut mir leid. Ich habe einfach nicht nachgedacht. Es gibt bestimmt einen Grund, warum Sie Ihre Vergangenheit im Unterricht nicht erwähnen.«

Caine trank sein Bier und beobachtete mich über die Flasche hinweg. Dann setzte er es ab und fragte: »Woher wissen Sie davon?«

Ich wollte niemanden in Schwierigkeiten bringen. »Von dem Freund einer Freundin.«

Er nickte.

Ich hielt es dann doch für das Beste, die ganze Wahrheit zu sagen, also atmete ich tief durch und gestand: »Und vielleicht habe ich Sie gegoogelt. Na ja, nicht Sie. Sondern Able Arsen.«

Caine schüttelte den Kopf und lächelte traurig. »Ich hätte damals zum Friseur gehen sollen.«

»Es war stilecht. Es hat mir gefallen. Sie hatten das ganze Sexy-Bad-Boy-Ding voll drauf.«

»Daran werde ich bei meinem nächsten Friseurbesuch denken.«

»Darf ich Sie nur noch eines fragen?«

»Ist dann Schluss mit dem Quatsch?«

Ich lächelte. »Ja.«

»Was wollen Sie wissen?«

»In dem letzten Artikel, den ich gelesen habe, stand, dass Sie einen Plattenvertrag unterzeichnet hätten. Aber ich konnte kein Album finden. Was ist passiert?«

Caine schwieg einen Moment. Als er schließlich antwortete, rieb er mit dem Daumen über das Etikett seiner Bierflasche. »Es war ein anstrengendes Leben. Feiern, die Nächte durchmachen, den halben Tag verschlafen. Ich habe die Bodenhaftung und meine Prioritäten aus den Augen verloren.« Er sah zu mir hoch. »Als wir den Plattenvertrag hatten, haben wir ein paarmal die Deadline versäumt. Das Erscheinen des Albums wurde immer wieder verschoben. Dann habe ich jemanden verloren, der mir nahestand.«

»Tut mir leid.«

Er nickte. »Ich habe mir eine Auszeit genommen. Meine Eltern haben Druck gemacht, dass ich wieder aufs College gehe. Ich brauchte etwas, worauf ich mich konzentrieren konnte. Sie wollten, dass ich Finanzwesen studiere und ins Familienunternehmen einsteige. Wir einigten uns auf einen Abschluss in Musik, weil ein Leben für mich undenkbar war, in dem die Musik keine große Rolle spielt. Später stellte ich dann fest, dass mir das Unterrichten von Kompositionslehre liegt, deshalb habe ich noch meinen Doktor gemacht.« Er hob die Bierflasche und prostete mir zu, bevor er sie an die Lippen setzte.

»Und jetzt bin ich hier.«

»Und jetzt sind Sie hier.« Ich lächelte. »Danke, dass Sie mir das erzählt haben.«

Wir wurden gestört, als Al vom Tresen herüberrief: »Du kannst jetzt Schluss machen, Rachel.«

Ich drehte mich um und winkte. »Danke, Al.«

»Haben Sie für heute Feierabend?«, fragte Caine.

»Ja. Möchten Sie noch ein Bier?«

»Nein, danke. Ich sollte jetzt gehen.«

Obwohl ich einen langen Tag an der Uni und eine ganze Schicht hinter mir hatte, war ich enttäuscht.

Ich sagte Al gute Nacht, dann begleitete mich Caine zu meinem Wagen. Er hielt mir die Tür auf und legte eine Hand auf das Dach.

»Ach, übrigens, bei meinem Fachbereichstreffen gestern ging es um Professor Clarence.«

Wir hatten nie darüber gesprochen. Ich war mir nicht sicher, ob er überhaupt wusste, dass ich im letzten Jahr seine Assistentin gewesen war.

»Er ist ein so guter Mensch gewesen. Ich habe letztes Jahr für ihn gearbeitet.«

»Das habe ich gehört. Es fiel Ihr Name, zusammen mit dem einer anderen Studentin. Sie hatten ihn beide als Betreuer für Ihre Abschlussarbeit.«

Ich nickte. »Er hat mir geholfen, ein Thema zu finden. Es war eins, das ihm sehr am Herzen lag.«

»Und Sie haben noch keinen neuen Betreuer gefunden?«

»Nein. Noch nicht. Darum muss ich mich kümmern.«

»Ich würde Sie nehmen, wenn Sie möchten.«

Ein Abend voller Überraschungen. »Das würden Sie tun?«

»Denken Sie darüber nach.«

»Okay. Vielen Dank.«

Caine schlug die Wagentür zu und wartete, bis ich den Motor angelassen hatte. Beim Wegfahren winkte ich ein letztes Mal und dachte bei mir: Ich habe einen neuen *Betreuer.*

9. Kapitel

Caine – fünfzehn Jahre zuvor

Verdammt, was habe ich mir nur dabei gedacht?

Ich saß in dem stillen Beichtstuhl und wartete. Diese Woche war ich noch nicht einmal bekifft. Es war fast ein Uhr mittags, Liam war schon lange weg – und ich hätte es auch sein sollen. Vor einer Stunde war der letzte Tag unseres Freiwilligendienstes zu Ende gegangen … doch ich saß hier und wartete auf ein kleines Mädchen, das einen Haufen Probleme zu Hause hatte. Ganz bestimmt brauchte es nicht noch einen Idioten wie mich, der sich als Priester ausgab.

Aber ich konnte es nicht lassen.

Ich hatte keine Ahnung, warum ich dem kleinen Mädchen überhaupt gesagt hatte, es sollte diese Woche wiederkommen.

Nein, Quatsch. Ich hatte den Grund jeden Abend, bevor ich ins Bett ging, immer wieder in meinen Gedanken gehört. Ihr leises Stimmchen ging mir einfach nicht mehr aus dem Kopf.

Manchmal schläft er mit der Zigarette in der Hand auf dem Sofa ein. Dann stelle ich mir vor, sie nicht auszumachen und das Haus abbrennen zu lassen. Das hatte sie gebeichtet.

Ich war mir noch nicht einmal sicher, ob der Gedanke,

dass man einen Menschen nicht davon abhielt, sich selbst zu verletzen, überhaupt eine Sünde war. Aber ich wollte nicht, dass sich das arme kleine Mädchen schuldig fühlte, weil es sich wünschte, dass jemandem, den ich für einen üblen Kerl hielt, etwas passierte. Das war mir egal.

Außerdem musste ich herausfinden, was dieses Arschloch tat, dass ein unschuldiges kleines Mädchen auf solche Gedanken kam. Sie hätte an Ponys und Einhörner denken sollen, nicht daran, dass ihr Haus niederbrannte. Ich ging automatisch vom Schlimmsten aus.

Ich wollte gerade aufgeben – und auf dem Weg nach Hause einen durchziehen, um den Mist loszuwerden, der mir durch den Kopf ging –, als auf der anderen Seite quietschend die Tür aufging.

»Vergib mir, Vater, denn ich habe gesündigt«, flüsterte sie.

»Haben wir darüber nicht erst letzte Woche gesprochen? Du sündigst nicht, wenn du dir schlimme Sachen vorstellst. Eine Sünde ist es nur, wenn du es auch tust.«

Das entsprach nicht unbedingt der Wahrheit – die katholische Kirche hatte ein paar blöde Regeln. Es war jedoch das Einzige, was ich tun konnte, um sie ein wenig zu entlasten.

»In Ordnung.«

Ich wusste von letzter Woche, dass sie nicht gerade mitteilsam war. Ich musste ihr Vertrauen gewinnen, damit sie mir mehr darüber erzählte, was bei ihr zu Hause los war. Deshalb redete ich mit ihr über das Erste, was mir in den Sinn kam.

»Wie war die Schule diese Woche? Magst du deinen Lehrer?«

»Es war okay. Mein Lehrer ist ganz okay, aber Tommy, der

neben mir sitzt, ist eklig. Er steckt sich immer die Hand in die Hose.«

Irgendwie schaffte ich es, nicht loszuprusten. *Tun wir das nicht alle?* »Du solltest dich von ihm fernhalten. Er scheint ungezogen zu sein.«

»Er grinst mich immer an.«

»Ja. Er ist nicht anständig. In welcher Klasse bist du?«

»In der vierten.«

Ich hatte richtig geraten. Sie musste ungefähr zehn sein.

»Hast du deiner Mutter von ihm erzählt?«

Sie schwieg eine ganze Weile, dann sagte sie: »Meine Mutter ist letztes Jahr gestorben.«

Mist. Ich hatte zu Recht befürchtet, dass es bei ihr zu Hause keine Frau gab. »Das tut mir sehr leid.« Ich machte eine Pause, dann fügte ich hinzu: »Sie ist jetzt im Himmel. Da ist es schön.«

»Hört der Schmerz auf, wenn man stirbt?«

»War deine Mom krank?«

Ich erkannte die Umrisse ihres Kopfes hinter der vergitterten Fensteröffnung und sah, dass sie nickte.

»Sie hat jetzt keine Schmerzen mehr.«

»Ist Yoda auch da?«

Ich runzelte die Stirn. »Das kleine grüne Männchen aus *Star Wars*?«

Sie kicherte. Es klang schöner als Musik. »Nein. Yoda war mein Hund. Seine Ohren standen ganz komisch vom Kopf ab. Er ist auch gestorben.«

»Oh ja. Yoda ist im Himmel bei deiner Mom. Die amüsieren sich zusammen.«

»Das ist gut.«

»Bist du jetzt allein mit deinem Vater?«

»Er ist nicht mein Vater.« Die Antwort kam verdammt schnell. *Zu schnell.*

»Bei wem wohnst du denn jetzt?«

»Bei meinem Stiefvater. Er mag mich nicht besonders – meistens. Aber manchmal mag er meine Schwester.«

»Du hast eine Schwester? Gibt es nur euch beide?«

»Ja.«

»Ist deine Schwester älter als du?«

»Sie ist fünfzehn.«

Ich hatte einen schlimmen Verdacht. »Wie kommst du darauf, dass er dich nicht gernhat? Und warum sagst du, dass er deine Schwester manchmal mag?«

Sie war still. »Ich sollte gehen. Benny kommt bald von der Arbeit. Er regt sich leicht auf.«

»Benny? Ist das dein Stiefvater?«

»Ja.«

Ich wollte mehr erfahren, aber ich wollte ganz bestimmt nicht der Grund dafür sein, dass sie in Schwierigkeiten geriet.

»Komm nächste Woche wieder. Okay?«

»Okay.«

10. Kapitel

Rachel

Am Freitagnachmittag ließ ich mir mehr Zeit als sonst, um mich fertig zu machen. Ich war immer gern in die Uni gegangen. Dort konnte ich mich auf Dinge konzentrieren, wenn ich mich labil fühlte. Doch neuerdings war es eindeutig nicht mein Studium, auf das ich mich freute.

Caines Bürotür stand offen, als ich unangemeldet vorbeischaute. Kurz begegneten sich unsere Blicke, und mit der freien Hand, mit der er sich kein Handy ans Ohr hielt, deutete er auf einen Stuhl vor seinem Schreibtisch. Ich lauschte auf seine Seite des Gesprächs und sah mich währenddessen in seinem Büro um.

»Ja. Ich komme.« Dann hörte er eine Weile zu und verdrehte die Augen. »Es wäre mir lieber, wenn du das nicht tust.«

Am anderen Ende der Leitung war eine Frau. Das erkannte ich an der Stimmlage, auch wenn ich nicht verstand, was sie sagte. Ich bemühte mich, so zu tun, als würde ich gar nicht zuhören, während ich die Bilder an den Wänden und die Bücher im Regal betrachtete, aber natürlich lauschte ich.

»Aus Ellen Werman und mir wird kein Paar, ganz egal, an welchen Tisch du sie setzt.«

Pause.

»Weil ich einen Penis habe und sich Ellen nicht für Penisse interessiert, Mama.«

Pause.

»Okay. Ich muss jetzt Schluss machen. Es ist gerade jemand in mein Büro gekommen. Bis bald.«

Caine legte auf, atmete tief aus und warf sein Handy auf den Tisch.

»Mag Ellen nur *Ihren* Penis nicht oder Penisse im Allgemeinen?«

Er lächelte gequält. »Ellen hat sich schon in der achten Klasse geoutet. Meine Mutter ist der einzige Mensch auf der Welt, der es immer noch nicht kapiert. Sie ist die Tochter von einem Geschäftspartner meines Vaters. Wir sind gute Freunde, aber meine Mutter ist seit dreiunddreißig Jahren darauf versessen, uns miteinander zu verheiraten. Sie hat mich jetzt schon viermal angerufen, um mit mir den Sitzplan für eine Wohltätigkeitsveranstaltung durchzusprechen, die meine Eltern jedes Jahr veranstalten. Dabei findet das Ganze erst in zwei Monaten statt. Ich hätte ihr einfach sagen sollen, dass ich darauf brenne, neben Ellen zu sitzen, und es dabei bewenden lassen.« Wieder vibrierte sein Handy, und er wischte darüber, um den Anruf abzuweisen. »Geben Sie heute Nachmittag ein Tutorium? Ich dachte, das sei donnerstags.«

»Das stimmt auch. Ich bin nur vorbeigekommen, um Ihnen zu sagen, falls das Angebot noch steht, würde ich mich freuen, wenn Sie meine Abschlussarbeit betreuen.«

Caine lehnte sich in seinem Sessel zurück. »Das wird auch Zeit. Ich dachte schon, Sie lehnen mein Angebot ab.«

Dabei wollte ich es doch nur nicht so aussehen lassen, als

würde ich mich gleich darauf stürzen. »Na ja«, scherzte ich, »ich musste erst all die anderen Angebote prüfen.«

»Tatsächlich? Dann habe ich ja Glück gehabt.«

Ich grinste. »Allerdings.«

»Schicken Sie mir doch eine E-Mail mit dem aktuellen Stand. Ich werde mir alles ansehen, und dann setzen wir uns nächste Woche einen Tag zusammen und gehen es durch.«

»Okay.« Ich kramte mein iPhone aus der Tasche. »Wie ist Ihre E-Mail-Adresse?«

Er schob mir über den Tisch sein Handy zu. »Geben Sie Ihre Nummer ein, dann schicke ich Ihnen meine Kontaktinformationen, und Sie können sie abspeichern.«

Nach dem Austausch unserer Kontaktdaten sah ich zufälligerweise auf dem Handydisplay, wie spät es war. »Jetzt muss ich mich aber beeilen.«

Caine musterte mich skeptisch. »Ein Date?«

»Nein. Heute treffen sich die Assistenten der Dozenten, und ich habe Ava versprochen, sie zu begleiten.«

Er nickte. »Viel Spaß.«

Am nächsten Morgen kam ich gerade aus der Dusche, als mein Handy den Eingang einer Nachricht meldete. Ich rubbelte noch mein Haar trocken, dann schnappte ich mir die Brille und stellte überrascht fest, dass sie von Caine stammte. Es war die erste Nachricht, die wir miteinander tauschten, und ich war ganz hibbelig, als ich sie las.

Caine: *Besuchen Sie Umberto noch jeden Sonntag?*

Ich hatte ihm gestern Abend, bevor ich das Haus verließ, die Arbeitsfassung meiner Abschlussarbeit gemailt, jedoch nicht erwartet, dass er sie so schnell lesen würde. Es war aufregend, machte mich aber zugleich auch nervös. Ich war stolz auf meine Arbeit mit Umberto, aber in der Rohfassung fanden sich eine Menge persönlicher Gedanken und Anmerkungen. Weil Caine sie gelesen hatte, fühlte ich mich verwundbarer.

Rachel: *Ja, jeden Sonntag.*

Caine: *Ich möchte gern dabei sein, um die Forschung, mit der Sie sich befassen, mit eigenen Augen zu sehen.*

Mein Puls beschleunigte sich. *Reiß dich zusammen, Rachel. Das ist Professor West, der mit einer Magisterstudentin an ihrer Abschlussarbeit feilt, und kein heißer Mann, der mit dir ausgehen will.* Er fand es ja schon unpassend, dass ich mich mit einem Studenten aus dem Grundstudium einlassen könnte. Trotzdem fühlte ich mich bei jedem Kontakt mit ihm wie eine aufgeregte Teenagerin, deren Handy klingelte, nachdem sie stundenlang auf den Anruf eines süßen Jungen gewartet hatte. Gott, ich bin so armselig.

Rachel: *Das wäre toll. Sie können jederzeit mitkommen.*

Die Pünktchen hüpften, und ich wartete auf seine Antwort.

Caine: *Wie wäre es morgen?*

Rachel: *Klar. Ich versuche immer um zehn Uhr da zu sein, damit ich seinen Tagesablauf nicht störe.*

Caine: *Versuche um zehn da zu sein … Ist das die Umschreibung für irgendwann zwischen zehn und Mittag?*

Vielleicht. Ich grinste mein Display an.

Rachel: *Zum Glück ist Umberto kein Pünktlichkeitsfanatiker.*

Caine: *Ich hole Sie morgen um halb zehn ab.*

Rachel: *Bei mir zu Hause?*

Caine: *Ist das ein Problem? Wenn Sie lieber mit zwei Autos fahren möchten, können wir uns auch dort treffen.*

Rachel: *Nein. Ein Auto ist wunderbar. Sehr gern.*

Ich gab Caine meine Adresse, dann zog ich mich an und machte mich für die Arbeit fertig. Obwohl sich der Tag endlos hinzuziehen schien, konnte ich nicht mehr aufhören zu grinsen.

Ich war mir nicht sicher, was sich gehört, wenn einen der Chef zu Hause abholt. Sollte ich um halb zehn nach draußen gehen oder warten, bis er klingelte, und ihn dann nach oben bitten? Die Frage erledigte sich von selbst, als um zwanzig nach neun die Klingel ging und ich noch nicht ganz fertig war.

Ich betätigte die Gegensprechanlage: »Caine?«

»Ja.«

»Zweiter Stock. Ich mach Ihnen die Tür auf.«

Ich drückte den Summer und öffnete meine Wohnungstür. Als Caine aus dem Fahrstuhl stieg, atmete ich tief durch, damit er nicht merkte, was sein Anblick in mir auslöste. So lässig gekleidet hatte ich ihn bislang noch nicht gesehen. Doch er schaffte es, sogar in einem schlichten blauen, taillierten Polohemd und Jeans total sexy auszusehen. Ich merkte, dass mich nicht seine Kleidung faszinierte, sondern die Art, wie er sie trug. Sein Selbstvertrauen und die ungezwungene Eleganz wirkten äußerst anziehend auf mich. Die Bartstoppeln, die nachmittags auf seinem Gesicht erschienen, waren glatt rasiert, und obwohl mir der Bartschatten wirklich gut gefiel, waren seine gebräunte Haut und sein markanter Kiefer ebenso heiß.

Sein Blick fiel auf mein nasses Haar. »Wie ich sehe, sind Sie wie immer pünktlich.«

»Sie sind zu früh.«

Er schaute auf die Armbanduhr und zog eine Braue hoch. »Es ist 9.24 Uhr. Sind Sie in sechs Minuten fertig?«

Ich zog die Tür auf, trat zur Seite und rollte mit den Augen. »Kommen Sie einfach rein.«

Caine grinste und trat ein. Natürlich musste der Mann auch noch gut riechen. Ich wusste nicht, ob es Aftershave oder Eau de Cologne war, aber er benutzte einen sehr speziellen männlichen Duft mit Holznoten. Er entfachte ein Verlangen in mir, das ich lange nicht gespürt hatte, und kurz erwog ich, die Nase in die Dose mit den Kaffeebohnen zu stecken, um diesen Angriff auf meinen Körper zu beenden. Das zu erklären wäre allerdings eine echte Herausforderung gewesen.

Meine Wohnung war nicht sehr groß, aber sauber und in jenem Shabby Chic eingerichtet, der mir so gut gefiel. Caine blickte sich um und ließ den Blick über die ganzen verrückten Muster schweifen. Jeder Stuhl an meinem kleinen Küchentisch sah anders aus. Im Wohnzimmer waren zwei Wände dunkelrot gestrichen, an denen Kunst oder mattschwarz gerahmte Fotos hingen, die anderen Wände waren unverputzt und leer.

Nach einem Moment nickte er.

»Was ist?«

»Passt zu Ihnen.« Sein Ton ließ nicht erkennen, ob das gut oder schlecht war.

»Und was bedeutet das?«

»Ich weiß nicht. Man merkt einfach, dass Sie hier wohnen.«

»Weil es ein bisschen verrückt ist?«

Sein Mundwinkel zuckte. »Vielleicht.«

Ich stemmte die Hände in die Hüften. »Wie sieht Ihre Wohnung denn aus?«

Während er weiterhin alles begutachtete, schien er über

meine Frage nachzudenken. »Sie sieht aus, als ob da irgendjemand leben könnte. Viel Weiß, Schwarz und Chrom. Ich wohne jetzt seit fünf Jahren in der Wohnung, und bis ich hier hereingekommen bin, war mir nicht klar, dass sie gar nichts über mich aussagt.«

Hm. Keine Ahnung, was ich davon halten soll. »Ich nehme das mal als Kompliment.«

Caine lächelte. »So war es auch gemeint.«

Ich wollte mich gerade anziehen, als es klingelte, und hatte völlig vergessen, was ich anhatte, bis mich Caines Blick daran erinnerte. Er gaffte mich nicht an, doch ich merkte, wie sein Blick über meinen Körper glitt, und spürte genau, wo er verharrte. Mein durchscheinendes T-Shirt ließ wenig Spielraum für Fantasie, und meine Nippel waren hart geworden, als er aus dem Fahrstuhl stieg. Als ich beobachtete, wie er mich taxierte, merkte ich, wie sie unter dem Stoff strammstanden.

»Okay … ich … mache mich dann mal fertig. In der Küche steht frischer Kaffee, wenn Sie möchten.«

Ich verschwand im Schlafzimmer. Was ich eigentlich hatte anziehen wollen, schien mir plötzlich nicht mehr gut genug für Caine West. Am Ende zog ich mich dreimal um, bevor ich überhaupt anfing, mir die Haare zu trocknen und mich ein bisschen zu schminken. Als ich schließlich fertig war, zeigte die Uhr fast zehn. Ich erwartete, dass Caine schon mit den Füßen scharrte, aber stattdessen schien er immer noch von meiner Wohnung fasziniert zu sein. Er betrachtete die gerahmten Fotografien an der Wand.

»Tut mir furchtbar leid. Ich habe gar nicht gesehen, wie spät es ist.«

»Schon okay. Ich habe mir zwei Tassen Kaffee genommen.«

»Ah, gut.«

Nachdem ich die Unterlagen für die Magisterarbeit und meine Aufzeichnungen in der alten Ledertasche verstaut hatte, fiel mir auf, dass Caine vor einem gerahmten Schwarzweißfoto stand.

»Ist das Ihre Mutter?«

Ich hatte es so oft betrachtet, dass ich, auch ohne hinzusehen, jedes Detail des Fotos kannte. Sie saß auf einer Schaukel im Garten des Hauses, in dem ich aufgewachsen war, und hatte sich ein Gänseblümchen hinters Ohr gesteckt. Ihr Lächeln war so ansteckend, dass ich mich manchmal damit aufmunterte.

»Ja.«

»Sie ist wunderschön.«

»Danke. Das war sie.«

Er drehte sich zu mir um und musterte mein Gesicht. »Sie sehen genauso aus wie sie.«

»Krebs«, platzte ich heraus.

Keine Ahnung, was mich dazu trieb, das zu sagen. Bis zum heutigen Tag hatte ich mit niemandem außer mit meiner Schwester über sie gesprochen. Mit Ava war ich seit Beginn des Grundstudiums vor fünf Jahren befreundet, sie war jahrelang meine Mitbewohnerin gewesen, aber sie hatte keine Ahnung, woran meine Mutter gestorben war. Es war kein Geheimnis, ich behielt nur vieles für mich.

Ich starrte auf das Foto. »In der Gebärmutter.«

Caine legte mir eine Hand auf den Rücken und strich sanft darüber. »Das tut mir leid.«

»Danke.« Ich räusperte mich und zeigte auf ein anderes Foto. »Das sind meine Tante Rose und mein Onkel Nate – die Schwester meiner Mutter und ihr Mann. Die haben meine

Schwester und mich … also, die haben uns nach Moms Tod aufgezogen wie ihre eigenen Kinder. Mein Vater ist von der Bildfläche verschwunden, als ich noch ganz klein war.« Obwohl ich den Geist selbst aus der Flasche gelassen hatte, wollte ich den Korken jetzt gern wieder hineindrücken. »Sind Sie so weit? Dort wird um halb eins das Mittagessen serviert, und ich möchte Umbertos Tagesablauf nicht stören.«

»Ich warte nur auf Sie. *Wie üblich.*«

»Müssen Sie zu einer bestimmten Zeit zurück sein? Manchmal ziehe ich mich zurück und mache mir Notizen, während Umberto zu Mittag isst und dies und das tut. Dann gehe ich zurück und mache weiter.«

»Nein. Sie können den ganzen Tag über mich verfügen.«

Das hörte sich gut an.

11. Kapitel

Rachel

Caine fuhr einen Wagen mit Schaltgetriebe, einen äußerst gepflegten, kleinen alten Porsche. Ich hatte keine Ahnung von Autos, aber vermutlich war es ein Klassiker und wertvoller als ein neuer Wagen. Er schien zu ihm zu passen – teuer, aber sexy und zurückgenommen.

Noch nie hatte ich mich so gefreut, im Verkehrsstau zu stecken. Caine musste ständig die Gänge wechseln, und die Art, wie er mit seiner großen Hand den Schaltknüppel griff, gefiel mir. Von seinem Unterarm ganz zu schweigen … und dieser verdammten Vene. Gott steh mir bei. Ich fuhr immer noch auf eine Vene ab.

Caine bemerkte, dass ich ihn beobachtete. »Wissen Sie, wie man mit Schaltgetriebe fährt?«

»Nein. Ich habe es einmal versucht und mir dabei die Nase verletzt.«

Er sah mich skeptisch an. »Die Nase verletzt?«

»Ich habe immer wieder den Motor abgewürgt, und der Wagen ruckte. Beim fünften oder sechsten Mal ließ ich die Kupplung kommen und fuhr los, aber dann blockierten plötzlich die verdammten Reifen. Der Wagen blieb abrupt stehen, und ich wurde nach vorn geschleudert und schlug auf das Lenkrad. Ich dachte, ich hätte mir die Nase gebrochen.«

Caine lachte. »Ich glaube, Sie sind ein bisschen zu ungeduldig und angespannt für ein Schaltgetriebe.«

»Ich? Sie sind verspannter als ich.«

Er warf mir einen Seitenblick zu. »Haben Sie vergessen, wie wir uns kennengelernt haben?«

»Das war etwas anderes. Ich dachte, Sie hätten meine Freundin verletzt.«

»Und anstatt herauszufinden, ob ich derjenige war, für den Sie mich hielten, sind Sie mir gleich an die Kehle gegangen. Sie sind ungeduldig und verspannt.«

Darüber hätte ich mich am liebsten gleich mit ihm gestritten, doch damit würde ich seine Schlussfolgerung nur bestätigen.

»Vielleicht haben Sie ein *bisschen* recht.«

»Nur ein bisschen.«

»Wissen Sie, so bin ich zur Musiktherapie gekommen. In meiner Kindheit habe ich gelernt, Musik zur Entspannung zu nutzen.«

»Haben Sie Musik gehört, als Sie versuchten, mit Schaltgetriebe zu fahren?«

Ich überlegte. »Nein. Ich war nervös und wollte mich nicht ablenken lassen, darum habe ich das Radio ausgeschaltet.«

»Vielleicht hätten Sie es anlassen sollen.«

»Hm … Auf die Idee bin ich nicht gekommen. Vielleicht sollten Sie mich den Wagen fahren lassen, um zu sehen, ob es funktioniert.«

Caine lachte. »Dafür liegt mir mein Getriebe zu sehr am Herzen.«

Die Fahrt zu Umberto nach New Jersey dauerte sonntagmorgens normalerweise fünfundvierzig Minuten, heute brauchten wir allerdings fast anderthalb Stunden. Die George-Washington-Bridge war bis auf eine Spur gesperrt, und es ging nur im Schneckentempo voran. Als sich der Stau auf der anderen Seite auflöste, sprachen wir über meine Forschungsarbeit.

»Erzählen Sie mir von Umberto.«

»Nun, das Wesentliche kennen Sie ja schon aus meiner Zusammenfassung. Er ist dreiundsiebzig Jahre alt, hat Alzheimer im sechsten bzw. im Spätstadium und sein ganzes Leben in dem Haus gelebt, in dem er aufgewachsen ist – dort hatte er auch seine Arztpraxis. Er war Allgemeinmediziner und machte bis vor zehn Jahren noch Hausbesuche. Mit Lydia ist er seit einundfünfzig Jahren verheiratet, sie besucht ihn jeden Tag. Sie haben einen Sohn, der an der Westküste lebt und ein paarmal im Jahr zu Besuch kommt. An den meisten Tagen kann sich Umberto nicht mehr an Lydia erinnern. Er hatte eine depressive Phase, die zwei Jahre anhielt, und erlebte schließlich ein kleines Glück mit einer Mitpatientin namens Carol. Manchmal sitzen Umberto und Carol da und halten Händchen, wenn Lydia ihn besucht. Die Liebe, die diese Frau ihrem Mann entgegenbringt, ist einmalig. Der Mann, mit dem sie ihr ganzes Leben verbracht hat, glaubt, sich in eine andere Frau verliebt zu haben, und sie freut sich für ihn. Das ist das Selbstloseste, was ich jemals erlebt habe. Sie möchte, dass er wirklich glücklich ist, auch wenn er dieses Glück bei einer anderen Frau findet.«

»Wow.«

»Ja. Das ist etwas Wunderschönes in einem sonst tragischen Krankheitsverlauf.«

»Und er reagiert auf italienische Musik?«

»Ja. Als ich anfing, das Zentrum zu besuchen, arbeitete ich mit einer größeren Gruppe, um Kandidaten zu finden, die ich individuell untersuchen konnte. Umberto zeigte kein großes Interesse, doch in medizinischen Fragen entscheidet seine Frau für ihn, und sie hatte ihn bereits für die Studie angemeldet. Ich befragte die Familien, um herauszufinden, welche Musik im Leben der einzelnen Patienten bedeutsam gewesen war. Jede Woche hörten wir Musik und machten Übungen, um festzustellen, ob ein Patient darauf reagierte. Umberto zeigte keinerlei Reaktion. Er schien Musik zu mögen, aber weder sein Hochzeitslied noch ein anderes Stück aus wichtigen Zeiten seines Lebens löste besonderes Interesse bei ihm aus.«

»Und wie sind Sie auf die Idee gekommen, es mit italienischer Musik zu versuchen?«

»Es war nur ein vager Verdacht. Die Woche zuvor hatte ich gehört, wie Umberto einer Krankenschwester auf Italienisch antwortete. Bis dahin wusste ich gar nicht, dass er fließend Italienisch spricht. Anscheinend verfällt er ab und zu in die Sprache. Als ich in der folgenden Woche kam, dachte ich, ich versuche es mal mit einer Oper. Auf die Musik in Opernaufführungen reagieren die Menschen in der Regel sehr stark, darum dachte ich, warum nicht?«

»Und Umberto hat reagiert?«

Ich drückte mir eine Hand auf die Brust. »Er fing an zu schluchzen. Es war herzzerreißend. Aber es war das erste Mal, dass er überhaupt auf Musik reagierte – im Guten wie im Schlechten. An dem Tag war er so klar wie schon seit Jahren nicht mehr. Er erzählte alte Geschichten von seiner Mutter, an die sich nicht einmal seine Frau erinnerte. Ich wusste nicht genau, ob die Oper oder die Musik eine Erinnerung in ihm geweckt hatte.«

»Was haben Sie für heute geplant?«

Ich spielte im wöchentlichen Wechsel englische und italienische Musik. Eigentlich war diese Woche englische dran, doch ich hatte entschieden, das Programm etwas umzustellen. Vielleicht wollte ich vor dem heißen Professor auch ein bisschen angeben.

»*Le Nozze di Figaro.*«

»Ah. Mozart.«

»Sind Sie Opernfan?«, fragte ich.

»Ich bin Musikfan. Ganz egal, welche Musik. ›Figaros Hochzeit‹ habe ich im Grundstudium sogar einmal gesehen. Alle Studenten von Komposition Zwei sind im Rahmen des Seminars hingegangen.«

»Ich war noch nie in einer Oper.« Wir näherten uns der Abfahrt zum Regency Village, einer Einrichtung für betreutes Wohnen, in der Umberto lebte. Ich zeigte geradeaus. »Die nächste links. Man sieht es erst richtig, wenn man schon fast vorbei ist. Es erscheint ganz plötzlich, weil es hinter den Bäumen dort versteckt liegt.«

Nachdem wir auf den Parkplatz abgebogen waren, wurde ich etwas nervös. Ich arbeitete bereits über ein Jahr an meiner Magisterarbeit. Was, wenn Caine meine Untersuchung fehlerhaft fand oder nicht glaubte, dass es die Musik war, die Umbertos Erinnerungen weckte? Er hörte zwar immer gern Musik, aber nicht jede Sitzung löste dieselbe Reaktion aus.

Caine schaltete den Motor aus und wandte sich, einen Arm lässig über dem Lenkrad, zu mir: »Ich habe Ihre Untersuchung gelesen. Sie haben überzeugende Argumente. Das wird schon.«

Ich hatte nicht erwähnt, dass ich nervös war. Offenbar hatte er mir meine Unsicherheit angesehen.

Er deutete mit den Blicken auf mein Handgelenk. »Sie spielen mit Ihrer Uhr, wenn Sie nervös sind.«

Ich hatte tatsächlich an der Uhr herumgefummelt und hörte sofort damit auf. »Wann ist Ihnen das aufgefallen?«

»Am ersten Unterrichtstag, als alle gegangen waren und Sie die Treppe herunterkommen mussten, um mit mir zu reden.« Wir sahen einander tief in die Augen. »Vorhin in Ihrer Wohnung, als mir auffiel, dass Sie keinen BH tragen.«

Verlegen wich ich seinem Blick aus und sah mich im Wagen um. Als ich ihn wieder anschaute, stellte ich überrascht fest, dass er auf meine Lippen blickte. Was dazu führte, dass ich zur nächsten nervösen Angewohnheit überging.

Ich biss mir auf die Unterlippe, als die schlafenden Schmetterlinge in meinem Bauch erwachten und zu flattern begannen.

Caine räusperte sich, seine Stimme klang dennoch rau. »Es gibt keinen Grund, nervös zu sein. Und jetzt los, ich freue mich, Sie glänzen zu sehen.«

Umberto war in Gesellschaft seiner Damen Lydia und Carol. Als wir uns ihrem Tisch im Besuchsbereich näherten, amüsierte er sich und lachte.

Ich flüsterte Caine zu, wer wer war. »Seine Frau sitzt ihm gegenüber, seine Freundin neben ihm.«

Caine flüsterte zurück: »Bei Umberto ist ja ganz schön was los.«

Ich stupste ihn mit dem Ellbogen gegen den Waschbrettbauch, um ihn zum Schweigen zu bringen.

»Hallo, Umberto.«

»Hallo.«

Wir fingen praktisch jede Woche wieder von vorne an. Inzwischen wusste ich, dass Umberto gut darin war, so zu tun, als würde er Leute erkennen.

»Ist Max gegangen?«, fragte er.

»Äh … ja.« Caine flüsterte ich zu: »Max war sein Hund – ein schwarzer Labrador. Aus irgendeinem Grund fragt er die Leute oft, ob Max zur Toilette gegangen sei. Er glaubt, wir wären mit ihm Gassi gegangen oder so etwas.«

Ich wandte mich an die Damen. »Hallo, Lydia. Hallo, Carol.«

Lydia stand auf und gab mir einen Kuss auf die Wange. Wir waren im Laufe des letzten Jahres gute Freundinnen geworden. Ich wollte Caine gerade vorstellen, als Carol schon die Initiative ergriff.

»Wer ist denn dieser gutaussehende Herr? Sind Sie ein neuer Arzt?«

Ich lachte. »Das ist Caine West, Carol. Er ist Musikprofessor am Brooklyn College, wo ich meinen Magister mache.«

Caine lächelte hinreißend und streckte die Hand aus. »Sehr erfreut, Sie kennenzulernen, Carol.«

Wir gesellten uns zu den dreien, die sich gerade über den Film unterhielten, der gestern Abend gezeigt worden war. Carols Alzheimer war noch nicht so weit fortgeschritten wie bei Umberto, weshalb sie sich meistens an mehr erinnerte.

Sie legte die Hand auf Umbertos Arm. »›Jagd auf Roter Oktober‹. Erinnerst du dich, Schatz? Dieser Sean Connery hat mitgespielt.«

»Oh ja. Ja.«

Ich war mir sicher, dass sich Umberto kein bisschen an den Film erinnerte.

Während des Gesprächs hielt sich Caine zurück und beobachtete nur. Sein Blick sprang ein paarmal zwischen Lydias Gesicht und Carols Hand hin und her, wenn diese Umberto berührte. Ich hatte mich an das ungewöhnliche Trio gewöhnt, doch wenn man es zum ersten Mal erlebte, war es auf jeden Fall interessant. Eine Frau, die der anderen nicht die Augen auskratzen wollte, wenn diese den geliebten Mann berührte – den Mann, dem sie einundfünfzig Jahre lang die Treue gehalten hatte. Caine wollte bestimmt sehen, wie sie reagierte. Aber das Einzige, was Lydia zu erkennen gab, war Zufriedenheit. Sie war mit allem einverstanden, was ihrem Mann ein wenig Glück schenkte.

Schließlich kam die Krankenschwester und holte Carol zu einer Beschäftigungsstunde ab. Lydia hatte darauf bestanden, dass wir mit unserer Therapie niemals begannen, solange Carol anwesend war. Sie wollte nicht, dass sich ihr Mann an etwas erinnerte, das ihn veranlasste, ihre Hand zu nehmen und Carol damit zu verstimmen. Auf Lydia wartete gewiss irgendwann ein ganz besonderer Platz im Himmel.

Umberto umarmte Carol zum Abschied, dann setzte er sich wieder zu uns, wirkte jedoch unruhig.

Lydia legte ihre Hand auf die ihres Gatten. »Umberto, Rachel wird dir etwas Musik vorspielen. Du weißt doch, dass Rachel dir manchmal Musik vorspielt?«

»Oh ja. Ja.«

Das war Umbertos Art zu sagen: *Ich habe keine Ahnung, aber das verrate ich euch nicht.*

Sie drückte seine Hand. »Rachel setzt dir jetzt Kopfhörer auf, okay?«

»Ja. Natürlich.«

Ich setzte Umberto Funk-Kopfhörer auf, während Lydia

in ihrer Handtasche kramte und ein kleines Kästchen mit Kopfhörern herausnahm, die sie neuerdings verwendete. Sie musste nicht mitmachen, doch sie wollte ihren Mann gern dabei begleiten. Erst jetzt bemerkte ich, dass ich keine zusätzlichen Funk-Kopfhörer mitgebracht hatte, deshalb bot ich Caine an, meine mit ihm zu teilen. Es war alles andere als eine Zumutung, an ihn heranrücken zu müssen, damit wir beide den Klängen folgen konnten.

Ich startete die Musik, und Umberto schloss sofort die Augen. Innerhalb von Sekunden schien sich die Anspannung in seinem Gesicht zu verflüchtigen. Ich blickte zu Caine hinüber, der Umberto beobachtete, nickte und lächelte. Einmal während des Stückes nahm Umberto die Hand seiner Frau. Es war nur eine kleine Geste, aber diese winzigen Augenblicke des Wiedererkennens bedeuteten alles für ein Ehepaar, das mit einer fortgeschrittenen Alzheimer-Erkrankung fertigwerden musste.

Wir spielten zwei Stücke, dann nahm ich Umberto den Kopfhörer ab.

»Wie geht es Ihnen heute, Umberto?«

»Gut. Gut.« Ich war mir nicht sicher, ob es ihm anders ging als zuvor, aber die Unruhe von vorhin war verschwunden.

Lydia versuchte, sich die Wirkung der Musik zunutze zu machen. »Umberto? Erinnerst du dich, dass Franziska dieses Stück immer gespielt hat?«

»Klar.« Er nickte. Dann führte er in der universellen Zeichensprache italienischer Großmütter alle fünf Fingerspitzen zusammen und sagte: *»Belle parole non pascono i gatti.«*

Lydia lachte. Sie sah mich an. »Das bedeutet *Von schönen Worten werden Katzen nicht satt.* Das hat meine Schwiegermutter Francesca immer gesagt. Ich habe nie begriffen, was es eigentlich bedeutet.«

Wir blieben ein paar Stunden, machten sogar eine Mittagspause und kamen hinterher zurück. Doch mehr konnte die Musik Umbertos Gedächtnis heute nicht entlocken. Eine zweite Runde am Nachmittag weckte keine besonderen Erinnerungen, doch ich hoffte, dass die Musik etwas mit den lächelnden Gesichtern zu tun hatte, die ich ringsum sah.

Lydia blickte auf die Uhr. »Umberto, bald fängt die Messe an. Möchtest du dich vor dem Gottesdienst waschen lassen?«

»Okay.«

Sie wandte sich an Caine und mich. »Haben Sie Lust, uns zu begleiten?«

Auch wenn ich eigentlich nicht zu den Leuten gehörte, die sonntags in die Kirche gehen, hatte ich mich ihnen ein paarmal angeschlossen, um Umbertos Reaktionen auf die Musik zu beobachten.

»Ich glaube, wir brechen jetzt lieber auf«, erwiderte ich. »Es ist schon spät.«

Als wir uns verabschiedeten, blickte Umberto zu Caine. »Gehen Sie jetzt mit Max Gassi?«

Caine spielte mit. »Ja. Ich passe gut auf Max auf.«

Die Krankenschwester brachte Umberto in sein Zimmer zurück, um ihn fertigzumachen, und Lydia begleitete uns in die Lobby. »Es macht mir nichts aus, dass sich mein Mann in eine andere Frau verliebt hat und sich nicht mehr an mich erinnert. Wenn er sich an Max erinnert, bin ich allerdings jedes Mal beleidigt.« Sie lachte, doch es wirkte etwas gequält. »Na, ich hoffe, unsere Rachel bekommt heute eine gute Note. Die Musiktherapie scheint wirklich zu funktionieren.«

Ich lächelte. »Professor West gibt mir keine Zensur. Er

berät mich bei meiner Forschung und beim Verfassen meiner Abschlussarbeit.«

»Ah. Okay. Na, dann hoffe ich, Sie waren beeindruckt.«

Caine warf mir einen warmen Blick zu. »Das war ich. Sehr sogar.«

Lydia umarmte mich. »Sehen wir uns nächste Woche?«

»Auf jeden Fall.«

»Werde ich Sie wiedersehen, Professor?«

»Wenn Rachel mich will.«

Äh … ist das jetzt wortwörtlich gemeint oder im übertragenen Sinne?

Auf der Rückfahrt merkte ich, dass Caine etwas beschäftigte. Er war schweigsamer als üblich.

»Wären Sie gern zur Messe gegangen? Ich bin gar nicht auf die Idee gekommen, Sie zu fragen, bevor ich abgelehnt habe. Und ich habe Ihren ganzen Sonntag mit Beschlag belegt.«

Caine sah kurz zu mir herüber, dann wieder auf die Straße. »Ich war seit fünfzehn Jahren nicht mehr in der Kirche. Nicht für Geld und gute Worte würde ich da je wieder einen Fuß reinsetzen.«

12. Kapitel

Caine – fünfzehn Jahre zuvor

Was zum Teufel macht sie?

Um sie zu beobachten, versteckte ich mich hinter einer breiten Marmorsäule. Ich war später dran als üblich, weil Liam bei der Bandprobe geschlampt hatte. Bei dem Versuch, einen neuen Song zu lernen, den er letzte Nacht mit betrunkenem Kopf geschrieben hatte, hatten wir die Zeit vergessen. Die Hälfte von dem, was er auf eine braune Papiertüte gekritzelt hatte, war verschmiert und unleserlich, die andere Hälfte jedoch verdammt gut. Deshalb improvisierten wir unermüdlich, damit sich der Trottel an die selbst geschriebenen Textzeilen erinnerte.

Normalerweise tauchte ich um halb eins auf, setzte mich in den Beichtstuhl und wartete. Meine kleine Freundin spazierte meistens um kurz vor eins herein. Doch heute war ich zu spät und sie zu früh. Jedenfalls dachte ich, dass sie früh dran sei. Ich hatte sie bislang nicht deutlich genug gesehen, um sicher sagen zu können, dass sie es war. Vielleicht versteckte ich mich auch gerade vor irgendeinem anderen kleinen Mädchen, das am Samstagnachmittag in die Kirche marschierte.

Erstens war es in dem hölzernen, alten Beichtstuhl immer

dunkel, und das Gitter zwischen uns machte es zusätzlich unmöglich, mehr zu erkennen, als dass sie einen Pferdeschwanz trug. Ich wusste, dass sie dunkelhaarig und zierlich war – genau wie das kleine Mädchen, das gerade auf der Priesterseite in den Beichtstuhl spähte. Aus der Ferne sah ich neugierig zu, wie sie sich umblickte und dann die Tür öffnete. Sie trat für eine halbe Sekunde hinein, flitzte sofort wieder heraus und setzte sich auf die Seite für die Gemeindemitglieder – auf die Sünderseite.

Fünf Minuten verstrichen, ohne dass sie die Tür wieder öffnete. Da die Luft rein zu sein schien, flitzte ich zum Beichtstuhl und schlüpfte hinein, um meine priesterlichen Pflichten zu erfüllen. Die Kabine sah aus wie immer, nur dass zwei Münzen auf dem Boden lagen. Vielleicht hatte sie versucht, einen Blick auf den Priester zu werfen.

»Vergib mir, Vater, denn ich habe gesündigt.«

So ging das jetzt schon seit mindestens sechs Wochen, und trotzdem versetzte es mir jedes Mal einen Stich, wenn sie diese Worte sagte. Die Last, die auf ihren Schultern lag, war viel zu groß für ein Kind. In letzter Zeit sprachen wir nicht einmal mehr über die Sünden, die sie zu begehen glaubte. Sie kam einfach vorbei und erzählte eine halbe Stunde lang. Es kam mir vor, als sei ich der einzige Erwachsene, dem sie vertraute. Was ziemlich komisch war, denn schließlich war ich selbst ja noch gar nicht richtig erwachsen und belog sie, seit sie zum ersten Mal den Beichtstuhl betreten hatte.

»Wie war deine Woche?«

»Ich hatte Ärger in der Schule.«

Ich grinste verstohlen. »Ach ja? Was hast du angestellt?«

»Es war auch eine Sünde.«

»Erzähl mal.«

»Erinnern Sie sich noch an den Jungen, von dem ich Ihnen erzählt habe? Der neben mir sitzt? Tommy?«

»Der sich immer die Hand in die Hose steckt?«

»Ja, der. Er hat mich ein schlimmes Wort sagen lassen, und ich musste nachsitzen. Wir mussten beide nachsitzen.«

»Wie hat er dich ein schlimmes Wort sagen lassen?«

»Wir haben im Unterricht für eine Klassenarbeit geometrische Formen besprochen. Die Lehrerin zeichnete einen Diamanten an die Tafel und fragte, was das für eine Form ist. Vor ein paar Jahren haben wir gelernt, was eine Raute ist, aber als sie mich drangenommen hat, ist mir das Wort nicht eingefallen. Die Lehrerin wollte mir helfen und hat mir einen Tipp gegeben. Sie meinte, es fängt mit einem R an. Ich war ganz aufgeregt, weil ich dachte, ich weiß es wieder, und dann habe ich ganz laut das falsche Wort mit R gerufen.«

»Was hast du denn gerufen?«

»Ich habe *Rektum* gerufen.«

Ich unterdrückte ein Lachen. »Weißt du, was das bedeutet?«

»Jetzt schon. Tommy hat es mir erklärt, indem er gerufen hat, dass ich ein A-loch bin.« Sie machte eine Pause. »Und er hat aber das ganze Wort gesagt.«

Ich versuchte, ihr etwas priesterlichen Beistand zu geben. »Du hast dich einfach nur geirrt. Es klingt eher so, als ob Tommy derjenige ist, der gesündigt hat, weil er das schlimme Wort mit Absicht benutzt hat. Du nicht.«

»Also … ich habe es auch benutzt.«

»Ach?«

»In der Pause haben sich ein paar Kinder noch über mich lustig gemacht und mich eine A-loch-Freundin genannt.

Und dann habe ich den Kindern gesagt, dass ich das Wort *Rektum* von Tommy gelernt habe … weil er sich manchmal den Daumen in sein Rektum steckt, wenn er im Unterricht die Hand in die Hose tut. Nur dass ich dabei nicht das Wort *Rektum* benutzt habe.«

Am liebsten hätte ich »Bravo, Mädchen!« gesagt, doch stattdessen blieb ich bei meinem priesterlichen Gehabe. »Du wirst drei *Ave Maria* beten, weil du das schlimme Wort benutzt hast. Aber ganz unter uns – es klingt, als ob Tommy ein Blödmann wäre und es verdient hat.«

Mein kleines Lämmchen kicherte.

»Sonst noch etwas?«

Letzte Woche hatte sie nichts von zu Hause erzählt, und ich war besorgt, wie es lief. Abgesehen von ihrem Geständnis, dass sie ihrem Stiefvater schlechte Dinge wünschte, hatte ich ihr nur aus der Nase ziehen können, dass er zu viel trank und herumschrie.

»Wie läuft es zu Hause?«, fragte ich. »Ist etwas vorgefallen, das dich auf böse Gedanken gebracht hat?«

»Ich habe die Kopfhörer aufgesetzt, die Sie mir gegeben haben.« Zwei Wochen vorher hatte sie mir erzählt, dass sie Angst bekam, wenn ihr Stiefvater nachts herumbrüllte. Manchmal konnte sie nicht einschlafen. Ich schlug ihr vor, Kopfhörer aufzusetzen und ihr Lieblingslied zu hören, um den Lärm zu übertönen. Doch sie besaß keine Kopfhörer. Deshalb legte ich letzte Woche meinen Ersatz-Kopfhörer in ihre Kammer, bevor sie kam, und sagte ihr, sie solle ihn mit nach Hause nehmen. Ich erklärte ihr, dass sie leichter einschlafen könne, wenn sie die Augen schließen und leise mitsingen würde.

»Hat es geholfen?«

»Ja. Nach dem vierten Mal bin ich eingeschlafen.«

Wahrscheinlich machte ich mir etwas vor, doch ich hatte den Eindruck, dass ich diesem Kind auf eine verquere Weise half. »Das ist gut.«

»Ich habe meiner Schwester gesagt, sie soll es auch versuchen, aber sie behauptet, das geht nicht.«

»Hat sie keine Kopfhörer?«

Sie schwieg eine Weile. Mit der Zeit hatte ich gelernt, dass ihr Schweigen oft beredter war als ihre Stimme.

»Sie hat Kopfhörer. Die hat sie in dem Jahr, bevor unsere Mutter starb, zu Weihnachten bekommen. Sie waren in ihrem Strumpf.«

Ich bekam ein äußerst flaues Gefühl im Magen. »Und wieso meint deine Schwester, dass sie sie nicht aufsetzen kann? Mag sie keine Musik?«

»Sie muss hören, ob Benny kommt.«

»Was bedeutet das?«

»Manchmal, wenn er trinkt und wütend ist, kommt er nachts in ihr Zimmer.«

13. Kapitel

Rachel

»Haben Sie Hunger?«

Ich hatte schon länger mit mir gerungen, ob ich die Frage stellen sollte. Obwohl ich bereits den ganzen Tag mit Caine zusammen war, wollte ich nicht, dass es schon vorbei war. Doch mein Vorschlag, zusammen zu Abend zu essen, sollte ganz beiläufig klingen. Er hatte mich zwar auch schon einmal gefragt, ob wir einen Happen essen wollten, dennoch kam es mir vor, als würde ich ihn um ein Date bitten.

Caine warf mir einen kurzen Blick zu, dann schaute er wieder auf die Straße. Er schwieg, und ich vermutete, dass er darüber nachdachte, ob das in unserem Fall möglicherweise anstößig war. Darum überraschte es mich, als er sagte: »Ich habe einen Mordshunger. An was dachten Sie?«

»Mir ist alles recht. Ein paar Straßen von meiner Wohnung entfernt gibt es ein gutes griechisches Restaurant. In der Grand Street ist ein Chinese. Oder wir gehen ins O'Leary's, und ich gebe wieder einen aus.« Beim letzten Teil musste ich grinsen.

»Wie wäre es mit Griechisch, und diesmal lade ich Sie ein?«

»Klingt gut. Biegen Sie links in die Elwyn Street ab. Das

Greek Delight liegt auf der rechten Seite, falls wir einen Parkplatz finden.«

Im Restaurant gab uns die Kellnerin einen Tisch in einer ruhigen Ecke und brachte uns Hummus und Pitachips zum Knabbern, während wir in die Speisekarte schauten. Ich wusste, was ich wollte, doch Caine nahm seine Brille aus der Tasche, um die Karte zu studieren. Sie stand ihm *wirklich* gut, aber ich konnte mir nicht verkneifen zu fragen: »Wie alt sind Sie, dass Sie eine Lesebrille brauchen?«

Er blickte über den Rand seiner Gelehrtenbrille. »Sie tragen doch auch eine Brille. Wieso bin ich alt, weil ich eine Lesebrille brauche?«

»Ich habe eine Hornhautkrümmung. Ich brauchte eine Brille schon vor dem ersten Sport-BH.«

Caines Blick fiel auf mein Dekolleté, dann wieder auf die Speisekarte. Er grummelte etwas, das ich nicht verstand. Als ich ihn unverwandt anstarrte, nahm er die Brille ab und sah zu mir hoch. »Was denn?«

»Sie haben meine Frage nicht beantwortet. Wie alt sind Sie?«

»Alt genug, um Ihr Professor zu sein.«

Ich tauchte ein Stück Pita in den Hummus und steckte es mir in den Mund. »Und das heißt also was? Um die sechzig?«

»Zweiunddreißig, Schlauberger. Jetzt zufrieden?«

Ich grinste. »In der Tat.«

Caine setzte die Brille wieder auf und wandte sich erneut der Speisekarte zu.

Ich beugte mich vor. »Sie sehen höchstens wie einunddreißig aus.«

Kopfschüttelnd las er weiter, doch ich sah, wie sein Mundwinkel zuckte.

Warum mochte ich dieses Mundwinkelzucken nur so gern? Es fühlte sich ein bisschen wie eine Belohnung an. Wenn es um diesen Mann ging, sollte ich ernsthaft meinen Kopf untersuchen lassen.

Nachdem er anscheinend etwas auf der Karte gefunden hatte, lehnte er sich zurück. »Mit Ihrer Untersuchung leisten Sie eine großartige Arbeit.«

»Danke.«

»Es ist wahnsinnig interessant, was für eine Dynamik in der Situation steckt.«

Ich konnte mich noch erinnern, wie verlegen ich gewesen war, als ich zum ersten Mal mit dem Trio zusammensaß. »Ja. Anfangs war es seltsam, aber inzwischen habe ich mich daran gewöhnt. Lydia ist ein erstaunlicher Mensch, oder?«

»Ja. Ich weiß nicht, ob ich das so könnte.«

»Wie meinen Sie das?«

»Zusehen, wie meine Frau mit einem anderen Mann zusammensitzt und lächelt.«

»Wahre Liebe ist selbstlos. Sie will das Beste für ihn, auch wenn sie selbst dabei keine Rolle mehr spielt.«

Die Kellnerin brachte unsere Getränke und nahm die Bestellung auf. Caine hatte ein griechisches Bier genommen, ich die übliche Cola light. Als er seine Lippen um den Flaschenhals legte, musste ich wegsehen. Ich konnte kaum verbergen, wie attraktiv ich ihn fand.

»Das klingt, als würden Sie sich mit dem Thema auskennen. Dann haben Sie vermutlich schon mal so geliebt?«, fragte er.

»Aber keinen Mann.«

Caine riss erstaunt die Brauen hoch, und ich begriff, wie sich das anhörte und was er denken musste.

»Ich wollte sagen … so habe ich bei meiner Mutter empfunden. Ich bin nicht lesbisch oder so. Ich mag Männer. Gegen Lesben habe ich nichts, aber wenn es um Sex geht … bevorzuge ich Männer. Obwohl ich momentan nicht gerade ein Liebesleben habe.« Ich geriet ins Plaudern.

Caine lachte. »Sie sind hinreißend, wenn Sie verlegen werden.«

Ich trank von der kalten Cola, damit mein Mund beschäftigt war und weil ich so hoffentlich verhindern konnte, dass ich sichtlich errötete. »Als meine Mutter schwerkrank war, wollte ich jedenfalls, dass sie stirbt, damit sie nicht mehr leiden muss. Das hieß für mich, meine Mutter zu verlieren, aber das war mir egal. Ich wollte nur, dass sie Frieden findet. Daran erinnern mich Lydia und Umberto.« Ich stellte mein Glas auf dem Tisch ab. »Wie ist das bei Ihnen? Haben Sie schon einmal auf diese Weise geliebt?«

Caine schüttelte den Kopf. »Ich weiß nicht, ob ich selbstlos sein kann. Ich war im Leben meist eher selbst*süchtig* als selbst*los*.«

»Keine Freundinnen?«

»Jede Menge. Aber keine, bei der ich mich nicht wie ein selbstsüchtiger Mistkerl benommen habe.«

Ich sah ihn durchdringend an. »Das ändert sich, wenn Sie die Richtige treffen.«

Er führte die Bierflasche an die Lippen. »Vielleicht. Aber vielleicht ist mir auch ein Leben mit selbstsüchtigem Herumvögeln vorherbestimmt. Es gibt Schlimmeres.«

Mir kam Caine gar nicht selbstsüchtig vor – er wechselte mir den Reifen, nachdem ich ihn heftig angegriffen und seinen Unterricht gestört hatte. Und ich konnte mir nicht vorstellen, dass er im Bett nicht auf seine Partnerin einging.

Außerdem beobachtete er alles derart genau, dass es mich oft aus dem Konzept brachte, ganz abgesehen davon, wie konzentriert er sein konnte. Und dann war da noch seine Musikalität … geschickte Hände und ein gutes Rhythmusgefühl. Nein. Völlig ausgeschlossen, dass Caine West im Bett selbstsüchtig war. *Davon* war ich überzeugt.

Er kniff die Augen zusammen. »Was geht Ihnen gerade durch den Kopf?«

»Wie meinen Sie das?«

»Sie sind ganz still geworden, nachdem ich sagte, es gebe schlimmere Dinge im Leben als selbstsüchtiges Herumvögeln.«

Schon wieder diese Beobachtungsgabe. Er war aufmerksam Frauen gegenüber. Und aufmerksame Männer waren gut im Bett.

»Ich habe nur über das nachgedacht, was Sie gesagt haben. Auf mich wirken Sie nicht selbstsüchtig.«

»So eine Art von Beziehung haben wir nicht.«

»Mag sein.« Ich zuckte die Schultern. »Aber Sie wirken auf mich zu aufmerksam, um in dieser Hinsicht selbstsüchtig zu sein.«

Caines attraktivem Gesicht war anzusehen, dass ihm gerade dämmerte, worüber ich nachdachte. Er beugte sich vor und grinste durchtrieben. Mein Herz fing an zu rasen.

»Ich meinte nicht, dass ich selbstsüchtig im Bett bin.« Sein Blick fiel auf meinen Hals, glitt dann langsam nach oben und konzentrierte sich auf meine Lippen, die sich daraufhin sofort etwas öffneten. »Die Bedürfnisse einer Frau kommen immer vor meinen eigenen. Und ich genieße jede Minute, in der ich mich um diese Bedürfnisse kümmere.« Sein Blick kehrte zu meinen Augen zurück, und er beugte sich noch etwas weiter vor. »Sie kommt immer vor mir … mehrfach.«

Ich schluckte. Mein ganzer Körper reagierte, und das wusste Caine. Er grinste überheblich und lehnte sich zurück. Seine Augen funkelten.

Als ich schließlich zu sprechen versuchte, krächzte ich mit rauer Stimme: »Und in welcher Hinsicht sind Sie dann selbstsüchtig?«

»Bei dem, was nach dem Bett folgt. Dem Beziehungsteil.«

»Oh.«

»Nicht jeder kann so sein wie Lydia.«

»Ich weiß nicht, ob ich da Ihrer Meinung bin. Ich glaube, wir haben alle die Fähigkeit, so wie Lydia zu sein. Man entscheidet sich, seinen Umberto nicht zu suchen. Und normalerweise gibt es einen Grund für diese Entscheidung.«

Caines Kiefermuskeln zuckten, doch er schwieg. Zum Glück wurde kurz darauf unser Essen serviert. Caine hatte Falafel bestellt, ich ein Gyros. Wir langten ordentlich zu und konzentrierten uns vorerst nur aufs Essen.

Auf meinem Teller herrschte schon bald eine ziemliche Sauerei. Das Pitabrot platzte auf, und die Hälfte von meinem Gyros lief heraus. Ich merkte es nicht, aber weiße Tsatsikisoße lief an meinem Handrücken herunter.

»Sie haben da Soße …«, bemerkte Caine.

Ohne das Gyros loszulassen, drehte ich die Hand um. Die Soße war an meiner Hand bis zu meinem Handgelenk heruntergelaufen und weiter über meinen Arm. Gleich würde sie auf meine Bluse tropfen. Wenn ich das verunglückte Gyros hinlegte, hatte ich keine Chance, es wieder in die Hand zu nehmen, ohne dass es auseinanderfiel. Also leckte ich mit der Zunge den gesamten Arm ab, das Handgelenk und bis hinauf zu meinem Finger. Nicht besonders damenhaft, aber besser, als die Soße auf meiner schönen Bluse zu haben.

Als ich aufsah, starrte Caine mich an. »Meine Güte. Wollen Sie, dass ich gefeuert werde?«

»Wie bitte?«

Sein Blick sprang zwischen meinen Augen hin und her. »Sie haben wirklich keinen Schimmer, was?«

»Ich verstehe nicht.«

Kopfschüttelnd blickte Caine auf sein Essen hinunter. »Essen Sie einfach auf. Wir sollten gehen.«

Die Rückfahrt zu meiner Wohnung war bedrückend. Keiner von uns sagte ein Wort. Ich wusste einfach nicht, was ich sagen sollte. Mir war inzwischen klargeworden, dass Caines Kommentar bedeutete, dass ihn meine unfreiwillige Leck-Show erregt hatte. Es erinnerte mich jedoch auch daran, dass ich aufhören musste, von etwas zu träumen, das niemals geschehen würde.

Als wir bei meinem Haus ankamen, parkte Caine in zweiter Reihe und schaltete den Motor aus. »Ich bringe Sie noch nach oben.«

»Das brauchen Sie nicht. Ich komme schon klar.«

»Ich lasse Sie nicht am Straßenrand stehen.« Er öffnete die Fahrertür und machte der Diskussion damit ein Ende.

»Na, dann«, murmelte ich leise vor mich hin.

Als wir mit dem Fahrstuhl zu meiner Wohnung hinauffuhren, hielt die bedrückte Stimmung an. Vor meiner Tür fummelte ich die Schlüssel heraus. »Nochmals vielen Dank, dass Sie die Betreuung meiner Arbeit übernommen und mich heute begleitet haben.«

»Ist doch selbstverständlich. Das würde ich für jeden Studenten tun.«

Noch so eine Erinnerung. Eine, die wehtat.

Ich schloss auf und öffnete die Tür. »Haben Sie Lust, noch mit reinzukommen? Ich könnte Ihnen einen Kaffee machen oder so?« Ich wollte ihn nicht ernsthaft auf einen Schlummertrunk einladen. Ich dachte einfach, es gehört sich, das zu sagen.

Caine schwieg eine ganze Weile. »Ich glaube, es ist das Beste, wenn wir außerhalb des Unterrichts keine Zeit mehr miteinander verbringen. Ihre Forschungsarbeit hat Hand und Fuß, und ich glaube, wir haben das Semester gut durchgeplant. Falls Sie Gesprächsbedarf zu Ihrer Arbeit haben, können Sie mit dem Sekretariat der Fakultät einen Termin vereinbaren. Die haben Zugriff auf meinen Terminkalender.«

Vielleicht waren wir uns etwas zu nahe gekommen, aber … »Habe ich Sie irgendwie verärgert?«

»Nein.« Er deutete mit dem Kinn in meine Wohnung. »Schließen Sie hinter sich ab.«

Ich duschte schnell, streifte mir zum Schlafen ein altes Konzert-T-Shirt über und stieg verwirrt und traurig ins Bett. Meine Gefühle für Caine hatten sich verstärkt, obwohl ich wusste, dass es dumm war, sich in einen Mann zu verlieben, der auch dann kein Interesse an einer Beziehung hätte, wenn er nicht mein Professor wäre. Ich versuchte zu schlafen, aber es war zwecklos.

Dann stöpselte ich das Handy vom Ladegerät ab, um meine heutigen Aufzeichnungen in eine E-Mail zu tippen und sie später zu meinen Unterlagen hinzuzufügen. Doch als ich das Handy einschaltete, erschien die letzte Nachricht von Davis. Ich hatte total vergessen, auf seine Frage zu antworten, ob ich ihn nicht auch vermisse.

Auch wenn das Timing bei uns nicht gepasst hatte, Davis sandte mir niemals unklare Signale. Er war nicht wankelmütig, sondern stand zu seinen Gefühlen, und er war ehrlich zu mir. Ich seufzte und antwortete ihm.

Rachel: *Ich habe dich auch vermisst.*

14. Kapitel

Rachel

Caine schaffte es, mir vier Tage lang aus dem Weg zu gehen.

Bis jetzt. Heute war unsere Begegnung unausweichlich, es sei denn, er schwänzte die einmal pro Semester stattfindende Pflichtveranstaltung der Fakultät, an der sowohl die Lehrassistenten als auch die Professoren teilnehmen mussten.

Ich saß allein hinten in dem großen Konferenzsaal. Neben mir war ein Platz unbesetzt, doch ich hielt ihn für niemanden frei. Caine war noch nicht aufgetaucht. Jedes Mal, wenn jemand hereinkam, zuckte mein Blick zur Tür. Der Dekan der Musikfakultät saß bereits vorne auf seinem Platz und wollte gerade anfangen, als Caine schließlich eintraf.

Er blieb in der Tür stehen und ließ den Blick durch den Raum schweifen, der kurz auf mich fiel, ehe er ihn rasch abwandte. Weiter hätte er sich gar nicht von mir wegsetzen können, als er schließlich Platz nahm.

Ich wunderte mich, dass sein Haar während des fünfundvierzigminütigen Treffens nicht in Flammen aufging, so sehr brannten meine Blicke auf seinem Hinterkopf. Als es vorbei war, blieb ich auf meinem Platz sitzen, um zu sehen, ob er ohne ein Wort gehen würde.

Caine stand auf und sah zu mir herüber, doch dann trat

eine Frau zu ihm und begrüßte ihn mit einem breiten Lächeln. Sie trug ein leuchtendes pinkfarbenes Kostüm, das nach Aufmerksamkeit schrie, davon abgesehen war sie ziemlich hübsch – auch wenn ich das nur ungern eingestand. Sie war mir bereits auf dem Flur über den Weg gelaufen. Ich wusste nicht, wie sie hieß, nur dass sie eine außerordentliche Professur innehatte.

Professorin Pink war das ganze Gegenteil von mir – sie hatte unnatürlich blondes Marilyn-Monroe-Haar, war nur wenige Zentimeter kleiner als Caine, und ihr Kostüm war trotz der albernen Farbe eindeutig ein Designerstück. Sie wirkte ziemlich vertraut mit Professor West und berührte beim Reden seinen Arm. Nachdem ich zwei- oder dreimal beobachtet hatte, wie sie lachend ihr Haar zurückwarf, reichte es mir, und ich stand auf. Ich steuerte auf die Tür zu, wurde aber von zwei Professoren ausgebremst, die im Schneckentempo vor mir hergingen und sich unterhielten.

Caine und Professor Pink standen ein Stück vor mir in der Schlange, die den Saal verließ, und er mied es deutlich, in meine Richtung zu sehen. Als er Professor Pink eine Hand auf den Rücken legte und sie aus der Tür geleitete, begriff ich, wie dumm ich gewesen war. Ganz offenbar hatte der große Professor gar nichts gegen eine Hochschul-Affäre – nur nicht mit mir.

Der kann mich mal. Unglaublich, was er für einen Mist erzählte.

Kaum hatte ich den Konferenzsaal verlassen, hastete ich den Flur hinunter. Meine Beine konnten mich nicht schnell genug vom Campus forttragen. Es ärgerte mich, dass ich mir eingebildet hatte, Caine sei womöglich an mir interessiert und hielte sich nur zurück, weil ich seine Assistentin war.

Noch mehr regte mich auf, dass er mir diesen Eindruck vermittelt hatte. Ich bildete mir doch nicht ein, was er mir neulich beim Abendessen für Signale gesendet hatte.

Als ich schon fast aus dem Gebäude war, blieb ich abrupt stehen, woraufhin ein Student in mich hineinlief.

»Was soll das denn?«, schimpfte er.

»Tut mir leid.«

Ich lief weiter, um so schnell wie möglich aus dem Gebäude zu verschwinden. Doch ich kannte mich: Manche Dinge ließen mir einfach keine Ruhe. Wenn ich mir das nicht von der Seele schaffte, ging es mir den Rest des Tages schlecht. Ich musste Caine sagen, was ich davon hielt.

Als ich kehrtmachte, stieß ich wieder mit demselben Studenten zusammen.

»Echt jetzt?«, sagte er.

»Meine Güte, du wirst es überleben. Lauf nicht so dicht hinter den Leuten her!«

Ich nahm Kurs auf Caines Büro. Vielleicht verlor ich meinen Job, wenn ich ihm jetzt die Meinung geigte, doch wenigstens würde ich heute Nacht schlafen können. Doch was, wenn ich damit bewies, dass er mich zu Recht *verspannt* nannte?

Die Tür zu Caines Büro stand einen Spalt breit offen. Ich blieb kurz stehen, um meine Gedanken zu ordnen, dann legte ich die Hand auf den Türgriff. Ich wollte gerade, ohne anzuklopfen, ins Zimmer stürmen, als mich eine Frauenstimme davon abhielt. Ihr Lachen ging mir unter die Haut und trieb mir die Hitze in die Wangen. Ich hatte Professor Pinks Stimme zuvor noch nicht gehört, doch ich war davon überzeugt, dass sie es war.

»Erinnerst du dich noch an das kleine italienische Restaurant?«, fragte die Frau. »Das mit dem Kamin?«

»Giordano's.«

»Ja, genau. Da sollten wir mal wieder hingehen. Der Dessertwagen sah unglaublich gut aus.« Sie legte eine kurze Pause ein. »Letztes Mal haben wir es nur nicht bis zum Dessert geschafft, stimmt's?«

Ich hatte genug gehört. Caines Antwort wartete ich gar nicht mehr ab. Ich konnte nicht. So wütend ich auch gewesen war, als ich zu seinem Büro stürmte – ihn dort mit einer Frau zu hören ging mir an die Nieren und tat weh. Und ich wollte lieber nicht, dass das jemand sah. Darum verordnete ich mir meine eigene Form der Therapie – anstatt in sein Büro zu platzen, steckte ich mir Kopfhörer in die Ohren und machte mich auf den Heimweg.

Ich hatte überhaupt keine Lust, heute zum monatlichen Abendessen mit meinen Freunden zu gehen. Lieber wäre ich zu Hause geblieben und hätte in Selbstmitleid gebadet. Aber als ich absagen wollte, machte mir Ava ein derart schlechtes Gewissen, dass ich mich breitschlagen ließ. Und so gab ich mir einen Ruck und stylte mich. Was soll's. Wenn ich mich schon nicht gut fühlte, konnte ich wenigstens gut aussehen. Außerdem hatte Föhnen eine seltsam therapeutische Wirkung auf mich. Ich fand das wiederholte Bürsten und Glätten irgendwie beruhigend.

Es versteht sich von selbst, dass mein kräftiges, naturgelocktes Haar am Ende aalglatt war – ich hatte mich ziemlich stark beruhigen müssen. Nachdem ich mir schon so viel Zeit für meine Haare genommen hatte, schminkte ich mich anschließend auch noch sorgfältig und zog mir ein schickes Outfit und hochhackige Sandalen an.

Als ich im O'Leary's eintraf, verriet mir Davis' Miene,

dass er den Aufwand zu schätzen wusste – wenn nicht noch mehr. Heute waren nur Ava, er und ich da, unsere andere ehemalige Mitbewohnerin war mit ihrem neuen Freund auf Kreuzfahrt. Als wir drei schließlich zusammensaßen, war ich froh, dass ich gekommen war. Ich hatte richtig Spaß mit ihnen. Wir lachten und amüsierten uns vor allem über Avas verrückte Geschichten. Doch nach einer knappen halben Stunde sagte Sal, der neue Kellner, ihm sei schlecht, und er müsse nach Hause gehen. Er fragte, ob eine von uns Charlie anrufen könne, damit der seine Schicht übernehme.

Da die Küche ohnehin bald Schluss machte, erklärten Ava und ich uns bereit, für ihn einzuspringen. Außerdem war er schon etwas grün im Gesicht und würde sicher nicht durchhalten, bis Charlie von Queens aus hier war.

»Du siehst heute Abend zu gut aus, um zu arbeiten«, sagte Ava. Sie zeigte auf meine Füße. »Und das sind keine Schuhe zum Kellnern. Im Gegensatz zu meinen. Es sind nicht mehr viele Tische besetzt. Bleibt ihr zwei sitzen, und ich komme euch zwischendurch besuchen.«

Obwohl Davis und ich im Guten auseinandergegangen waren, hatten wir nichts mehr zu zweit unternommen, seit wir was auch immer beendet hatten und er ausgezogen war. Weil ich so gestylt war und sich nach Avas Abgang eine gewisse Verlegenheit einstellte, kam es mir ein bisschen wie ein erstes Date vor.

»Also …«, sagte Davis. »Das fühlt sich irgendwie eigenartig an.«

Ich lachte. »Stimmt. Aber warum? Wir haben doch schon tausendmal etwas zusammen gemacht.«

Davis warf mir einen verlegenen Blick zu. »Weil du heute verdammt scharf aussiehst.«

»Willst du damit sagen, dass ich nicht verdammt scharf aussah, als wir zusammengewohnt und ich mich jeden Morgen aus dem Bett gequält habe?« Ich sagte es im Scherz, aber Davis antwortete ernsthaft.

»Eigentlich finde ich, du siehst immer schön aus.«

Ich wurde rot. »Sehr charmant. Typisch Südstaatler.«

Davis und Ava hatten eine Flasche Wein bestellt. Er schenkte sich nach, dann hielt er die Flasche über mein leeres Glas. »Trinkst du ein Glas mit mir?«

Ich zögerte und dachte an das letzte Mal, als wir zusammen Alkohol getrunken hatten – am Ende war ich in Davis' Zimmer gelandet.

Mit einem durchtriebenen Grinsen füllte er mein Glas … bis zum Rand und sagte: »Nur eins.« Offenbar hatte er an dasselbe gedacht.

Der Wein erwies sich als äußerst hilfreich. Die Flasche war inzwischen leer und das peinliche Gefühl zwischen Davis und mir verschwunden. Wir hatten uns den Bauch mit Pasta und Wein vollgeschlagen und einander berichtet, wie es uns in den letzten Monaten ergangen war. Allmählich fühlte sich alles wieder normal an.

»Wie geht es Umberto und Lydia?«, fragte er.

Dass er sich an ihre Namen erinnerte, weil sie für mich eine Rolle spielten, war typisch für ihn. Er war stets rücksichtsvoll und aufmerksam.

»Denen geht es gut. Immer noch der glückliche Dreier.«

»Und deine Magisterarbeit?«

»Gut. Caine schien mit meinen Fortschritten zufrieden zu sein. Aber wer weiß …« Ich leerte mein Weinglas, »vielleicht findet er es morgen auch furchtbar.«

»Caine?«

»Mein neuer Betreuer für die Magisterarbeit.«

Davis nickte.

»Irgendwie ist er ein ziemlicher Arsch«, fügte ich hinzu. *Nicht, dass Davis danach gefragt hätte.*

»Wann bist du fertig?«

»In ein paar Monaten bin ich mit der Magisterarbeit durch, dann habe ich meinen Abschluss.«

»Und dann?«

»Ich weiß noch nicht genau. Ich habe im Nebenfach Grundschulpädagogik studiert. Darum wollte ich mich bei Schulbezirken bewerben, die Musiktherapie für autistische Kinder anbieten.«

Davis lächelte. »Das passt zu dir. Das kann ich mir sehr gut vorstellen.«

Ich trank einen Schluck Wein. Inzwischen war ich beim zweiten Glas angelangt und spürte die Wirkung. »Was ist mit dir? Fühlst du dich wohl in New York? Meinst du, du bleibst auf Dauer hier?«

»Vielleicht.«

Ich wusste nicht, ob ich es mir nur einbildete, doch ich hätte schwören können, dass sein Blick auf meine Lippen fiel.

»Und du? Geht es dir gut? Bist du mit jemandem zusammen?«

Meine gute Laune sackte in den Keller. Ich hatte niemanden und war darüber nicht glücklich. Heute Abend hatte ich es geschafft, eine geschlagene Stunde lang nicht an Caine zu denken.

Ich seufzte. »Nein. Ich bin Single. Und du?«

Davis musste annehmen, dass sich mein Seufzen allgemein auf meinen Status als Single bezog.

»Nein, ich habe keine Beziehung, hätte aber gern eine.«

Ja. Ich auch.

Ich trank mehr Wein. »Ach ja? Wer ist denn die Glückliche?«

Davis grinste. »Sie ist klein, etwas eigen, wunderschön und schlau.«

Ich stützte das Kinn auf die Hände. »Klingt perfekt. Hat sie einen Bruder für mich?«

Anstelle einer Antwort nahm Davis meine Hand. »Ich habe dich wirklich vermisst.«

»Ich dich auch.«

»Gehst du am Wochenende mit mir essen? Nur wir zwei?«

Hä?

Als er meine verwirrte Miene bemerkte, fuhr Davis fort: »Letztes Jahr war ich noch nicht so weit, mich wieder auf jemanden einzulassen. Ich wollte nichts mit dir anfangen, solange ich nicht mit mir im Reinen war. Das ist jetzt anders.«

Der Wein musste mich ziemlich umgehauen haben, denn ich hatte tatsächlich nicht kapiert, dass er fragte, ob *ich* mit ihm ausgehen wollte. Darauf hatte ich seit fast einem Jahr gewartet, doch jetzt war ich unsicher. Zum Glück kam Ava und rettete mich. Sie schob sich neben mich auf die Sitzbank, versetzte mir einen scherzhaften Stups mit der Hüfte und übernahm das Gespräch. Ich war froh über die Unterbrechung.

Wir unterhielten uns noch eine Stunde, dann zogen wir an die Stehtische im Barbereich um, weil der Speisesaal inzwischen leer war.

Davis schaute auf die Uhr. »Ich muss morgen früh um fünf am Flughafen sein. Geschäftsreise. Darum mache ich mich jetzt auf den Weg.«

Wir drei verabredeten uns für das Abendessen im nächsten Monat, und er umarmte Ava zum Abschied, dann kam ich an die Reihe. Nur dass er mich nach der Umarmung nicht mehr losließ. Stattdessen ergriff er meine Hände.

»Denk drüber nach. Okay?«

Da ich keine Ahnung hatte, was ich sagen sollte, nickte ich nur und lächelte. Dann war er weg.

Kaum war er aus der Tür, sah Ava mich an. »Was war das denn jetzt?«

»Er will mit mir ausgehen.«

»Und wie findest du das?«

»Keine Ahnung. Ich bin gerade ziemlich durcheinander.«

»Weißt du, was da hilft?« Sie grinste.

»Was denn?«

»Wir lassen uns richtig volllaufen.«

15. Kapitel

Rachel

»Er hat den geilsten Arsch.«

Also, das wollte ich sagen, was tatsächlich aus meinem Mund kam, klang wie: »Er hat den gallsten Nasch.«

Zum Glück hatte Ava genauso viel getrunken, darum war mein Gelalle für sie völlig okay.

»Von wem reden wir hier? Von Davis oder dem Professor?«

Ich seufzte. »Dem Professor. Der von Davis ist nett, aber ich war nie scharf darauf reinzubeißen.«

Ava sah mich skeptisch an: »Du willst dem aufgeblasenen Professor in den Hintern beißen?«

»Ja. Ist das schräg?«

Sie grinste schief und hob das Glas an die Lippen. »Kein bisschen. Also das mit dem Beißen jedenfalls nicht. Ich stehe selbst auf ein bisschen Beißen beim Sex. Dass du ihm allerdings in den Hintern beißen willst, wenn du nicht mit ihm schläfst, ist vielleicht doch ein bisschen schräg. Besonders wenn du es in seinem Seminar machst.«

»Er treibt mich zur Verzweiflung. Das macht mich fertig.«

»Dann solltest du Davis vielleicht noch eine Chance geben?«

Ich kippte den Rest von meinem dritten Drink herunter

und ließ das leere Glas zwischen Daumen und Zeigefinger baumeln. »Bedienung, noch einen bitte.«

Ava lachte. »Ich habe seit einer Stunde Feierabend … Aber ich schenke dir nach, weil ich nicht sicher bin, ob du noch die drei Meter bis zum Tresen schaffst.« Sie stand auf und nahm mir das Glas aus der Hand. »Aber nach dem ist Schluss.«

Während Ava hinter dem Tresen beschäftigt war, kramte ich mein Handy aus der Tasche. Keine Ahnung, warum, aber ich wollte durch Davis' Facebookseite scrollen. Mir war eingefallen, dass er vor ein paar Monaten ein paar Fotos mit derselben Frau gepostet hatte. War er mit ihr zusammen gewesen, seit zwischen uns nichts mehr lief?

Als das Display aufleuchtete, stellte ich überrascht fest, dass ich zwei Nachrichten von Caine verpasst hatte.

Caine: *Könnten Sie vielleicht morgen Nachmittag um 15 Uhr meinen Unterricht übernehmen?*

Wenige Minuten später war die nächste eingetroffen:

Caine: *Tut mir leid, dass das so kurzfristig kommt. Mir ist etwas Wichtiges dazwischengekommen.*

Was für ein Idiot!

Eigentlich war er natürlich kein Idiot. Er war nur nicht so an mir interessiert wie ich an ihm und wollte mir nichts vormachen. In meinem betrunkenen Gefühlsdusel machte ihn das für mich aber zum Idioten. Ich hätte das Handy ausschalten, die Nachricht ignorieren und meinem Chef antworten sollen, wenn ich wieder bei Sinnen war. Doch der Alkohol hatte andere Pläne. Ich schrieb zurück.

Rachel: *Klar. Ich übernehme Ihren Job, damit Sie mit Professor Pink in Ihrem Büro verschwinden und wieder treiben können, was Sie eben so treiben.*

Die Pünktchen hüpften, dann stoppten sie und hüpften erneut.

Caine: *Wovon reden Sie?*

Ich rollte die Augen.

Rachel: *So toll ist Ihr Hintern übrigens gar nicht.*

In diesem Augenblick kam mir die Nachricht völlig logisch vor.

Caine schrieb sofort zurück.

Caine: Wie bitte?

Ich schnaubte. Lautstark. *Was für ein Idiot!* Und dann hielt mich nichts mehr.

Rachel: *Ich wette, die kommt nie zu spät.*

Ich hielt das Handy in der Hand und rechnete mit einer Nachricht. Als das verdammte Ding plötzlich klingelte, ließ ich es vor Schreck auf den Tisch fallen. Caines Name leuchtete auf, und das machte mich noch wütender.

Ich wischte über das Display, um das Gespräch anzunehmen. »Was ist?«

»Rachel?«

»Am Apparat. Ihre kleine Assistentin.«

Da kam mir ein Wortspiel in den Sinn, das ich in diesem Moment ziemlich geistreich fand. Ich war sogar richtig stolz darauf.

»Ich bin's, Ihre kleine Arschistentin, die auch einen tollen Hintern hat, nur dass Sie zu eingebildet sind, um das zu bemerken.«

»Haben Sie getrunken?«

»Und Sie?«

»Nein, Rachel, ich habe nichts getrunken.«

»Na, Sie wissen nicht, was Ihnen entgeht. Denn nach dem ersten Drink lichtet sich das ganze Durcheinander im Kopf.«

Ava kam mit unseren Getränken zurück und sah, dass ich telefonierte. »Mit wem sprichst du?«

Ich unternahm einen halbherzigen Versuch, das Mikro abzudecken. »Professor Knackarsch.«

Ava riss kurz die Augen auf und schloss sie dann für einen Moment. Als sie sie wieder öffnete, nahm sie mir das Handy aus der Hand.

»Hallo, Professor Knack… äh … Professor West. Hier ist Rachels Freundin Ava.«

Sie schwieg und hörte zu.

»Ja. Es geht ihr gut. Ich kümmere mich um sie.«

Sie schwieg erneut.

»Ja, ganz bestimmt. Wir sind im O'Leary's. Ich bringe sie mit dem Taxi nach Hause und passe auf, dass sie sicher heimkommt.«

Schließlich wischte sie über das Display und beendete das Gespräch, dann steckte sie das Handy in ihre Handtasche. »Das behalte ich jetzt, damit du nicht noch mehr Dummheiten machst.«

»Wieso? Ich bin nur ans Telefon gegangen. Es ist doch nicht meine Schuld, dass er ein dicker, fetter Idiot ist.«

»Bitte sag mir, dass du ihn nicht so genannt hast.«

»Ich kann mich nicht erinnern.«

Ava ließ mich noch vierzig Minuten weiterschimpfen. Währenddessen nippte ich an meinem Drink. Entweder hatte ich mich an den muffigen Alkoholgeschmack gewöhnt, oder der letzte Gin Tonic schmeckte mehr nach Tonic als nach Gin. Da ich immer noch sprechen konnte, war vermutlich Letzteres der Fall. Ava hatte meinen Drink verdünnt.

»Und was machst du jetzt mit Davis?«

»Ich weiß nicht. Er ist ein toller Typ. Auf jeden Fall.«

Ava machte große Augen.

»Was? Guck doch nicht so schockiert. Er ist ein netter Typ. Und ich habe ewig keinen Sex mehr gehabt.«

»Oh, nein. Professor West.«

»Na ja, natürlich hätte ich lieber Sex mit ihm. Aber vielleicht ist das auch schon alles. Vielleicht bin ich einfach nur sexuell ausgehungert und fühle mich deshalb rein körperlich zu Caine hingezogen.«

»Nein, Rachel. Professor West.« Sie zeigte zum anderen Ende des Tresens. »Er kommt deinetwegen.«

Bedauerlicherweise achtete ich in meinem alkoholvernebelten Zustand nicht auf sie. Ich merkte nicht einmal, dass sie auf etwas beziehungsweise *auf jemanden* zeigte. Ich dachte, wir führten weiterhin dasselbe Gespräch.

»Das soll er ruhig. Es mag fast ein Jahr her sein, aber mit meiner Vagina kann ich trotzdem noch ganz gut umgehen.« Ich machte eine Pause. »Glaubst du, ich bin wieder zur Jungfrau geworden, weil ich so lange keinen Sex mehr hatte?«

Ich führte das Glas an die Lippen, schloss die Augen und legte den Kopf in den Nacken, um es zu leeren. Als ich sie wieder öffnete, dachte ich, ich träume. Ich war mir sogar sicher. Ich blinzelte ein paarmal, um wieder zu mir zu kommen.

An unserem Tisch stand Caine und zuckte wieder auf diese sexy Art mit den Mundwinkeln. »Ich bin immer noch da.«

Ava war eine Verräterin. Caine fragte sie, ob er mich kurz allein sprechen könnte, und ich sagte genau in dem Moment Nein, als sie Ja sagte. Sie warf mir einen warnenden Blick zu, dann stand sie auf, um Caine Platz zu machen.

»Was tust du hier?«, knurrte ich.

»Ich sorge dafür, dass ich der einzige Mann bin, dem Sie was vom *Kommen* erzählen, solange Sie in diesem alkoholisierten Zustand sind.«

Ich verschränkte die Arme vor der Brust. »Davis will mich.«

Caines Kiefermuskel zuckte. »Das ist schön. Wer ist Davis?«

»Mein Ex. Na ja, in gewisser Weise. Wir sind heute Abend essen gewesen. Er will mich zurück.«

»Darum geht es hier also?«

»Mit dir hat es jedenfalls nichts zu tun.«

»Ach, ja?« Er lehnte sich zurück und grinste überheblich. »Am Telefon klang es aber so, als hätte es durchaus etwas mit mir zu tun. Also mit Professor Knackarsch jedenfalls.«

Einen Vorteil hatte der Alkohol zumindest: Er verhinderte, dass ich rot anlief, wenn ich mich eigentlich schämen müsste. Er verhinderte sogar, dass ich überhaupt merkte, dass ich mich schämen müsste.

»Na und? Du hast einen Knackarsch. Aber das macht dich noch nicht zum Maß aller Dinge. Ich habe selbst einen hübschen Hintern. Aber du bist zu aufgeblasen, um das zu merken.«

Caine rieb sich mit dem Daumen über die Lippe. »Das glaubst du also?«

»Dass du aufgeblasen bist? Ja.«

Er beugte sich vor. »Ich meinte, du glaubst also, mir wäre dein *hübscher Hintern* noch nicht aufgefallen?«

Seine Stimme klang jetzt heiser, und ich spürte den gutturalen Klang zwischen meinen Schenkeln. Ich schluckte, setzte mich anders hin und starrte ihn an. Er verstand es als Aufforderung weiterzureden, während ich schwieg.

»Du hast eine zierliche Taille. Wenn du Jeans trägst, steht der Bund hinten ab. Wenn du dich vorbeugst, sehe ich deinen G-String. Du trägst gern eine Farbe, die zu deiner Bluse passt. Am Mittwoch hattest du eine blaue Bluse und einen babyblauen G-String an. An dem Tag, als du unterrichtet und die Kopfhörer ausgegeben hast, hast du dich beim Verteilen in jeder Reihe hübsch nach vorn gebeugt. Deshalb bin ich zu dir gekommen, um dir mit den Kartons zu helfen. Du bist nicht auf die Idee gekommen, dass ich mich wie ein Kavalier verhalte, oder? An dem Tag hattest du eine dünne weiße Bluse und dazu einen Tanga aus weißer Spitze an. Die weiße Spitze hat mir *ziemlich* gut gefallen.«

Ich war sprachlos.

Caine beugte sich etwas näher. »Also: Du irrst dich, wenn du glaubst, dass mir dein hübscher Hintern noch nicht aufgefallen ist. Das hat zwei Gründe. Erstens: Es ist kein *hübscher Hintern*, sondern ein verdammter Wahnsinnsarsch. Und zweitens: Ich habe ihn bemerkt. An jedem einzelnen Tag, seit du in dieser Bar aus der Toilette gekommen bist. Vielmehr habe ich an dem Abend beobachtet, wie du ihn von einer Seite zur anderen geschwenkt hast, bis du aus meinem Blickfeld verschwunden warst – und das – und das, obwohl du mich gerade beschimpft hattest.«

»Das wusste ich nicht.«

»Ganz offensichtlich.«

»Warum hast du denn nichts gesagt?«

»Was hätte ich sagen sollen, Rachel? Du bist meine Lehrassistentin, und ich bin dein Mentor für die Magisterarbeit. Und selbst wenn das nicht so wäre, ich mag dich. Du bist keine Gelegenheitsaffäre, die ich nicht mehr anrufe, wenn ich genug von dir habe.«

Das war heftig. So konnte ich mir Caine überhaupt nicht vorstellen. Aber dann fiel mir die Fakultätsversammlung wieder ein. »Wie Professor Pink?«

Er runzelte die Stirn. »Meinst du Ginger Ashby? Professor Ashby, die heute ein pinkfarbenes Kostüm getragen hat? Was ist mit ihr?«

»Ihr beide wirktet sehr vertraut.«

Caine wandte den Blick ab. »Wir schlafen nicht miteinander, falls du das wissen willst.«

Falls sie zurzeit nicht miteinander schliefen, hatten sie auf jeden Fall früher etwas miteinander gehabt. Das merkte man an der Art, wie sie ihn anfasste, wie sie zu ihm hochsah und mit den falschen Wimpern klimperte.

»Aber du hast mal mit ihr geschlafen?«

»Das ist lange her. Ich mache nicht zweimal denselben Fehler.«

Ich war mir nicht sicher, ob er die Professorin im Speziellen meinte oder Arbeitskolleginnen im Allgemeinen – aber das spielte auch keine Rolle.

Ava kam an den Tisch zurück, um nach mir zu sehen. »Alles okay, Rachel?«

Ich lächelte traurig. »Alles in Ordnung.«

Sie legte mein Handy auf den Tisch. »Dein Telefon hat geklingelt.« Ava wandte sich an Caine. »Ich habe es eingesteckt, damit sie nichts zu Ihnen sagt, was ihr hinterher leidtut. Ich glaube, das hat geklappt.« Caine grinste, und sie wandte sich wieder an mich: »Ich bin am Tresen, falls du mich brauchst.«

In dem Moment, als Ava wegging, fing mein Handy erneut an zu klingeln. Davis' Name erschien auf dem Display. Caine sah es und schaute zu mir hoch. »Musst du da rangehen?«

Dann hörte das Klingeln wieder auf, aber als ich scrollte, sah ich, dass mir Davis auch geschrieben hatte. Er wollte sichergehen, dass ich gut nach Hause gekommen war.

»Ich schicke ihm nur eine kurze Nachricht, damit er weiß, dass ich okay bin.«

Ich spürte, dass mich Caine beim Schreiben beobachtete.

Als ich fertig war, fragte er: »Willst du darüber reden?«.

Ich wollte sehen, ob ich eine Reaktion aus dem gefassten Professor herauskitzeln konnte. »Früher hatten wir Sex. Dann haben wir damit aufgehört. Jetzt will er wieder damit anfangen. Ach, und er will mich zum Abendessen einladen.«

Die Anspannung in Caines Kiefer war nicht zu übersehen. »Und wie findest du das?«

»Ich weiß nicht. Ich bin irgendwie durcheinander.«

»Weshalb?«

»Er ist ein toller Typ. Als wir uns getrennt haben, hat mir das erst sehr zu schaffen gemacht. Aber dann bin ich irgendwie darüber hinwegkommen. Das glaube ich zumindest. Jedenfalls habe ich mich nicht nach ihm verzehrt. Und das hätte ich doch wohl getan, wenn er der Richtige wäre, oder?«

Caine blickte mir in die Augen. »Ja, ich glaube, über den Richtigen kommt man nur schwer hinweg.«

»Aber vielleicht bin ich doch nicht wirklich über ihn hinweg. Seit wir uns getrennt haben, hatte ich keinen … du weißt schon.«

»Keinen Sex?«

»Ja.«

Caines Augen funkelten. »Und deshalb bist du wieder zur Jungfrau geworden?«

Auch in meinem betrunkenen Zustand konnte ich kaum

glauben, worüber ich mich gerade unterhielt. »Das hast du gehört?«

Er grinste durchtrieben und nickte. »Wie lange seid ihr schon getrennt?«

»Seit fast neun Monaten.«

»Dann hattest du also seit fast neun Monaten keinen Sex mehr?«

Ich seufzte. »Vielleicht sollte ich einfach irgendjemanden in einer Bar aufreißen. Dann kann ich leichter feststellen, ob ich Davis vermisse oder nur den Sex.«

Die Pupillen in Caines Augen vergrößerten sich, bis seine braune Iris fast schwarz war. »Das ist keine gute Idee.«

»Warum? Hast du nie eine aufgerissen und mit nach Hause genommen, nur um deine Bedürfnisse zu befriedigen?«

»Das habe ich nicht gesagt.«

»Und warum ist es bei dir okay, bei mir aber nicht?«

»Weil ich es nicht tue, um ein Problem zu lösen.« Er klang ernst. »Ob du mit einem Mann zusammen sein möchtest, findest du nicht heraus, indem du mit einem anderen vögelst. Das kannst du mir glauben, Rachel.«

»Klingt, als würdest du aus Erfahrung sprechen.«

Caine wandte den Blick ab. »Ich hole mir ein Bier. Willst du eine Cola?«

»Ich nehme noch einen Gin Tonic.«

»Ich glaube, du hattest genug.«

Ich schnaufte. »Na schön. Dann nehme ich eine Cola light.«

Caine kam mit unseren Getränken zurück, und wir unterhielten uns noch eine Stunde. Ich war zwar etwas nüchterner geworden, traute mich aber immer noch mehr als sonst.

»Darf ich dich etwas fragen?«

»Nutzt es etwas, wenn ich Nein sage?«

Ich grinste. »Wahrscheinlich nicht.«

»Wenn du nicht mein Professor wärst … und ich nicht nach *meinem* Umberto suchen würde …« Ich brachte den Satz nicht zu Ende, aber das war gar nicht nötig.

Caine führte sein Bier an die Lippen und ließ mich nicht aus den Augen, während er es austrank. Danach stellte er die leere Flasche auf den Tisch, räusperte sich und beugte sich vor. Mit einem Finger winkte er mich näher heran. Ich beugte mich vor, und unsere Nasen waren nur noch Zentimeter voneinander entfernt.

»Wäre ich nicht dein Professor und du nicht so ein nettes Mädchen, wäre deine fast wieder jungfräuliche Muschi jetzt richtig wund.«

16. Kapitel

Rachel

Als mein Wecker klingelte, ging es mir gar nicht so übel. Ich öffnete die Augen und machte mich auf einen Kater mit dröhnenden Kopfschmerzen und Übelkeit gefasst, doch ich war nur müde und schien von den typischen Nachwirkungen verschont zu werden. Ich trank in einem Zug ein ganzes Glas Wasser aus und beschloss danach, für eine Viertelstunde wieder ins Bett zu steigen.

Caine hatte darauf bestanden, mich nach Hause zu fahren. Auf halber Strecke hatte er an einem Vierundzwanzig-Stunden-Supermarkt angehalten, war hineingelaufen und mit einer braunen Papiertüte wieder herausgekommen, die er mir in die Hand drückte, bevor er mich an meiner Wohnungstür zurückließ.

»Nimm alles, was da drin ist. Es funktioniert nur, wenn du nichts übriglässt«, sagte er.

In der Tüte lagen zwei Flaschen Wasser, eine Banane und eine einzeln verpackte Ibuprofen-Tablette. Da er sich die Mühe gemacht hatte, das alles zu besorgen, befolgte ich seine Anweisungen.

Ich stöpselte mein iPhone vom Ladegerät auf dem Nachttisch, gab mein Passwort ein und schickte ihm eine Nachricht.

Rachel: *Kein Kater. Danke. Du bist ein Wunderheiler. Wo bist du gewesen, als ich achtzehn war?*

Caine antwortete umgehend.

Caine: *Gern geschehen. Freut mich, dass es dir heute bessergeht.*

Es ging mir wirklich besser. Caines schroffe Abfuhr letzte Woche hatte mir ziemlich zu schaffen gemacht. Ihn wiederzusehen war heilsam gewesen. Ich war zwar verwirrter als jemals zuvor – insbesondere nach Davis' Vorstoß von gestern Abend –, aber zumindest war ich nicht mehr so aus dem Gleichgewicht.

Rachel: *Du hast einen gut bei mir. Für alles. Dass du vorbeigekommen bist, um dich um mich zu kümmern. Dass du mit mir über Davis gesprochen hast, mich nach Hause gefahren und mir dein Geheimrezept für einen katerfreien Morgen gegeben hast. Eigentlich … hast du vielleicht sogar zwei gut bei mir. LOL*

Caine: Sagen wir einen, dann sind wir quitt. Aber kann ich den einen heute schon einlösen, falls du dich dazu imstande fühlst?

Ich hatte ganz vergessen, dass Caine mich gebeten hatte, heute Nachmittag seinen Unterricht zu übernehmen. Ich arbeitete in der Tagesschicht, aber Charlie hatte bestimmt nichts dagegen, wenn ich etwas früher ging. Am späten Nachmittag war sowieso tote Hose.

Rachel: *Ich kann deine Stunde übernehmen. Tut mir leid, ich hatte vergessen, dass mein betrunkener Amoklauf damit angefangen hat.*

Caine: *Danke.*

Seit gestern Abend hatten sich die Dinge zwischen Caine und mir geändert. Dass wir uns zueinander hingezogen fühlten, war jetzt klar. Darum fand ich es okay, frech zu sein.

Rachel: *Aber ich springe jetzt nicht für dich ein, damit du ein Schäferstündchen haben kannst, oder?*

Ich stellte mir vor, wie Caines Mundwinkel zuckten und er dabei den Kopf schüttelte.

Caine: *Ich habe ein Date mit zwei hübschen Mädchen. Aber eines ist zweieinhalb, das andere vier, und meistens weinen sie, wenn sie mich sehen.*

Rachel: *?*

Caine: *Die Kinder meiner Schwester. Sie hat heute eine Biopsie und braucht mich, um auf ihre kleinen Monster aufzupassen.*

Rachel: *Oh. Tut mir leid. Ich habe nur Spaß gemacht. Ich hoffe, es ist alles okay. Ich übernehme die Stunde, kein Problem.*

Caine: *Danke.*

Nach dem Unterricht blieb ich einen Moment auf Caines Stuhl sitzen und wartete, dass die Studenten hinausgingen. Auf seinem Platz vorne im Hörsaal fühlte ich mich ihm irgendwie näher. Da ich gerade an den sexy Professor dachte, schrieb ich ihm eine Nachricht, um mich zu erkundigen, wie er sich als Babysitter machte. Bei der Vorstellung, wie Caine mit zwei kleinen Mädchen tobte, musste ich grinsen. Ob er wohl Windeln wechselte? Bei zwei Mädchen unter vier Jahren musste er das vermutlich.

Rachel: *Der Unterricht war gut. Ich glaube, sie mögen mich lieber als dich. ;)*

Caine: Das ist gut. Vielleicht musst du meinen Job übernehmen, wenn meine Schwester mich umbringt.

Das klang nicht, als ob es gut liefe.

Rachel: *Was ist passiert?*

Caine: *Ich hab vergessen, dass Lizzy eine Nussallergie hat. Wir sind in der Notaufnahme.*

Ich war ziemlich überrascht, dass Caine mein Angebot annahm, ihm im Krankenhaus beizustehen – bis ich dort eintraf. Ich log und behauptete, ich gehöre zur Familie, um in den hinteren Bereich mit den Behandlungsräumen zu gelangen. Gegenüber dem Schwesternzimmer entdeckte ich Caine in einer Untersuchungskabine, deren Vorhänge zurückgezogen waren. Für seine Verhältnisse sah er ziemlich aufgelöst aus. Er hatte ein Mädchen auf dem Arm, offenbar die Zweijährige, das aus Leibeskräften schrie. Die Ältere lag auf einer Liege und blies einen Latexhandschuh wie einen Luftballon auf.

Als ich näher kam, konnte ich das kleine Mädchen besser sehen. *Aber was war das denn?* Was um alles in der Welt hatte sie an? Es sah aus wie ein verkehrt herum angezogenes T-Shirt und eine merkwürdige Windel.

»Hi«, sagte ich.

Caine war sichtlich erleichtert, mich zu sehen. »Hey. Danke, dass du gekommen bist.«

»Ist alles okay?«

»Lizzy geht es bald wieder gut. Zum Glück ist es nur ein Ausschlag. Sie haben ihr Benadryl gegeben, der Arzt will sie nur noch einen Moment zur Beobachtung hierbehalten.«

Ich lächelte das kleine Mädchen an, das auf seiner Hüfte saß, was daraufhin aufhörte zu schreien und mich neugierig betrachtete. »Hallo. Du musst Lizzy sein.«

Ich hatte angenommen, bei dem älteren Mädchen auf der Liege handele es sich um die Patientin, aber die Kleine, die Caine auf dem Arm trug, hatte einen Ausschlag auf Gesicht und Hals.

Das süße kleine Mädchen nickte, seine Unterlippe bebte. Sie hatte einen Wahnsinnsschopf aus roten Ringellocken.

Ich betastete eine. »Ich mag deine Locken. Sie erinnern mich an Merida. Weißt du, wer Merida ist?«

Sie nickte.

»Ich wette, du bist genauso tapfer wie die Disney-Prinzessin.«

Ich strich ihr eine lange Locke, die an ihrer nassen Wange klebte, aus dem Gesicht. Die Armreifen an meinem Handgelenk klingelten und weckten ihre Aufmerksamkeit.

»Gefallen dir die?«

Wieder nickte sie.

»Ich bin Rachel – eine Freundin von deinem Onkel Caine. Möchtest du einen haben?«

Ihre Augen hellten sich auf, und sie nickte erneut, diesmal allerdings schneller.

Ich streifte zwei der Armreifen von meinem Handgelenk und hielt sie ihr hin. Sie lächelte und ließ sie sich über den Arm schieben. Bei der Gelegenheit konnte ich mir genauer ansehen, was das arme Ding anhatte.

»Äh … Caine? Warum ist ihre Windel mit *Isolierband* festgeklebt?«

»Das verdammte Ding wollte einfach nicht halten.«

Ich verkniff mir so gut es ging ein Lachen. Der lebende Inbegriff der Perfektion war völlig neben der Spur und mit den Nerven am Ende, jegliche Selbstsicherheit war dahin.

Ich streckte die Arme aus und lächelte Lizzy freundlich an. »Kommst du mal zu mir? Vielleicht kann ich deine Windel richtig festmachen und dir das Hemd richtig herum anziehen.«

Mit gerunzelter Stirn betrachtete Caine seine Nichte. Anscheinend war ihm noch nicht aufgefallen, dass ihr Hemd falsch herum war. Lizzy wirkte etwas ängstlich, doch schließlich lehnte sie sich mir entgegen, und ich nahm sie ihrem Onkel aus den Armen.

»Hast du Windeln dabei?«

»Nein. Ich bin so schnell aus der Wohnung gelaufen, dass ich daran überhaupt nicht gedacht habe.« Er blickte auf die nackten Beinchen seiner Nichte. »Oder an eine Hose, wie man sieht.«

Ich lächelte. »Kein Problem. Ich bin mir sicher, dass uns die Schwester eine geben kann.«

Das andere kleine Mädchen setzte sich auf der Liege hoch und sah mich an.

Caine machte uns bekannt. »Das ist Alley. Sie konnte mir bei dem Problem mit der Windel auch nicht helfen.«

Lizzy und ich gingen zum Schwesternzimmer, und eine der Schwestern war so freundlich, oben von der Kinderstation ein paar Windeln und ein kleines Päckchen Feuchttücher zu besorgen. Außerdem brachte sie eine Pyjamahose für Kinder mit. Ich versorgte Lizzy auf der Toilette, dann ging ich zu Caine und Alley zurück.

»Alles geregelt.« Lizzy lächelte jetzt. »Und ich glaube, ihr Ausschlag wird auch schon besser.«

Caine untersuchte seine Nichte. »Du hast recht.« Er strich sich mit den Fingern durchs Haar. »Gott sei Dank. Dass meine Schwester nach Hause kommt und feststellt, dass eines ihrer Kinder im Krankenhaus ist, hätte ihr heute gerade noch gefehlt. Sie hatte mit zwanzig Schilddrüsenkrebs, die Schilddrüse wurde entfernt. Letzte Woche hat man einen geschwollenen Lymphknoten unter ihrem Arm entdeckt. Der Arzt hält es nicht für beunruhigend, aber sie hat trotzdem eine Heidenangst. Die Biopsie ist nur eine Vorsichtsmaßnahme.«

»Wow. Das tut mir leid. Ich hoffe, es stellt sich heraus, dass alles in Ordnung ist.«

Caine nickte. »Danke.«

Ein Arzt kam, um nach Lizzy zu sehen, die noch immer auf meinem Arm war. Er zog den Vorhang in der Deckenschiene zu und verwandelte die Kabine in ein abgeschlossenes Behandlungszimmer. »Na, wie geht's der kleinen Prinzessin?«

»Ich glaube, der Ausschlag geht schon ein bisschen zurück«, antwortete Caine.

»Wollen wir mal sehen.« Er untersuchte Lizzys Gesicht, ihren Bauch, die Arme und Beine. »Das Benadryl wirkt. Ich möchte sie mir noch einmal ansehen, vielleicht in einer halben Stunde, dann können wir sie entlassen. Von dem Medikament wird sie ziemlich schnell müde werden.« Ehe er den Vorhang wieder aufzog, fügte er noch hinzu: »Oder auch nicht. Bei Kindern hat Benadryl manchmal auch die gegenteilige Wirkung.«

Kaum eine Stunde später wurden wir mit einer Handvoll Papieren entlassen. Ich brachte Caine zu seinem Auto und half ihm, die Kinder in den Kindersitzen anzuschnallen.

»Meine Schwester hat darauf bestanden, dass ich diese Dinger nehme, für den Fall, dass ich notfallmäßig irgendwohin muss. Ich habe gesagt, sie spinnt, ich hätte nicht vor, irgendwohin zu fahren. Sie hat sie mir trotzdem in den Wagen geklemmt.«

»Deine Schwester hatte wohl den richtigen Riecher.«

Caine knurrte. »Und das wird sie mich spüren lassen, bis wir achtzig sind.«

Als die Mädchen angeschnallt waren, fragte Alley, ob ich mit zu ihrem Onkel Caine kommen könnte, um mit ihr zu spielen. Ich hatte gerade gesagt, dass das nicht ginge, als Caine mich unterbrach.

»Ich mache verdammt gute Käsemakkaroni – falls du Hunger hast. Bist du sicher, dass ich dich nicht überreden kann? Wir könnten noch ein Problem mit den Windeln bekommen, und ich habe fast kein Isolierband mehr. Sonst muss ich am Ende noch auf Sekundenkleber zurückgreifen.«

Ich lächelte und war bereits geneigt zuzusagen, doch als Caine mir auch noch ernst in die Augen sah und »Bitte?« sagte, konnte ich überhaupt nicht mehr Nein sagen.

»Ich fahre hinter dir her.«

Seine Miene hellte sich auf, woraufhin mein verdammtes Herz zu rasen begann.

Jetzt reg dich mal wieder ab. Er lädt dich nicht zu einem romantischen Abendessen ein. Er will nur, dass du ihm mit seinen Nichten hilfst. Dass du die Windeln wechselst, nicht dass du deine Kleider ausziehst.

Auf der ganzen Fahrt zu Caines Wohnung versuchte ich, mein Herz zur Vernunft zu bringen. Es sollte sich wieder beruhigen, nachdem Caines Einladung es in Aufruhr versetzt hatte. Doch mit Vernunft war da nichts zu machen. Mein Kopf kannte die Wahrheit, aber meinem Herzen schien das völlig egal zu sein.

17. Kapitel

Rachel

Zur Begrüßung schoss ein riesiger schwarzer Labrador auf mich zu und rannte mich fast über den Haufen. Ich ging in die Hocke, um ihm Hallo zu sagen. »Na, mein Großer. Du bist ja süß. Wie heißt du denn?«

»Das ist Murphy«, erklärte Caine. Er versuchte, streng zu klingen. »Platz, Junge.« Der Hund ignorierte ihn und versuchte, sich in mich hineinzuwühlen.

Ich kraulte Murphy hinter den Ohren, während er wie wild an mir herumschnupperte. »Der hört ja richtig gut auf dich.«

»Das ist deine Schuld. So wie du riechst, wird er nie auf mich hören.«

»So wie ich rieche?« Ich war mir nicht ganz sicher, wie ich das verstehen sollte.

»Hunde haben einen tausendmal besseren Geruchssinn als Menschen.«

»Und wie genau rieche ich?«

Weil mich der Hund weiterhin bedrängte, zog Caine kräftig an seinem Halsband. »Komm schon, Murph. Lass sie in Ruhe, Kumpel.«

Irgendwann ließ mir der Hund ausreichend Platz, um aufzustehen. Caine beugte sich vor und roch mit geschlossenen Augen übertrieben an meinem Hals. »Nach Sommer. Du riechst immer nach Sommer.« Dann machte er einen Schritt zurück und zwinkerte mir zu. »Meine Lieblingsjahreszeit.«

Und sofort legte mein verflixter Puls wieder einen Zahn zu. Die Rede, die ich mir auf der Autofahrt gehalten hatte, verpuffte im Nichts. Caine lachte, vermutlich über meinen Gesichtsausdruck.

»Komm doch rein. Ich gebe Murph ein Leckerli, um ihn davon abzulenken, wie gut du riechst.«

Ich folgte Caine in die Wohnung und sah mich fasziniert um.

Sie war ganz anders, als ich erwartet hatte.

Caines Wohnung war unglaublich. Ich hatte zwar schon vermutet, dass sie schön war, aber nicht *so* schön. Die Mädchen liefen sofort den Flur hinunter, um ein Video zu holen, das sie sich ansehen wollten, und ich blickte mich beeindruckt um. Sein Wohnzimmer war größer als mein ganzes Apartment, ganz zu schweigen davon, dass er eine Eingangshalle hatte. *Eine Halle in Manhattan?* Allein der Eingangsbereich kostete im Monat bestimmt fünfhundert Dollar. Caine bemerkte meinen Gesichtsausdruck. »Mein Urgroßvater hat eine Investmentfirma gegründet. Jede nachfolgende Generation der Wests fügte der Summe, die er verdient hat, noch eine Null hinzu. Bis auf mich. Aber ich habe fünfundzwanzig Prozent der Firma von meinem Großvater geerbt. Das ist etwas einträglicher als ein Professorengehalt.«

»Äh … *etwas*? Das kann man wohl sagen. Du hast einen Ausblick auf den verdammten Park.« Ich ging zur Glaswand. »Die Wohnung ist fantastisch.«

Als ich mich wieder umdrehte, stand Caine in der Küche, die zum Wohnzimmer hin offen war, und sah mich an.

»Danke, dass du gekommen bist«, sagte er.

»Du hattest noch einen gut bei mir, schon vergessen?«

»Du wärest gekommen, ob ich einen bei dir oder du zehn bei mir gutgehabt hättest.«

»Wie kommst du darauf?«

»Weil du so bist.«

Die Mädchen kamen mit einem Rucksack ins Wohnzimmer zurückgelaufen. Sie hüpften auf und ab. Offenbar hatten sie sich das mit dem Video anders überlegt. »Können wir Teetrinken spielen?«

»Ich glaube, bei ihr hat das Benadryl die gegenteilige Wirkung«, grummelte Caine.

»Klar, ich liebe Tee«, sagte ich.

Alley öffnete den Reißverschluss des Rucksacks, hob den Boden hoch und entleerte den gesamten Inhalt auf Caines Couch. Es sah aus, als hätte sie genug winzige Tee- und Untertassen aus Keramik für eine zwanzigköpfige Gesellschaft.

Die Mädchen deckten den Couchtisch, und ich ging in Caines Edelstahl-Küche. »Hast du Kräutertee?«

»Ich glaube schon.«

Es war lustig, ihn auf dem Boden sitzen und aus einer kleinen Tasse Tee trinken zu sehen. So wie die Mädchen mit ihm umgingen, war klar, dass er viel Zeit mit ihnen verbrachte, auch wenn er keine Windel wechseln konnte.

»Ich vermute, du spielst nicht zum ersten Mal Tee.«

»Das muss ich zweimal im Monat spielen, wenn ich bei meiner Schwester zum Abendessen bin.«

»Wohnen die Mädchen hier in der Stadt?«

»Nein. Die leben oben in Chappaqua. Da bin ich aufgewachsen. Meine Schwester ist dortgeblieben, um in der Nähe unserer Mutter zu sein.«

»Ich habe als Kind auch in Westchester gewohnt. Pleasantville.«

»Bist du auf die Pleasantville-Highschool gegangen?«

»Äh … nein. Ich bin schon in die Stadt gezogen, lange bevor ich in die Highschool kam.«

Während wir Tee tranken, beobachtete ich begeistert, wie sich Caine von einer Vierjährigen herumkommandieren ließ. »Du musst den kleinen Finger hochmachen, wenn du deine Teetasse hältst, Onkel Caine. Du schlürfst. Der Löffel kommt auf die Untertasse, nicht auf den Tisch.«

Endlich schienen sich die Mädchen etwas beruhigt zu haben. Lizzy gähnte sogar.

»Bist du müde, Lizzy?«, fragte Caine.

Zur Antwort gähnte sie wieder.

Er stand auf und nahm das schläfrige Mädchen auf den Arm. »Na, komm. Wie wäre es, wenn du dich hinlegst und ich dir den Fernseher einschalte?«

»Darf ich in deinem Bett schlafen?«

»Klar. Na, komm.« Lizzy lehnte sich vor und streckte die Arme nach mir aus. »Kommst du mit, Rachel?«

Ich blickte zu Caine, und er zuckte mit den Schultern. »Na klar, machen wir eine Party.«

Das war natürlich sarkastisch, aber die Mädchen merkten es nicht und waren sowieso aufgeregt. Zu viert gingen wir durch den Flur in sein Schlafzimmer.

Als wir das Zimmer betraten, lief ich überraschenderweise rot an. Caine hatte ein riesiges Bett, garantiert Kingsize. Das Bettgestell mit vier Eckpfeilern aus geschnitztem Mahagoni ließ es noch größer erscheinen. Außerdem befand sich die Liegefläche extrem hoch über dem Boden. Es wirkte irgendwie männlich und passte zu ihm. Ich konnte mir gut vorstellen, wie er nackt darin schlief. Mit dem Gesicht nach unten. Der Knackarsch, in den ich so gern beißen wollte, lugte unter der Decke hervor.

Ich merkte erst, dass ich auf der Türschwelle stand und gedankenverloren aufs Bett starrte, als Caine sagte: »Du kannst reinkommen. Ich beiße nicht.«

Beißen. Damit hatte er mich. Das genügte, damit sich das zarte Rosa auf meinem Gesicht in ein hübsches Dunkelrot verwandelte. Caine warf mir einen kurzen Blick zu, und schon erschien ein anzügliches Grinsen auf seinem attraktiven Gesicht. Er setzte Lizzy ab, half Alley aufs Bett und ging zurück zur Tür, wo ich noch immer stand und die Armbanduhr an meinem Handgelenk drehte.

Sein heißer Atem kitzelte auf meinem Hals, als er flüsterte: »Ich weiß, was du denkst.«

Allein von seinem Atem kribbelte mein ganzer Körper. Ich konnte nur erahnen, was erst passierte, wenn er mich mit den Händen berührte. *O Gott. Jetzt stelle ich mir vor, wie er in diesem Bett liegt und mich berührt.* Ich schluckte und atmete tief durch, wobei ich feststellte, dass Caines Duft noch in der Luft hing, als er schon zum Bett zurückging. Konnte er nicht wenigstens schlecht riechen?

Er hantierte an dem Fernseher in seinem Schlafzimmer herum und schloss einen Festplattenrekorder an.

»Anscheinend siehst du nicht oft Filme im Bett?«

»Das Ding hier ist eigentlich nur im Einsatz, wenn die zwei hier sind.«

Über Fernsehen und kleine Kinder zu reden war gut – allmählich entspannte ich mich.

»Ich kann nicht gut einschlafen, wenn ich nicht noch einen Moment fernsehe«, erzählte ich ihm. »Du gehörst vermutlich zu den Leuten, die einschlafen, sobald ihr Kopf das Kissen berührt?«

Caine verband die restlichen Kabel, und auf dem Bildschirm erschien der Trailer eines Disney-Films.

Wieder kam er zu mir. »Das habe ich nicht gesagt. Es gibt *andere Dinge*, die man vor dem Einschlafen tun kann und die mir lieber sind als Fernsehen.«

Ich sah vermutlich aus wie ein Reh im Scheinwerferlicht, denn Caine lachte. »Entspann dich. Ich mache nur Spaß. Du sahst aus, als wäre dir die Situation unangenehm. Ich wollte sie auflockern und habe es nur noch schlimmer gemacht.«

»Ich spüle mal das Teegeschirr ab und räume auf.« Ich winkte den Mädchen von der Tür aus und verließ das Zimmer.

Fünf Minuten später kehrte Caine ins Wohnzimmer zurück. Ich war gerade mit dem Teegeschirr fertig und trocknete die kleinen Teile ab, bevor ich sie in den Kinderrucksack zurückpackte.

»Das sind wirklich süße Mädchen«, sagte ich.

»Zum Glück schlagen sie mehr nach ihrem Onkel als nach ihrer Mutter.«

Ich lachte. »Na, klar.«

Caine nahm mir das Geschirrtuch aus der Hand. »Was? Findest du mich nicht süß?«

»Das ist mit Sicherheit kein Begriff, der mir als Erstes zu dir einfallen würde.«

»Ach ja?« Er trocknete eine winzige Untertasse ab und gab sie mir zum Einpacken. »Und welchen würdest du eher verwenden?«

»Ich weiß nicht. *Rätselhaft* vielleicht?«

Caine dachte einen Moment darüber nach. »Ich weiß nicht, was ich dem entgegensetzen könnte.«

Wir hatten gerade das Teeservice wieder eingepackt, als wir ein Handy vibrieren hörten.

»Ist das meins oder deins?«, fragte ich.

»Ich habe meins in der Hosentasche. Es muss deins sein.«

Ich ging zur Couch und kramte in meiner Tasche nach dem Gerät, doch als ich es fand, war es schon wieder stumm. Auf dem Display las ich Davis' Namen und seufzte hörbar.

»Alles in Ordnung?«

»Ja.«

Caine wartete, dass ich noch mehr sagte.

»Das war Davis. Er hat mir vorhin eine Nachricht geschickt, und ich habe vergessen zu antworten.«

Er nickte. »Hast du dich schon entschieden?«

»Nein.«

»Soll ich dir helfen?«

Ich sah ihn fragend an. »Du willst mir bei der Entscheidung helfen, ob ich meinem Ex eine zweite Chance gebe?«

»Klar. Warum nicht? Erzähl mir von ihm.«

»Was willst du wissen?«

»Was treibt er so? Wie alt ist er? War er schon einmal verheiratet? Das Wichtigste eben.«

»Okay. Also, er ist neunundzwanzig, geschieden und Verkaufsleiter bei einer Firma für nuklearmedizinische Geräte.«

Daraufhin bemerkte Caine trocken: »Klingt nicht gut. Du solltest ihm keine zweite Chance geben.«

»Was? Weshalb nicht?«

Er hielt drei Finger hoch und klappte sie beim Reden der

Reihe nach um. »Drei Gründe. Erstens: Er ist neunundzwanzig und geschieden. Da stimmt was nicht. Schlechtes Führungszeugnis. Zweitens: Verkäufer. Das ist ein Alarmsignal. Er lebt davon, dass er Mist verkauft. Es ist nur eine Frage der Zeit, bis er dir auch irgendwelchen Mist unterjubelt. Und drittens: Er heißt Davis.« Er zuckte die Achseln. »Das ist ein blöder Name.«

Ich starrte ihn ungläubig an. Da ich irgendwie den Drang verspürte, meine vorherige Partnerwahl zu rechtfertigen, machte ich ihm deutlich, wie komisch eine solche Einschätzung gerade aus seinem Mund klang: »Erstens: Du bist zweiunddreißig und hast keine ernsthafte Beziehung. Das ist ja wohl schlimmer, als wenn man den Fehler begeht, schon ganz jung seine Highschool-Freundin zu heiraten. Zweitens: Du bist Musiker. Es ist allgemein bekannt, dass Musiker notorische Playboys sind. Ich wage zu behaupten, dass die Fremdgehrate bei Musikern mindestens doppelt so hoch ist wie bei Verkäufern. Und drittens: Hast du die Bibel gelesen? Kain war nicht gerade der gute Sohn.«

Caine nickte. »Eben. Ich kann solche Typen einschätzen. Du solltest dich von ihm fernhalten.«

Aha, anscheinend hatte ich ihn missverstanden. »Ich glaube, du hast sie nicht mehr alle. An seinem Alter und seinem Beruf allein kannst du nicht erkennen, was für ein *Typ* Davis ist. Er ist ein toller Kerl. Er ist sehr fleißig, will eines Tages eine Familie gründen und ruft jeden Sonntag seine Mutter an. Er hat sogar eine romantische Ader – einmal hat er mit mir im Park ein Picknick gemacht.«

Caine höhnte: »Das ist nicht romantisch. Er klingt nach einem Weichei.«

Ich stemmte die Hände in die Hüften. »Was soll das

heißen? Natürlich ist das romantisch. Was stellst du dir denn unter romantisch vor, wenn du so ein Experte bist?«

Caine kam aus der Küche und trat zu mir neben die Couch. Er kam sehr dicht an mich heran, doch ich wich nicht zurück. Als er sich dann vorbeugte, sodass wir uns Auge in Auge gegenüberstanden, berührten sich praktisch unsere Nasen.

»Romantik ist nicht mein Ding«, sagte er. »Ich stehe mehr auf wildes Vögeln als auf Picknick im Park.«

O Gott, warum war er nur so ein Idiot?

Aber was noch wichtiger war: Warum gefiel mir das so gut? Ich bekam eine Gänsehaut, ein Kribbeln durchlief meinen Körper und kitzelte zwischen meinen Beinen. Ganz davon zu schweigen, dass meine Nippel derart angeschwollen waren, dass ich gleich einen Schritt nach hinten machen musste, wenn er mir nicht etwas mehr Platz ließ. Doch auch wenn er mich heißmachte, war ich auch sauer. Und diesem Gefühl gab ich nach.

»Vielleicht ist das der Grund, warum du noch Single bist.«

Caine bekam schmale Augen. »Wenn an dem Kerl alles dermaßen großartig ist, warum brauchst du dann so lange, um auf seine Frage zu antworten?«

Ein berechtigter Einwurf. Eigentlich bedurfte es gar keiner Überlegung. Aber wenn ich ehrlich war, lag es nicht daran, wie großartig Davis war oder nicht war. Er war nicht Caine, und nur das hielt mich davon ab, dem Mann eine zweite Chance zu geben.

Ich gab mich geschlagen. »Du hast recht. Es gibt wirklich keinen Grund, warum ich morgen nicht mit ihm essen gehen sollte. Wer weiß, vielleicht funkt es ja wieder. Wenn ich es nicht versuche, werde ich es nie herausfinden.«

Caine zog sich mit maskenhaft starrer Miene zurück. Es spielte keine Rolle, dass es zwischen uns eine Schwingung gab, wie ich es noch nie mit einem Mann erlebt hatte, oder dass wir mehr gemein hatten als die meisten glücklich verheirateten Paare. Er war nicht an mir interessiert. Je besser ich ihn kennenlernte, desto klarer wurde mir, dass das Professor-Studentin-Problem nur ein Vorwand war. Wenn Caine West etwas wirklich wollte, setzte er sich über alles hinweg.

Nachdem wir etwas mehr Abstand hatten, konnte ich wieder klarer denken. »Ich sollte gehen.«

Er schwieg, während ich mein Handy ins Seitenfach meiner Handtasche verstaute, die Schlüssel herausnahm und mir die Tasche über die Schulter hängte. Und als ich an ihm vorbeirauschte, rührte er sich nicht, doch dann hielt er mich am Ellenbogen fest.

»Ich bin der Letzte, der das Recht hat, Beziehungsratschläge zu geben. Aber was nicht da ist, kannst du nicht erzwingen. Das ist genauso aussichtslos wie, etwas zu leugnen, was da ist.«

Ich war versucht, schon wieder mehr in seine Worte hineinzudeuten, als er gesagt hatte. Damit musste ich aufhören. »Danke, Caine.«

Er nickte und machte ein betrübtes Gesicht. »Danke, dass du heute den Unterricht für mich übernommen und mich heute Abend gerettet hast.«

»Selbstverständlich. Das scheint unser Ding zu sein. Wir retten einander.«

18. Kapitel

Caine – fünfzehn Jahre zuvor

Ein kleines Ding wie sie sollte nicht ganz allein durch die Gegend radeln.

Diese Woche wartete ich draußen vor der Kirche auf der kleinen, versteckten Bank bei der Marienstatue – wahrscheinlich war sie dazu gedacht, dass die Menschen dort in Ruhe beten konnten, und nicht, um zehnjährigen Mädchen nachzustellen. Wenn irgendjemand davon Wind bekam, was ich jeden Samstag hier trieb, hielt er mich vermutlich für einen verdammten Kinderschänder.

Meine kleine Freundin schloss ihr Fahrrad auf der anderen Seite der Kirche an und blickte sich um, ob jemand sie beobachtete, dann lief sie hinein. Ich duckte mich, war aber unsicher, ob sie mich sah oder nicht. Ich konnte nicht einmal genau sagen, wonach ich eigentlich Ausschau hielt – doch wenigstens wusste ich jetzt, wie sie herkam und dass sie allein war.

Ich wartete ein paar Minuten, bevor ich hineinging, damit sie es sich auf ihrer Seite des Beichtstuhls bequem machen konnte. Doch als ich in die Kirche schlich, kniete sie in der Nähe des Beichtstuhls in einer Kirchenbank. Ihr Kopf war über die gefalteten Hände gebeugt.

Offenbar spürte sie, dass sie beobachtet wurde, denn nach einem Moment hob sie den Kopf und blickte sich um. Zum Glück sah sie erst in die andere Richtung, bevor sie zu mir herüberschaute, was mir Zeit verschaffte, mich hinter einer Säule zu verbergen. *Was zum Teufel mache ich hier eigentlich?* Ich versteckte mich vor einem kleinen Mädchen, bei dem ich Grund zu der Annahme hatte, dass sie zu Hause auf irgendeine Weise misshandelt wurde. Und ich gab mich als Priester aus, damit ich sie – ja, was eigentlich … *retten* konnte?

Als sie merkte, dass die Luft rein war, stand die Kleine aus der Kirchenbank auf und ging in den Beichtstuhl. Genau wie letzte Woche öffnete sie statt der Seite für die Gemeindemitglieder die Priesterseite. Diesmal ging sie aber nicht hinein. Weil mir die offen stehende Tür teilweise die Sicht versperrte, konnte ich nicht genau sehen, was sie tat. Aber so, wie sie den Körper vorbeugte, den Arm hochriss und dann gleich wieder sinken ließ, vermutete ich, dass sie etwas hineingeworfen hatte. Dann öffnete sie die andere Tür und verschwand im Innern.

Was trieb sie nur?

Neugierig ging ich geradewegs zum Beichtstuhl, doch dort sah es genauso aus wie in den vergangenen sechs Wochen. Da waren der mit rotem Samt bezogene Stuhl, die behelfsmäßige Gebetsbank mit der Kniestütze aus abgewetztem Leder, ein goldenes Kreuz an der Wand … und das war's auch schon. Dann bemerkte ich eine kleine Münze direkt hinter dem Vorderbein des Stuhls. Fast hätte ich sie übersehen. Ich bückte mich und hob sie auf. Ehe ich überhaupt dazu kam, mich hinzusetzen, begann das Mädchen bereits zu reden.

»Vergib mir, Vater, denn ich habe gesündigt.«

Ich drehte den angelaufenen Kupferpenny zwischen Daumen und Zeigefinger und sagte: »Beichte mir deine Sünden.«

Diese Woche war sie melancholisch gestimmt. Sie hatte keine lustigen Geschichten über Tommy zu berichten, und obwohl sie bereits ganze zwanzig Minuten auf der anderen Seite saß, hatte sie noch nicht viel gesagt.

»Wie war es diese Woche in der Schule?«

»Ich war drei Tage nicht dort.«

»Warum nicht? Warst du krank?«

»Nein.«

»Warum bist du dann nicht zur Schule gegangen?«

»Ist das eine Sünde?«

»Eigentlich nicht. Aber du solltest hingehen. Bildung ist wirklich wichtig.« Heute ließ ich anstelle eines Priesters anscheinend meine Mutter aus mir sprechen. »Und du kannst Schwierigkeiten bekommen, wenn du nicht hingehst. Weißt du, was Schuleschwänzen ist?«

»Nein.«

»Das ist, wenn du verbotenerweise die Schule versäumst.«

»Dann kann etwas also verboten sein, aber keine Sünde?«

Worauf wollte sie hinaus? »Nun ja, gegen ein Gesetz des Staates New York zu verstoßen ist etwas anderes als gegen ein Gesetz Gottes. Warum warst du nicht in der Schule?«

»Weil ich auf meine Schwester gewartet habe.«

»Wo war sie denn?«

»Das weiß ich nicht. Sie ist letzte Woche weggelaufen. Aber bevor sie gegangen ist, hat sie mir gesagt, dass sie zurückkommt und mich holt, sobald sie für uns einen Platz zum Leben gefunden hat.«

»Und deshalb bist du nicht in die Schule gegangen?«

»Morgens habe ich so getan, als ob ich hingehe, und wenn Benny dann weg war, bin ich zurück nach Hause. Ich wollte sie nicht verpassen, falls sie meinetwegen zurückkommt, während ich in der Schule bin.«

»Weißt du, weshalb deine Schwester weggelaufen ist?«

Sie schwieg eine ganze Weile. Schließlich sagte sie: »Ich glaube wegen Benny.«

Das klang nach der Untertreibung des Jahres. »Hat Benny nach deiner Schwester gesucht?«

»Nein. Er schimpft viel auf sie, wenn er von der Arbeit nach Hause kommt. Aber dann schläft er auf der Couch ein, die so nach ihm riecht.«

»Du musst zur Schule gehen. Sprich mit einem Lehrer. Sag denen, was zu Hause los ist.«

»Nein. Ich möchte meine Schwester nicht in Schwierigkeiten bringen.«

»Das wirst du nicht.«

»Ich weiß nicht …«

Es war an der Zeit, zur Polizei zu gehen. Aber was sollte ich sagen? *Hallo, ich bin ein falscher Priester. Sie müssen sich um einen Kerl namens Benny und um ein dünnes kleines Mädchen kümmern, das ein blaues Fahrrad fährt?*

»Wie heißt du?«

Wieder schwieg sie. »Ich muss jetzt gehen.«

»Warte!« Während wir uns unterhielten, hatte ich die ganze Zeit mit dem Penny gespielt, jetzt hielt ich abrupt inne. »Hast du eine Münze auf den Boden fallen lassen?«

Ihre Stimme war ein leiser Singsang: »Finde einen Penny und heb ihn auf, dann nimmt dein Tag einen glücklichen Lauf.« Danach öffnete sie die knarrende Tür und schloss sie hinter sich.

Das Leben dieses Mädchens war völlig verkorkst, doch sie schlich herein und warf Münzen auf den Boden, damit der Priester sie fand und Glück hatte. *Unglaublich.*

19. Kapitel

Rachel

Trotz des etwas mulmigen Gefühls, das mich einige Tage begleitet hatte, nahm ich Davis' Einladung zum Abendessen an. Vielleicht tat ich es eher, um jemanden zu ärgern – denn ich sorgte dafür, dass dieser *Jemand* von meinen Plänen für den Abend erfuhr. Ich föhnte meine Naturlocken glatt, schlüpfte in ein scharfes kleines Sommerkleidchen und zog hochhackige Sandalen an. Sie wurden mit Bändern geschlossen, die man um die Waden wickelte, und ließen meine Beine lang und den Rock extra kurz wirken. *Perfekt.*

Der Aufwand hatte sich gelohnt. Während des gesamten Seminars konnte Caine kaum die Augen von mir lassen. Heute hatte ich mich auf einen Randplatz in der ersten Reihe gesetzt, damit ich lässig mit den Beinen wippen konnte. Er warf mir derart heiße Blicke zu, dass ich spürte, wie sie über meine Haut strichen. Doch am Ende der Vorlesung wurde mir klar, dass ich mich hier vor meinem eigentlichen Date an einem anderen Mann aufheizte. Auch wenn er davon nichts ahnte, war es Davis gegenüber respektlos.

Deshalb blieb ich nach der Vorlesung nicht wie sonst noch etwas da, um mit Caine zu plaudern. Nirgendwo stand geschrieben, dass die Assistentin nach der Vorlesung bleiben musste, wenn sie im Anschluss keine Tutoratsstunde gab. Ich hatte ungefähr drei Stufen in Richtung Ausgang genommen, als Caines Stimme mich aufhielt.

»Miss Martin, darf ich Sie bitte kurz sprechen?«

Ich konnte ihn schlecht ignorieren, also atmete ich tief durch, drehte mich um und machte mich auf den Weg zu ihm nach unten. Dort trieben sich noch ein paar Studenten herum, um Hausaufgaben abzugeben, die eigentlich schon zur letzten Stunde fällig gewesen waren. Pflichtschuldig wartete ich ein Stück abseits. Caine sprach kurz mit den einzelnen Studenten, dann verstaute er die Arbeiten in der Tasche, ohne mich weiter zu beachten.

Schließlich wurde ich ungeduldig. »Du wolltest mich sprechen?«

Er blickte auf und sah den letzten Studenten hinterher, die den Hörsaal verließen. Als die Tür zufiel, nahm er mich endlich zur Kenntnis.

»Was tust du?«

Ich gab mich unschuldig und tat ahnungslos. »Ich stehe hier und warte darauf, dass du mir sagst, worüber du mit mir sprechen wolltest. Ist das nicht offensichtlich?«

Caine verzog das Gesicht. »Du weißt, was ich meine, Rachel.«

»Ich glaube nicht.«

Zur Antwort ließ er den Blick von meinen Füßen über meinen Körper nach oben gleiten. Es war ein langsamer, eindringlicher und lustvoller Blick, unter dem ich mich am liebsten gewunden hätte. Doch das tat ich nicht. Irgendwie schaffte ich es, mich kerzengerade aufzurichten und sogar die Schultern zurückzuziehen, sodass meine Brüste betont wurden. Als sein Blick schließlich meine Augen erreichte, starrte ich zurück, ohne auch nur einen Zentimeter zu weichen. Ich war verdammt stolz auf mich.

»In diesem Aufzug kannst du nicht in den Unterricht kommen.«

Ich sah an mir herunter. »Was ist falsch an meinem Aufzug?«

»Es lenkt die männlichen Studenten ab.«

Ich hob skeptisch eine Braue. »Die männlichen Studenten?«

Er verschränkte die Arme vor der Brust. »Haben wir hier ein Echo?«

Ich stemmte die Hände in die Hüften und nahm eine Pose ein, die sagte *Verarsch mich nicht.* »Was ich anhabe, ist völlig in Ordnung. Ein Sommerkleid und Sandalen. Ich zeige ja noch nicht mal Dekolleté.«

Caines Blick wanderte zu meiner Brust. Ich mochte zwar kein Dekolleté zeigen, aber das Kleid war dünn, und ich spürte, wie sich meine Knospen aufrichteten.

»Ich kann die Umrisse deiner Nippel sehen.«

»Hier drin ist es kühl.« Einem Reflex folgend wollte ich mich bedecken, aber … der konnte mich mal. Ich streckte meine Brust noch etwas weiter vor. »Weißt du was? Vor ein paar Wochen war deine Hose so eng, dass ich *deine* Umrisse sehen konnte. Warum ist das okay, aber wenn man meine Umrisse sieht, ist es das nicht?«

Caine hob den Blick und sah mir in die Augen. Seine Stimme klang heiser: »Du hast den Umriss von meinem Schwanz angestarrt?«

»Er befand sich direkt vor meiner Nase. Es ging gar nicht anders.«

Er kam einen Schritt näher, seine Nasenflügel bebten.

»Und hat Ihnen gefallen, was Sie gesehen haben, Miss Martin?«

Ich weiß nicht, welcher Teufel mich ritt, aber ich wollte ein rotes Cape vor dem wütenden Stier schwenken. Anstatt zu antworten, strich ich mir mit der Zunge über die Oberlippe. *Langsam.* Seine Blicke folgten ihr.

So, wie sich sein Brustkorb hob und senkte, dachte ich schon, er würde platzen. Es machte mich furchtlos und stark. *Du willst also nicht mit mir zusammen sein? Gut. Aber das ist es, was du verpasst,* Professor West.

»Bitte nicht um etwas, das du nicht haben willst, Rachel. Ich warne dich.« Er kam einen Schritt näher und trat ungewohnt nah an mich heran.

Seine Pupillen waren geweitet, und er sah fuchsteufelswild aus, aber in seinem düsteren Blick lauerte noch etwas anderes – Begehren.

Ich neigte kokett den Kopf und beugte mich vor. »Wer sagt denn, dass ich ihn nicht will? Ich habe die Umrisse gesehen.«

Caine spannte die Kiefermuskeln an. Mit pochendem Herzen wartete ich. Als er die Arme nach mir ausstreckte, hielt ich den Atem an. Das Blut rauschte derart laut in meinen Ohren, dass ich mein Keuchen nicht hörte, als er die Hände auf meine Hüften legte.

Ich wappnete mich und rechnete mit einigen verzweifelten Verwünschungen, ehe er die Lippen auf meine presste.

Doch es war nicht Caines Stimme, die ich auf einmal hörte.

»Professor West?«

Seltsamerweise hatte ich zwar gehört, dass die Tür oben im Hörsaal aufgegangen war, die Information erreichte mein

Gehirn jedoch erst einige Sekunden später, als ich schlagartig in die Realität katapultiert wurde.

Caine wich einen Schritt zurück. Er trat ans Pult und räusperte sich. »Ginger – Professor Ashby. Was kann ich für Sie tun?«

Sie sah zwischen uns beiden hin und her. »Ich hatte gehofft, Sie unter vier Augen zu sprechen – wegen eines Studenten. Aber wenn ich einen schlechten Moment erwischt habe?« Sie deutete nach hinten zur Tür. »Ich kann später wiederkommen.«

»Nein. Schon okay.« Er sah mich streng an. »Miss Martin und ich sind fertig.«

Der abrupte Wechsel der Ereignisse versetzte mich kurzfristig in Schockstarre, die sich jedoch bald in Wut verwandelte. Ich warf ihm einen verächtlichen Blick zu und flüsterte so leise, dass Professor Pink mich nicht hören konnte: »Ist das dein *Ernst*?«

Er nahm seine Tasche. Die Lust, die eben noch unübersehbar zwischen uns gelodert hatte, wurde einfach erstickt. Ganz leise antwortete er: »Wir sind hier fertig, Rachel.«

Der Mistkerl hatte mich schon abgehakt. Na schön, du kannst mich mal, Caine West.

Caine in sicherem Abstand hinter mir, gingen wir zu Professor Pink hinauf, die heute allerdings ein hellblaues Kostüm trug. *Ginger* schien auf Farben zu stehen. Wahrscheinlich stach sie gern aus dem Meer schwarz gekleideter New Yorker Frauen hervor.

Als ich den oberen Treppenabsatz erreichte, lächelte sie mich an. »Ihre Sandalen gefallen mir. Aber es muss schwer sein, mit diesen Absätzen über den Campus zu laufen.«

Ich antwortete ihr mit einem aufgesetzten, breiten Lächeln: »Danke. Aber ich hatte heute nur das eine Seminar. Ich habe sie schon angezogen, weil ich gleich noch ein Date habe.« Ich drehte mich zu Caine um und schenkte auch ihm ein Zahnpastalächeln. »Wir sehen uns Freitag, Professor West. Ich will Davis nicht warten lassen.«

Dann huschte ich aus der Tür, ohne ihm noch einen weiteren Blick auf mich zu gönnen.

20. Kapitel

Rachel

Er hatte mir gründlich die Laune verdorben. *Du kannst mich mal, Caine West, ich werde mich mit Davis amüsieren, auch wenn es mir in der Seele wehtut.* Ich blieb noch eine Weile im Wagen sitzen, um mich zu sammeln, bevor ich ins Restaurant ging. Als ich zu dem Schild hochsah, merkte ich, dass Davis einen Laden ausgesucht hatte, in dem wir während unserer kurzen Zeit als Paar schon einmal zusammen gewesen waren. Im Roberto's gab es unglaublich gutes Essen, es war romantisch und ein bisschen altmodisch. Ich fragte mich, ob er absichtlich einen Ort gewählt hatte, mit dem uns Erinnerungen verbanden.

Als ich eintrat, entdeckte ich ihn an einem Tisch im hinteren Bereich, genau dort, wo wir das letzte Mal auch gesessen hatten. Falls noch Zweifel daran bestanden hatten, dass Davis die alte Stimmung zwischen uns wiederaufleben lassen wollte, räumte seine Tischauswahl die letzten aus. Es war irgendwie süß, dass er sich so viele Gedanken über den Ort gemacht hatte. So war Davis – süß und aufmerksam. Das genaue Gegenteil von dem verbitterten, gedankenlosen Caine.

Wie kam ich überhaupt dazu, die beiden auch nur zu vergleichen? Das war Davis gegenüber nicht fair, obwohl er in so ziemlich jeder zu untersuchenden Kategorie gewinnen würde. Das Problem war nur, dass das Gefühl, das Caine in mir auslöste, in keine Kategorie passte – ich konnte es selbst nicht richtig beschreiben. Und aus irgendeinem Grund, den ich nicht verstand, triumphierte dieses dumme Gefühl auf der ganzen Linie über den tollen Davis.

Aber dieser Nachmittag hatte mir die Augen geöffnet. Ich hatte mich buchstäblich einem Mann an den Hals geworfen, der sich körperlich zu mir hingezogen fühlte, diese Tatsache jedoch verabscheute. Es war nicht gut, einen Mann zu provozieren, der nur an Sex interessiert war und es zudem sofort bereuen würde, wenn er der Versuchung nachgab.

Ich seufzte und nahm mir vor, den Abend zu genießen und mich auf den Mann zu konzentrieren, der dort hinten saß.

Als ich auf den Tisch zuging, erinnerte mich Davis' Lächeln an all die schönen Zeiten, die wir im Laufe der Jahre miteinander gehabt hatten. Er stand auf und schloss mich fest in die Arme. Es fühlte sich so gut an. Er legte die Arme um meine Taille, vergrub das Gesicht in meinem Haar und atmete tief ein.

»Ich habe dich vermisst«, sagte er. »Du riechst immer so gut.«

Mir war gar nicht bewusst gewesen, wie sehr es mir gefehlt hatte, umarmt zu werden. Ja, mir fehlte die sexuelle Befriedigung, die eine Beziehung mit sich brachte … aber umarmt und begehrt zu werden, das fühlte sich verdammt gut an. Tief im Innern war mir klar, dass ich nach Caines Zurückweisung auch bedürftig war, aber das verdrängte ich und gestattete mir, Davis' Umarmung trotzdem zu genießen.

Er nahm sich viel Zeit, ehe er mich losließ, und als er es tat, trat er einen Schritt zurück und nahm meine Hände, damit er mich ansehen konnte.

»Wow. Du siehst unglaublich aus, Rach.«

»Danke.«

Wir setzten uns, und Davis starrte mich unablässig an.

Ich kicherte nervös. »Du siehst mich an, als hätte ich zwei Köpfe.«

In seinem Blick lag unendlich viel Zärtlichkeit, als er mich anlächelte. »Ich habe gerade gedacht … erinnerst du dich noch an das Foto, das wir bei meinem Abschluss gemacht haben? Auf dem ich den Talar anhabe und du den Diplomhut schief aufgesetzt hast und so albern grinst?«

»Ich glaube ja.«

»Also, davon habe ich einen Abzug gemacht, es steht auf meiner Kommode und …« Er verstummte mitten im Satz.

»Was denn?«

»Nichts. Nicht, dass du es schon vor der Vorspeise mit der Angst zu tun bekommst.«

Ich lachte. »Sei nicht albern. Was wolltest du sagen?«

Davis sah mir in die Augen. »Ich wollte sagen, dass ich es mir manchmal nach dem Aufwachen ansehe, dass es aber kein Vergleich damit ist, dich leibhaftig vor mir zu haben.« Sein Blick zuckte kurz zu meinen Lippen. »Ich vermisse dein albernes Grinsen. Das ist alles.«

Er sah mich voller Wärme an. Das schien irgendwie ansteckend zu sein, denn ich merkte, wie ich selbst etwas sentimental wurde. Warum hatte ich nur gedacht, der heutige Abend wäre eine schlechte Idee? In diesem Augenblick fiel mir kein einziger Grund ein.

Die Kellnerin unterbrach uns, um unsere Getränkebestellung aufzunehmen. Davis orderte seinen üblichen Gin Tonic, dann blickte er zu mir. »Cola light?«

Mir war heute Abend rebellisch zumute. »Ich nehme auch einen Gin Tonic.«

Sobald die Kellnerin verschwunden war, hob Davis fragend eine Augenbraue. Er kannte meine Einstellung zu Alkohol. Und bestimmt erinnerte er sich auch an die eine Nacht, in der wir beide zu viel getrunken und zusammen im Bett gelandet waren.

»Ist heute Abend ein besonderer Anlass?«

»Ich glaube schon. Wir haben uns lange nicht gesehen.«

»Viel zu lange.«

Nach der Hälfte meines Drinks sanken meine Schultern nach unten, und meine Nackenmuskeln entspannten sich spürbar. Wir machten es uns in der alten Davis-und-Rachel-Gemütlichkeit bequem. Ich berichtete ihm von meinen Kursen, und er erkundigte sich, wie es meiner Schwester ging. Da ich nicht gern viel über mich sprach, lenkte ich das Gespräch wieder auf ihn.

»Und was gibt's bei dir Neues? Wie läuft es bei der Arbeit?«

»Gut. Ich bin ein bisschen aufgestiegen – ein größerer Bezirk.«

»Wow. Glückwunsch. Ich wusste, dass aus dir was wird. Bekommst du jetzt ein schickes, großes Eckbüro?«

»Nein. Ich bin drei Viertel meiner Arbeitszeit unterwegs. Aber ich bekomme einen höheren KFZ-Zuschuss, darum habe ich mir ein schickes, neues Auto gekauft, das mir die ganze Fahrerei versüßt.«

»Was hast du dir gekauft?«

»Einen Audi A4. Mit Schaltgetriebe. Damit macht das Fahren auf langen Strecken durch hügeliges Gelände Spaß.«

Mein Gehirn war unfair. Sofort weckte es in mir die Erinnerung an Caine und seinen kleinen Wagen – an die Art, wie seine Hand den Schaltknüppel griff. Schon seltsam, dass es mich derart faszinierte und scharfmachte. Noch seltsamer war, dass ich bei der Erinnerung daran auf dem Stuhl herumrutschte.

Ich nahm einen Schluck von meinem Drink. »Irgendwann musst du mich mal mitnehmen.«

»Gern. Wenn du willst, kannst du auch eine Runde damit drehen.«

»Danke.« Ich schnaubte. »Caine hat mich seinen Wagen nicht fahren lassen. Er dachte, ich würde das kostbare Getriebe ruinieren.«

»Caine?«

»Professor West. Mein Betreuer für die Magisterarbeit.«

Davis wirkte kurz nachdenklich, dann nickte er. »Stimmt. Du hast ihn neulich Abend im O'Leary's erwähnt. Arbeitest du da immer noch sechs Tage die Woche?«

»In den letzten paar Wochen eher weniger. Neben Unterrichten, Tutoratsstunden, Fakultätsversammlungen und Lehrplanung musste ich etwas kürzertreten.«

Während des Abendessens plauderten wir wie Freunde, die sich lange aus den Augen verloren hatten. Davis war ein guter Gesprächspartner und unsere Vertrautheit angenehm – *Davis* hatte mir immer ein Gefühl von Geborgenheit gegeben. Als unser Gespräch ins Stocken geriet, spürte ich, dass etwas in ihm arbeitete. Er wirkte, als würde er mit sich hadern, ob er etwas sagen sollte oder nicht.

»Spuck es aus«, sagte ich.

Er kicherte. »Du hast mir immer angesehen, wenn mir etwas durch den Kopf ging.«

»Was ist los? Ist alles in Ordnung?«

Er hörte auf zu essen und legte die Gabel beiseite. »Du hast gesagt, du hättest keinen festen Freund.«

»Nein, das stimmt.«

»Hat das einen bestimmten Grund?«

»Abgesehen davon, dass mir kaum Zeit zum Luftholen bleibt und die meisten Männer im O'Leary's pensionierte Polizisten um die sechzig sind, nein. Eigentlich nicht.«

»Hattest du ein Date mit jemandem, seit ... du weißt schon ... seit wir zusammen waren?«

»Zählt ein Vollidiot, auf den Charlie fast mit einem Baseballschläger losgegangen wäre?«

Wir lachten, aber Davis blieb ernst. »Ich war eine Zeitlang mit einer Frau unterwegs – Stacy. Wir hatten viel gemeinsam und haben uns super verstanden.«

Ich spürte einen Anflug von Eifersucht. »Seid ihr noch zusammen?«

»Nein. Wir haben uns getrennt.«

»Was ist passiert?«

Davis wandte ein paar Sekunden lang den Blick ab, dann sah er mir wieder in die Augen. »Sie war nicht du.«

Dreimal öffnete ich den Mund, um etwas zu antworten, aber jedes Mal machte ich ihn wieder zu, weil ich nicht wusste, was. Davis bemerkte meine fassungslose Miene und wirkte amüsiert.

»Du brauchst nichts zu sagen. Es ist sogar besser, wenn du nichts sagst. Lass mich nur einfach zu Ende reden, wenn das okay ist?«

»Okay ...« Dieses eine Wort brachte ich immerhin heraus – ein einziges nur, aber es zählte.

»Also so wollte ich eigentlich gar nicht mit dir darüber

reden. Ich wollte heute Abend mit dir essen und dich auf charmante Weise daran erinnern, wie großartig es mit uns war. Dann wollte ich noch ein paarmal mit dir ausgehen, ehe ich die Karten auf den Tisch lege.«

»Dann bist du vom Drehbuch abgewichen, würde ich sagen.«

»Ja … tut mir leid. Ich bin ein bisschen eifersüchtig geworden und habe auf die Tube gedrückt.«

»Eifersüchtig? Weshalb?«

»Nichts. Es war dumm.«

»Sag schon.«

»Neulich beim Abendessen hast du ein paarmal den Professor erwähnt. Und als du vorhin erzähltest, dass du mit ihm im Auto gefahren bist, habe ich mir das vorgestellt … und dann habe ich ein bisschen rumgesponnen. Ich dachte, du triffst dich vielleicht mit ihm oder so.«

Ich schnaubte. »Ganz bestimmt nicht«, sagte ich, allerdings so heftig, dass ich mir nicht einmal selbst glaubte. Hartnäckiges Leugnen ist oft das lauteste Geständnis. Doch Davis schien es nicht zu bemerken.

»Mein Plan war jedenfalls, dir zuerst ins Gedächtnis zu rufen, wie gut wir zusammengepasst haben, und dir danach zu sagen, dass ich nie aufgehört habe, an dich zu denken.« Er machte eine Pause und sah mit schüchterner und verletzlicher Miene zu mir hoch. »Ich habe versucht, über dich hinwegzukommen, aber jede, mit der ich mich verabredet habe – ganz egal, wie toll sie war –, hatte eine Schwachstelle, über die ich nicht hinwegsehen konnte. Sie war nicht so wie du.«

Wow. Einfach. Wow. Seine Ernsthaftigkeit überraschte mich, und ich war auch ein bisschen verwirrt.

»Aber das verstehe ich nicht. Als wir uns getrennt haben, sagtest du, du bist noch nicht bereit für eine neue Beziehung. Das konnte ich sehr gut nachvollziehen, nach allem, was du gerade hinter dir hattest. Du brauchtest Zeit und Freiraum. Und trotzdem hast du dich schon kurz danach mit einer anderen getroffen. Also brauchtest du eigentlich keine Zeit? Nur Zeit ohne mich?«

Davis strich sich mit den Fingern durch das kurze Haar. Es war etwas länger als ein Militärhaarschnitt, aber noch ordentlich und kurzgeschoren. Ich dachte wieder an Caine. Er fuhr sich oft mit den Fingern durch sein dichtes, wirres Haar, wenn ich ihn mal wieder aufgebracht hatte.

»Du hast nicht ganz unrecht. Ich brauchte Zeit ohne dich – weil ich nicht wusste, wie ich es langsamer angehen lassen sollte. Ich konnte mir eine Zukunft mit dir vorstellen, und das hat mir eine Heidenangst eingejagt. Schließlich kam ich gerade erst aus einer Beziehung, in der ich auch einmal meine Zukunft gesehen hatte. Während der paar Monate mit Stacy habe ich nicht lange vorausgedacht – ich konnte mir keine Zukunft vorstellen –, und deshalb fühlte ich mich mit ihr wohler.«

»Du bist also ein paar Monate lang mit einer Frau zusammen gewesen, weil du dir *keine* Zukunft mit ihr vorstellen konntest? Hast aber eine andere nach nur wenigen Wochen verlassen, *weil* du dir eine Zukunft mit ihr vorstellen konntest?«

Davis lachte ironisch. »Ziemlich dumm. Ich weiß.«

Eigentlich war es das nicht. Es klang wie ein Schutzmechanismus. Wenn man weiß, dass man es sich nicht verkneifen kann, den ganzen Kuchen zu essen, kauft man ihn eben gar nicht erst.

»Das war nicht dumm. Ich kann es verstehen. Bei uns passte das Timing einfach nicht.«

Als Davis und ich uns voneinander getrennt hatten, war ich aufgebracht gewesen – obwohl ich rein verstandesmäßig begriff, dass er recht hatte. Aber ich hatte immer geglaubt, dass er ehrlich zu mir war und seine Freiheit brauchte. Ich dachte, es sollte wohl so sein, und eines Tages würden wir wieder zueinanderfinden. Und da saßen wir nun.

Der Tag war gekommen.

Ich hatte keine erwähnenswerte Beziehung gehabt, darum sollte es ein Leichtes sein, wieder dort anzuknüpfen, wo wir aufgehört hatten.

Nur …

Es fühlte sich nicht leicht an.

Aber war Liebe immer leicht? Man brauchte sich nur Umberto und Lydia anzusehen …

»Sag was.«

Mir schwirrten so viele Gedanken durch den Kopf, dass ich gar nicht gemerkt hatte, dass ich schon seit einigen Minuten schwieg.

»Ich weiß nicht, was ich sagen soll.«

»Gut, dann kann ich auch gleich zum Ende kommen und alle Karten auf den Tisch legen.«

»Zum Ende kommen?«

Er lachte. »Keine Angst. Viel ist es nicht mehr.« Davis nahm meine Hand. »Ich habe im Leben ein paar große Fehler begangen, aber der größte Fehler von allen war, dich zu verlassen. Ich weiß, das wirkt jetzt vielleicht etwas spontan, aber Ehrenwort, das ist es nicht. Es ist kein einziger Tag vergangen, an dem ich nicht an dich gedacht habe. Und jetzt gebe ich es endlich zu.«

Er sagte genau das, was ich hören wollte – vor fast neun Monaten. Nur dass ich jetzt nicht mehr genau wusste, ob Davis jemals der Richtige für mich gewesen war. Hätte ich in dem Fall nicht viel fertiger sein müssen, als es zu Ende ging? Warum konnte ich darüber hinwegkommen? Immer wieder musste ich an Lydia und Umberto denken. Nicht einmal jetzt ließ sie von ihm ab – obwohl er sich nicht an sie erinnern konnte und sich einbildete, in eine andere Frau verliebt zu sein.

Doch vielleicht war es mein Schutzmechanismus gewesen, meine Zeit nicht mit Gedanken an Davis zu vergeuden? Vielleicht hatte ich meine Gefühle verdrängt, um nicht verletzt zu werden – wer weiß. Ich fühlte mich einfach nur überfahren und verwirrt.

»Ich weiß nicht, was ich sagen soll.«

»Das erwähntest du bereits«, zog er mich auf und lächelte jungenhaft. »Wie wäre es, wenn du sagst, dass du zumindest darüber nachdenkst? Sag nicht Nein. Wenigstens noch nicht jetzt. Lass dir Zeit.«

»Okay.«

»Okay?« Er sah mich mit großen Augen an. »Heißt das, du denkst darüber nach?«

»Ja. Aber ich kann gerade keinen klaren Gedanken fassen. Nach dem Drink und nach allem, was du gesagt hast, bin ich sowieso nicht in der richtigen Verfassung, um zu antworten.«

»Das ist besser als ein Nein. Damit kann ich leben.«

Irgendwie schafften wir es, zu einem normalen Gespräch zurückzufinden und den Rest unseres … *Dates?* … zu genießen. War das überhaupt ein Date? Gegenüber Professor Pink hatte ich es so genannt, aber damit wollte ich nur Caine eins auswischen. Was machten Davis und ich eigentlich? Ich hatte es nicht als ein echtes Date betrachtet. Ich ging mit ihm einfach nur zum Abendessen.

Gegen Ende des Abends fühlte es sich allerdings eindeutig wie ein Date an.

Nach dem Essen war ich froh, selbst zum Restaurant gefahren zu sein, anstatt Davis' Vorschlag zu folgen und mich von ihm abholen zu lassen. Das bewahrte uns vor dem peinlichen Moment, an dem es mir unhöflich vorgekommen wäre, ihn nicht nach oben zu bitten. Würde ich ihn jedoch hereinbitten, hätte ich Sorge, dass er es missverstehen könnte. Doch auch wenn mir das *jenen* peinlichen Moment ersparte, machte es den anderen nicht leichter, als er mich zu meinem Wagen brachte.

Davis ergriff meine Hände. »Darf ich dich in ein paar Tagen anrufen? Vielleicht können wir uns auf einen Kaffee treffen oder so?«

Ich lächelte. »Klar. Gern.«

Er beugte sich langsam vor, fast so, als wollte er mir die Chance geben auszuweichen, bevor er sich mir näherte und mit seinen Lippen zärtlich über meine strich. »Nacht, Rach.«

Etwas benommen von den letzten zwei Stunden stieg ich ins Auto. Davis schloss die Tür und wartete, bis ich den Motor startete, dann ging er zu seinem Wagen. Ich brauchte einen Moment, bis ich losfahren konnte. Darum ließ ich den Motor laufen, fischte mein Handy aus der Tasche und sah nach verpassten Anrufen und Textnachrichten. Als Erstes poppte eine Nachricht von Caine auf. Sie musste während des Abendessens eingegangen sein.

Caine: *Mach keine Dummheiten, um mir eins auszuwischen.*

Der hatte Nerven! Der Mann bildete sich ernsthaft ein, die Welt kreiste nur um ihn. Der Nebel, in dem ich mich befunden hatte, lichtete sich schlagartig, und mein Zorn von vorhin kehrte mit aller Macht zurück. Wütend schrieb ich zurück.

Rachel: *Du kannst mich mal. Es geht nicht immer nur um dich.*

Sofort fingen die Pünktchen an zu hüpfen.

Caine: *Diesmal schon.*

Mir schossen unzählige vernichtende Antworten durch den Kopf. Doch dann bemerkte ich, dass Davis darauf wartete, dass ich den Restaurant-Parkplatz verließ, bevor er selbst losfuhr. Mein Gott, ich war unmöglich. Ich stopfte das Handy in die Tasche, setzte ein Lächeln auf und winkte Davis zum Abschied, dann fuhr ich los.

Das Restaurant lag circa zwanzig Minuten von meiner Wohnung entfernt. Ich war drauf und dran, es in fünf Minuten zu schaffen, als ich eine Vollbremsung hinlegen musste und fast auf einen Honda aufgefahren wäre, der an einem Stoppschild hielt. Ich war dermaßen wütend und so unkonzentriert, dass ich weder das große rote Schild gesehen hatte noch die zwei Tonnen Stahl, die sich an die Verkehrsregeln hielten.

Überwältigt von meinen Gefühlen und aufgeputscht vom Adrenalin nach dem Beinahe-Unfall raste mein Herz wie verrückt. Ich musste am Straßenrand anhalten, weil ich fürchtete, beim nächsten Mal nicht so glimpflich davonzukommen.

Und weil ich am Straßenrand stand, holte ich natürlich das Handy aus der Tasche.

Keine gute Idee.

Ich hätte einfach zu Atem kommen, mich beruhigen und in normalem Tempo nach Hause fahren sollen. Stattdessen entdeckte ich einen entgangenen Anruf und eine Nachricht von Caine. Er hatte nichts auf der Mailbox hinterlassen, aber geschrieben: »*Wir müssen reden.*«

Ich war wütend. Nicht nur, dass er meinte, es ginge immer nur um ihn, er bildete sich auch noch ein, mir Anweisungen erteilen zu können. *Wir müssen reden.*

Aber ehrlich? Er hatte recht. Wir mussten reden. Doch ich würde reden, und zwar nach *meinen Spielregeln*.

Mit quietschenden Reifen fuhr ich an und machte eine Kehrtwende in Richtung Manhattan. Das Gespräch, das er einforderte, konnte er sofort haben.

21. Kapitel

Rachel

Wenn man im Lexikon das Wort *labil* nachschlüge, wäre dort bestimmt ein Foto von mir abgebildet.

Innerhalb von fünf oder sechs Stunden hatte mich ein hitziger Streit mit Caine erregt, und ich hatte ihn dazu angestachelt, mich anzufassen. Als er mich dann abfertigte, als wäre nichts gewesen, war ich wütend und enttäuscht gewesen, und als Davis mir sagte, dass er wieder mit mir zusammen sein wollte, verwirrt und zugleich geschmeichelt. Und kaum war das Abendessen vorbei, blaffte mich Caine wieder an, und ich landete erneut bei der Wut.

Jetzt war es fast elf Uhr abends, und ich parkte zwei Häuser von Caines Wohnung entfernt. Plötzlich war meine ganze Wut verschwunden, in die ich mich auf der Fahrt hineingesteigert hatte, und ich fragte mich, weshalb ich überhaupt gekommen war. So viel zum Thema emotionale Labilität.

Warum war ich hier? Um Caine zusammenzustauchen und ihm zu sagen, was ich von seinem respektlosen, unsteten Verhalten hielt. Klar, ich wollte ihm ein paar Takte erzählen. Aber eigentlich wollte ich etwas anderes. Ich blieb im noch warmen Wagen sitzen und nahm mein Handy, um noch einmal Caines Nachrichten zu lesen.

Mach keine Dummheiten, um mir eins auszuwischen.

Er lag gar nicht so falsch. Dass ich mich schon Stunden vor dem Abendessen zurechtgemacht hatte und sexy gekleidet in die Vorlesung gekommen war. Allein, dass ich mich überhaupt auf ein Abendessen mit Davis eingelassen hatte – alles hatte mit Caine zu tun … Und das meiste davon war tatsächlich dumm.

Ich stieß einen tiefen Seufzer aus. Dieser Besuch war keine gute Idee. Ich schlug ein paarmal mit der Stirn gegen das Lenkrad, als könnte ich mir damit Verstand in den Schädel hämmern. Die emotionale Achterbahnfahrt machte sich plötzlich bemerkbar. Und ich war müde. *Richtig müde.* Ich warf einen letzten Blick auf das Gebäude, in dem Caine wohnte, startete den Wagen und fuhr heimwärts nach Brooklyn.

In meiner Gegend nach zwanzig Uhr einen Parkplatz zu finden war so gut wie unmöglich. Ich war zu müde zum Suchen und beschloss, gleich fünf Blocks weiter ins überteuerte Parkhaus zu fahren, anstatt eine Stunde genervt herumzukurven. Dieser Tag hatte mich schon genug Nerven gekostet.

Als ich an meinem Block ankam, verfluchte ich meine hohen Absätze und das städtische Straßenbauamt für die miesen kaputten Bürgersteige. Dreimal wäre ich fast gestürzt. Schließlich erreichte ich das Haus, in dem ich wohnte. Ich stöhnte bei jeder Stufe der langen Treppe und grummelte vor mich hin, als ich die äußere Tür zur Vorhalle öffnete, die schon wieder nicht abgeschlossen war. Jeder konnte hereinspazieren.

Als ich eintrat und dort einen Mann stehen sah, fuhr ich zusammen und schrie instinktiv auf.

Caine sah genauso erschrocken aus wie ich. Er hielt die Hände hoch. »Rachel, ich bin es nur.«

Ich schlug mir die Hand vor die Brust. »Was zum Teufel machst du da? Willst du mich zu Tode erschrecken?«

»Tut mir leid. Ich wollte dich nicht erschrecken. Aber die Tür war offen, darum bin ich reingegangen. Ich wollte gerade wieder los, weil du nicht auf mein Klingeln reagiert hast.«

Mein Herz hämmerte in meiner Brust. Heute war der absolute Horrortag. »Was tust du hier?«

»Ich wollte mit dir reden.«

Mein Schrecken verwandelte sich unversehens in Wut. »Ganz genau. *Wir müssen reden.* Das hast du mir ja schon geschrieben …« Ich bog die Wahrheit ein wenig zurecht. »… als ich mich gerade von meinem Date verabschiedet habe.«

Caines Kiefermuskeln zuckten. »Ich bin froh, dass du wenigstens nach Hause gekommen bist.«

Ich wollte ihm so wehtun, wie er mir wehgetan hatte. »Ja, mir sind Quickies lieber. Dann kann ich hinterher nach Hause und in meinem eigenen Bett schlafen.«

Mit zusammengebissenen Zähnen sagte er: »Lass uns hochgehen und reden, Rachel. Ich möchte diese Unterhaltung nicht im Hausflur führen.«

»Welche Unterhaltung? Ich habe es kapiert, Caine. Du bist nicht interessiert. Okay, dein Schwanz vielleicht, aber du nicht.«

Er starrte mich wütend an. »Fünf Minuten. Können wir bitte nach oben gehen und uns wie Erwachsene unterhalten?«

Ich starrte genauso wütend zurück. »Na schön.«

Auf der Fahrt nach oben brannte die Luft in dem kleinen

Fahrstuhl. Ich spürte Caines Blicke auf mir, doch ich sah strikt geradeaus. Als der Aufzug in der zweiten Etage *Ping* machte, erinnerte mich das Geräusch an die Glocke, mit der beim Boxen die nächste Runde eingeläutet wird. *Ring frei zur neunten Runde.*

Meine Wohnung war zwar klein, doch auf einmal fühlte sie sich wie ein Schuhkarton an. Ich legte meine Handtasche in der Küche ab und wollte gerade meine schmerzenden Füße von den quälenden High Heels befreien, als ich mich eines Besseren besann. Ich wollte möglichst groß sein, um Caine so gut es ging auf Augenhöhe zu begegnen.

Keiner von uns sagte ein Wort, die Anspannung wuchs mit jeder Sekunde. Schließlich knickte Caine unter dem Druck ein.

»Ich wollte nicht, dass du einen Fehler machst, der dir später leidtut, nur weil wir so ungut auseinandergegangen sind. Aber da ich offenbar zu spät komme, sollte ich vielleicht besser gehen.«

»Du bist so ein Arschloch!«, rief ich.

Caine sah mich wütend an. Er biss derart fest die Zähne zusammen, dass es mich gewundert hätte, wenn er sich einen Zahn herausgebrochen hätte. Dass er meinetwegen so wütend war, gab mir Kraft und trieb mich an. Ich war wie eine Drogensüchtige, jeder seiner Wutausbrüche machte mich high. Ich wollte mehr.

»Die Welt dreht sich nicht nur um dich. Es gibt viele Gründe, mit Davis zu schlafen, die nichts damit zu tun haben, dass du ein Arschloch bist. Mal sehen …« Ich zählte mit den Fingern mit. »Erstens: Er ist ehrlich zu sich selbst. Er denkt sich keine Ausflüchte aus, um der Wahrheit nicht ins Gesicht zu sehen. Zweitens: Er gibt zu, wenn er sich geirrt hat. So wie heute Abend, als er mir gesagt hat, wie sehr er mich vermisst und dass er mich zurückwill.«

Caines Nasenflügel bebten bereits, und ich dachte, ich helfe noch ein bisschen nach, damit er gleich explodiert.

»Drittens: Er ist gut im Bett. Aufmerksam und freigiebig. Wenn ich jetzt darüber nachdenke, gibt es da wahrscheinlich einen Zusammenhang. Wer ehrlich zu sich und seinen Gefühlen steht, vögelt auch gut.«

Caine rührte sich nicht, doch ich sah, wie er die Faust ballte und wieder löste, um sich zu beherrschen. Der Mann machte mich fertig, er ließ sich nicht aus der Fassung bringen. Wütend ging ich in Richtung Küche, um mir etwas zu trinken zu holen. Als er mir nicht aus dem Weg ging, rempelte ich ihn im Vorbeigehen absichtlich an.

»Steh mir gefälligst nicht im Weg, Idiot.«

Mir stockte der Atem, als er mich von hinten am Ellenbogen packte und mich zu sich herumriss. »Du glaubst, Ehrlichkeit und gut vögeln zu können gehen Hand in Hand? Gleich wirst du denken, dass du mich zu Recht einen Idioten nennst. Du stellst dich hierhin und erzählst mir, dass du mit einem anderen gevögelt hast. Und ich kann nur an eins denken: wie sehr du mich morgen hassen würdest, wenn ich dir zeige, wie es ist, *richtig gefickt* zu werden. Nicht nett gevögelt. Sondern an die Wand gedrängt, während ich so fest an dir sauge, dass auf deiner Haut Spuren zurückbleiben. Damit der Mistkerl sieht, dass ich da gewesen bin, wenn du das nächste Mal deine Klamotten ausziehst, um mir eins auszuwischen.«

Caine zog mich am Ellenbogen an seine Brust. Wir standen uns Auge in Auge gegenüber.

»Ich habe nicht mit Davis geschlafen, um dir eins auszuwischen«, sagte ich mit zitternder Stimme.

»Warum hast du dann mit ihm gevögelt, Rachel?«

Es war der Augenblick der Wahrheit. Ohne den Blick von ihm zu lösen, schluckte ich meinen Stolz herunter und flüsterte: »Ich habe nicht mit ihm geschlafen. Das habe ich nur gesagt, um dich zu ärgern.«

Seine Augen verdunkelten sich, bis sie fast schwarz waren. Wir sahen einander lange an, dann löste er den Griff um mich. Zuerst dachte ich, er wollte mich schon wieder zurückweisen. Dann sah ich, wie er nach seiner Gürtelschnalle griff.

»Dreh dich um. Bück dich und leg die Hände an die Wand.«

Ich sah ihn fragend an, zu fassungslos, um einen Mucks von mir zu geben.

Er deutete mit dem Kinn zur Wand, die sich ein paar Schritte hinter mir befand.

»An die Wand.« Er öffnete den Gürtel und zog ihn mit einer einzigen geschmeidigen Bewegung, die ein scharfes, zischendes Geräusch erzeugte, aus den Gürtelschlaufen. »Halt dich gut fest.«

Mir war, als sei ich gar nicht mehr in meinem eigenen Körper, als ich mich umdrehte und zur Wand ging. Ich sah mir selbst dabei zu, wie ich mich bückte und die Finger spreizte – es war, als würde ich irgendwo schweben und von oben zusehen, wie sich alles wie in Zeitlupe abspielte. Bevor er etwas sagte, spürte ich die Wärme von Caines Körper hinter mir.

»Dieses Kleidchen …« In dieser Position bedeckte der Stoff kaum meinen Hintern, doch er hob den Rock an, schob ihn bis zu meiner gebeugten Taille hoch und entblößte mein ganzes Hinterteil. »Du wolltest mich mit diesem verfickten Kleidchen provozieren, stimmt's?«

Ich vermutete, dass er darauf nicht wirklich eine Antwort erwartete – und ich war mir auch nicht sicher, ob ich dazu überhaupt imstande war. Doch ich irrte mich.

»Oder etwa nicht? Sag es. Gib zu, dass du mich provozieren wolltest.«

Ich nickte. »Ja. Ich habe es für dich angezogen.«

Mit einem lauten Klatschen landete seine Hand auf meinem Hintern. Er schlug mich. *Fest.*

»Das ist dafür, dass du so böse warst, als ich versucht habe, so gut zu sein.«

O Gott. Ich spürte, wie sich Feuchtigkeit zwischen meinen Beinen sammelte, und keuchte. Er beugte sich vor, schmiegte sich an mich, strich mein Haar auf eine Seite und küsste mich auf den Nacken. An meinem Hintern spürte ich, wie erregt er war, selbst durch seine Jeans hindurch. Sein heißer Atem trieb ein Schaudern durch meinen Körper.

»Das hat dir gefallen, stimmt's? Das werde ich mir merken.«

Dann richtete er sich plötzlich auf, und ich spürte einen kühlen Luftzug auf meinem Körper. Er schob die Finger unter meinen G-String und streifte ihn an meinen Beinen herunter, bis er mit dem Stoff an meinen Füßen kniete. »Spreiz die Beine weiter auseinander.«

Er beugte sich nach unten und kam mit dem Mund direkt zwischen meine Beine. Ich wimmerte und hoffte, dass meine Knie nicht nachgaben, als er sein ganzes Gesicht gegen meine Scham drückte. Er war nicht zärtlich. Er war gierig und grob. Er saugte fest an meiner Klitoris und leckte meinen Saft, als wäre ich sein letztes Mahl und er kurz vorm Verhungern. Ich spürte meinen Orgasmus schneller nahen als jemals zuvor und fürchtete, das Gleichgewicht nicht mehr halten zu können.

»So verdammt süß …«, stöhnte Caine. »So verdammt *nass für mich.*« Er schob zwei Finger in mich, und ich verdrehte die Augen vor Lust.

Ich seufzte. »Caine.«

Er stieß die Finger in mich hinein und zog sie wieder heraus. »So verdammt eng.«

»Caine.« Meine Schreie klangen zunehmend verzweifelt. *»O Gott, Caine.«*

Er reagierte, indem er aufstand und sich wieder über mich beugte. Mit der freien Hand, die nicht in mir war, zog er mein Gesicht zur Seite und presste die Lippen auf meine. Seine Finger glitten unermüdlich in mich, und seine Zunge fiel in den Rhythmus mit ein. Es ging alles so schnell – es war zu viel. Seine Erektion drückte gegen die heiße Stelle, die seine Hand auf meinem Hintern zurückgelassen hatte, seine Finger bewegten sich in mir, sein Mund, seine Zunge, sein Duft – alles. Der Orgasmus kam mit voller Wucht über mich. Ich winselte, gedämpft von Caine, der immer weiter machte, bis ich kaum mehr atmen konnte.

Wir keuchten beide animalisch, er noch immer über mich gebeugt. Jeder Atemzug kitzelte die Gänsehaut, die sich unter dem Schweißfilm auf meiner Haut gebildet hatte.

»Ist alles okay?«, fragte er.

Ich antwortete mit einem einfältigen Grinsen: »O mein Gott, ja. Mir ging es noch nie besser.«

Er lachte. »Soll ich dir lieber an der Wand oder im Bett den Rest geben?«

»Welchen Rest? Ich dachte, ich wäre gerade gekommen.«

»Nein, Wildkatze.« Er richtete sich auf und schloss mich in die Arme. »Es geht gerade erst los.«

Wenn das stimmte, bekam ich ein bisschen Angst, denn

was bisher passiert war, hatte mich schon völlig umgehauen. Caine musste meine Gedanken gelesen haben.

Er küsste mich auf die Lippen und wiegte mich in den Armen. »Gehen wir ins Bett. Dann kannst du deine Beine ausruhen.«

Der Vorschlag gefiel mir. Ich legte den Kopf an seine Brust und sagte: »Eine Pause kann ich jetzt gut gebrauchen.«

»Ich habe gesagt, du kannst deine Beine ausruhen – alles andere nicht.«

22. Kapitel

Rachel

Ich stützte mich auf die Ellenbogen hoch und genoss die Vorstellung.

Caine merkte, dass ich ihn beobachtete, und grinste. »Du könntest mich ruhig ein bisschen unterstützen und dich auch schon mal ausziehen, während ich mich ausziehe.«

»Aber ich genieße es, dir einfach nur zuzusehen.«

Er schüttelte den Kopf und knöpfte weiter sein Hemd auf. Die Jeans stand offen und war an seiner schmalen Taille etwas heruntergerutscht. Ich konnte den Blick nicht von dem tief eingekerbten V losreißen, das sichtbar wurde, als er das Hemd auf den Boden warf.

»Du solltest mit freiem Oberkörper unterrichten.«

»Das würde der Verwaltung bestimmt gefallen.«

»Der würde die schlagartig ansteigende Zahl der Einschreibungen gefallen, weil alle Frauen von den Colleges mit hässlichen, alten Professoren herüberwechseln würden.«

»Ach ja?« Caines Mundwinkel zuckte, und seine Hand wanderte zum Reißverschluss seiner Jeans. Er zog ihn herunter und stieg aus der Hose. Mein Blick fiel auf seine Boxershorts – oder vielmehr auf die dicke Beule, die jetzt deutlich zu sehen war. Ich wusste, dass er mich beobachtete, aber ich konnte den Blick nicht abwenden.

Da mir die Vorstellung so gut gefiel, wollte Caine mir anscheinend richtig etwas bieten. Er schlang die Finger um seine starke Erektion und strich durch die Unterwäsche an ihr auf und ab.

»Wenn ich oben ohne unterrichten soll, kann ich auch gleich die Hose weglassen.« Er schloss die Hand um seinen Schwanz und drückte zu, und als ich zu ihm hochsah, begegneten sich unsere Blicke.

Ich schluckte. »Ich glaube, nur oben ohne wäre besser.«

»Ach ja. Und warum?«

Ich leckte meine Lippen. »Weil *der* mir gehört.«

Caines durchtriebenes Grinsen verriet mir, dass ihm die Bemerkung gefiel. Er hakte zwei Finger links und rechts unter den Bund seiner Shorts und bückte sich, um aus der Wäsche zu steigen. Sein dicker Schwanz ragte bis zu seinem Bauch hoch.

»*Herrgott.*« Ich meinte, das hätte ich nur gedacht, doch anscheinend hatte ich es laut ausgesprochen.

Mit Hilfe der Zähne und einer Hand öffnete Caine ein Kondom, von dem ich gar nicht bemerkt hatte, dass er es bereits in der Hand hielt. Er streifte es sich in voller Länge über, dann schob er ein Knie auf die Matratze.

»Keine Sorgen. Wir gehen es langsam an. Deine wieder jungfräuliche Muschi wird morgen zwar wund sein, aber nur von den vielen Runden. Nicht, weil ich dich zu schnell genommen habe. Und jetzt befreien wir dich von diesem Kleid.«

Caine griff den Saum meines Kleides und zog es mir über den Kopf. Nachdem mein Slip schon längst verloren gegangen war, trug ich nur noch Schuhe und BH. Caine tastete um mich herum und öffnete ihn mit einer Hand. Morgen würde es mich wahrscheinlich beschäftigen, dass er mehr Erfahrung im BH-Ausziehen hatte als ich. Jetzt war ich nur dankbar, dass er keine Zeit mit Herumfummeln verschwendete.

Dann rückte er ein Stück von mir ab, um mich anzusehen. »Du bist schön.« Er legte eine Hand um eine meiner Brüste und streichelte den Nippel mit seinem kräftigen Daumen. »Diese Titten rauben mir schon seit Wochen den Verstand. Ich kann dir gar nicht sagen, wie oft ich in der Vorlesung den Faden verloren habe, wenn ich zu dir hinübergeschaut habe und sah, wie sie sich unter deiner Bluse abzeichneten.«

Er senkte den Mund zu meinen Brüsten und strich mit der Zunge darüber, bevor er meinen Nippel tief in seinen heißen Mund saugte. Während er leckte und an mir knabberte, lösten wir die Blicke nicht voneinander, und er beobachtete genau, wie ich auf seine Berührungen reagierte. Endlich sorgten Caines intensive Zärtlichkeiten dafür, dass ich mich aus viel lustvolleren Gründen wand als zuvor.

Als er den Mund zu meinem Hals hinaufbewegte, spürte ich, wie die kühle Luft über meine festen Nippel strich. Er saugte an der empfindlichen Haut unter meinem Ohr, während meine Hände seinen Körper erkundeten. Als er mir gleichzeitig ins Ohrläppchen biss und in den unerträglich harten Nippel kniff, grub ich meine Nägel in seinen Rücken.

Caine stöhnte. »Dazu kommen wir später. Wenn ich erst in dir bin, finden wir heraus, wie hart du es magst. Ich wette, du stehst darauf, wenn ich dich an den Haaren ziehe, während du mit gerötetem Hintern auf allen vieren kniest und mein Schwanz deine süße, kleine Muschi ausfüllt.« Caine ließ die Hand tiefer gleiten, strich mit zwei Fingern über meine schlüpfrige Mitte, dann tauchte er in sie hinein. »Klatschnass. Der Gedanke gefällt dir, was?«

Als ich nicht antwortete, nicht antworten konnte, krümmte Caine in mir die Finger und rieb über eine Stelle, von der ich wusste, dass sie mich explodieren lassen konnte. Weil ich nicht mehr imstande war zu sprechen, langte ich zwischen uns, schlang die Finger um seinen Schwanz und drückte fest zu. Ich pumpte ein paarmal, dann stützte sich Caine ganz über mich. Er leckte über meine Lippen, forderte mich auf, sie zu öffnen und ließ die Zunge in meinen Mund gleiten. Ich verlor mich rückhaltlos in diesem Kuss und spürte ihn in meinem ganzen Körper. Eine solche Begierde hatte ich noch nie zuvor erlebt. Ich war hemmungslos. Ich wollte ihm alles geben, was er haben wollte, und noch mehr.

Caine stützte sich etwas höher, um an mir hinunterzusehen, wobei sich unsere Körper noch berührten. Wir blickten einander in die Augen, während er seine Erektion an meiner Pforte rieb und sich mit meiner Feuchtigkeit benetzte. Dann drang er in mich ein. Zunächst nur ein paar Zentimeter, dann zog er sich wieder fast vollständig heraus und stieß langsam erneut zu. Mit jedem Stoß drang er ein bisschen tiefer in mich ein, und jedes Mal dehnte ich mich ein bisschen mehr.

Als er schließlich meine Hüften nach unten drückte und vollständig in mich eindrang, schloss ich flatternd die Lider. Es fühlte sich so gut an, von diesem Mann ganz und gar überwältigt zu werden. Seit dem Tag, an dem wir uns zum ersten Mal begegnet waren, hatte ich mich dagegen gewehrt. Endlich nachzugeben war eine emotionale Erlösung.

»Öffne die Augen, Rachel.« Caine strich mir eine Strähne aus dem Gesicht und flüsterte: »Ich hätte nicht gedacht, dass du noch schöner werden könntest. Aber dein Gesicht, während ich in dir bin … mir fehlen die Worte …«

Er griff nach unten, legte eine Hand von hinten auf meinen Schenkel und beugte mein Knie, um noch tiefer in mich einzudringen.

»Caine …« Mein Körper bebte.

»Ich weiß …«

Er ließ sich Zeit, aber die Lust wurde einfach immer stärker. Mit jedem Stoß drang er tiefer vor, während wir uns gemeinsam bewegten. Er berührte mich auf so viele Arten.

Stöhnend kam ich zum Höhepunkt und hatte Mühe, die Augen offen zu halten, doch ich wollte ihm zeigen, wie gut ich mich mit ihm fühlte. Als ich den Höhepunkt überschritten hatte, beschleunigte Caine das Tempo und nahm mich schneller und fester, als jagte er meinem Orgasmus hinterher. Ich liebte es, wie er immer wieder meinen Namen stöhnte, als er in mir kam. Es hatte mehr heilende Kraft, als jede Musik sie mir jemals gegeben hatte.

Wir hielten einander umschlungen, während sich Caine noch lange in mir bewegte – es waren genussvolle, langsame Bewegungen, und wir kamen wieder zu Atem und lächelten einander an. Doch schließlich musste er aufhören und sich um das Kondom kümmern. Als er aus dem Bett stieg, um ins Badezimmer zu gehen, lief mir eine Gänsehaut über den feuchten Körper.

Hoffentlich war das kein Zeichen dafür, dass zwischen Caine und mir wieder Kälte einziehen würde, sobald die Hitze abgeklungen war.

23. Kapitel

Rachel

Als Caine zum Bett zurückkam, überraschte er mich damit, dass er mich mit einem warmen Waschlappen reinigte. So zärtlich hatte sich danach noch nie ein Mann um mich gekümmert. Es war eine intime und fürsorgliche Geste, und meine Schultern – die sich verspannt hatten, als er aufgestanden war – lockerten sich.

»Gut?«, fragte er leise und sanft.

»Ja. Danke.«

Er verschwand wieder im Bad, und ich hörte eine Zeitlang Wasser laufen. Dann kam er heraus, sammelte leise seine Sachen zusammen und streifte sich Boxershorts und Jeans über. Vielleicht hatte ich mich etwas zu früh entspannt.

»Was machst du?« Ich versuchte, nicht zu scharf zu klingen, doch so ganz gelang mir das nicht.

Er hielt den Blick gesenkt und beschäftigte sich mit seinem Reißverschluss. »Ich ziehe mich an.«

»Das sehe ich. Aber hat es einen Grund, weshalb du so schnell das Weite suchst?«

Caine legte nachdenklich die Stirn in Falten. Mir wurde klar, dass er überhaupt nicht über sein Verhalten nachgedacht hatte. Er war auf Autopilot geschaltet.

»Das machst du jedes Mal, wenn du mit einer Frau … zusammen warst, stimmt's?«

Er spannte den Kiefer an. »Es ist schon spät.«

»Meinetwegen. Geh.«

Ich wandte den Blick ab, denn ich wollte nicht, dass er mir die Enttäuschung ansah, die ich unmöglich verbergen konnte. Das Rascheln der Kleidung machte mich von Sekunde zu Sekunde wütender. Vor fünf Minuten war er noch so süß und zärtlich gewesen, und jetzt spielte er schon wieder Professor Mistkerl.

Ich konnte mich nicht länger beherrschen – ich war nun einmal eine Wildkatze. »Du bist wirklich ein Mistkerl, weißt du das?«

Caine erstarrte und hörte auf, sein Hemd zuzuknöpfen. »Ich glaube, das hast du mir schon mal gesagt. Und ja, das weiß ich. Was mich allerdings überrascht, ist, dass du dir dessen nicht bewusst zu sein scheinst, obwohl du diejenige bist, die mich immer wieder an meinen Mistkerl-Status erinnert.«

Der Mann konnte mich so verdammt wütend machen. Es war, als ob sich in mir ein Schalter umlegte und ich mich in eine Psychozicke verwandelte. Ich erkannte mich gar nicht wieder.

»Und legst du mir nachher noch Geld auf den Nachttisch?«

Seine Augen funkelten zornig. Er schwieg und starrte mich wütend an. Ich wappnete mich für die zu erwartende Antwort.

»Ich halte dich nicht für eine Hure, Rachel. Vielmehr finde ich, du bist das ganze Gegenteil – ein nettes Mädchen. Das ist das Problem.«

»Was redest du da?«

Als er antwortete, sah Caine mir endlich in die Augen: »Wenn es zu Ende geht oder, besser gesagt, wenn ich alles ruiniere, werde ich dir wehtun.«

»Das weißt du gar nicht.«

Er schnaubte. »O doch, Rachel.«

Tief im Innern ahnte ich, dass er recht hatte. Aber das durfte ich ihm nicht zeigen. »Wie eingebildet bist du eigentlich, dass du dir schon sicher bist, mir das Herz zu brechen? Bist du vielleicht schon mal auf die Idee gekommen, dass *ich dir* vielleicht eines Tages das Herz breche? Vielleicht benutze ich dich ja nur wegen deines Körpers.«

Caine zog die Augenbrauen hoch. Ich redete natürlich kompletten Bullshit, aber das brauchte er ja nicht zu wissen. Er brauchte nichts weiter zu tun als dazubleiben. Ich wollte ihn nicht gehen lassen. Nicht heute Abend … noch nicht.

Als sein Blick auf meine Brüste fiel, dachte ich, dass Caine eins zumindest nicht abstreiten konnte – dass er sich zu mir hingezogen fühlte. Das musste ich ausnutzen, bis mir etwas Besseres einfiel. Ich legte die Hände um meine Brüste und schob sie zusammen. Ungezügelte Lust flackerte in Caines Augen, und die Machtverhältnisse im Raum kehrten sich um. Wenn Sex das Mittel war, mit dem ich meinen Willen durchsetzen konnte, von mir aus.

So verführerisch, wie ich konnte, ließ ich die Hand an meinem Körper hinuntergleiten, schloss die Augen und fasste mir zwischen die Beine. Als ich sie wieder öffnete und sah, wie Caine mich anschaute, wusste ich, dass diese Runde an mich ging – auch wenn ich ahnte, dass es nur eine kleine Schlacht in einem langen Kampf war.

»Ist das ein Problem«, fragte ich, »wenn ich dich wegen deines Körpers benutze?«

Als Antwort knöpfte er das Hemd wieder auf, das er gerade erst angezogen hatte. »Ganz und gar nicht.«

Während er sich zügig von Neuem seiner Kleidung entledigte, kniete ich mich aufs Bett. Er war wieder voll erregt, obwohl sein letzter Orgasmus keine fünfzehn Minuten her war. Er wirkte jetzt sogar noch größer. Wenn ich nicht selbst so erregt gewesen wäre, hätte ich mich vor dem Ding vielleicht sogar ein bisschen gefürchtet.

Caine beobachtete mich, also gab ich alles und ließ meinen mutigen Worten Taten folgen. Ich drehte mich zum Kopfende, ging auf alle viere und blickte mich über die Schulter nach ihm um. Meine Stimme war rau. »Ich glaube, du hast etwas von meinem Haar gesagt und dass du mich auf allen vieren nehmen willst?«

Bis wir die Runden zwei und drei beendet hatten, war es zwei Uhr morgens. Oder waren es eigentlich die Runden drei und vier, weil die erste strenggenommen schon vorhin im Wohnzimmer stattgefunden hatte? Wie dem auch sei – ich hatte heute Abend etwas über Caine gelernt – seine Entschlossenheit, mich auf Abstand zu halten, ließ nach, wenn er körperlich erschöpft war. Da die Methode, ihn körperlich zu erschöpfen, ziemlich eindrucksvoll war, würde ich sagen, dass das eine erfreuliche Entdeckung war.

Ich schmiegte den Kopf an seine nackte Brust, und er streichelte im Dunkeln mein Haar. Dann fragte er mit leiser Stimme: »Woher stammt die Narbe auf deinem Rücken?«

»Ich bin als Kind vom Baum gefallen und habe auf dem Weg nach unten ein paar Äste mitgenommen.« Ich erzählte diese Geschichte schon so lange, wann immer jemand die unregelmäßige, acht Zentimeter lange Narbe bemerkte, dass ich sie schon fast selbst glaubte.

»Aua.«

»So schlimm war es nicht. Es ist schnell verheilt. Was ist mit dir? Hast du irgendwelche Narben?«

»Keine sichtbaren«, antwortete Caine. »Obwohl die unsichtbaren Narben am schwersten heilen.«

Was er damit meinte, verstand ich besser, als er ahnte. Ich gab ihm einen zarten Kurs auf die Brust, gleich über dem Herzen. Danach schwiegen wir eine Weile. Ob er wohl über seine Narben nachdachte?

»Hast du was dagegen, wenn ich heute Nacht hierbleibe?«, brach Caine unser Schweigen. »Ich glaube, du hast mir alle Energie ausgesaugt. *Buchstäblich*, bei der letzten Runde.«

Ich kicherte. *Wann hatte ich zum letzten Mal gekichert?* »Natürlich nicht. Ich möchte, dass du bleibst.«

Zur Antwort drückte er meine Schulter.

Ein paar Minuten verstrichen, und ich dachte, er wäre vielleicht eingedöst, darum flüsterte ich: »Schläfst du?«

»Nein.«

»Darf ich dich etwas fragen?«

Ich sah ihn nicht an, aber ich wusste, dass er lächelte, als er erwiderte: »Würde es dich abhalten, wenn ich Nein sage?«

»Vermisst du das nicht?«

»Was denn?«

»Dich an einen warmen Körper zu kuscheln und jemanden zu haben.«

Caine schwieg einen Moment. »Das ist keine einfache Frage, Rachel.«

»Wieso? Lautet die Antwort nicht einfach nur Ja oder Nein?«

»So einfach sind nur wenige Dinge im Leben.«

»Ich glaube, du machst die Dinge komplizierter, als sie sind.«

Er seufzte. »Auf der Fakultät wurde mir eine einjährige Bewährungszeit auferlegt, weil ich dem Verlangen nach einem warmen Körper nachgegeben habe. Du bist meine Lehrassistentin, und ich bin dein Betreuer für die Abschlussarbeit. Ich hatte noch nie eine Beziehung, die nicht schlecht zu Ende gegangen ist. Es gibt kein einfaches Ja oder Nein.«

Es tat weh, daran erinnert zu werden, dass ich nicht die Erste war, mit der Caine am College etwas angefangen hatte. Ich war still, und er spürte offenbar, dass ich ein paar aufbauende Worte gebrauchen konnte.

Er küsste mich auf den Scheitel. »Ich habe noch nie die Nacht mit einer Frau vom College verbracht.« Dann machte er eine Pause. »Und bevor du falsche Schlüsse ziehst: Ich bin *niemals* zu müde, um aufzustehen und nach Hause zu fahren. Auch jetzt nicht.«

Es mochte kein großer Sieg sein, doch immerhin ein Sieg. »Okay … wann hast du zum letzten Mal …«

Caine unterbrach mich und zog mich noch enger in seine Arme. »Und *dieser* warme Körper fühlt sich wirklich gut an. Jetzt schlaf ein bisschen. Morgen früh, wenn du mir Frühstück machst, kannst du mich weiter ausquetschen.«

Ein paar Minuten später verlangsamte sich Caines Atmung, und er schlief allmählich ein. Ich küsste seine Brust, schloss die Augen und folgte ihm ins Reich der Träume. Ich lächelte und freute mich im Stillen schon auf das Frühstück.

Als ich die Augen aufschlug, tastete ich sofort nach der anderen Seite des Bettes. Anstelle von Caine fand ich nur ein kaltes Laken vor, und mir wurde mulmig. Ich reckte mich nach meinem Handy auf dem Nachttisch, blinzelte nach der Uhrzeit und stellte erschrocken fest, dass es schon fast halb zwölf war. Das letzte Mal hatte ich so lange geschlafen … Ach, ich konnte mich gar nicht erinnern. Kein Wunder, dass Caine schon weg war.

Gähnend schleppte ich mich ins Badezimmer, wo ich duschte und mir die Zähne putzte. Als ich mich noch nackt im Spiegel betrachtete, mein zerzaustes Haar und die leicht geröteten Stellen an meinem Hals sah, an denen Caine unablässig gesaugt hatte, musste ich grinsen. *Mein Gott, was waren das für Erinnerungen.* Und sie hatten sich nicht nur in mein Hirn gebrannt – mir taten Muskeln weh, von denen ich vorher gar nicht wusste, dass sie existieren, und zwischen meinen Beinen war alles wund und geschwollen. Trotzdem fühlte ich mich so gut wie schon lange nicht mehr. Irgendwie gefiel mir mein verrücktes Aussehen sogar, und ich versuchte gar nicht erst, etwas daran zu ändern. Auf eine seltsame Art fühlte ich mich durch den aufgelösten Zustand, in dem ich mich befand, mit Caine verbunden.

Ich griff das Erste, was ich in der Schublade mit bequemer Kleidung fand, streifte mir ein altes Rolling-Stones-T-Shirt über und machte mich auf den Weg in die Küche. Ich brauchte dringend einen Kaffee. Als ich Caine an meinem Herd werkeln sah, blieb ich wie angewurzelt stehen. Er hatte mir den Rücken zugewandt und schien mich nicht gehört zu haben. Darum wartete ich in der Tür, teils fassungslos über das, was ich dort sah, teils überrascht, weil er überhaupt noch hier war.

Caine … *tanzte*? Also strenggenommen war das vermutlich kein Tanzen. Aber auf jeden Fall wiegte er sich zu einem Rhythmus, während er in einer Pfanne Eierkuchen wendete und in der anderen eine Wurst briet. *Lecker.* Und es roch auch noch ziemlich gut.

Still beobachtete ich ihn weiter und fand es äußerst amüsant, Caine so friedlich zu sehen.

»Möchtest du einen Kaffee, wenn du schon da herumstehst?«, fragte er, ohne sich umzudrehen.

Ich schreckte zusammen, dann lächelte ich. »Ich dachte, du hättest mich nicht bemerkt.«

»Ich weiß.« Er ging zum Hängeschrank, holte einen Becher heraus und goss mir einen Kaffee ein. Caine und meine Küche hatten sich anscheinend gründlich miteinander vertraut gemacht, solange ich noch geschlafen hatte. »Nimmst du Milch und Zucker?«

»Einmal Süßstoff und halb und halb.«

Caine machte mir den Kaffee fertig, und aus irgendwelchen Gründen blieb ich auf der Türschwelle zur Küche stehen. Er brachte mir den Becher und küsste mich auf die Nasenspitze, bevor er ihn mir gab. »Guten Morgen, du Schlafmütze.«

»Wie lange bist du schon wach?«

»Ungefähr eine Stunde.«

»Ich wusste nicht, dass du noch da bist. Warum hast du mich nicht geweckt?«

Caine kehrte an den Herd zurück. »Ich dachte, dass du nach der letzten Nacht müde bist.«

Lächelnd führte ich den Kaffee an die Lippen. »Bin ich auch. Ich fühle mich, als hätte man mich zusammengeschlagen.«

Er verteilte die Eierkuchen und die Würstchen auf Tellern, dann deckte er den Frühstückstisch. »Setzen.«

»Du hast einen ganz schönen Kommandoton am Leib, weißt du das? Fast schon unhöflich. Ich bin doch kein Hund. Sitz. Bei Fuß.«

Caine kam wieder zu mir. Ich stand noch immer an den Türrahmen gelehnt, und er stützte sich links und rechts neben meinem Kopf an der Wand ab.

»Letzte Nacht schien dir das nichts auszumachen.«

»Das ist etwas anderes.«

»Nein, ist es nicht.«

Lachend ließ er den Kopf sinken. »Wie wär's, wenn wir frühstücken, ohne uns zu streiten?«

»Gut. Ich setze mich. Aber nur, weil es wirklich gut riecht und nicht, weil du mich anblaffst.«

Er schüttelte den Kopf. »Meinetwegen, Wildkatze.«

Beim ersten Bissen merkte ich, wie ausgehungert ich war. Ich verputzte mit wenigen Bissen einen ganzen Eierkuchen.

»Hungrig?« Caine zog eine Braue hoch.

»Und wenn schon. Erzähl mir lieber, was du gemacht hast, während ich geschlafen habe!«

»Mit meinem Handy Musik gehört und mir noch ein bisschen die Bilder an der Wand angesehen.«

Ich richtete die Gabel auf ihn. »Du hast herumgeschnüffelt? Das hätte ich nicht von dir gedacht.«

»Ich habe nicht in deine Schubladen gesehen, sondern mir nur die Bilder an der Wand angeschaut. Ich finde nicht, dass das dasselbe wie Herumschnüffeln ist.«

»Schnüffler.« Ich grinste wie ein Idiot.

Eine Zeitlang aßen wir schweigend. Ich grinste zu viel, und Caine sah aus, als wollte er sich nicht anmerken lassen, dass ihn mein Enthusiasmus beim Frühstück etwas erschreckte. Doch wenn ich daran dachte, wie die letzte Nacht begonnen hatte, war es viel mehr, als ich von ihm erwartet hätte.

Ich spülte gerade die Teller, als mein Handy klingelte. Es steckte im Ladegerät auf dem Küchentresen, und Caine und ich lasen im selben Moment den Namen, der auf dem Display erschien: *Davis.*

Sofort zuckte Caines Blick zu mir. Ich ignorierte das Klingeln und machte mich wieder an den Abwasch.

»Gehst du nicht ran?«

»Ich rede später mit ihm.«

Während ich den Tisch abwischte, ging Caine mit einem frischen Becher Kaffee zurück ins Wohnzimmer. Nachdem ich fertig war, gesellte ich mich zu ihm. Er stand vor einem Foto, das vor etwa einem Jahr aufgenommen worden war. Es zeigte meine drei Mitbewohner und mich eine Woche, bevor wir alle ausgezogen und getrennter Wege gegangen waren. Unser Sofa war zwei Meter lang und hatte zwei breite Kissen, aber wir vier quetschten uns auf eines und grinsten fröhlich in die Kamera.

»Wer ist das da neben dir und Ava?«

»Das sind Beth und Davis. Beth ist die mit dem Dekolleté.«

»Das habe ich mir schon gedacht.«

Caine nippte an seinem Kaffee. Nach einer Weile sah er mich an. »Warum hast du nicht mit ihm geschlafen?«

»Wir haben nur zu Abend gegessen. Er wollte reden.«

»Aber er will mit dir schlafen?«

»Er will, dass wir es noch einmal miteinander versuchen. Ja.«

Caine nahm einen weiteren Schluck und betrachtete mich über den Rand seines Bechers hinweg. »Und was willst du?«

Dich, du Blödmann. Ich will dich. Ich wusste, dass er die letzte Nacht mit gemischten Gefühlen betrachtete, also war ich lieber vorsichtig und versuchte, das Thema locker anzugehen. »Ich hätte nichts dagegen, öfters so etwas wie gestern Nacht zu erleben.«

Caine schob die Hand unter den Saum meines T-Shirts und stellte fest, dass ich darunter nichts anhatte. Er packte meinen Hintern. »Du hattest seit dem Aufstehen darunter nichts an?«

»Nein.«

Er nahm mir den Kaffee aus der Hand, ging in die Küche und stellte unsere Becher auf den Tisch. Dann kehrte er zu mir zurück, bückte sich und legte mich über seine Schulter, wie es Feuerwehrleute tun. Ich quietschte, aber ich genoss jede Sekunde. Vor allem das, was dann folgte …

Es war schon Nachmittag, als Caine erstmals Anstalten machte zu gehen. Ich musste um fünf Uhr im O'Leary's arbeiten, und wir hatten gerade zusammen geduscht. Er zog sich an, während ich im Badezimmer mit den üblichen Vorbereitungen beschäftigt war. Nur in ein Handtuch gehüllt, beugte ich mich zum Badezimmerspiegel und rieb mir Feuchtigkeitscreme ins Gesicht. Caine trat hinter mich und beobachtete mich schweigend. Wir tauschten einen Blick und lächelten uns zu, doch keiner von uns sagte etwas. Er beobachtete mich nur, bis ich mir das Gesicht eingecremt hatte, eine andere Lotion auf meinen Beinen und Armen verteilt und mir das nasse Haar gebürstet hatte.

Schließlich sagte er: »Hast du schon das Gefühl gehabt,

dass dir ein Song total vertraut vorkam, obwohl du ihn zum ersten Mal gehört hast und den Text nicht kanntest?«

»Klar. So etwas wie ›All Summer Long‹ von Kid Rock, bei dem er Teile von ›Sweet Home Alabama‹ und ›Werewolves of London‹ verwendet hat?«

»Nein. Einen komplett neuen Song, den man zum ersten Mal hört, aber die Musik trotzdem kennt?«

Ich drehte mich zu ihm um. »Ich glaube schon. Ich meine, es gibt doch in allen Songs Standards. Ein Riff, ein Akkord, ein Lick, eine geläufige Tonart oder Klangfarbe. Unser Gehirn scheint all diese Details abzuspeichern. Darum hören wir etwas und haben das Gefühl, es wäre uns vertraut, ohne genau zu wissen, woher. Wieso?«

»Du bist dieser Song. Den Text kenne ich nicht, aber die Melodie ist mir verdammt vertraut.«

Ich wusste, was er meinte. Auch ich hatte eine Verbindung zu ihm gespürt, seit wir uns zum ersten Mal begegnet waren. Ich wollte ihm keine Angst einjagen, aber das, was sich zwischen uns abspielte, hatte sich immer größer angefühlt als ich selbst – größer als wir.

Ich legte die Arme um seinen Hals und scherzte: »Nun ja, wahrscheinlich erinnert dich mein Körper an ein Supermodel. Wahrscheinlich an die, mit der dieser Footballspieler verheiratet ist.«

Caine lächelte. »Du meinst Tim Brady?«

»Genau. Wahrscheinlich ist mein Körper eine genaue Kopie vom Körper seiner Frau. Und mein Herz ist wahrscheinlich das einer kleinen Mutter Teresa.«

»Aha?«

»Mmm-hmmm.«

Er beugte sich zu mir herunter und drückte mir einen

sanften Kuss auf die Lippen. »Das wird es sein. Ich muss mich beeilen, Mutter Teresa, und du musst zur Arbeit. Wir sehen uns morgen im Seminar. Ich bin der Typ ganz vorn im Saal, der dich ignoriert und versucht, nicht auf deinen Vorbau zu glotzen.«

»Okay.« Ich ging auf die Zehenspitzen und küsste ihn auf die Lippen. »Und ich bin die, von der du weißt, dass sie kein Höschen anhat.«

24. Kapitel

Caine – fünfzehn Jahre zuvor

Letzte Woche ist sie nicht gekommen. Ich hätte mich darüber freuen sollen, dass ich endlich meinen Samstag zurückhatte, nachdem ich acht Wochen lang zur Kirche geschlichen war. Doch es machte mich nervös, und die gottverdammte Woche zog sich endlos in die Länge.

Ich sah zum Kreuz über der Kirche hinauf und murmelte: *Das mit dem* gottverdammt *tut mir leid, Großer.*

Wie üblich war die Kirche leer, und ich musste einen Song lernen, darum ging ich zu meinem Stammplatz, um mich etwas zu entspannen, anstatt draußen herumzulungern. Liam hatte im Suff mal wieder ausgiebig Songs geschrieben. Nach dem letzten Fiasko, als er sich nur an die Hälfte eines richtig guten Songs erinnern konnte, hatten wir jedoch alle zusammengelegt und ihm einen tragbaren Digitalrekorder gekauft. Das Ding war kleiner als ein Handy und konnte auf Knopfdruck zwanzig Stunden Musik aufzeichnen. Es funktionierte großartig. Heute Morgen war er verkatert zur Probe gekommen, weil er sich Freitagabend wie üblich betrunken und Songs geschrieben hatte. Und jetzt konnte er sich an nichts mehr erinnern. Aber wir brauchten seine Sachen nur auf den Rechner zu laden.

Wir waren froh, dass Liam daran gedacht hatte, das verdammte Ding einzuschalten. Nur vergaß er, es danach zu unserem – und zu seinem eigenen – Leidwesen wieder auszustellen und ließ es die ganze Nacht über laufen. Sein mitternächtliches Gestöhne, als er sich einen runterholte, konnten wir bestimmt eines Tages sampeln und verwenden.

Fast eine halbe Stunde lang saß ich mit eingestöpselten Kopfhörern im dunklen Beichtstuhl. Sie ließ sich zwar nicht blicken, aber so lernte ich wenigstens den Text, den sich Liam ausgedacht hatte. Als ich damit fertig war, machte ich es mir in dem roten Plüschsamtsitz bequem, schloss die Augen und hörte Bob Dylan. Die Klänge von »Blowin' in the Wind« überlagerten alle Umgebungsgeräusche – einschließlich der quietschenden Tür auf der anderen Seite.

Ich wusste nicht, wie lange sie schon da war, als ich schließlich die Augen öffnete und sie bemerkte. Ich zog mir einen Knopf aus dem Ohr, fiel aus der Priesterrolle und ließ mein sechzehnjähriges Ich zum Vorschein kommen. »Hi, ich dachte schon, du kommst nicht mehr.«

Die Musik dröhnte aus meinem herunterhängenden Ohrstöpsel.

»Was hören Sie da?«, fragte sie.

Ich konnte ihr schlecht erzählen, dass ich Dylan gehört hatte. Das wäre nicht sehr priesterlich. »Ein paar neue Hymnen.«

»Das klingt wie Bob Dylan.«

Ich grinste. Die Kleine kannte Dylan. Kein Wunder, dass ich sie so gern mochte. Ich senkte die Stimme: »Schhh. Wir wollen den anderen Priestern unser kleines Geheimnis nicht verraten.«

Ich konnte sie nicht sehen, doch ich wusste, dass sie lächelte. »Okay.«

»Da wir gerade von Geheimnissen reden – was hast du mir heute zu sagen? Warst du ein braves Lämmchen?«

»Meine Schwester ist wieder zu Hause.«

»Um dich abzuholen?«

»Nein. Sie hat Ärger bekommen, die Polizei hat sie nach Hause gebracht.«

Gut. Die Polizei sollte sich dieses Haus einmal ansehen. »Was ist passiert?«

»Sie war im Norden, in der Jagdhütte des Vaters ihres Freundes. Eines Abends hatte sie seinen ganzen Alkohol ausgetrunken und ist losgegangen, um einen Laden zu suchen. Dabei hat sie sich verlaufen. Die Polizei hat sie zu Hause abgeliefert, aber vorher hat sie denen im Auto die ganze Rückbank vollgekotzt.«

»Haben sie mit deinen Eltern geredet?«

»Sie haben mit Benny gesprochen. Ich habe an meiner Zimmertür gelauscht. Er hat die Polizisten belogen und ihnen erzählt, dass sie ständig trinkt und mit Jungs durchbrennt. Und dass sie sich schon seit einiger Zeit so verhält.«

Mist. »Haben sie keine anderen Fragen gestellt?«

»Eigentlich nicht. Sie waren zu zweit, und einer kannte Benny von der Werkstatt.«

»Der Werkstatt?«

»In der Benny arbeitet.«

»Benny repariert Autos? Ist er Automechaniker?«

»Ja.«

»Wie geht es deiner Schwester jetzt?«

»Sie ist traurig.«

»Warum bist du letzte Woche nicht gekommen?«

»Ich konnte meine Schwester nicht allein lassen. Benny

war total sauer auf sie, nachdem die Polizei sie nach Hause gebracht hat. Er hat tagelang getrunken und herumgebrüllt.«

»Hat er ihr wehgetan?«

»Ich glaube schon.«

Das war kein Spiel mehr. »Du musst es mir sagen. Hat er, oder hat er nicht?«

Sie schwieg eine ganze Weile. Ich war entschlossen, ihr bis nach Hause zu folgen, wenn sie jetzt ging. Oder sie endlich von Angesicht zu Angesicht kennenzulernen. Selbst der Umstand, dass ich das Vertrauen dieses kleinen Mädchens missbraucht hatte, war mir egal. Mochte sie mich hassen oder der Kirche für alle Zeit den Rücken kehren – mir war jetzt nur wichtig, dass ihr nichts passierte.

In ernstem Ton hakte ich nach: »Rede mit mir. *Hat* er deiner Schwester wehgetan oder nicht?«

»Das wollte sie mir nicht sagen. Aber ich habe ihn morgens aus ihrem Zimmer kommen sehen. Und sie hat gesagt, ich soll meine Tür nachts abschließen, und dass er versprochen hat, mich in Ruhe zu lassen, wenn sie von jetzt an nett zu ihm ist.«

Scheiße. Scheiße. SCHEISSE! »Wir müssen zur Polizei gehen. Ich werde dich begleiten.«

»Ich muss jetzt nach Hause.« Ich sah durchs Gitter, dass sie aufstand.

»Warte!«, rief ich.

Sie hielt inne. »Warum bist du heute gekommen, wenn ich dir nicht helfen soll?«

»Weil ich mich hier bei Ihnen sicher fühle.«

»Vertraust du mir?«

»Ja.«

»Dann musst du etwas für mich tun.«

»Okay.«

»Hol deine Schwester und bring sie hierher.«

»Ich kann nicht. Benny kommt bald nach Hause.«

»Dann morgen. Es ist Sonntag. Was macht ihr normalerweise sonntags?«

»Benny hat oft sonntagmorgens Dienst in der Werkstatt bei der Tankstelle. Meine Schwester und ich stellen Musik an. Das dürfen wir nicht, wenn er zu Hause ist.«

»Wenn er losgeht, kommt her. Ich möchte mit dir und deiner Schwester sprechen. Zusammen.«

Sie schwieg einen Moment. Schließlich sagte sie: »Okay«, doch sie klang nicht sehr überzeugt.

»Du kommst? Und du bringst deine Schwester mit?«

»Ich versuche es.«

Ich wartete, bis ich hörte, wie die Tür zum Beichtstuhl und anschließend die Kirchentür aufging und sich wieder schloss. Sie brauchte wahrscheinlich einen kleinen Moment, um ihr Fahrrad aufzuschließen, und ich wusste, aus welcher Richtung sie kam.

Ich wollte ihr auf keinen Fall Angst einjagen, wenn ich ihr bis nach Hause folgte. Aber falls sie morgen nicht kam, musste ich wissen, wohin ich zu gehen hatte.

25. Kapitel

Rachel

Wahnsinnssex hat Nachwirkungen. Es war noch nicht einmal neun Uhr abends, meine Schicht noch nicht zur Hälfte geschafft, und ich konnte kaum meinen Hintern bewegen. Doch selbst bei diesem Gedanken musste ich grinsen. *Ich kann kaum den Hintern bewegen* – denselben Hintern, auf dem Caine letzte Nacht überall seine Hände hatte … und heute Morgen.

Ava erwischte mich, als ich vor mich hin träumte. »O mein Gott. Du hattest Sex mit Davis.«

»Was redest du da?«

Sie stellte ihr Tablett neben irgendeinen Gast auf den Tresen. Der Mann fing sofort an, sich für unser Gespräch zu interessieren. »Ich sehe es dir an. Normalerweise siehst du …«, sie wedelte mit der Hand vor ihrem Gesicht herum und setzte eine Leidensmiene auf, »… ganz schön verspannt aus. Jetzt aber nicht.« Mit dem Handrücken stieß sie den biertrinkenden Kerl an und fragte ihn nach seiner Meinung. »Hab ich recht? Die wurde doch garantiert flachgelegt.«

Der Kerl musterte eingehend mein Gesicht.

»Bitte achten Sie nicht auf sie.« Ich ging ans andere Ende

des Tresens, wo keine Gäste saßen. Ava folgte mir und setzte sich auf einen freien Barhocker.

Ich machte mich wieder an die Arbeit, wischte den Tresen sauber und versuchte, sie zu ignorieren, aber sie grinste mich unentwegt an.

Schließlich hörte ich auf und seufzte: »Was?«

»Willst du mir wirklich nichts erzählen?«

»Es ist nicht das, was du denkst.«

»Also *ist* was mit Davis gelaufen. Spuck es aus.«

»Davis und ich sind gestern Abend zusammen essen gewesen.«

»Ich wusste doch, dass was passiert ist. Du hast diesen Gesichtsausdruck, als wärst du verliebt oder lüstern.« Ich hoffte, dass ich von Letzterem jedes Mal Schmetterlinge im Bauch bekam, wenn ich an Caine West dachte. Ersteres war bestimmt keine gute Idee. Ava interpretierte meine glänzenden Augen und meinen rosigen Teint als Hinweise auf Letzteres.

»Sex steht dir gut.«

Zum Glück kam ein Pärchen herein und wollte einen Tisch, sodass ich vorübergehend Ruhe vor Avas bohrenden Fragen hatte. Obwohl sie ein loses Mundwerk hatte, würde sie niemals eines meiner Geheimnisse ausplaudern – doch das war auch nicht der Grund, weshalb ich ihr nicht die Wahrheit sagen wollte. So albern es sich anhören mochte, ich wollte einfach das, was zwischen Caine und mir passiert war, für mich behalten. Ich hatte keine Lust, mir über das Geschehene allzu sehr den Kopf zu zerbrechen. Lieber wollte ich in meinem kleinen, seligen Geheimnis schwelgen, so lange es ging.

Was vermutlich ohnehin nicht sehr lange sein würde.

Gegen neun mixte ich gerade einen Cosmopolitan in einem silbernen Shaker, als mich plötzlich Avas Stimme aufschreckte. Sie redete in diesem Singsang-Tonfall, den die meisten Mädchen ungefähr zur selben Zeit ablegen, in der sie ihren ersten richtigen BH brauchen.

»Hiiii«, flötete sie. »Was führt dich denn heute Abend her?«

Ich blickte auf und sah Davis am Ende des Tresens, der sich gerade die Jacke auszog. Sofort bekam ich ein schlechtes Gewissen. Verdammt. Warum hatte ich heute Nachmittag bloß nicht auf seine Nachricht geantwortet. Er winkte, und ich gab ihm ein Zeichen, dass ich gleich käme. Nichts hielt mich davon ab, zu ihm zu gehen, darum musste ich ein paar Gründe erfinden. Ich zapfte ein Bier, plauderte dann so lange wie möglich mit dem Gast und schrieb die Rechnung für einen anderen, der noch lange nicht gehen wollte. Mehr Gäste hatte ich nicht, weshalb mir gerade die Ideen ausgingen, als ich Ava auf den Tresen zukommen sah – hoffentlich mit einer Getränkebestellung.

»Mach mal Pause. Ich übernehme das für dich.« Sie zwinkerte mir zu. »Und ich habe überhaupt keinen Grund, ins Lager zu gehen, falls ihr vielleicht ungestört sein wollt.«

Das Schuldgefühl verstärkte meine Panik. Ich blickte kurz den Tresen hinunter. Davis lächelte mich nichtsahnend an, während mir der Schweiß ausbrach und mir leicht übel war.

»Eigentlich könntest du mir in der Küche bei etwas helfen.«

Ava runzelte die Stirn. »Klar.«

»Dann treffen wir uns gleich dort. Ich will nur Davis noch einen Drink bringen.«

»Okay. Aber du benimmst dich seltsam.«

»Geh einfach.«

»Na gut.«

Ich atmete tief durch, ging ans Ende des Tresens, setzte ein Lächeln auf und sagte: »Hey. Was für eine Überraschung. Ich wusste nicht, dass du kommst.«

»Eine angenehme Überraschung, hoffe ich.«

Ähhh. »Natürlich. Ich muss mich da hinten nur noch um etwas kümmern. Was kann ich dir zu trinken bringen? Das Übliche?«

»Das klingt gut. Danke.«

Irgendwie schaffte ich es, Davis seinen Gin Tonic zu mixen, ohne etwas zu verschütten, und ihn mit einem Lächeln zu servieren. »Bin gleich zurück.«

In der Küche wartete Ava. »Was ist los? Vor zehn Minuten hast du noch ausgesehen wie auf Wolke sieben, und seit Davis aufgekreuzt ist, bist du schlecht drauf. Offenbar hast du nicht mit ihm gerechnet.«

Ich tigerte auf und ab. »Nein, habe ich nicht.«

»Was ist los? Habt ihr euch gestern Abend nicht gut amüsiert?«

»Nein. Nur ich.«

»Okay …«

Ich rieb mir die Stirn. »Davis und ich sind essen gewesen. Es war nett, aber ich war durcheinander, deshalb habe ich mich früh verabschiedet und bin nach Hause gegangen.«

»Und das war's? Ich hätte wetten können, dass ich vorhin einen post-koitalen Schimmer bei dir gesehen habe.«

»Hast du auch.«

»Habe ich was verpasst?«

Ich blieb stehen und sah meine Freundin an. »Ich habe gestern nach dem Abendessen mit Caine geschlafen.«

»Wie jetzt? Caine? Mit Professor West?«

Ich nickte.

»Das verstehe ich nicht. Ich dachte, du warst mit Davis zum Abendessen verabredet?«

»War ich auch. Danach bin ich nach Hause gefahren. Vor der Verabredung mit Davis hatte ich an der Uni mit Caine so eine Art Streit. Als ich nach dem Abendessen nach Hause kam, hat Caine dort auf mich gewartet. Er wollte reden. Wir haben uns wieder gestritten und …«

Ava grinste. »Wenn man fuchsteufelswild ist, ist Sex am besten. Nimm mich, als würdest du mich hassen.«

»Was soll ich Davis jetzt sagen?«

»Er weiß nur, dass du nach Hause gefahren und ins Bett gegangen bist – sonst nichts?«

»Ich glaube schon.«

»Dann tu doch einfach so, als sei nichts geschehen.«

Sie hatte offensichtlich noch nie Sex mit Caine gehabt. So zu tun, als wäre nichts geschehen, das war so, als versuchte man, aus einer vollen Chipstüte nur einen einzigen Chip zu essen. »Ich bin eine ganz schlechte Lügnerin.«

»Dann lüg nicht. Wenn er davon zu reden versucht, was zwischen euch beiden ist, sag einfach, dass du bei der Arbeit bist und hier nicht reden möchtest. Verschieb euer Gespräch, bis du so weit bist. Und wenn du dann mit Davis nur befreundet sein willst, brauchst du ihm auch nichts anderes zu erzählen.«

Ich atmete tief durch. »Du hast recht. Ich benehme mich wie ein Idiot. Ich habe ein schlechtes Gewissen, das ist alles.«

»Dazu hast du überhaupt keinen Grund. Du bist eine erwachsene Frau, und du bist Single. Hast du Davis beim Abendessen irgendwelche Versprechungen gemacht?«

»Nein. Ich habe ihm gesagt, dass ich darüber nachdenken muss.«

»Also«, sie legte mir die Hände auf die Schultern, um mich zu beruhigen, »das ist okay. Du hast nichts falsch gemacht. Jetzt warte hier noch einen kleinen Moment. Dann gehst du da raus und benimmst dich wie eine Frau, die keinen Fehler gemacht hat.«

»Okay.«

»Alles gut?«

»Glaub schon.«

Ava ging hinaus an den Tresen, und ich nahm mir noch einen Moment, um mich zu sammeln. Sie hatte absolut recht. Ich hatte keinen Grund, mich schuldig zu fühlen, und Davis wusste nicht, was letzte Nacht geschehen war. *Ich schaffe das.* Es konnte doch nicht so schwer sein, einen Moment nicht an Caine zu denken.

Ich holte tief Luft, drückte die Schwingtür auf und fühlte mich viel entspannter.

Bis …

… ich zu Davis blickte und neben ihm einen Mann sitzen sah. *Caine.*

Ava sah mich wie erstarrt im Türrahmen stehen und kam zu mir. Sie machte große Augen. »Wusstest du, dass einer der beiden kommen wollte?«

»Nein. Vermutlich wollten mich beide überraschen. Mist. Was zum Teufel soll ich jetzt tun?«

»Okay. Denken wir einen Moment nach. Du hast immer noch nichts falsch gemacht. Aber wenn du da rübergehst, wirst du dich garantiert ziemlich seltsam verhalten.«

»Ganz bestimmt.«

»Weiß Davis, wer Caine ist?«

Ich schüttelte den Kopf. »Nein, ich glaube nicht.«

»Was ist mit Caine?«

»Er kennt Davis von dem Foto in meiner Wohnung. Ich nehme an, dass er ihn wiedererkennen wird, falls er es nicht schon getan hat.«

»Okay, ich habe einen Plan.«

»Gott sei Dank.«

»Du musst da rübergehen und dich benehmen, als sei alles in Ordnung.«

»Wie bitte? Was ist das für ein Plan?«

»Der einzige, den du hast. Geh hinter den Tresen und sag hallo, ich bleibe in der Nähe, falls ich mich einschalten muss.«

Mein Blick sprang kurz zu den beiden Männern, und im selben Moment blickte Caine zu mir herüber. Seine Miene verriet nichts. Mir war übel. Am liebsten wäre ich hinter den Tresen gegangen, hätte mir *irgendeine* Flasche geschnappt, sie leergetrunken und mich dann durch die Hintertür verdrückt.

Ava grinste mich verschmitzt an. Sie wusste, was mir durch den Kopf ging. »Wenn es vorbei ist, können wir einen trinken. Jetzt beiß die Zähne zusammen und geh da rüber. Vielleicht wird es ja gar nicht so schlimm.«

Sie gab mir einen Bon mit einer Getränkebestellung. »Tisch drei hat einen Schickimicki-Cocktail bestellt. Damit bist du sowieso erst mal ein paar Minuten beschäftigt.«

Ich stieß einen tonlosen Fluch aus und nahm den Bon. »Bleib in der Nähe.«

Ava lächelte. »Das mach ich. Die Vorstellung lasse ich mir doch nicht entgehen.«

Ich hob drohend den Zeigefinger. »Das ist alles deine Schuld, weißt du das?«

»Meine Schuld?«

»Wenn du Blau von Braun unterscheiden könntest, hätte ich nicht dem falschen Typen die Meinung gegeigt. Dann wäre das erste Kennenlernen zwischen Caine und mir vielleicht anders verlaufen, und wir hätten alles auf einer professionellen Ebene halten können.«

Ava hakte mich unter. »Wenn das so ist: gern geschehen. Also, los.«

Hinter der Bar kümmerte ich mich um Avas Getränkebestellung und hielt mich am entgegengesetzten Ende des Tresens auf, an dem Davis und Caine saßen. Ich mied es so lange wie möglich, in ihre Richtung zu sehen, aber schließlich siegte meine Neugier, und ich stellte fest, dass die beiden mich beim Mixen beobachteten.

Ich winkte ihnen nervös zu und schüttelte viel zu lange den Shaker mit dem Drink. Dann flitzte ich den Tresen hinunter und fragte die einzigen anderen Gäste, ob ich ihnen noch etwas bringen konnte. Anschließend hatte ich nichts mehr zu tun. Vier Augen waren auf mich gerichtet, und mir blieb keine andere Wahl, als mich dem Unvermeidlichen zu stellen.

Ich holte tief Luft und ging ans andere Ende der Bar. Weil ich Davis schon begrüßt hatte, blickte ich zuerst zu Caine. »Hallo, ich wusste nicht, dass du vorbeischaust.«

Er warf einen kurzen Seitenblick auf Davis, dann sah er mir tief in die Augen. »Ja. Anscheinend hätte ich vorher anrufen und reservieren sollen.«

Mist.

Davis, der nicht wusste, wer Caine war, und auch nicht,

was sein Kommentar zu bedeuten hatte, lachte. »Ja, das ist ein Laden für alte Männer. Abends ist es hier leer. Ich komme nur wegen der hübschen Bardame.«

Caines Kiefermuskeln spannten sich an.

Ich deutete auf Davis' leeres Glas. »Möchtest du noch einen?«

»Klar.« Er zeigte auf Caine. »Und meinen Freund hier lade ich auch auf einen ein.«

Caine starrte mich an. »Nein, danke. Ich glaube, ich sollte lieber gehen.« Er stand abrupt auf und schob quietschend den Barhocker zurück. »Komm gut nach Hause, Rachel.«

Dann war Caine verschwunden. Einfach so.

»Was ist das denn für ein Typ? Offenbar ein Stammgast?«

Ich nahm Davis' Glas vom Tresen. »Er kommt ab und zu vorbei. Ich schenke dir nach.«

Am anderen Ende des Tresens wartete Ava auf mich. »Was zum Teufel ist passiert?«

»Nichts. Caine ist gegangen.«

»Weil Davis etwas gesagt hat?«

»Nein. Er ist einfach weg.«

»Dann hat er dich jetzt also allein gelassen, damit du den Abend mit einem Kerl verbringst, mit dem du früher schon mal eine Beziehung hattest und der es ein zweites Mal probieren will?«

Ich wusste, dass sie es nicht darauf anlegte, mich zu verletzen, doch sie hatte recht, und die Wahrheit tat weh. Denn genau das war passiert. Caine hatte sich aus dem Staub gemacht. Er dachte nicht daran, um mich zu kämpfen. Er wollte nichts anderes als das, was wir gehabt hatten: Sex. Alles andere war nur Wunschdenken meinerseits.

26. Kapitel

Rachel

Ich hatte kein Recht, wütend zu sein.

Doch das hieß nicht, dass ich es deshalb auch nicht war. Am nächsten Tag nach dem Seminar gab ich mir jedoch ernsthaft Mühe, meine Bitterkeit zu verbergen. Wie üblich wartete ich, bis der Saal leer war und ging erst dann hinunter, um mit Caine zu sprechen. Ich hatte vor dem Unterricht ein Tutorium gegeben, und er behielt gern die Anwesenheitslisten, um zu sehen, wer sich Mühe gab. Ich reichte sie ihm.

»Du warst zu spät.«

»Nein, das stimmt nicht. Ich war rechtzeitig hier.«

»Ich meinte das Tutorium.«

Das Tutorium hatte noch nicht einmal in dem Gebäude stattgefunden, in dem Caine unterrichtete. Und ich war nur knapp über der Zeit gewesen.

»Ich war ganze zwei Minuten zu spät. Kontrollierst du mich jetzt?«

Er starrte mich an. »Ich mag es nicht, wenn du zu spät kommst. Vielleicht solltest du deine Stunden später ansetzen, wenn du lange arbeiten musst, oder was auch immer.«

Es war das *was auch immer*, das mich hinter die unbeteiligte Maske blicken ließ, die er aufgesetzt hatte.

Ich kniff die Augen zusammen. »Hast du heute Morgen aus einem bestimmten Grund nach mir gesucht, oder wolltest du mich nur kontrollieren?«

»Sei einfach pünktlich, Rachel.«

»Beantworte meine Frage.«

Caine hatte sich von mir abgewandt und packte seine Tasche, doch jetzt hielt er inne und sah mich an. Sein Blick war düster. »Nicht hier. Dies ist kein Gespräch, das ich in meinem Hörsaal führen sollte.«

»Schön. Und wo hättest du es gern?«

Er nahm seine Tasche vom Pult. »Am liebsten überhaupt nicht.«

Ich verschränkte die Arme vor der Brust und hob die Stimme: »Dann bist du also fertig mit mir? Wolltest du mir das sagen? Denn ich bin für klare Verhältnisse. Falls es sich mit dem Vögeln jetzt erledigt hat, brauchst du es nur zu sagen.«

Wir sahen einander wütend in die Augen, und mir war klar, dass ich seine Toleranz aufs Äußerste strapazierte. Aber das war mir jetzt völlig egal.

»Neunzehn Uhr«, sagte er. »Ich komme nach meinem letzten Seminar bei dir vorbei.«

»Ich arbeite heute bis zwanzig Uhr. Anschließend komme ich bei dir vorbei.«

Keine Ahnung, welcher Teufel mich zu diesem Vorschlag trieb. Wie kam ich auf die Idee, mitten in der Nacht aufgewühlt von Manhattan nach Brooklyn zurückfahren zu wollen? Aber ich hatte meine Gefühle so wenig im Griff, dass ich mich an alles klammerte, was mir halbwegs das Gefühl gab, die Kontrolle zu haben.

»In Ordnung. Aber ich hole dich ab. Ich will nicht, dass du nachts müde Auto fährst.«

Der Rest des Tages verstrich überraschenderweise wie im Flug. Im O'Leary's war viel Betrieb, und weil ich mit Charlie und nicht mit Ava arbeitete, musste ich nicht den ganzen Tag aus meinem Leben erzählen. Kurz vor sieben – ich sprach gerade im angrenzenden Speisesaal mit Stammgästen, einem Paar – sah ich Caine hereinkommen. Mein Herz begann zu rasen.

Ich machte mir etwas vor, wenn ich so tat, als würde es mich nicht verletzen, sollte er mir erklären, dass zwischen uns nichts als Sex gewesen war. Alle Vernunft der Welt konnte mein Herz nicht daran hindern, in ein tiefes Loch zu stürzen.

Ich machte meine Tische fertig und sagte den letzten Gästen, dass sie sich jetzt an den Tresen setzen mussten. Dann ging ich zu Caine hinüber. Charlie stand in der Nähe.

»Charlie, du erinnerst dich doch noch an Caine, oder?«

Charlie streckte ihm die Hand hin. »Der Professor. West, stimmt's?«

Caine schüttelte ihm die Hand. »Richtig.«

»Haben Sie einen zweiten Vornamen?«

Caine zog die Brauen zusammen, antwortete aber trotzdem. »Ja. Maxwell – der Name meines Vaters. Warum?«

Charlie musterte mich. »Nur so. Ich möchte nur wissen, mit wem mein Mädchen seine Zeit verbringt.«

Ich rollte mit den Augen. »Achte nicht auf Charlie. Er war zwanzig Jahre lang Polizist. Für ihn ist jeder verdächtig, solange seine Unschuld nicht bewiesen ist. Ich ziehe mich um. Bin gleich zurück.«

Die Autofahrt zu Caine verlief in unbehaglichem Schweigen. Weil die Art, wie er mit dem Schaltknüppel umging, meinen Körper an Stellen in Aufruhr versetzte, an denen ich es nicht wollte, blickte ich die meiste Zeit aus dem Fenster. Als wir bei Caines Haus eintrafen, ging er um den Wagen herum, um mir die Tür zu öffnen, doch ich war schon im Begriff auszusteigen. Missbilligend fasste er meinen Ellenbogen, um mir aus dem winzigen, niedrigen Wagen zu helfen. Das Schweigen setzte sich im Fahrstuhl zu seiner Wohnung fort. Erst als wir drinnen waren, fingen wir an zu reden.

»Kann ich dir was zu trinken anbieten?«

»Ich nehme ein Wasser.« Ich kniete mich hin und begrüßte Murphy, der die Spannung zwischen uns zu spüren schien und sogar gehorchte, als Caine ihn zur Ordnung rief.

»Platz, Junge.«

Caine brachte mir eine Flasche Wasser mit und für sich selbst ein Glas Rotwein. Wieder starrte ich aus dem Fenster. Den ganzen Tag über hatte ich Zeit gehabt, mir zu überlegen, was ich sagen wollte, doch als der Moment gekommen war, waren mein aufgestauter Ärger und mein Frust verraucht. Ich fühlte mich einfach nur traurig, niedergeschlagen und müde.

Ich seufzte und blickte hinaus zu den Lichtern der Stadt. »Ich habe Davis nicht gebeten, ins O'Leary's zu kommen. Wir waren nicht verabredet oder so.«

»Ich weiß.«

Mein Blick wanderte zu Caines Spiegelbild. Er stand hinter mir. »Woher weißt du das?«

»Weil du das nicht tun würdest. Du bist keine Frau, die morgens aus dem Bett eines Mannes springt und abends mit einem anderen ausgeht.«

Ich drehte mich zu ihm um. Er wich nicht zurück und ließ mir auch keinen Platz. »Warum bist du dann gegangen, wenn du das wusstest?«

Er sah mir tief in die Augen. »Weil du mit ihm besser dran bist als mit mir.«

Ich straffte die hängenden Schultern. »Mit wem ich zusammen bin, hast du nicht zu entscheiden. Du kannst mich nicht einfach an jemand anderen weiterreichen, wenn du genug hast.«

»Das habe ich nicht gesagt, Rachel.«

»Weißt du was? *Du kannst mich mal.*«

»Rachel …«

Es klang wie eine Warnung. Aber wenn überhaupt, dann hätte ich ihn warnen sollen. Denn mir platzte jetzt der Kragen. Mein Frust hatte sich in Wut verwandelt. Es nervte mich unendlich, dass er so ruhig dastand. Es war nicht fair, dass er sich nicht aufregte. Ich wollte *unbedingt*, dass er sich so verletzt fühlte wie ich.

»Hör mir auf mit Rachel! Du hast recht. Ich bin mit Davis besser dran. Wenigstens ist er mir gegenüber ehrlich, was seine Gefühle angeht. Und im Bett war er auch ziemlich gut.«

Caine biss die Zähne aufeinander. »Bist du fertig?«

»Nein, ich bin noch lange nicht fertig. Ich fange gerade erst an. Ich glaube, den Typ mit der Beanie vögele ich am besten auch noch. Vielleicht macht er bessere Aktzeichnungen, wenn er das Original aus der Nähe sieht.«

Caines Stimme klang gepresst. »Bist du jetzt fertig? Denn wenn du kurz mal die Klappe hältst, würde ich auch gern etwas sagen.«

Ich riss die Augen auf. »Hast du mir gerade gesagt, ich soll die Klappe halten?«

Caine senkte den Kopf, sodass wir uns Auge in Auge gegenüberstanden. Durch zusammengebissene Zähne sagte er:

»Ich will mir nicht anhören, dass du mit anderen Männern vögelst. Also ja, halt mal für eine Minute die Klappe.«

»Das werde ich nicht. Ich kann …«

Caine unterbrach meine Tirade mit einem Knurren, dann presste er seine Lippen auf meine. Sein Kuss verschluckte mein erschrecktes Keuchen. Er legte die Hände auf meine Wangen, knurrte wieder, neigte meinen Kopf so, wie er ihn haben wollte, und küsste mich noch leidenschaftlicher. Mein Bauch sagte mir, ich sollte mich wehren, mich aus seiner Umarmung befreien und das Weite suchen. Aber das vergaß ich, sobald seine Zunge in meinen Mund glitt und meine liebkoste. Stattdessen legte ich all meine aufgestaute Wut in diesen Kuss.

Ich schlang die Arme um seinen Hals, riss ihn an den Haaren und klammerte mich an ihn. Caine packte meine Schenkel, hob mich hoch und drückte mich gegen die kalte Fensterscheibe. Er führte meine Beine um seine Taille und stöhnte, als er sich gegen meinen Schritt presste. Mit dem Laut verschwand alles andere.

Es gab kein Schreien mehr.

Niemanden, der mir sagte, dass ich mit einem anderen Mann besser dran sei.

Es gab nur noch ihn und mich – und diesen Kuss.

Diesen Kuss.

Uns.

Wir konnten uns nicht nah genug sein. Wir schlangen die Glieder umeinander, und sein fester Körper drückte mich gegen die Scheibe. Wir verzehrten uns nacheinander. Mein Widerstand hatte sich in nichts aufgelöst. Mir schwindelte, und ich war nicht mehr imstande, einen klaren Gedanken zu fassen, als unser leidenschaftlicher Kuss schließlich endete.

Caine keuchte, seine Stimme war heiser. »Kannst du jetzt mal einen Moment lang die Klappe halten?«

Ich schaffte es zu nicken.

»Gut.« Sein Griff um mich verstärkte sich, doch er rückte ein Stück von mir ab, sodass er mir in die Augen sehen konnte. »Ich habe gesagt, dass du mit ihm besser dran bist als mit mir. Aber du hast mich nicht zu Ende reden lassen.«

Mit angehaltenem Atem wartete ich, was er noch sagen wollte.

Caine wandte nachdenklich den Blick ab. »Gestern Abend bin ich gegangen, weil ich dachte, dass es das Beste sei. Bei mir hat noch keine Beziehung länger als ein paar Monate gehalten. Ich versaue einfach alles, was gut in meinem Leben ist.«

»Aber du hast doch nicht ...«

Caine legte zwei Finger auf meine Lippen und brachte mich zum Schweigen. Er schloss die Augen und schüttelte den Kopf. Dann öffnete er sie wieder und lachte. »Mein Gott, du hältst wirklich nie den Mund.« Er lehnte die Stirn gegen meine. »Lass mich ausreden.«

Ich nickte.

»Du magst mit ihm vielleicht besser dran sein als mit mir, aber ich bin ein egoistischer Mistkerl. So egoistisch, dass ich nicht gehe, obwohl ich es tun sollte, sondern dich frage, ob du mit mir zusammen sein willst, bis ich es versaue und du das Weite suchst.«

Ich sah ihm in die Augen und begriff, dass er jedes Wort glaubte, das er sagte. Aus irgendeinem Grund ging er davon aus, dass er es nicht wert war, eine Chance zu bekommen – und dass die Sache unvermeidlich ein schlechtes Ende nehmen musste. Ein ungutes Gefühl in der Magengrube warnte mich davor, dass ich verletzt werden würde, aber ich verdrängte es.

»Erzählst du mir, warum du glaubst, du würdest alles versauen?«

»Wegen der Vergangenheit, Rachel.«

»Dann werden wir daraus lernen. Aber das kann ich nicht, wenn ich nicht weiß, worauf ich achten muss.«

Caine blickte zwischen meinen Augen hin und her. »Wirst du diesem Volltrottel sagen, dass du nicht interessiert bist?«

Ich sah ihn fragend an. »Volltrottel?«

»Deinem ehemaligen Mitbewohner Davis.«

Ich verriet ihm nicht, dass ich ohnehin vorhatte, Davis zu sagen, dass ich nicht interessiert war. Caine sollte denken, er habe gesiegt. »Ja.«

»Gut. Über das andere reden wir später.«

Ich wollte natürlich sofort Protest einlegen. »Später? Warum können wir nicht …«

Caine brachte mich mit einem Kuss zum Schweigen. Schon wieder.

Später ist okay.

Mein Kopf lag auf Caines Brust, und ich lauschte seinem Herzschlag.

»In der Highschool hatte ich ein paar Monate lang eine Freundin. Ich habe sie betrogen.«

Er sprach leise, und ich musste mein Ohr von seinem Herzen wegbewegen, um ihn zu verstehen. Ich drehte den Kopf und stützte mein Kinn auf die Hände. Im Zimmer war es dunkel, aber meine Augen hatten sich so weit an die Dunkelheit gewöhnt, dass ich ihn sehen konnte. Wir waren beide nackt, und ich war rundum zufrieden.

»Du warst jung.«

»Mit ihrer zweiundzwanzigjährigen Schwester.«

»Wie alt warst du?«

»Siebzehn.«

»Also, das hört sich immer noch an, als wärst du jung gewesen. Sie war älter und hätte es besser wissen sollen.«

»Im ersten Collegejahr lernte ich Abby kennen. Wir waren etwa fünf Monate zusammen, als ich beschloss, ein Semester auszusetzen und mit der Band auf Tournee zu gehen. Wir waren die Vorgruppe einer Band, die kaum berühmter war als wir, aber wir dachten, wir werden Rockstars. Das war meine erste Erfahrung mit Groupies. Strenggenommen habe ich sie allerdings nicht betrogen, glaube ich. Nach sieben Wochen auf Tour rief ich sie an und sagte ihr, dass wir auch mit anderen zusammen sein sollten. Sie dachte, ich sei nur einsam, deshalb kam sie ein paar Tage später nach Seattle, um mich zu überraschen und unsere Show zu sehen. Und ihr wurde richtig was geboten, allerdings backstage, wo ich mit zwei Frauen zugange war.«

Ich zog die Nase kraus. »Ihr hattet einen Dreier?«

»Ich wusste noch nicht mal, dass Abby da gewesen war. Als sie reinkam, forderte eines der Mädchen sie anscheinend auf mitzumachen, aber das habe ich gar nicht mitbekommen.«

»Ganz schön krass.«

»Abby war wütend, trank zu viel und ist dann offenbar in ihrem Hotel auf einer Betontreppe gestürzt. Dabei verstauchte sie sich den Fuß und brach sich die Nase. Die Nacht verbrachte sie in der Notaufnahme, und am nächsten Morgen mussten ihre Eltern hinfliegen und sie abholen. Ich habe erst eine Woche später erfahren, dass sie überhaupt in der Stadt gewesen ist.«

»Das ist schrecklich. Aber ich weiß gar nicht, ob es überhaupt deine Schuld war. Es klingt, als hättest du versucht, das Richtige zu tun, als du mit ihr Schluss gemacht hast.«

»Selbst wenn ich versuche, das Richtige zu tun, kommt am Ende nur Mist dabei heraus.«

»Ich bin mir sicher, dass das nicht stimmt.«

Caine schwieg eine ganze Weile. Als er weitersprach, klang seine Stimme gequält. »Mein bester Freund Liam und ich haben die Band gegründet, als wir zwölf waren. Er war wirklich ein unglaublicher Songwriter. Das Problem war nur, dass er die besten Sachen im Vollrausch schrieb.«

»Ich habe gelesen, dass Dylan seine besten Sachen auf Heroin geschrieben hat.«

»Ja. Sex and Drugs and Rock 'n' Roll. Das ist nicht nur so ein T-Shirt-Spruch. In dem Jahr ging es mit unserer Band gut voran, und im gleichen Maße stieg Liams Drogenkonsum. Anfangs trank er ein paar Red Bulls, um wach zu bleiben und auftreten oder Songs schreiben zu können. Irgendwann wurde Aufputschmittel aus den Red Bulls, weil es leichter ist, eine Pille zu nehmen. Außerdem hatten wir Auftritte in der Nähe von Colleges, und Studenten schlucken den Mist wie Bonbons. Aber das Aufputschmittel hält einen vierundzwanzig Stunden wach, und irgendwann muss man sich ausruhen, also nimmt man eine andere Pille, um wieder runterzukommen.«

»Redest du von Liam oder von dir?«

»Ich habe es auch ausprobiert, aber längst nicht so heftig wie Liam. Damals habe ich das nicht so deutlich gesehen wie heute. Ich glaube, ich fand es normal. Die anderen Jungs und ich wussten lange Zeit gar nicht, wie schlimm es um ihn stand. Dann, eines Abends, versuchten wir, ihn für einen

Gig zu wecken, und bekamen ihn nicht wach. Als man ihm im Krankenhaus den Magen auspumpte, hatte er so viele Drogen intus – und nicht nur Pillen –, dass es ein Wunder war, dass er überhaupt noch lebte. Ich wusste nicht, dass aus den Aufputschpillen Kokain und Meth geworden waren.«

»Oh, das tut mir leid.«

»Liam machte zum ersten Mal einen Entzug, und eine Zeitlang griffen wir wieder auf Red Bull zurück. Aber es dauerte nie lange, bis er wieder die Kontrolle verlor und wir ihn wieder einliefern mussten. Während seines letzten Klinikaufenthalts bot man uns einen Plattenvertrag an. Ich hätte wissen müssen, dass das zu viel für ihn war, dass er damit nicht umgehen konnte. Zu unserem Deal gehörte, dass wir fünf neue Songs bringen mussten. Das ist ein ziemlicher Druck für jemandem, der gerade aus dem Entzug kommt.«

Ich wusste bereits, dass eines seiner Bandmitglieder an einer Überdosis gestorben war und wollte nicht, dass er es sagen musste.

»Ich habe über deinen Freund gelesen, als ich dich nach unserer ersten Begegnung gegoogelt habe. Es tut mir sehr leid.«

Caine schwieg eine ganze Weile. Er schloss die Augen, und als er sie wieder öffnete, konnte ich trotz der Dunkelheit sehen, dass sie schimmerten.

Ich strich ihm über die Wange. »Wenn jemand süchtig ist, dann kannst du ihn nicht kontrollieren.«

»Nein. Aber ich hätte ihm nicht noch zusätzlichen Druck machen dürfen. Wir hätten den Deal nicht annehmen und Liam damit belasten dürfen.«

»Hat sich Liam über den Deal gefreut?«

»Das haben wir alle. Wir waren einundzwanzig und hatten einen Plattenvertrag mit einem großen Label.«

»Was passiert ist, war nicht deine Schuld. Süchtige suchen nach Gründen, um zu rechtfertigen, was sie tun. Wäre es das nicht gewesen, wäre es etwas anderes gewesen.«

Caine seufzte. »Ich habe keine Erfolgsgeschichten vorzuweisen, Rachel. Selbst wenn ich versuche, das Richtige zu tun, setze ich es irgendwie in den Sand. Ich habe dir noch nicht mal die Hälfte von allem erzählt, was ich falsch gemacht habe. Von Liams Freundin, die einfach zu jung war, um mit einer Band auf Tour zu gehen. Und ich habe es trotzdem zugelassen. Oder als ich sechzehn war und dieses Mädchen kennenlernte …«

Ich hatte genug gehört. So wie er es vorhin bei mir getan hatte, legte ich ihm jetzt zwei Finger auf die Lippen, um ihn zum Schweigen zu bringen. »Halt die Klappe, Caine.«

Er lächelte traurig. »Du wolltest, dass ich mit dir rede.«

Ich kletterte auf ihn, setzte mich rittlings auf seine Hüften und ließ die Decke herunterrutschen, in die ich mich gehüllt hatte. »Danke, dass du das mit mir geteilt hast.«

Er packte meine Taille und drückte mich unvermittelt hoch. Dann nahm er seinen Schwanz, richtete ihn auf und platzierte ihn an meiner Pforte. »Ich habe noch mehr zu teilen.«

27. Kapitel

Rachel

Zwischen mir und Caine hatte sich seit letzter Nacht etwas verändert. Sein widersprüchliches Verhalten mir gegenüber schien vorüber zu sein. Mit dem heraufziehenden neuen Tag kam eine unbeschwerte – sogar glückliche – Version von Caine zum Vorschein.

Ich warf ihn aus der Dusche, damit ich nicht nur zwischen den Beinen und an den Brüsten eingeseift wurde, und nahm mir einen Moment Zeit, um über die neuesten Ereignisse nachzudenken. Der pulsierende Wasserstrom massierte meinen Nacken, und ich schloss die Augen.

Caine hatte sich mir geöffnet. Auf ihm lasteten eine Menge Schuldgefühle, und zwar größtenteils zu Unrecht. Von meiner Vergangenheit hatte ich ihm bislang allerdings kaum etwas erzählt. Ich wusste nicht, ob es mir jemals gelingen würde, über manche Dinge zu reden.

Schließlich riss ich mich von der Dusche los und kramte auf der Suche nach einem T-Shirt in Caines Wandschrank herum. Das begehbare Möbelstück war größer als meine Küche. Ich schnappte mir ein altes, abgetragenes Shirt mit Brooklyn-College-Aufdruck, zog es über und fuhr mir mit den Fingern durchs feuchte Haar.

Caine saß mit einem Stapel Hausarbeiten vor dem Laptop am Esszimmertisch. Er trug jene Brille, die ich so gern an ihm sah, und blickte auf, als ich durch den Flur kam.

»Ist was?«

»Mein T-Shirt. An dir sieht es besser aus.«

Als ich an den Tisch trat, schob er sofort eine Hand unter das Hemd und packte meinen Hintern.

Ich hob drohend den Finger. »Na, na, na, Professor. Es sieht aus, als hättest du zu tun.«

»Meine Lehrassistentin sollte diese Arbeiten benoten.«

»Du hast mich nicht gefragt. Das hätte ich gemacht.«

Er zog mich auf seinen Schoß und vergrub sein Gesicht in meinem Haar. »Warum benotest du sie nicht jetzt? Ich verwöhne dich mit meinen Fingern, während du den Aufsatz über die Kunst des Rhythmus liest.«

»Du bist so krass.«

Er sah zu mir hoch. »Was ist krass? Dich mit meinen Fingern zu bearbeiten? Du magst meine Finger in dir. Und meine Zunge. Und meinen Schwanz. Ich wünschte, ich hätte noch mehr Teile, die ich dort hineinstecken könnte. Ich käme nie wieder raus.«

Ich boxte ihn gegen die Brust und lachte: »Ich sterbe vor Hunger. Du musst doch für mich sorgen.«

»Wieso? Genau das wollte ich ja tun. Ich heize dich an, und dann besorge ich es dir.«

»Wie wäre es, wenn du uns etwas zu essen machst und ich die Arbeiten zu Ende benote?«

»Einverstanden. Ich finde es schrecklich, Hausarbeiten zu zensieren.«

Ich sah die Arbeiten durch, während Caine uns ein Frühstück zauberte. Es gab Eierkuchen mit Würstchen.

»Schmeckt echt lecker. Aber bei mir zu Hause hast du das Gleiche gemacht.« Ich deutete mit der Gabel auf ihn: »Sind Eierkuchen das Einzige, was du kannst?«

»Nein, du Naseweis. Ich kann viele verschiedene Gerichte kochen. Ich tue es nur nicht oft, weil es einfacher ist, auf dem Heimweg etwas mitzunehmen.«

»Ich kann nicht so gut kochen, aber ich backe superguten Kuchen und Kekse.«

»Ach ja?«

»Rose, meine Tante, die uns aufgezogen hat, war Konditorin. Um meine Schwester und mich besser kennenzulernen, hat sie anfangs, als wir bei ihr eingezogen waren, ständig mit uns gebacken.«

Caine wirkte nachdenklich. »Hatten deine Tante und dein Onkel eigene Kinder?«

»Nein, Rose konnte keine Kinder bekommen. Sie waren sogar ziemlich lange Pflegeeltern. Aber nachdem sie meine Schwester und mich adoptiert hatten, haben sie keine Pflegekinder mehr genommen. Mit Riley und mir hatten sie alle Hände voll zu tun.«

»Du hast erwähnt, dass du ein paar wilde Jahre hinter dir hast. Das hätte ich gern erlebt.«

»Nein, hättest du nicht. Die arme Rose hat die Hölle durchgemacht. Teenagerinnen sind so schlimm, die brauchen nicht mal einen Grund, um Theater zu machen. Ich war schon kein Engel, aber meine Schwester ist richtig schrecklich gewesen.«

Als ich mit Frühstücken fertig war, hatte ich eine gute Entschuldigung, um aufzustehen und das Thema zu wechseln. Ich konnte nicht gut lügen, und es war nur eine Frage der Zeit, bis Caine eine Frage in den Sinn kam, die ich nicht beantworten wollte. Ich trug unsere Teller zur Spüle und wusch sie lieber per Hand, anstatt sie in den Geschirrspüler zu stellen.

Caine trat hinter mich und küsste mich auf die Schulter. »Musst du morgen Abend arbeiten?«

»Nein. Ich habe heute die Abendschicht, und morgen arbeite ich tagsüber.«

»Ich möchte dich morgen Abend ausführen.«

»Wohin?«

»Das ist eine Überraschung.«

Ich lächelte. »Okay.«

»Mach dich schick.«

Ich spülte den letzten Teller, drehte das Wasser ab und wandte mich zu ihm um. »Wie schick?«

»So schick, wie du willst.«

Ich konnte mich nicht erinnern, wann sich zum letzten Mal etwas so richtig angefühlt hatte. Caine bemerkte mein albernes Grinsen. »Was ist denn?«

»Es fühlt sich so … richtig an.«

Er suchte meinen Blick. »Das stimmt. Obwohl ich so dagegen angekämpft habe und es gegen jede Dienstvorschrift verstößt, hat sich schon lange nichts mehr so richtig angefühlt. Vielleicht konnte ich dich deshalb nicht aus dem Kopf bekommen. Weil du da reingehörst.«

Die nächsten paar Stunden faulenzten wir aneinandergekuschelt auf der Couch und sahen uns Wiederholungen von *Law & Order* an. Ich hatte überhaupt keine Lust, dass der Tag zu Ende ging, aber schließlich musste ich Caine bitten, mich nach Hause zu fahren, damit ich mich für die Arbeit fertigmachen konnte. Wir zogen uns beide in seinem Schlafzimmer an.

Ich machte das Bett, während er Jeans und Polohemd überzog und sich die Zähne putzte. Auf dem Nachttisch war eine halbvolle Schachtel Kondome ausgekippt.

Die Schlafzimmertür stand offen, deshalb rief ich: »Wo bewahrst du die auf?«

»Was?«

»Die Kondome.«

»Im Nachttisch. Aber die kannst du draußen lassen, wenn du willst. Die verbrauchen wir sowieso bald.«

Lächelnd zog ich die Schublade auf und wollte die Schachtel hineinlegen, doch dann fiel mein Blick auf ein kleines Foto in einem Silberrahmen. Neugierig nahm ich es heraus und betrachtete es. Auf dem Bild war Caines alte Band zu sehen. Er war wahrscheinlich Anfang zwanzig gewesen und stand Arm in Arm neben einem Typen, der ungefähr dasselbe Alter hatte. Der Rest der Band hielt sich im Hintergrund.

Plötzlich tauchte Caine auf und erwischte mich auf frischer Tat mit dem Foto in der Hand. »Tut mir leid. Ich habe es gesehen, als ich die Schublade aufgezogen habe. Ich konnte nicht widerstehen, du warst so sexy.«

Die Matratze sank ein Stück ein, als er sich neben mich setzte. »War?«

Ich war erleichtert, dass er nicht sauer über meine Schnüffelei zu sein schien, und stupste ihn mit der Schulter an: »Jetzt bist du älter und gereift, also eher attraktiv als sexy«, stichelte ich.

Er nahm mir das Foto aus der Hand. »Ja?«

Ich beobachtete, wie er sich das Foto ansah und mit dem Finger darüberstrich. »Liam und ich mit der Band.«

»Ihr seht alle so glücklich aus. Warum bewahrst du es in der Schublade auf?«

»Keine Ahnung. Es gibt Tage, da kann ich es nicht gut ertragen.«

Das Gefühl kannte ich. Als ich meine erste Wohnung einrichtete, gab es Tage, an denen es mich traurig stimmte, am Foto meiner Mutter vorbeizugehen. Aber nach und nach gewöhnte ich mich daran, und irgendwann begann ich, sie jeden Morgen anzulächeln.

»Es wird leichter, wenn du es draußen behältst. Wenn du es wegpackst, verdrängst du es nur. Dann heilt es nie.«

Caine sah mich an und nickte stumm. Dann schob er die Nachttischschublade zu und stellte das kleine Foto auf den Nachttisch. »Bist du so weit?«

Ich versuchte, ihm nicht zu zeigen, wie glücklich es mich machte, dass er meinen Rat annahm. Die ersten paar Male konnte es hart für ihn sein, das Bild zu sehen, doch vielleicht war es an der Zeit dafür. Außerdem hoffte ich, dass ich hier sein und ihm helfen konnte, sich besser zu fühlen, wenn er nachts ins Bett schlüpfte.

Im Wohnzimmer nahm ich meine Handtasche und kramte nach meinem Handy, während Caine sich noch die Schuhe anzog. Ganz unten neben meinem Handy lagen ein paar lose Münzen, was mich auf eine Idee brachte. Das hatte ich schon lange nicht mehr getan.

»Einen Moment noch«, sagte ich. »Ich habe etwas im Schlafzimmer vergessen.«

Ich ging wieder zum Nachttisch, warf einen letzten Blick auf das alte Foto von Caine und Liam, schloss die Augen und wünschte mir was. Danach warf ich die beiden Kupferpennys in meiner Hand auf den Boden, damit Caine sie später fand.

Finde einen Penny und heb ihn auf, dann nimmt dein Tag einen glücklichen Lauf.

Mit einem zufriedenen Lächeln drehte ich mich um, um zurück ins Wohnzimmer zu gehen. Und rechnete überhaupt nicht damit, Caine in der Tür stehen zu sehen. Vor Schreck zuckte ich zusammen und ballte die Hand vor der Brust. »Du hast mir vielleicht einen Schrecken eingejagt.«

Caines Blick fiel erst auf die Pennys, dann sah er mir forschend in die Augen. »Was um alles in der Welt hast du da gerade getan?«

28. Kapitel

Caine

Was zum Teufel?

Seit ich Rachel an ihrer Wohnung abgesetzt hatte, war ich unruhig auf und ab gelaufen. Sie hatte gemerkt, dass etwas nicht stimmte und dass ich log, als ich behauptete, bei mir kündigte sich eine Migräne an. Ich habe nie Migräne, trotzdem war ich mir ziemlich sicher, dass das Hämmern in meinem Kopf etwas in der Art war.

Es konnte kein Zufall sein.

Kann es ein dummer Zufall sein?

Ich raufte mir die Haare. *Denk nach, West, denk nach. Wie hieß der Vater des kleinen Mädchens nur mit Nachnamen?*

Dann fiel mir die Akte in meiner Schreibtischschublade ein. Oder war sie vielleicht in dem Schrank im Büro, wo ich die alten Sachen von der Band aufbewahrte? Ich war mir sicher, dass ich eine Kopie des Polizeiberichts behalten hatte. Gott weiß, warum, nachdem meine Eltern ein Vermögen hingeblättert hatten, um die Sache aus der Welt zu schaffen und sicherzustellen, dass nichts davon in meinem Führungszeugnis auftauchte.

Ich wühlte mich durch die Akten und suchte nach dem

Bericht. Als ich den verblichenen gelben Zettel endlich fand, sah mein Büro aus wie nach einem Einbruch.

Name des Geschädigten: Benny Nelson

Nelson. Ich war mir so sicher gewesen, dass es mich erleichtern würde, wenn ich feststellte, dass er nicht Rachels Nachnamen trug, doch stattdessen tauchten nur neue Fragen auf.

Die Mutter des kleinen Mädchens war ein Jahr zuvor gestorben. Das bedeutete, dass die Kleine ungefähr neun oder zehn Jahre alt gewesen sein musste, als sie sie verlor. So alt wie Rachel, als ihre Mutter starb.

Verdammt.

Diese Ahnung. Diese verdammte Ahnung, die mich seit dem Tag nicht mehr losgelassen hatte, als wir uns zum ersten Mal begegnet waren. Ich kannte sie irgendwie, ohne genau zu wissen, woher. Wie kam ich überhaupt auf die Idee? Ich hatte das kleine Mädchen nie richtig aus der Nähe gesehen – es gab nur die vage Erinnerung an den Anblick einer Zehnjährigen auf der anderen Seite der Kirche und durch das Korbgeflecht im Beichtstuhl vor über fünfzehn Jahren. Alles war völlig unklar.

Mist.

Rachel hatte gesagt, dass ihre Tante sie großgezogen habe. Einen Stiefvater hatte sie nicht erwähnt. Allerdings hätte ich auch nicht bei einem Date darüber gesprochen, wenn mein Stiefvater ein brutaler Kinderschänder gewesen wäre.

Ich griff an dem Wein vorbei nach dem Scotch im Barfach und schenkte mir einen Doppelten ein. Es brannte, als er mir die Kehle hinunterlief, aber es tat so gut, als sollte ich in diesem Moment in Flammen stehen.

Ich nahm noch einen Schluck.

Rachel hatte erzählt, sie sei im Nachbarort aufgewachsen. *Mit einem kleinen blauen Fahrrad kommt man schnell von Pleasantville nach St. Killian.*

Noch ein Schluck.

Das kleine Mädchen hatte eine ältere Schwester.

Rachel hat eine ältere Schwester.

In ihren Teenagerjahren wurde sie verhaltensauffällig – jede, die bei einem Drecksack wie Nelson gelebt hatte, musste zerbrechen, wenn sie das alles vergessen wollte.

Ich kippte den Rest Scotch herunter, starrte aus dem Fenster und versuchte, aus meiner Erinnerung das Bild des kleinen Mädchens heraufzubeschwören. Doch es war so lange her und so weit weg.

Endlich spürte ich, wie mir der Alkohol in den Kopf stieg. Ich warf mich auf die Couch, legte den Arm hinter den Kopf und starrte an die Decke.

Wie um alles in der Welt sollte ich es herausfinden? Ich musste es wissen.

Aber ich konnte sie kaum direkt danach fragen. *Sag mal, hast du dich als Kind mit einem Priester angefreundet? Einem Mann, dem du alle deine Geheimnisse anvertraut hast?*

Ja. Das war ich. Ein bekiffter Sechzehnjähriger, der sich daran hochzog, einem kleinen Mädchen zuzuhören, das ihm von seinem beschissenen Familienleben erzählte.

Ach übrigens, bist du als Kind missbraucht worden? Oder nur deine Schwester?

Verdammt!

Verdaaammt!

Ich schleuderte mein leeres Glas in Richtung Fenster. Zum Glück prallte es an der Holzvertäfelung ab und zerschellte, ohne die deckenhohe Scheibe zu beschädigen.

Ich schloss die Augen. Meine Gedanken jagten im Kreis.
Wie finde ich es heraus?
Wie finde ich es nur heraus?

29. Kapitel

Rachel

Ich fühlte mich wie Cinderella.

Weil ich nicht wusste, was ich anziehen sollte, löcherte ich Caine, bis er mir verriet, wohin wir gingen. Ich war noch nie in der Oper gewesen. Es war süß von ihm, dass er mit mir hingehen wollte, weil er wusste, wie viel mir wegen meiner Forschung mit Umberto daran lag.

Ich hatte nichts Geeignetes zum Anziehen, deshalb borgte ich mir etwas von Ava – ein einfaches schwarzes Kleid, das vorn gekreuzt war und im Nacken gebunden wurde. Das tiefe Dekolleté enthüllte deutlich mehr, als ich normalerweise herzeigte. Ich war froh, dass Ava mich in weiser Voraussicht nicht nur mit dem Kleid, sondern auch mit doppelseitigem Klebeband nach Hause geschickt hatte.

Pünktlich um sechs klingelte es, und ich war überraschenderweise so gut wie fertig. Während Caine mit dem Fahrstuhl herauffuhr, ging ich ins Bad und schminkte mir zum Abschluss die Lippen. *Wenn schon, denn schon,* dachte ich, als ich einen knallroten Lippenstift auflegte, den ich sonst nie trug.

Nach Caines Klingeln hatte ich die Wohnungstür angelehnt gelassen, und er klopfte, bevor er eintrat.

»Rachel?«

»Ich bin sofort fertig!«

»Lass dir Zeit.«

Obwohl das eine ganz normale Antwort war, hatte ich eine Bemerkung über meine ständigen Verspätungen erwartet. In den letzten beiden Tagen war Caine nicht mehr der Alte. Er war nicht mehr so sarkastisch wie sonst, und seine Textnachrichten waren noch nicht einmal mehr versaut. Seit er mich nach unserer spektakulären gemeinsamen Nacht nach Hause gebracht hatte, waren erst achtundvierzig Stunden vergangen, doch ich vermisste bereits die Vertrautheit, die wir geteilt hatten.

Ich warf einen letzten Blick in den Spiegel. Mir gefiel, was ich sah, und ich holte tief Luft und ging hinaus, um Caine zu begrüßen. Ich war nervös – heute Abend bewegte ich mich außerhalb meiner Komfortzone und war reichlich aufgebrezelt für den Opernbesuch.

Mein Galan stand wie üblich auf seinem Stammplatz vor meiner Fotowand.

»Was meinst du?« Ich drehte mich kleinmädchenhaft im Kreis – was auch nicht gerade typisch für mich war.

Caines Miene, als er sich nach mir umwandte, war unbezahlbar. Ihm blieb der Kiefer offen stehen, und er musste sich räuspern, ehe er etwas sagen konnte: »Du siehst fantastisch aus.«

»Danke. Du siehst auch nicht schlecht aus.« Er trug einen dunklen, schmal geschnittenen Dreiteiler, der ihm auf den Leib geschneidert schien. Als ich sah, wie der Anzug seine breiten Schultern und seinen Bizeps betonte, wurde mir klar, dass er das wahrscheinlich auch war. *Äußerst elegant.* Der Anzug kleidete ihn auf eine Weise, die auf mich vermutlich die gleiche Wirkung ausübte wie Dessous auf einen Mann. Plötzlich wurde mir ganz warm in meinem ärmellosen Kleid, das oben nur aus wenig Stoff bestand.

Caine rührte sich nicht, ließ den Blick über meinen Körper schweifen und wartete darauf, dass ich zu ihm kam. Mit meinen Zwölf-Zentimeter-Stilettos brauchte ich mich zur Abwechslung einmal nicht auf die Zehenspitzen zu stellen, um ihn zu begrüßen.

»Ich sehe dich gern in einem Abendanzug. Da regt sich bei mir was untenrum.«

Er verzog grinsend das Gesicht. »Ach ja? Wir können auch zu Hause bleiben, und ich behalte ihn an, während *ich* dich untenrum errege – mit der Zunge.«

O Gott, vergesst Erdnussbutter mit Gelee. Es gibt keine bessere Kombination als ein versautes Mundwerk und einen sexy Anzug. Caine fasste meinen Nacken und küsste mich leidenschaftlich, ohne sich darum zu scheren, dass er meinen Lippenstift überall verschmierte.

Ich geriet leicht ins Wanken, als er flüsterte: »Ich liebe dein Kleid, aber ich freue mich schon darauf, es dir nachher auszuziehen.«

Ich strahlte. Wer hätte gedacht, dass ich strahlen konnte? »Ich muss mir nur noch eine andere Tasche holen, dann bin ich fertig.«

Im Schlafzimmer behob ich das Lippenstift-Chaos und trug eine neue Farbschicht auf meine vom Kuss geschwollenen Lippen auf. Dann nahm ich eine kleine schwarze, perlenbesetzte Clutch aus dem Schrank und warf das Wichtigste hinein.

»Fertig?«

»An der Wand hängen gar keine Fotos von dir als Kind.«

Weil es kaum gute Momente gab, an die ich mich erinnern möchte. »Es gibt nicht viele.« Ich zuckte mit den Schultern. »Du weißt schon, zweites Kind und so.«

Caine sah mich an. »Hast du wenigstens eins? Ich würde gern sehen, wie du als kleines Mädchen ausgesehen hast.«

»Meine Schwester hat die meisten. Aber wahrscheinlich kann ich ein paar ausgraben.«

Er nickte.

Als wir vor die Tür traten, stellte ich überrascht fest, dass Caine nicht selbst gefahren war. Er hatte für die Fahrt einen Limousinen-Service gebucht, und als wir uns dem Wagen näherten, sprang ein Fahrer heraus und öffnete die hintere Tür. Nun fühlte ich mich wirklich wie Cinderella.

»Eine Limo? Du hast echt alles gegeben. Aber ich verrate dir ein kleines Geheimnis – du hättest heute Nacht auch so bekommen, was du willst. Du musst bei mir keinen Eindruck schinden.«

Caine lächelte, schien jedoch nicht ganz bei der Sache zu sein. Ich konnte es nicht genau benennen, aber irgendwie schien er verändert. Wir unterhielten uns ganz normal. Ein Außenstehender hätte lediglich ein Paar gesehen, das schick ausgehen wollte. Doch aus irgendeinem Grund beschlich mich ein merkwürdiges Gefühl.

Auf dem Weg zur Met sprachen wir über Uni und Arbeit. Ich führte meine Beklommenheit auf meine Nervosität zurück, oder vielleicht veränderte sich auch etwas, weil wir uns nicht mehr gegen unsere Beziehung wehrten. Möglicherweise war es nur ungewohnt, das Gefühl zu haben, angekommen zu sein. Ich wusste es nicht.

In der Oper blieb uns noch eine halbe Stunde bis zum Beginn der Vorstellung, deshalb gingen wir zur Bar in der

Lobby und bestellten Getränke. Ich nahm wie üblich eine Cola light, Caine einen doppelten Scotch.

»Ist alles in Ordnung?«

»Ja. Alles gut. Warum fragst du?«

Ich zuckte die Achseln. »Nur so.«

Nachdem der erste Scotch rasch ausgetrunken war, ging er zur Bar und holte sich einen zweiten. Nur weil ich selbst normalerweise keinen Alkohol trank, bedeutete es nicht, dass ich missbilligte, wenn andere ihm zusprachen. Doch zwei Doppelte und dazu Caines Schweigen kamen mir etwas eigenartig vor.

Als die Lichter gedimmt wurden, führte uns die Platzanweiserin zu unseren Plätzen. Ich blickte mich im Theater um und sagte mir wieder, dass ich mich wahrscheinlich nur deplatziert fühlte. Obwohl ich die Musik mochte, fand ich die Vorstellung, in die Oper zu gehen, immer ein bisschen protzig. Der Laden hatte etwas von einem Designerkaufhaus – ich grinste und dachte, dass nach der Vorstellung bestimmt keine gefälschten T-Shirts vor der Tür verkauft wurden wie bei dem letzten Konzert, auf dem ich gewesen war.

Caine musste bemerkt haben, wie ich die Leute ringsum musterte. Er beugte sich vor. »Wenn ich die Jacke ausziehe und über deinen Schoß lege, kann ich dich wahrscheinlich mit meinen Fingern bearbeiten, bis du bei der Ouvertüre mitsingst.«

Die Frau, die auf der anderen Seite von Caine Platz nahm, blickte zu ihm herüber, darum sah ich ihn streng an und flüsterte: »Schhhh, nicht so laut.«

Er grinste, und als zum Beginn der Vorstellung das Licht vollständig heruntergefahren wurde, stand er auf, zog seine Jacke aus und zwinkerte mir zu. Sicherheitshalber verschränkte ich meine Finger mit seinen, als er sich wieder setzte.

Unmittelbar darauf erfüllte Musik den Saal und packte mich ganz unvorbereitet. Ich war von der ersten Note an ergriffen und wurde bis zum Schluss nicht mehr losgelassen. Ich war überwältigt – das Orchester, die mächtigen Stimmen, die Schönheit des Theaters und der Kostüme. Dass es wunderbar war, hatte ich erwartet, aber nicht, dass es mich zu Tränen rühren würde.

Als es vorbei war, war ich sprachlos. Hand in Hand gingen wir zu der wartenden Limousine.

Caine drückte meine Hand, als wir eingestiegen waren. »Und? Was meinst du?«

»Ich glaube, eine solche Magie habe ich noch nie erlebt.«

Er strich mit dem Daumen über meine Hand. »Das erste Mal ist auf jeden Fall etwas ganz Besonderes.«

»Danke, dass du mich mitgenommen hast. Ich bin froh, dass ich das mit dir zusammen erleben konnte.«

Caine lächelte. »Was hat dir am besten gefallen?«

»Ehrlich gesagt, weiß ich gar nicht, wie ich es erklären soll. Ich habe etwas gespürt, was ich so noch nie erlebt habe. Die Gefühle haben mich überwältigt – mir war, als könnte ich nichts anderes mehr spüren oder sehen.«

Er sah mich zärtlich an. »Das Gefühl kenne ich.«

Ich hatte gemerkt, dass Caine manchmal nicht die Vorstellung, sondern mich beobachtet hatte, aber ich war zu gebannt gewesen, um den Blick von der Bühne loszureißen.

»Und so seltsam es klingen mag, aber es kommt mir vor, als sei das, was ich erlebt habe, eine Form von Liebe. Zumindest das Gefühl, verliebt zu sein – wenn es einen vollkommen vereinnahmt und erfüllt, weißt du?«

»Ich dachte, du wärst noch nie verliebt gewesen?«

In diesem Moment ging mir ein Licht auf. Ich konnte die Gefühle so benennen, weil ich dabei war, mich in Caine zu verlieben. Genau wie die Oper hatte er mich von Anfang an überwältigt. Es war eine unerklärliche Verbundenheit, aber ich hatte Angst, laut auszusprechen, was mir gerade klarwurde.

Ich zuckte mit den Schultern. »Ich habe darüber gelesen.«

Caines Mundwinkel zuckten, was ich schon eine Zeitlang nicht mehr bei ihm gesehen hatte. »Du hast also darüber gelesen, hmm?«

Es kam mir vor, als könnte er in mich hineinsehen. Ich wechselte das Thema und kam wieder auf seine Ausgangsfrage zurück, was mir am besten gefallen hatte.

»Ich glaube, meine Lieblingsszene war die, in der die Mutter stirbt. Das ist irgendwie morbide, oder?«

»Was hat dir daran gefallen?«

»Die Art, wie ihr Ehemann danach gesungen hat. In seiner Stimme lagen so viel Schmerz und Gefühl. Es war völlig klar, dass er im Leben keine andere mehr lieben würde.« Ich drückte meine Hand aufs Herz, es schnürte mir schon die Kehle zu, wenn ich an diese Szene dachte. »Es hat mich an Umberto und Lydia erinnert – und an die Treue, mit der sie zu ihm hält. Sie hatten immerhin über fünfzig gemeinsame Jahre, aber dieser Typ ist noch sehr jung gewesen, und die Liebe seines Lebens starb. Es war herzzerreißend und doch wunderschön.«

Caine nickte und schien über meine Worte nachzudenken, während er aus dem Fenster auf den Straßenverkehr sah. Als sein Blick zu mir zurückkehrte, wirkte er ernst. »Hat deine Mutter nach deinem Vater nie wieder geheiratet?

Du hast nichts von einem Stiefvater erzählt, bevor du adoptiert wurdest.«

»Nein«, log ich, ohne eine Sekunde darüber nachzudenken. »Ich hatte keinen Stiefvater.« Kaum waren die Worte raus, fühlte ich mich schlecht, weil ich nicht ehrlich zu ihm war.

Doch nicht lange, weil Caine dann überraschend nach mir griff, meinen Hintern aus dem Sitz neben ihm hob und mich auf seinen Schoß zog. Die Position war nicht sehr damenhaft, schließlich hatte ich ein elegantes Kleid an, aber das war mir egal. Seine ernste Stimmung war Leichtigkeit gewichen. Sein breites Lächeln ließ die Schmetterlinge in meinem Bauch flattern.

Er verschränkte die Arme hinter meinem Rücken, damit ich nicht herunterrutschte, und sagte: »Weißt du, was wir zur Feier des Tages tun?«

Ich lachte: »Was feiern wir überhaupt?«

»Uns. Wir feiern uns.«

Der Anlass spielte keine Rolle, was zählte, war Caines Gesichtsausdruck.

»Hört sich gut an. Wie wollen wir feiern?«

»Mit Kopfhörersex.«

»Ich habe keine Ahnung, was das ist, doch da du es gesagt hast und das Wörtchen Sex darin vorkam – Ich bin dabei.«

Caine warf lachend den Kopf in den Nacken. »Das wollte ich hören.«

30. Kapitel

Rachel

Es mussten meine Nerven gewesen sein. Nach einer lustigen Autofahrt zurück zu meiner Wohnung ging es in meinem Schlafzimmer zur Sache. Caine trat am Fußende hinter mich und strich mir über die bloßen Arme.

Sein heißer Atem kitzelte meinen Hals: »Vertraust du mir?«

»Ja.«

»Mach die Augen zu.«

Ohne zu zögern, folgte ich seiner Anweisung. Er nahm die Hände von meinen Armen, und ich spürte, dass er sich hinter mir bewegte, ohne jedoch den Oberkörper von meinem Rücken zu lösen. Als ich ein zischendes Geräusch hörte, schnappte ich nach Luft. Er riss sich den Schlips vom Hals. Dann spürte ich die Seide auf meiner Wange.

»Ich werde dich all deiner Sinne berauben, damit du dich ganz auf das konzentrieren kannst, was ich mit dir mache.«

Ich hörte meine Stimme kaum, die Worte blieben mir in der Kehle stecken. »Okay.«

Caine verband mir mit dem Schlips die Augen und knotete ihn an meinem Hinterkopf zu. Ich versuchte gar nicht erst, die Augen zu öffnen, weil ich viel zu gespannt auf das war, was er mich spüren lassen wollte.

»Geht es dir gut?«, flüsterte er.

Ich nickte.

Langsam öffnete er den Reißverschluss meines Kleids. Ich weiß nicht, ob es an meiner gespannten Erwartung lag oder ob mein Gehör geschärft war, weil ich nichts sehen konnte, doch das Geräusch des Reißverschlusses setzte meinen ganzen Körper in Flammen. Meine Nippel schwollen an, und jedes Nervenende schien zum Leben zu erwachen – ich spürte meine eigene Haut.

Ganz langsam ließ Caine das Kleid an meinem Körper heruntergleiten und strich mit der Seide über meine Kurven, dann gab er mir ein Zeichen hinauszutreten. Ich spürte einen kühlen Luftzug auf meiner Haut, als er sich entfernte und mich in Dessous und Stilettos stehenließ. Ich hörte ihn im Zimmer rumoren, hatte aber keine Ahnung, was er tat. Als ich ihn wieder hinter mir spürte, legte er mir die Hände auf die Hüften und zog mich fest an sich. Dann streifte er sich das Hemd ab, und ich spürte seine feste Brust an meinem Rücken. Durch den Stoff seiner Hose drückte sich sein fester Schwanz in voller Länge gegen mein Hinterteil. Caine küsste sich an meinem Hals nach oben, bis er mein Ohr erreichte.

»Du bist so schön. Ich kann es gar nicht abwarten, in dir zu sein. Heute Nacht möchte ich dich ungeschützt nehmen – nichts soll zwischen uns sein. Ist das okay?«

Mein Ja ging halb in Stöhnen unter.

»Jetzt werde ich dir die Ohren abdecken. Ist alles okay?«

Ich nickte wieder. In diesem Augenblick hätte ich allem zugestimmt. Mein Körper vibrierte vor Verlangen. Caine schob mir etwas über die Ohren. Er hatte die geräuschisolierenden Kopfhörer von meinem Nachttisch genommen. Seine Stimme klang gedämpft, als er weitersprach.

»Ich habe dir meine Playlist eingeschaltet. Ich fange leise an, damit du dich daran gewöhnen kannst, und erhöhe langsam die Lautstärke.«

Ein instrumentaler Blues setzte ein, und Caine zog mir BH und Slip aus. Danach entledigte er sich seiner restlichen Kleidung und stellte sich hinter mich. Sein heißer Schwanz befand sich zwischen seinem Bauch und meinem Hintern. Er hob eine Seite des Kopfhörers an, und die Musik, die gerade spielte, wurde von seiner rauen Stimme unterbrochen.

»Die Schuhe bleiben an.«

Er führte mich zum Bett und legte mich dort auf den Rücken. Dann drehte er die Lautstärke der Musik auf. Ich konnte ihn weder sehen noch hören und stöhnte laut, als er begann, an meinem Nippel zu saugen. Es war derart erregend, so unvermittelt berührt zu werden und mich vorbehaltlos seinem Willen zu unterwerfen, dass ich mich aufbäumte. Anstatt mich eingeengt zu fühlen, weil ich nichts sehen oder hören konnte, empfand ich ganz im Gegenteil ein Gefühl umfassender und uneingeschränkter Freiheit.

Abzuwarten, was er als Nächstes tat, ließ sich mit nichts vergleichen, was ich je zuvor erlebt hatte. Jeder feste Griff, jedes Lecken, jedes Streicheln und jede Liebkosung meines Körpers steigerte mein Verlangen nach ihm. Ich keuchte vor Begierde, auch wenn ich mich selbst nicht hören konnte.

Caine drehte die Musik gerade in dem Moment noch lauter, als das nächste Instrumentalstück einsetzte. Es war ein langsames Stück, das kontinuierlich an Lautstärke und Intensität zunahm, und entsprechend schienen auch seine Berührungen an Intensität zu gewinnen. Er versiegelte meinen Mund mit einem leidenschaftlichen Kuss, und das Gefühl, das daraufhin tief in meiner Brust entbrannte, raubte mir den Atem. Ich gehörte ganz ihm – weil meine gesamte Umgebung ausgeblendet war, konzentrierte ich mich nur auf ihn und auf die Gefühle, die er in mir auslöste.

Er unterbrach den Kuss und rückte von mir ab. Ich spürte, dass er sich aufrichtete. Ich konnte ihn nicht sehen, aber ich war mir sicher, dass er über mir kniete und mich betrachtete. Ich stellte mir seine geweiteten Pupillen vor, die bebenden Nasenflügel und die Lust, die in seinem ausdrucksvollen Gesicht loderte. Ich hätte mich verletzlich fühlen müssen, flach auf dem Rücken liegend und mit verbundenen Augen, doch stattdessen fühlte ich mich gestärkt.

Ich streckte die Hand aus, ich wusste, dass er da war, auch wenn ich ihn nicht sehen konnte, und zog ihn zärtlich zu mir herunter. Caines Lippen strichen über meine, und er bedeckte meinen Körper mit seinem. Unter seinem Gewicht spreizte ich die Beine so weit ich konnte und lud ihn ein, in mich einzudringen. Sein Stöhnen vibrierte auf meiner Haut, als er seine Erektion in der Feuchtigkeit zwischen meinen Beinen auf und ab bewegte. Plötzlich steigerte sich die Lautstärke in meinen Kopfhörern, und Caine drang in mich ein.

Die Musik schmetterte.

Ich sah nichts als Schwarz.

Doch Gott, dieses Gefühl.

Es war das Dekadenteste, Erotischste, Wunderbarste der Welt, als Caine in mich eindrang. So viele Gefühle stürmten auf mich ein. Meine Augen füllten sich mit Tränen, als die Musik ihren Höhepunkt erreichte und Caine ganz tief in mir war und mich ausfüllte.

Ich war schon lange an der Schwelle zum Höhepunkt, und es brauchte nicht mehr viel, bis es in mir zu pulsieren begann. Caines Stöße waren fest, er bewegte sich kraftvoll und streifte bei jedem Eindringen meine Klitoris. Als ich auf den Orgasmus zusteuerte, löste sich die Welt um mich her auf. Alles fiel von mir ab, und es gab nur noch uns beide – nur noch diesen Moment.

Ich stöhnte laut auf, keuchte wieder und wieder Caines Namen, ließ mich blind von der Welle davontragen. Unsere Hüften kreisten im Gleichklang und bewegten sich zu der Musik, die uns umfing. Ich dachte, ich hätte den Gipfel bereits überschritten, doch anscheinend war das nicht der Fall. Caine stieß ein letztes Mal tief in mich hinein, und ich spürte, wie er sich heiß in mir verströmte, woraufhin ich von einer ganz neuen Welle der Lust mitgerissen wurde.

Als wir aufhörten, uns zu bewegen, war ich vollkommen erschöpft. Ich fühlte mich wachsweich, als würde ich zu einer Pfütze zusammenschmelzen, falls ich auch nur versuchte aufzustehen. Caine löste zuerst die Augenbinde, dann nahm er mir die Kopfhörer von den Ohren.

Er wartete, dass ich etwas sagte, doch das war nicht leicht. Ich hatte mich restlos verausgabt.

»Das war Wahnsinn«, stieß ich schließlich krächzend hervor.

Caines Mundwinkel zuckte – was ich aus irgendeinem unerklärlichen Grund liebte. Er strich mir mein feuchtes Haar aus dem Gesicht. »Ja.«

»Ich habe noch nie …« Mir fehlten die Worte, um zu beschreiben, was ich gerade erlebt hatte. »Mir ist noch nie … das war …«

Caine lächelte mich warm an. »Ja. Mir auch nicht.«

Ich lachte. »Ist das immer so … mit Kopfhörern und Augenbinde?«

»Keine Ahnung.«

Ich sah ihn skeptisch an. »Du hast so etwas vorher noch nie gemacht?«

»Nein.«

Mir klappte das Kinn herunter. »Wie kommt es dann, dass du es so verdammt gut kannst?«

Er lachte. »Nicht ich – wir.«

»Wir?«

»Gemeinsam. Es funktioniert einfach. Das habe ich schon an dem Abend gespürt, als wir uns zum ersten Mal begegnet sind. Ich wollte es nur nicht akzeptieren.«

Er hatte recht. Seit unserer ersten Begegnung gab es diese Verbindung zwischen uns – es war ein Funke, und wir konnten versuchen, ihn auszutreten oder aus ihm ein Feuer zu entfachen.

»Akzeptierst du es jetzt?«

Er streifte meine Lippen mit seinen und flüsterte an meinem Mund: »Eigentlich hatte ich nie eine Wahl, Wildkatze.«

Der Lärm eines klingelnden Handys riss mich aus tiefem Schlaf.

»Mist.« Ich stützte mich auf die Ellenbogen hoch und wurde sofort von einem hellen Lichtstrahl geblendet. Die Jalousien waren hochgezogen und ließen die gleißende Sonne herein. Ungehalten kniff ich die Augen zusammen und langte nach dem Handy auf dem Nachttisch.

Verpasster Anruf stand auf dem Display, als ich es endlich in die Finger bekam. Ich sah die Anruferliste durch, dann zur Uhr und wandte mich schließlich zu Caine um, der auf dem Bauch lag.

»Caine?«, flüsterte ich.

Er presste die Augen noch fester zusammen. »Mmm?«

»Es ist gleich zehn. Du hast in einer Stunde ein Seminar.«

»Nein, habe ich nicht. Meine Assistentin übernimmt heute den Unterricht für mich.«

Ich lächelte. »Deine Assistentin war heute nicht für den Unterricht eingeplant und muss ab Mittag bei ihrem anderen Job sein.«

Er stöhnte. »Meine Assistentin nervt.«

Er packte mich an der Taille, zog mich aufs Bett und stützte sich über mir ab. Seine Erektion stieß gegen mein Bein.

»Du hast …«

»Einen Ständer.«

»Ja, genau.«

»Es ist Morgen, ich bin gerade neben dir aufgewacht, und du bist nackt. Mein Körper möchte dich anständig begrüßen.«

»Wir haben keine Zeit. Du brauchst mindestens eine halbe Stunde zum Duschen und um zur Vorlesung zu kommen.«

Sein Mund suchte meinen Hals. »Ich werde mich ein bisschen verspäten.«

Ich machte große Augen. »Verspäten? Du? Professor Pünktlich darf nicht zu spät kommen!«

Caines Hand glitt an meinem Körper herunter, sein Daumen fand meinen Kitzler und fing an, ihn zu massieren. »Ich darf zu spät kommen. Meine Studenten und meine Assistentin müssen pünktlich sein.«

»Das ist scheinheilig«, sagte ich, obwohl ich den Kampf gegen seine Finger schon verloren hatte.

Er hörte auf, mich zu massieren, und grinste vielsagend. »Du hast recht. Ich muss los.«

Ich packte sein Handgelenk. »Kommt nicht in Frage, Professor. Beeil dich einfach.« Fünfzehn Minuten später hatte Caine uns beide zum Höhepunkt gebracht und bereits geduscht. Ich genoss den Anblick, als er mit nichts als einem Handtuch bekleidet seine Kleider einsammelte. Da klingelte mein Handy.

»Es ist wieder meine Schwester. Sie hat heute Morgen schon einmal angerufen und uns geweckt.«

»Sag ihr danke schön von mir.«

Ich lächelte und nahm das Gespräch an. »Hallo.«

»Hallo«, sagte sie. »Ich dachte schon, ich muss einen Suchtrupp nach dir losschicken. Ich habe ewig nichts von dir gehört.«

»Tut mir leid, ich hatte so viel zu tun. O'Leary's, die Uni und mein neuer Job als Assistentin – in diesem Semester vergeht die Zeit wie im Flug.«

»Wie läuft es mit dem Monster?«

»Dem Monster?«

»Der neue Professor, von dem du mir erzählt hast?«

Ich hatte vergessen, dass ich nach meinem ersten Tag als Caines Assistentin zum letzten Mal mit Riley telefoniert hatte. Caine knöpfte sich gerade das Hemd zu. Ich sah auf, und kurz begegneten sich unsere Blicke. »Es hat sich herausgestellt, dass er doch nicht so schlimm ist.«

Caine zog die Brauen hoch.

»Oh gut. Schön, dass es gut läuft«, sagte sie. »Du hast doch nicht etwa vergessen, dass wir heute zum Abendessen verabredet sind, oder?«

Ich hatte es total vergessen. »Wie könnte ich unser monatliches Abendessen vergessen?«

Ich schüttelte den Kopf und signalisierte Caine, dass

ich log. Er stopfte sich gerade das Hemd in die Hose und lachte.

»Ich arbeite heute bis um sieben und sollte gegen halb acht da sein.«

»Okay.«

»Alles klar. Bis nachher. Ich muss jetzt in die Dusche springen, damit ich nicht zu spät zur Arbeit komme.« Ich wollte gerade auflegen, doch da hatte ich einen spontanen Einfall. »Warte. Wäre es okay, wenn ich jemanden mitbringe?«

»Du hast einen Freund, und ich weiß nichts davon?«

»Ist noch frisch.«

»Natürlich.« Ich konnte hören, wie aufgeregt sie war. »Ich bin gespannt, ihn kennenzulernen.«

»Ich weiß aber nicht, ob er es hinkriegt. Ich schicke dir noch eine Nachricht, okay?«

»Alles klar.«

Caine war vollständig angezogen und nahm sein Handy. Er hatte ein Uber-Taxi angerufen, als er aus der Dusche gekommen war.

»Der Wagen ist gleich da«, verkündete er. »Ich muss los.«

Ich saß immer noch nackt auf dem Bett, die Decke um die Taille gezogen. Er kam zu mir und strich mit den Knöcheln über meine Nippel, dann beugte er sich herunter und küsste mich.

»Ich hole dich heute um sieben von der Arbeit ab.«

»Du gehst mit mir zu meiner Schwester?«

»So habe ich dich am Telefon verstanden.«

»Stimmt.«

»Dann treffen wir uns um sieben.«

Ich lächelte noch lange, nachdem er gegangen war. Er hatte

keine Ahnung, wie viel es mir bedeutete, dass er sich ohne Weiteres bereiterklärte, mich zu begleiten. Es fühlte sich an, als hätte unsere Beziehung eine neue Ebene erreicht, und ich war total gespannt, wie es von da aus weiterging.

31. Kapitel

Caine

An das Lächeln hätte ich mich gewöhnen können. Rachel winkte mir von dem Tisch aus zu, an dem sie gerade bediente, als ich ein paar Minuten zu früh im O'Leary's eintraf. Vor weniger als zwölf Stunden war ich erst in ihr gewesen, trotzdem spürte ich, wie mein Körper auf ihren Anblick reagierte.

Am Tresen begrüßte mich Charlie. Er schüttelte mir mit festem Griff die Hand und forderte meine Aufmerksamkeit. »Sie schwebt geradezu durch den Laden. Da läuft was zwischen Ihnen, stimmt's?«

»Wenn Sie wissen wollen, ob wir uns häufiger sehen, lautet die Antwort: ja.«

»Sie sind nicht verheiratet, oder?« Er sah mich prüfend an.

»Nein.«

»Nehmen Sie Drogen?«

»Keine Drogen.«

»Sind Sie vorbestraft?«

Ich wurde von einem Polizisten verhört – und ich hatte keine Veranlassung, etwas zu gestehen, was vor Jahren geschehen war und was niemand mehr in den Akten finden konnte.

»Keine Vorstrafen.«

Charlie bildete ein V aus Zeige- und Mittelfinger und deutete damit zuerst auf seine Augen und dann auf mich. »Ich behalte Sie im Auge.«

Plötzlich stand Rachel neben mir. »Charlie, was machst du da?«

Er nahm ein Glas aus einer vollen Kiste und fing an, die Gläser hinter dem Tresen einzuräumen. Mir gegenüber war er sehr forsch gewesen, doch bei Rachel wurde er lammfromm.

»Ich habe mich nur mit dem Professor unterhalten.«

Sie sah ihn aus schmalen Augen an. »Nur *unterhalten*, hm? Kein Verhör?«

Charlie sah mir direkt in die Augen. »Wir haben gerade von den Yankees gesprochen. Der dritte Baseman hat was abgekriegt, als er ein Home abstauben wollte. Er hätte auf dem dritten bleiben sollen, bis ihm der Coach die Freigabe gibt. *Stimmt's*, Professor?«

Rachel wirkte zu Recht misstrauisch.

»Sicher, Charlie«, sagte ich.

Ich weiß nicht, ob sie Charlies Quatsch wirklich glaubte oder ihn einfach ignorieren wollte. Jedenfalls war ich froh, dass sie jemanden hatte, der auf sie aufpasste.

»Tisch drei ist gleich fertig«, meldete sie Charlie. »Ich habe denen gesagt, sie sollen bei dir bezahlen.« Dann sah sie auf die Uhr. »Ava ist noch nicht hier. Soll ich bedienen? Tisch fünf hat Vorspeisen bestellt, sich aber noch nicht fürs Hauptgericht entschieden.«

»Ich mach das schon. Ihr zwei könnt verduften.«

»Bist du sicher?«

Charlie zeigte mit dem Daumen in Richtung Tür. »Ab mit euch beiden. Ich will nicht, dass die Leute deinen Professor-

Freund sehen und denken, dass das hier jetzt so ein Yuppie-Laden wird.«

Ich lachte. »Schönen Abend, Charlie.«

Rachels Schwester wohnte in Queens, und es herrschte dichter Feierabendverkehr. Rachel war ungewöhnlich still, als wir im Stau auf der Schnellstraße standen.

»War heute auf der Arbeit viel los?«

»Nein. Eigentlich ist es eher ruhig gewesen.«

Dann blickte sie wieder stumm aus dem Fenster.

»Liegt dir etwas auf der Seele?«

Sie rutschte auf ihrem Sitz herum. »Da ist etwas, das ich dir über meine Schwester erzählen sollte.«

»In Ordnung.«

»Sie ist drogenabhängig. Also, sie macht eine Therapie. Aber das heißt wohl trotzdem, dass sie drogenabhängig ist, denn einmal süchtig, immer süchtig, sagt man doch? Auch wenn man seit fünf Jahren keinen Alkohol getrunken hat, empfindet man sich immer noch als Alkoholiker. Gibt es überhaupt einen Moment, ab dem man sich nicht mehr so sieht? Wie ist das eigentlich mit diesen Medaillen, die man bekommt – vielleicht gibt es eine, die bedeutet, dass man trocken ist? Bedeutet jede dieser Medaillen etwas anderes? Ich dachte, es geht um die Zeit, die man durchgehalten hat – eine Medaille für einen Monat und eine für ein Jahr? Aber vielleicht …«

Sie hatte ohne Punkt und Komma geredet. Wenn sie Sätze nicht zu Ende brachte, war es ein Zeichen dafür, dass sie nervös war. Ich unterbrach sie: »Rachel?«

»Was denn?«

»Du redest und redest. Es macht mir nichts aus, wenn deine Schwester drogenabhängig ist. Es würde mir auch dann nichts ausmachen, wenn deine Schwester nicht auf Entzug wäre. Ich werde sie nicht verurteilen. Willst du immer noch, dass ich mitkomme?«

»Ja.«

Ich nahm ihre Hand, führte sie an den Schaltknüppel und legte meine darüber. »Dann ist es ja gut.«

Ich sah aus den Augenwinkeln, wie sie die Schultern etwas entspannte. Sie blickte gedankenverloren aus dem Fenster, dann wandte sie sich wieder zu mir um.

»Wegen ihrer Sucht hat sie das Sorgerecht für ihren Sohn verloren.«

»Das tut mir leid.«

»Sie darf ihn nur zweimal pro Woche sehen und das auch nur unter Aufsicht. Ihr Exmann hat sie vor ein paar Jahren verlassen und ihren Sohn mitgenommen.«

»Ihren Sohn? Ist das Kind nicht von ihrem Exmann?«

»Nein. Das ist eine lange Geschichte. Aber als sie Adam bekommen hat, war sie noch jung.«

Ich drückte ihre Hand. »So etwas kommt vor, Rach. Eine Suchterkrankung ist hart.« Gott weiß, seit Liam wusste ich das aus erster Hand.

»Ich weiß. Ich wollte es dir nur sagen.«

»Danke, dass du mir das anvertraut hast.«

Auch wenn ich es ehrlich meinte, als ich sagte, dass ich keine Vorurteile ihrer Schwester gegenüber hätte, hatte ich sie mir völlig anders vorgestellt. Als wir ankamen, erwartete ich, dass uns ein Junkie die Tür öffnete – ausgemergelt und ungepflegt, in einer kleinen Wohnung, womöglich mit schlechten Zähnen. Doch die Frau, die uns begrüßte, war alles andere als das. Sie war eine ältere Version von Rachel. Sie sah gesund aus, lächelte und umarmte mich zur Begrüßung.

»Wie schön, dich kennenzulernen. Meine Schwester hat mir gar nichts von dir erzählt.«

Rachel lachte. »Hör nicht auf sie. Sie ist ein kleiner Klugscheißer.«

»Dann habt ihr beide ja einiges gemeinsam, abgesehen von eurem Aussehen.«

Riley schloss die Tür hinter uns und grinste von einem Ohr zum anderen. »Ich mag ihn jetzt schon.«

Wenn man die Wohnung betrat, stand man gleich in der Küche, und wir unterhielten uns eine Weile, während sich Riley um das Abendessen kümmerte, das auf dem Herd stand. Im Hörsaal war es heute höllisch heiß gewesen, deshalb hatte ich während der Vorlesung ziemlich viel Wasser getrunken und musste mich jetzt erleichtern.

»Entschuldigt, ich muss mal auf die Toilette.«

Riley rührte am Herd in einem Topf und wies den Flur hinunter. »Klar. Am Wohnzimmer vorbei, den Flur entlang, erste Tür links. Im Grunde lebe ich in einem Eisenbahnwaggon, du kannst es nicht verfehlen.«

Ich bemerkte eine Wand mit Bilderrahmen, ähnlich der in Rachels Wohnung, blieb jedoch nicht stehen, um sie anzusehen, sondern ging zuerst ins Bad. Auf dem Rückweg sah ich, dass die meisten Fotos immer denselben kleinen blonden Jungen in unterschiedlichem Alter zeigten. Weil ich vermutete, dass es sich um Rileys Sohn Adam handelte, blieb ich nicht stehen, falls es ihr schwerfiel, über ihn zu sprechen.

Ich hatte den Flur mit den Bildern schon fast durchquert, als mir ein Foto von zwei kleinen Mädchen auf einer Wiese ins Auge fiel. Das kleinere Mädchen war vermutlich drei oder vier Jahre alt, das ältere circa acht oder neun – unverkennbar Rachel und ihre Schwester.

Ich blieb stehen und sah mir das jüngere Mädchen genauer an. Das Foto war alt und körnig, aber irgendetwas daran ließ bei mir die Alarmglocken schrillen. Ich richtete mich auf und starrte es an.

»Sie hat stets darauf bestanden, sich den Pferdeschwanz selbst zu binden. Immer saß er schief, aber sie beharrte darauf, es selbst zu tun.« Riley stellte sich neben mich vor die Fotowand und reichte mir ein Glas. »Das ist Eistee.«

Ich nahm das Glas, ohne den Blick von dem Foto zu lösen. Irgendetwas an dem Bild kam mir überaus vertraut vor. Natürlich auch, weil sich Rachel gar nicht so sehr verändert hatte – doch es steckte noch mehr dahinter. Ich ließ den Blick über die Wand schweifen.

»Hast du noch andere Fotos von euch beiden?«

Rachel gesellte sich zu uns. »Du hast neulich schon nach einem Kinderfoto von mir gefragt.« Sie stieß mich scherzhaft mit der Schulter an. »Wenn dir Riley jetzt peinliche Fotos von mir zeigt, will ich aber auch Kinderfotos von dir sehen.«

Ich glaube, ich nickte, aber sicher war ich mir nicht. Ich war noch ganz auf Rachels kleines Gesicht auf dem Foto konzentriert. Kurz darauf kehrte Riley mit einem Fotoalbum zurück.

»Na los, ich zeig dir, wie pummelig meine Schwester als Baby war. Unsere Mom hat sie gern nackt fotografiert, wenn sie sie im Waschbecken gebadet hat. Rachel hatte Grübchen, aber nicht im Gesicht.«

Wir setzten uns zu dritt auf die Couch, ich zwischen den beiden Schwestern, und Riley blätterte durch ein altes Fotoalbum. Sie deutete auf ein Bild, das, wie ich vermutete, Riley mit der neugeborenen Rachel auf dem Arm zeigte. »Ich habe sie gehasst, als Mom sie mit nach Hause brachte. Sie hat alle Aufmerksamkeit von mir abgezogen.«

Rachel pflichtete ihr bei. »Meine Mutter hat ihr gesagt, dass sie kleine Gegenstände von mir fernhalten soll, weil ich daran ersticken könnte, und sie hat immer Pennys in meine Wiege geworfen.«

»Stimmt gar nicht.« Riley drehte sich zu mir um und zwinkerte. »Es sind Vierteldollarmünzen gewesen. Die waren sowieso zu groß, als dass sie daran hätte ersticken können.«

Ich versuchte, interessiert zu wirken, aber etwas nagte an mir. Ich wusste, was es war, aber ich redete mir ein, dass nur meine Fantasie mit mir durchging. Und trotzdem ließ es mich nicht los. Riley blätterte fast durch das ganze Album – auf so gut wie allen Fotos war Rachel noch ziemlich klein.

»Es gibt nicht mehr viele Fotos von uns, seit Rachel ungefähr fünf oder sechs war. Damals wurde unsere Mutter krank.«

»Rachel hat mir davon erzählt. Mein Beileid.«

Riley nickte. »Danke. Die zwei Jahre nach ihrem Tod, bevor wir zu den Martins gezogen sind, waren sowieso keine guten Zeiten. Davon wollten wir keine Fotos haben.«

»Mir war gar nicht klar, dass ihr nach dem Tod eurer Mutter nicht gleich bei eurer Tante und eurem Onkel eingezogen seid. Habt ihr bei einer Pflegefamilie oder so gelebt?«

Rachel und Riley sahen einander an, ein stiller Austausch, dann antwortete Rachel: »Nein, nach Moms Tod haben wir bei unserem Stiefvater gelebt.«

Ich sah sie an. »Sagtest du nicht, deine Mutter hat nicht wieder geheiratet?«

Riley sah zwischen uns beiden hin und her und klappte das Fotoalbum zu. »Wir tun beide lieber so, als hätte es ihn nie gegeben.« Sie stand auf. »Ich sehe mal nach der Soße.«

Als Riley weg war, nahm Rachel meine Hand. »Es tut mir leid. Ich wollte dich nicht anlügen. Es ist nur … meine Schwester hat recht. Es ist leichter, so zu tun, als ob es keinen Benny gegeben hätte.« Sie sprach leise. »Er war kein guter Mensch.«

Benny.

Verfluchter Benny.

Der Name traf mich wie ein Schlag in den Magen.

Ich wusste nicht, wie ich das Essen durchstehen sollte. Immer wieder sah ich heimlich zu Rachel hinüber, und jedes Mal sah ich das kleine Mädchen aus dem Beichtstuhl. Obwohl ich es vorher überhaupt nicht gesehen hatte, war es jetzt vollkommen klar. Plötzlich ging mir der einzige freie Blick nicht mehr aus dem Kopf, den ich vor all den Jahren heimlich quer durch die Kirche auf sie gehabt hatte. Jedes Mal, wenn ich sie ansah, starrte ich in das niedliche, kleine Gesicht der Zehnjährigen.

Ich riss mich aus meinen düsteren Gedanken und merkte erst jetzt, dass mich Rachel besorgt ansah. Abrupt schob ich den Stuhl zurück und stand auf.

»Entschuldigt mich einen Moment.«

Ich ging wieder ins Badezimmer und starrte mein Spiegelbild an. Auf meiner Stirn und auf der Oberlippe standen Schweißperlen. Ich hatte noch nie eine Panikattacke gehabt, doch ich war mir ganz sicher, dass es sich genauso anfühlte. Das Herz hämmerte in meinem Brustkorb, und schon simples Luftholen kostete mich Mühe. Ich beugte mich über das Waschbecken und konzentrierte mich ein paar Minuten lang nur auf das langsame Ein- und Ausatmen, dann spritzte ich mir Wasser ins Gesicht.

Ich wusste nicht genau, wie lange ich mich im Badezimmer eingeschlossen hatte, doch als ich herauskam, wartete Rachel im Flur auf mich.

»Ist alles okay mit dir?« Sie legte mir die Hand an die feuchte Stirn. »Du siehst gar nicht gut aus.«

»Ja. Es geht mir auch nicht besonders. Es hat heute im Hörsaal angefangen. Ich dachte, es sei die Hitze, aber es muss irgendein Virus sein.«

»Oh, das tut mir leid. Was kann ich tun? Möchtest du etwas Ginger-Ale oder einen kalten Lappen? Vielleicht solltest du dich einen Moment aufs Sofa legen.«

»Schon okay. Aber ich glaube, ich sollte gehen.«

»Oh. In Ordnung. Verstehe. Ich sag nur eben Riley Bescheid und hole meine Tasche.«

»Nein«, sagte ich, wahrscheinlich etwas zu schnell.

»Nein?«

»Du solltest bleiben. Ich will dir den Abend nicht verderben. Kann dich deine Schwester nach Hause fahren?«

»Ich denke schon …«

»Tut mir leid. Wir sehen uns morgen im Seminar, in Ordnung?«

»Ja, okay.«

Obwohl sie behauptete, dass alles in Ordnung sei, sagte Rachels Gesichtsausdruck etwas anderes. Ich wusste nicht, ob sie mir meine vorgetäuschte Krankheit abnahm, aber ich musste hier unbedingt raus.

Ich entschuldigte mich rasch und verabschiedete mich von Riley, dann ging ich nach draußen. Ich war dermaßen neben der Spur, dass ich mich fragte, ob es eine gute Idee war, mich hinters Lenkrad zu setzen. Als ich zu Hause ankam, merkte ich, dass es wirklich eine schlechte Idee gewesen war. Ich konnte mich nicht einmal mehr an die Fahrt von Rachels Schwester zu mir nach Hause erinnern.

Ich schenkte mir einen starken Drink ein, tigerte eine Zeitlang auf und ab und erinnerte mich an das letzte Mal, als ich das kleine Mädchen aus der Kirche gesehen hatte. An jenen Tag, als ich ihr bis nach Hause gefolgt war. Nach allem, was geschehen war, hatten sich meine Eltern ins Zeug gelegt, um mich zu beschützen und ihren Einfluss bei Gott und der Welt, bei Lokalpolitikern und der Polizei geltend gemacht. Vieles von dem, was sich an jenem Tag zutrug, war inzwischen verblasst – nur eines nicht: Ich hatte das kleine Mädchen, das ich jetzt als Rachel kannte, monatelang belogen, anstatt alles zu tun, um sie so schnell wie möglich aus dieser Hölle zu befreien.

32. Kapitel

Rachel

Nach zehn Minuten begann die Seminargruppe unruhig zu werden. Ich schrieb Caine eine Nachricht und beschloss, lieber mit dem Unterricht zu beginnen, weil die Studenten sonst jeden Moment gegangen wären. Ich hatte ein ungutes Gefühl. Er hatte mir noch nicht auf die Nachricht geantwortet, die ich ihm letzte Nacht geschrieben hatte, als ich von meiner Schwester nach Hause gekommen war. Dabei konnte ich sehen, dass er sie gelesen hatte.

Eine Zeitlang trug ich den Unterrichtsstoff vor, dann machte ich eine Pause, um den Studenten ein paar Musikstücke zur späteren Analyse vorzuspielen. Als die Musik den Raum erfüllte, checkte ich hinter dem Pult mein Handy. *Nichts*. Doch auch die Nachricht aus dem Hörsaal war als gelesen markiert.

Zuerst machte ich mir Sorgen, dass Caine viel kränker geworden und vielleicht sogar in ein Krankenhaus gefahren war. Aber wenn er meine Nachricht lesen konnte, warum konnte er dann nicht auch antworten?

Das Seminar sollte neunzig Minuten dauern, doch nach etwa einer Stunde war ich derart unkonzentriert, dass ich den Unterricht vorzeitig beendete. Caine würde bestimmt etwas dagegen einzuwenden haben, aber das war momentan mein kleinstes Problem.

Besorgt wählte ich seine Nummer schon, bevor alle den Hörsaal verlassen hatten. Es klingelte einmal, dann sprang die Mailbox an.

Wenn ein Handy ausgeschaltet war, sprang sofort die Mailbox an. Wenn jemand das Gespräch nicht annehmen konnte, klingelte es erst einige Male, bevor man auf die Mailbox weitergeleitet wurde. Aber wenn die Mailbox nach nur einem einzigen Klingeln ansprang, hatte der Angerufene das Gespräch abgewiesen. *Was sollte* das *denn?*

Ich hinterließ eine Nachricht. »Caine, hier ist Rachel. Ich mache mir Sorgen um dich. Du hast nicht auf meine Nachrichten reagiert und bist nicht zum Seminar gekommen. Kannst du mir bitte sagen, ob alles okay ist, damit ich nicht anfange, wie eine Verrückte alle Notaufnahmen der Stadt abzutelefonieren?«

Am liebsten wäre ich zu seiner Wohnung gefahren, um dort nach ihm zu sehen, doch ich musste in einer Stunde bei der Arbeit sein. Die Zeit reichte nicht, um hin- und wieder zurückzukommen. Der Dienstag war außerdem der einzige Tag, an dem ich allein arbeitete. Ich schloss für Charlie den Laden auf, weil er immer dienstags Vorräte einkaufte und pünktlich wie eine Bahnhofsuhr das Grab seiner Frau besuchte. Ich wollte ihn dabei unter keinen Umständen nur deshalb stören, weil mein Freund nicht ans Telefon ging.

Sind wir überhaupt zusammen? Auf der ganzen Fahrt ins O'Leary's analysierte ich alles, was irgendwie mit Caine zu tun hatte. Es fehlte nur noch ein kleiner Schluckauf, und ich wäre zum paranoiden Nervenbündel geworden. Als ich schließlich parkte, war ich mit meinen Mutmaßungen wieder ganz am Anfang angelangt. Der Mann ging mir nicht aus dem Weg – er fühlte sich einfach nicht gut. Doch als ich auf mein Telefon sah, erwies sich diese Theorie leider als hinfällig.

Caine: *Es geht mir besser. Danke, dass du den Unterricht für mich übernommen hast.*

Das war alles? Keine verdammte noch so kurze Erklärung? Die Anspannung, die den ganzen Morgen über auf meinem Magen gelegen hatte, entlud sich in Zorn. Ich verdiente mehr als das. Ich warf mein Handy in die Tasche, schloss die Vordertür des O'Leary's auf und absolvierte wie ferngesteuert die routinemäßigen Handgriffe, um den Laden zu öffnen. Ich schaltete das Licht und den Ofen hinten ein, räumte die Geschirrspülmaschine aus und brachte das erste Riesentablett mit Gläsern nach vorn, die ich hinter dem Tresen aufbaute. Dann zählte ich das Geld in der Kasse. Um Punkt zwölf schaltete ich das »Geöffnet«-Schild ein. Dann kontrollierte ich erneut mein Telefon. Nichts.

Die Stunden schleppten sich nur so dahin. Um vier Uhr kam Ava – eine Stunde, bevor ihre Schicht begann –, um mich zu besuchen. Inzwischen war ich dermaßen geladen, dass ich jeden Moment platzen konnte. Sie setzte sich an den Tresen. Am anderen Ende saß noch ein weiterer Gast, ein pensionierter Polizistenfreund von Charlie, der nicht viel sagte und nur jede Stunde ein neues Bier verlangte.

»So, dann lebst du also noch?«, sagte sie. »Ich dachte schon, der böse Professor hätte dich vielleicht zu Tode gevögelt.«

Als Ava meine Miene sah, machte sie ein mitfühlendes Gesicht. »Oh nein. Was ist passiert? Hat dich das Arschloch etwa beschissen? Wenn er verheiratet ist, mach ich ihn fertig.«

Ich seufzte. »Nein, nichts in der Richtung.«

»Was dann?«

»Wenn ich das nur wüsste.«

Dann lud ich meinen Frust bei meiner armen Freundin ab und erzählte ihr haarklein, was in den letzten paar Tagen passiert war. Okay, nicht alle Details – das mit dem Wahnsinnssex behielt ich für mich –, aber alles, was irgendwie wichtig sein konnte.

»Meinst du, er hat kalte Füße bekommen, weil du ihn zu Riley mitgenommen hast? Manche Männer haben unfassbare Ängste, wenn man sie der Familie vorstellen will. Sie meinen, es sei der letzte Schritt, bevor man sie mit Gewalt vor den Traualtar schleift.«

»Das könnte es vielleicht sein … aber eigentlich glaube ich das nicht. Er hat nicht eine Sekunde gezögert oder sich irgendwie angestellt, mich zu begleiten. Und in den ersten zehn Minuten nach unserer Ankunft war noch alles in Ordnung.«

»Was ist in der Zeit zwischen eurer Ankunft und dem Moment passiert, als er sagte, dass es ihm nicht gutgeht und er abgehauen ist?«

»Eigentlich nichts. Ich bin im Kopf alles immer wieder durchgegangen. Wir saßen im Wohnzimmer und haben uns Fotoalben angesehen.«

Ich starrte ins Leere und rief mir ins Gedächtnis, wie wir drei – Riley, Caine und ich – auf dem Sofa gesessen hatten. Fotos. Zöpfe. Moms Tod. Benny. Eigentlich klar, dass es schon reichte, seinen Namen auszusprechen, damit etwas schiefging. Dann stieg ein Verdacht in mir auf. Konnte es sein, dass Caine sauer war, weil ich wegen des Stiefvaters gelogen hatte? Es war doch vollkommen unbedeutend; ich konnte mir nicht vorstellen, dass es *das* war.

»*Familienfotos*? Er ist abgehauen, weil er sich unter Druck gesetzt fühlte.«

»Aber ich habe ihn nicht unter Druck gesetzt. *Er selbst* hat nach einem Kinderbild von mir gefragt.«

»Das spielt keine Rolle.« Sie zuckte mit den Achseln. »Er hat eine Bindungsphobie.«

»Ich kann mir wirklich nicht vorstellen, dass das der Grund ist.«

»Okay, dann war ihm vielleicht wirklich schlecht? Vielleicht ist er bei deiner Schwester auf die Toilette gegangen, hatte schlimmen Dünnpfiff und wollte die Toilette nicht verstopfen.«

Ich rümpfte die Nase. »Musst du das so ausmalen?«

Ava zuckte mit den Schultern. »Soll ich nun schönreden, warum er weggelaufen ist, damit du so tun kannst, als hätte er keine Bindungsprobleme, oder nicht?«

Ehrlich gesagt wollte ich einfach nur dieses beunruhigende Gefühl loswerden. Falls Caine Bindungsprobleme hatte und von einem Besuch bei meiner Schwester kalte Füße bekommen hatte, konnte ich damit umgehen. Ich wollte einfach nur ehrliche Antworten.

33. Kapitel

Caine – fünfzehn Jahre zuvor

Es war das vierte Mal, dass sie auf dem Heimweg am Straßenrand anhielt, um Blumen zu pflücken. Ihr Leben schien aus einem Riesenberg Problemen zu bestehen, und trotzdem hatte sie ein Auge für Schönes inmitten von Wildkräutern und hohen Gräsern.

Ich blieb mindestens zwei Blocks hinter ihr, und sie schien mich nicht zu bemerken. Was mir deutlich machte, dass ich meinem kleinen Lämmchen ins Gewissen reden musste, mehr auf ihre Umgebung zu achten. Jeder Psychopath hätte sie verfolgen können.

Nun ja …

Nach gut drei Kilometern bog sie schließlich in eine Auffahrt ab. Das Haus war eigentlich ganz hübsch. Ich hatte mir einen schäbigen Trailer am Ende einer unbefestigten Straße vorgestellt, Laken vor den Fenstern, hohes Unkraut, das den Ort unbewohnt aussehen ließ – vermutlich drei oder vier verrostete Autowracks im Vorgarten. Aber die Auffahrt, in die sie abbog, war gepflastert und führte zu einem gepflegten, kleinen Einfamilienhaus. Der Rasen war gemäht, die Vorhänge an den Fenstern waren zurückgezogen, und die Nachbarn nebenan kümmerten sich um ihren eigenen Kram.

Der einzige Wagen in der Auffahrt war wenige Jahre alt und hatte hinten einen von diesen christlichen Fischsymbol-Aufklebern. Ganz anders als erwartet.

Ich beobachtete, wie das kleine Mädchen hinter dem Haus verschwand und kurz darauf ohne ihr Fahrrad zur Vordertür kam. Ohne zu zögern, ging sie hinein.

Anschließend blieb ich eine gute halbe Stunde und sah mich um. Zum ersten Mal fragte ich mich, ob sie sich vielleicht alles nur ausdachte. Vielleicht hatte sie eine blühende Fantasie. In mir regten sich erste Zweifel, aber mein Bauchgefühl sagte mir, dass sie keine Märchen erzählte. Ich warf einen letzten, langen Blick auf das ganz normale Haus und machte mich auf den Heimweg. Wenigstens brauchte ich nicht lange zu warten, bis ich mehr erfuhr – wenn sie morgen tatsächlich ihre Schwester mitbrachte.

Ich wartete sechs Stunden. Kurz nach ein Uhr mittags fand ich mich damit ab, dass sie heute nicht kommen würde. Bevor ich ihr gestern nach Hause gefolgt war, hatte ich nicht eine Sekunde daran gezweifelt, dass etwas vor sich ging. Aber jetzt, nachdem ich ein ganz normal aussehendes Haus in einer normalen Wohngegend gesehen hatte, beschlichen mich Zweifel. Andererseits sah Ted Bundy auch verdammt normal aus. Stöhnend erhob ich mich von der hinteren Kirchenbank, auf der ich an jenem Morgen drei Messen nacheinander gehört hatte, ohne dabei die Tür aus den Augen zu lassen. Ich wusste nicht, was ich tun sollte, aber ich kannte mein Ziel.

Vier Blocks von ihrem Haus entfernt merkte ich, dass ich tanken musste. Weil ich außerdem einen Schlachtplan entwickeln musste, hielt ich an einer Tankstelle mit Rundum-

Service und Minimarkt. Als ich gerade zum Bezahlen hineingehen wollte, meine Hand lag bereits auf der Klinke, nahm ich aus dem Augenwinkel etwas wahr, das meine Aufmerksamkeit erregte. Am Rand des Tankstellengeländes parkte ein Wagen, der mir verdammt bekannt vorkam – es war dasselbe Auto wie das, das gestern in der Auffahrt vor dem Haus des kleinen Mädchens gestanden hatte.

Benny ist ein verdammter Automechaniker.

Ich ging zu dem Wagen und warf einen Blick auf das Heck. Und siehe da – dort war das christliche Fischsymbol. Als ich zum Minimarkt hinüberschaute, sah ich, dass sich dort eine Werkstatt mit zwei Einfahrten befand. Eine der beiden Türen war geschlossen, die andere stand etwa einen halben Meter offen. Man konnte deutlich sehen, dass Licht brannte.

Ich drückte mich im Minimarkt herum und tat, als würde ich die Rückseite einer Chipstüte studieren, während zwei andere Kunden bezahlten. Als ich mit der Kassiererin allein war, ging ich mit einer Getränkedose und einem Schokoriegel zur Kasse.

»Ist die Werkstatt noch geöffnet? Bei meinem Auto klappert etwas. Es wäre gut, wenn sich das jemand ansieht.«

Sie blickte auf. »Wir haben seit zwölf geschlossen. Aber ich glaube, Benny ist noch da.«

Mein Körper ging in Alarmbereitschaft. »Danke. Gibt es da ein Büro oder so etwas?«

Die Kassiererin deutete auf eine Hintertür. »Gehen Sie einfach durch diese Tür. Er ist wahrscheinlich in einer der Boxen.«

Mit jedem Schritt, den ich in die halbdunkle Garage machte, wurde mein Atem tiefer. Auf einem roten Werkzeugkasten lag ein Schraubenzieher. Ich nahm ihn und steckte ihn in die Gesäßtasche meiner Jeans.

»Hallo?« In der Werkstatt standen vier Autos, aber es sah nicht so aus, als sei jemand da.

Da steckte ein Mann seinen Kopf unter der Motorhaube eines Autos hervor, das in der nächsten Box stand, und erschreckte mich fast zu Tode.

»Was kann ich für dich tun?«

Ich starrte ihn an. Ich hatte keinen Plan.

Er zog einen Lappen aus der Tasche, wischte sich damit die Hände ab und kam einen Schritt näher. »Wir haben geschlossen. Ich muss nach Hause zu meinen Mädchen. Falls du Probleme mit deinem Wagen hast, gibt es noch eine Werkstatt etwa eine Meile nördlich von hier.«

Seine Mädchen.

»Sind Sie Benny?«

»Ja. Und wer bist du?«

Ich musste ihn irgendwie aus der Reserve locken. Mir kam eine zündende Idee. »Ich bin mit Ihrer Tochter befreundet.«

Nun hatte ich seine Aufmerksamkeit. Seine gesamte Haltung änderte sich. Er hörte auf, sich die Hände zu wischen, und sah mir in die Augen. »Meine Tochter darf keinen Freund haben.«

»Warum das?«

Er verzog das Gesicht. »Weil sie eine kleine Schlampe ist.«

Wir hatten auf entgegengesetzten Seiten des Wagens gestanden, doch jetzt kam er um das Fahrzeug herum auf mich zu.

»Du schnüffelst meiner Tochter hinterher? Ich gebe dir einen guten Rat. Du willst doch sicher ein nettes Mädchen.

Die … die ist nicht gut. Fünfzehn Jahre alt und schon jetzt nichts als Ärger.«

»Lassen Sie die Finger von den beiden.«

Kurz wirkte Benny wie vor den Kopf gestoßen. Er kam mir nicht weiter entgegen. Dann breitete sich langsam ein böses Grinsen auf seinem Gesicht aus. Mir lief es kalt den Rücken hinunter. Ich starrte in das Gesicht eines Monsters.

»Du bildest dir ein, etwas zu wissen? Na, dann spuck's mal aus.«

»Sie stehen auf kleine Mädchen. Sie schleichen sich nachts in das Zimmer des älteren Mädchens und drohen ihr, nur ja still zu sein, weil Sie sonst mit ihrer kleinen Schwester dasselbe machen. Halten Sie sich von den beiden fern, oder ich gehe zur Polizei.«

Er kniff nachdenklich die Augen zusammen, als versuchte er, ein Puzzle zusammenzufügen. Nachdem ihm das offenbar gelungen war, setzte er ein teuflisches Grinsen auf. Sein Tonfall passte zu dem bösartigen Gesicht.

»Du hast etwas damit zu tun, dass die beiden eine Tasche gepackt haben und weglaufen wollten, oder?«

Ich schwieg.

Er kam einen Schritt näher. »Nach gestern Abend laufen die nirgendwo mehr hin. Ich habe den beiden eine Lektion erteilt, genauso, wie ich dir eine Lektion erteilen werde.« Benny griff in die Tasche seines Overalls und holte eine kleine Fernbedienung heraus. Ohne den Blick von mir zu lösen, richtete er sie auf die halb geöffnete Garagentür, die sich daraufhin schloss. Ich folgte seinem Blick, als er diesen auf ein Tablett mit Werkzeugen richtete, das in seiner Reichweite stand. Von da an verlief alles wie in Zeitlupe.

Er griff nach einem Schraubenschlüssel.

Ich zog den Schraubenzieher aus der Gesäßtasche.

Ich machte mir vor Angst fast in die Hose, aber dann stieß er einen Satz hervor: »Besorg dir deine eigene verdammte Muschi.«

34. Kapitel

Caine

»Was guckst du so?«

Murphy legte den Kopf auf meinen Schoß und sah mit seinen großen braunen Augen zu mir hoch. Ich kraulte ihn an seiner Lieblingsstelle hinter den Ohren, und er stieß einen langen Seufzer aus.

»Herrje, du hast vielleicht Mundgeruch, Alter.« Wenigstens vermutete ich, dass es Murphys war.

Ich klappte den Laptop zu, nahm die Brille ab und rieb mir die Augen. Wie zum Teufel sollte ich ihr das erklären? Ich hatte mich zwei Tage in meiner Wohnung eingeigelt, nicht geduscht, kaum gegessen und fühlte mich am Boden zerstört. Rachel musste begriffen haben, dass ich Schluss machen wollte, denn seit gestern schickte sie mir keine Nachrichten mehr.

Als ich zum hundertsten Mal überlegte, es ihr niemals zu sagen, merkte ich, wie verrückt ich eigentlich nach ihr war. Die Entscheidung wäre nicht so schwer, wenn ich nicht dermaßen viel zu verlieren hätte. Und verlieren würde ich sie auf jeden Fall. Wie sollte sie mir jemals vertrauen, wenn sie herausfand, dass wir uns schon vor fünfzehn Jahren gekannt hatten? Dass ich sie monatelang belogen hatte? Dass ich mich als jemand ausgegeben hatte, der ihr heilig war – ein Priester, dem sie vertraute –, und dass ich sie durch das Gitter hindurch Woche für Woche manipuliert hatte?

Wenn ich ihr das erzählte, würde ich sie verlieren. Zum Teufel, ich könnte niemandem vertrauen, der so etwas durchgezogen hatte.

Aber wenn ich es ihr nicht erzählte, baute alles, was wir hatten und noch haben konnten, auf weiteren Lügen auf.

Ich versuchte aus Eigennutz zu rechtfertigen, warum ich es ihr nicht sagen sollte. Redete mir ein, dass ich sie zum zweiten Mal verletzte, wenn ich ihr die Wahrheit sagte. Ich wusste, dass ich ihr etwas bedeutete. Ich würde alte Wunden aufreißen, mit denen sie ganz bestimmt nicht wieder konfrontiert werden wollte. Weshalb schlafende Hunde wecken?

Doch eine Sache ließ mir keine Ruhe: Ich wollte mich nicht bei den Männern einreihen, die sie enttäuscht hatten. Sie verdiente etwas Besseres als das. *Mist.* Sie verdiente jemand *Besseren* als *mich.* Ich raufte mir die Haare.

Sollte ich die Wahrheit sagen, sie verlieren und ihr dabei auch noch wehtun?

Sollte ich ihr ins Gesicht lügen und versuchen, trotz der Lüge, die zwischen uns stand, einfach weiterzumachen?

Obwohl ich mir darüber zwei Tage lang sinnlos den Kopf zerbrochen hatte, wusste ich tief im Inneren, dass mir im Grunde gar keine Wahl blieb. Ich konnte sie nicht weiterhin anlügen.

Der einzige Trost war, dass es ihr nicht mehr so schwerfallen würde, sich von mir zu lösen, wenn sie mich erst hasste. Dann war es wenigstens für einen von uns leichter. Und es war egoistisch von mir, die Dinge weiter hinauszuzögern.

Ich griff genau in dem Moment nach meinem Handy, als

das Display aufleuchtete. Wir hatten seit über vierundzwanzig Stunden keinen Kontakt mehr gehabt, deshalb war das Timing ihrer Nachricht unschlagbar.

Rachel: *Wie wär's mit ein bisschen Hühnersuppe? Ich könnte nach der Arbeit bei dir vorbeikommen.*

Ich zögerte und blickte eine Weile auf mein Handy. In der Todeszelle zu leben war das eine, den Exekutionstermin zu kennen etwas anderes. Noch bevor ich den Mut fasste zu antworten, kam eine zweite Nachricht.

Rachel: Ich habe um acht Feierabend.

Ich wollte nicht, dass sie nachts wütend oder aufgewühlt Auto fuhr. Es war an der Zeit, dass ich mich zusammenriss.

Caine: *Ich komme gegen neun zu dir.*

Nachdem ich geduscht hatte, machte ich einen langen Spaziergang mit Murphy, um den Kopf freizukriegen und etwas Zeit totzuschlagen. Wir hatten anderthalb Blocks zurückgelegt, als mir plötzlich eine Idee kam.

»Was meinst du? Sollen wir heute Nachmittag eine Spritztour mit dem Auto machen?«

Murphy wedelte mit dem Schwanz, was ich als ein Ja nahm. Wenn ich mich noch länger in meiner Wohnung einigelte, verlor ich den Verstand. Ich musste raus und auf andere Gedanken kommen. Also konnte ich den Tag nutzen, um jemandem etwas Gutes zu tun …

Eine Stunde später betraten wir das Hauptgebäude von Regency Village. Ich hatte vorher angerufen, um mich zu vergewissern, dass es okay war, wenn ich vorbeikam, und die Schwester versprach, Lydia und Umberto meinen Besuch anzukündigen. Lydia wartete im Empfangsbereich. Ihre Augen strahlten, als sie mich mit Murphy sah.

Sie bückte sich, um ihn zu streicheln. »Er sieht genauso aus wie unser Max.«

»Das ist Murphy. Ich dachte, Umberto freut sich über einen Besuch.«

»Wenn Sie wüssten! Das ist für ihn bestimmt das Highlight des Tages, wahrscheinlich des Jahres. Ganz egal, wo er mit seinen Gedanken ist, den verdammten Hund vergisst er nie.« Lydia blickte sich um. »Sind Sie mit Rachel gekommen?«

»Nein, ich bin allein. Ich war in der Gegend, und da dachte ich, wir schauen mal vorbei«, log ich.

»Wie nett von Ihnen, Professor West.«

»Bitte nennen Sie mich Caine.«

»Also Caine.« Sie lächelte und nickte, dann hörte sie auf, Murphy zu streicheln, und stand auf. »Umberto macht gerade ein Nickerchen. Er müsste bald aufstehen. Ist es Ihnen recht, wenn wir einen Spaziergang machen? Es klingt vielleicht eigenartig, aber ich würde zu gern die Leine halten und auf dem Gelände spazieren gehen. Mein Mann und ich haben nach dem Abendessen immer mit Max eine Runde gedreht, danach gab es bei uns Tee und Kekse.«

»Selbstverständlich.« Ich reichte Lydia die Leine und bot ihr meinen Arm an. Sie akzeptierte beides, und wir gingen nach draußen und machten einen Spaziergang unter blauem Himmel.

»Sagen Sie, Caine, sind Sie verheiratet?«

»Nein.«

»Ein gut aussehender junger Mann wie Sie mit einem so lieben Hund – die Frauen müssen Ihnen doch zu Füßen liegen.«

Ich hatte noch nie gern über eine Frau gesprochen, mit der

ich zusammen war – nicht einmal im College, wenn die anderen Typen ihre Klappe nicht halten konnten. Aber zum Teufel!

»Es gibt eine Herzensdame, aber ich habe etwas Dummes getan und alles vermasselt.«

»Ach? Das tut mir leid. Möchten Sie darüber reden? Ich habe über fünfzig Jahre Eheerfahrung. Vielleicht kann ich Ihnen helfen, es wieder hinzukriegen.«

»Das lässt sich nicht so leicht wieder einrenken.«

Lydia schwieg einige Zeit. »Lieben Sie die Dame?«

Ich hatte es bisher vermieden, diese Frage zu beantworten. Aber Lydia zu belügen war aus irgendwelchen Gründen schwerer, als mich selbst zu belügen. Ich nickte.

»Ich glaube schon. Aber ich habe keine Ahnung, wann es passiert ist.«

Sie lächelte. »So ist das. Eines Tages dreht man sich um, und es ist einem sonnenklar. Als wäre es schon immer da gewesen, und man wäre nur zu blind gewesen, um es zu sehen. Dadurch zeichnet sich die wahre Liebe aus – wir kennen weder Anfang noch Ende.«

Na toll. Kein Ende absehbar. Genau, was ich hören musste, bevor mir Rachel den Laufpass gibt.

Mein deprimierter Gesichtsausdruck war Lydia offenbar nicht entgangen. Sie drückte meinen Arm. »Machen Sie sich keine Sorgen, mein Lieber. Alles wird gut. Wer liebt, kann Fehler verzeihen.«

»Vielleicht gibt es Fehler, die man nicht verzeihen kann.«

»Haben Sie mit ihr über den Fehler gesprochen, den Sie begangen haben?«

Ich schüttelte den Kopf.

»Wir machen alle Fehler. Für das Leben gibt es keine Gebrauchsanweisung. Eine Frau, die Sie liebt, wird Ihnen den Fehler verzeihen. Aber wenn Sie ihn ihr verheimlichen oder sie anlügen, ist es kein Fehler mehr – dann ist es eine Entscheidung.«

»Um ehrlich zu sein, gehe ich ihr seit ein paar Tagen aus dem Weg, weil ich weiß, dass sie die Wahrheit verletzen wird.«

»Tja, die Wahrheit ist leider manchmal schmerzhaft. Nach über fünfzig Ehejahren macht jetzt eine andere Frau meinen Ehemann glücklich. Es ist nicht immer leicht. Aber auf lange Sicht ist es besser, jemanden mit der Wahrheit zu verletzen, als ihn mit Lügen glücklich zu machen. Dann kann man sich entscheiden, mit der Wahrheit weiterzugehen. Mit Lügen kommt man nicht von der Stelle.«

Es stimmte durchaus, dass Lydia in ihren fünfzig Ehejahren eine Menge Lebenserfahrung gesammelt hatte. Meine letzten Zweifel, ob ich Rachel wirklich die Wahrheit sagen sollte, waren endgültig ausgeräumt. Ich nahm Lydias Hand und drückte sie. »Umberto hat großes Glück.«

Umbertos Gesichtsausdruck, als er Murphy sah, gehörte zu den schönsten Dingen, die ich je im Leben erlebt hatte. Ich ärgerte mich, dass ich Rachel nicht mitgenommen hatte. Sie wäre begeistert gewesen, und wie gern hätte ich das Lächeln in ihrem Gesicht gesehen.

Umbertos andere Dame war heute nirgends zu sehen. Lydia ging neben Umberto in die Hocke, der strahlte und lachte, als er Murphys Kopf kraulte. Mein treuloser vierbeiniger Freund zog alle Aufmerksamkeit auf sich. Ich hielt mich zurück und sah den dreien eine Weile zu. Dann ließ ich sie eine Zeitlang für sich. Wenigstens eine Entscheidung, die ich heute getroffen hatte, war richtig.

Auf der einstündigen Rückfahrt vom Besuch bei Umberto und Lydia dachte ich über den bevorstehenden Abend nach. Dann lieferte ich Murphy zu Hause ab, duschte und überlegte, wie ich mein Geständnis so formulieren konnte, dass ich nicht wie ein totales Arschloch dastand.

Ich hatte mich sogar davon überzeugt, dass ich es schaffen konnte – bis ich an ihrem Haus eintraf. Auf einmal wusste ich nicht einmal mehr, wie ich anfangen sollte. Es war wieder, als hätte ich gerade erst erfahren, wer sie war. Alle Überlegungen, alle sorgsam zurechtgelegten Worte schienen sich zu verflüchtigen, als ich aus dem Auto stieg und zu ihrem Fenster hinaufsah.

Es war ein ungewöhnlich warmer Herbstabend mit einer angenehmen Brise, und sie hatte das Fenster geöffnet. Im Schlafzimmer brannte Licht, das Rollo war fast ganz heruntergezogen, und ich konnte mich nicht überwinden weiterzugehen und starrte nach oben. Als ihre Silhouette am Fenster erschien, blieb mir fast das Herz stehen. Ich sah ihr Profil, denn sie blickte nicht in meine Richtung. Zunächst blieb sie ruhig stehen und schaute in den Himmel, doch dann sah ich, wie sie sich mit einer Hand ans Handgelenk griff und mit ihrer Armbanduhr spielte.

Ja, ich bin auch nervös, Wildkatze. Ich habe dich tagelang leiden lassen, das tut mir leid.

Um unser beider willen musste ich es hinter mich bringen. Einmal noch atmete ich kräftig durch, dann ging ich endlich auf die Haustür zu. Es dauerte lange, bis der Fahrstuhl kam, und noch länger, bis er im Kriechtempo den zweiten Stock erreichte. Als ich hinaustrat, standen mir Schweißperlen auf der Stirn. Der Weg bis zu ihrer Wohnungstür fiel mir unglaublich schwer.

Ich klopfte, wartete mit den Händen in den Taschen und blickte dabei auf meine Schuhe hinunter. Dabei sprach ich ein leises Gebet – die Ironie der Situation entging mir nicht.

Rachel öffnete die Tür, und sofort verkrampfte sich mein Magen. In ihrem grünen Sommerkleid mit schmalen Trägern, die ihren wunderbaren, langen Hals zur Geltung brachten, sah sie schöner aus als je zuvor. Ihr wildes schwarzes Haar war offen und auf eine Seite gebürstet, und ich konnte mich kaum beherrschen, mich zu ihr hinunterzubeugen und diesen Hals zu liebkosen. Normalerweise schminkte sie sich zurückhaltend, nicht so heute. Ihre vollen Lippen schimmerten hellrot, die Wimpern waren voll und dunkel, dazu hatte sie einen dunklen Eyeliner aufgetragen, der ihre mandelförmigen Augen noch größer wirken ließ. Ich war traurig darüber, dass ich diese Lippen womöglich nicht noch ein letztes Mal küssen durfte.

Ich hob den Kopf, und als sich unsere Blicke trafen, geriet mein Herzschlag außer Kontrolle. *Ich war in sie verliebt.* In diesem Moment hätte ich nichts lieber getan, als ihr das zu gestehen. Aber ich wollte nicht, dass meine Worte, wenn ich sie zum ersten Mal aussprach, von dem nachfolgenden Gespräch überschattet wurden. Ich konnte nur hoffen, dass ich eines Tages noch die Gelegenheit bekam, es zu sagen.

»Hallo, Rachel.«

35. Kapitel

Rachel

»Hallo.«

Caine sah mich seltsam an – so als sähe er mich gar nicht richtig, obwohl er mir direkt ins Gesicht schaute.

»Caine?«

Er blinzelte ein paarmal. »Entschuldige. Du siehst wunderschön aus.«

»Danke.« Ich machte ihm Platz, damit er eintreten konnte, und registrierte, dass er mich nicht zur Begrüßung küsste. Ich versuchte, dem keine Bedeutung beizumessen, doch es ließ meine ohnehin schon vorhandene Nervosität zu regelrechter Panik anwachsen.

Als Caine die Wohnung betrat, wurde es noch merkwürdiger – es war schlimmer als bei einem Blind Date. Ich stand in einem Zimmer, in dem mir dieser Mann noch vor kurzem Frühstück gemacht hatte, und dennoch wirkte er jetzt wie ein völlig Fremder.

»Wie geht es dir?« Ich versuchte, ein Gespräch in Gang zu bringen.

»Besser. Danke. Es tut mir leid, dass ich so überstürzt bei deiner Schwester aufgebrochen bin und es ihr überlassen habe, dich nach Hause zu bringen.«

»Schon in Ordnung. Ich verstehe das. Es ging dir nicht gut.«

Caine nickte und vergrub die Hände in den Hosentaschen. Wieder herrschte eine Weile betretenes Schweigen, schließlich räusperte er sich: »Hör mal, Rachel, wir müssen reden.«

»Okay. Wollen wir uns nicht setzen? Möchtest du etwas trinken?«

»Nein danke, ich möchte nichts.«

Er folgte mir ins Wohnzimmer. Ich setzte mich ans eine Ende der Couch, sodass genug Platz für ihn blieb, doch er zog es vor, den Sessel zu nehmen.

Caine betrachtete seine Füße, dann fuhr er sich mit der Hand durchs Haar. Obwohl ihm dieser wirre Look ziemlich gut stand, kam es mir vor, als habe er diese Geste in den letzten Tagen sehr oft gemacht – und zwar nicht, um gut auszusehen. Er atmete hörbar aus, dann fing er an zu reden: »Ich kann eine Beziehung nicht mit einer Lüge beginnen.«

O Gott. Meine kleine Lüge über Benny war mir nicht mehr aus dem Kopf gegangen, seit ich mit Ava über Caines verändertes Verhalten gesprochen hatte. Mir war schlecht. Aber ich wollte nicht zulassen, dass mir dieser Unmensch noch mehr wegnahm.

»Es tut mir leid, dass ich gelogen habe. Es ist nur … es fällt mir nicht leicht, darüber zu sprechen.«

Caine wollte etwas sagen, doch ich fiel ihm ins Wort, und wie immer, wenn ich nervös war, sprudelte es nur so aus mir heraus: »Ich habe behauptet, dass ich keinen Stiefvater hatte, weil ich wünschte, es wäre so gewesen. Ich versuche, so zu tun, als hätte es ihn nie gegeben. Nach dem Tod meiner Mutter hat er mich und meine Schwester misshandelt.«

Caine biss die Zähne zusammen. »Hat er *dich* misshandelt?«

Ich nickte und senkte den Blick. »Aber anders als meine Schwester. Er …«, selbst nach fünfzehn Jahren brachte ich die Worte kaum über die Lippen, »… er hat meine Schwester sexuell missbraucht. Ich war noch zu jung.«

»Also hat er dich nicht angefasst?«

Ich schüttelte den Kopf. »Nicht so, wie er meine Schwester angefasst hat.«

Caine wirkte erleichtert. »Gott sei Dank.«

»Aber da wir gerade dabei sind, die Wahrheit zu sagen – ich habe dir noch eine kleine Lüge erzählt. Die Narbe auf meinem Rücken stammt nicht daher, dass als ich als Kind vom Baum gefallen bin. Die verdanke ich meinem Stiefvater. In der Nacht, bevor uns die Polizei herausgeholt hat, kam er früher nach Hause als erwartet. Riley packte gerade, weil wir uns am nächsten Morgen endgültig Hilfe holen wollten. Benny tobte durch mein Zimmer und entdeckte auch meine gepackte Tasche. Er drehte völlig durch und trat uns mit der Stahlspitze von seinen Stiefeln. Daher stammt die Narbe auf meinem Rücken.«

Ich hatte mich jahrelang standhaft geweigert, wegen allem, was damals geschehen war, zu weinen. Doch wenn ich davon erzählte, waren die Erinnerungen an jene Nacht noch immer lebendig. Ich sah meine Schwester, die sich in mein Zimmer schlich und meine Wunden versorgte, nachdem Benny eingeschlafen war. Kalte Tränen flossen mir über das heiße Gesicht.

»Meine Schwester hat die Wunde mit Pflastern zugeklebt, aber sie hätte wahrscheinlich mit einem Dutzend Stichen genäht werden müssen.«

Caine kniete sich vor mich. Ich beugte den Kopf und vergrub das Gesicht an seiner Schulter, um meine Gefühle zu verbergen.

»Es tut mir so leid, Rach. Es tut mir so leid. Das wusste ich nicht.«

Nachdem die Schleusen erst einmal geöffnet waren, konnte ich die Sturzbäche nicht mehr zurückdrängen. Dass Caine mich hielt, gab mir zum ersten Mal seit langer Zeit das Gefühl, beschützt genug zu sein – um weinen zu können. Und ich weinte und weinte und ließ alles aus mir heraus. Ich wusste gar nicht, woher das alles kam, aber das Weinen wurde zu einem erbärmlichen Schluchzen, das mir den Atem raubte. Caine saß still da und hielt mich, er strich mir übers Haar und sagte immer wieder, wie leid es ihm tue. Als ich mich schließlich beruhigte, richtete ich mich auf und sah, dass auch ihm Tränen in den Augen standen.

»Tut mir leid, dass ich die Fassung verloren habe. Ich habe noch nie jemandem von dieser Nacht erzählt, außer der Sozialarbeiterin, die uns am nächsten Tag abgeholt hat. Dass meine Schwester sexuell missbraucht wurde, habe ich sogar noch nie laut ausgesprochen.« Ich blickte Caine in die Augen. »Und deshalb habe ich dich belogen und gesagt, dass meine Mutter nie wieder geheiratet hat. Es ist leichter, so zu tun, als hätte sie es nie getan. Als hätte es all diese Jahre nie gegeben.«

Caine sah furchtbar traurig aus. Zögernd fragte er: »Seid ihr am Tag, nachdem er euch das angetan hat, zu einer Sozialarbeiterin gegangen?«

»Sie ist zu uns gekommen. Benny hat sich am nächsten Tag in der Werkstatt geprügelt. Deshalb kam die Polizei mit einer Sozialarbeiterin zu uns.«

»Geprügelt?«

»Ja. Er war sehr aufbrausend. Um meiner Schwester willen wünschte ich, es wäre schon früher passiert. Wir hatten beide so viel Angst, mit jemandem darüber zu sprechen. Aber als die Sozialarbeiterin kam, hat sie gemerkt, dass etwas nicht stimmt. Benny wurde in ein Krankenhaus gebracht, und wir kamen zu meiner Tante. Schließlich hat meine Schwester der Sozialarbeiterin erzählt, was los war, und Benny wurde gleich im Krankenhaus verhaftet. Noch in der Untersuchungshaft ist er an einem Herzinfarkt gestorben.« Ich zuckte mit den Schultern. »Und dann ging das Leben einfach weiter. Unsere Tante adoptierte uns, und wir haben nicht mehr zurückgeblickt.«

»Es tut mir so leid, Rachel.«

Halb lachte und halb schniefte ich. »Hör auf, das zu sagen. Es ist nicht deine Schuld. Ich wollte nur erklären, warum ich gelogen habe, weil ich weiß, dass du dich darüber aufgeregt hast. Und von jetzt an würde ich gern wieder so tun, als ob es Benny nie gegeben hätte. Geht das?«

Caine schien widersprechen zu wollen. Er öffnete den Mund, schloss ihn und öffnete ihn dann wieder. Doch schließlich nickte er.

Nachdem ich mir im Bad die verlaufene Schminke aus dem Gesicht gewaschen hatte, fühlte ich mich, als sei mir eine Last von den Schultern genommen. Dasselbe konnte ich von Caine leider nicht behaupten. Es kam mir vor, als hätte ich meine Last auf ihn übertragen, indem ich ihm alles erzählt und mich bei ihm ausgeweint hatte. Wir beschlossen, den Fernseher einzuschalten und uns bei einem Film zu entspannen, doch wenn ich zu ihm hinübersah, wirkte er tief in Gedanken versunken.

Als der Film zu Ende war, dachte ich, im Schlafzimmer würde vielleicht wieder alles normal werden. Doch als ich sagte, dass ich müde sei und ins Bett wolle, überraschte mich Caine mit der Ankündigung, dass er bei sich zu Hause schlafen müsse. Er habe früh am nächsten Morgen eine Besprechung.

Als ich ihn zur Tür brachte, war das beunruhigende Gefühl zurück. »Ist zwischen uns alles in Ordnung, Caine?« Es widerstrebte mir, diese Frage zu stellen, weil ich wirklich nicht bedürftig klingen wollte. Aber ich hatte bereits zwei schlaflose Nächte hinter mir und wusste, dass ich wieder nicht einschlafen konnte, wenn er ohne ein klärendes Wort ging. Caine legte die Hände auf meine Wangen. »Du bist die wunderbarste Frau, die ich jemals kennengelernt habe. Vergiss das nie, Rachel.« Dann strich er mit den Lippen über meine und wünschte mir eine gute Nacht.

Als er weg war, lehnte ich den Kopf gegen die geschlossene Tür. Die Stimmung war liebevoll – insbesondere nach allem, worüber wir geredet hatten –, doch warum fühlte es sich dann so an, als ob Caine sich von mir verabschiedet hatte?

36. Kapitel

Caine

Nach Rachels Zusammenbruch hatte ich es einfach nicht übers Herz gebracht, ihr alles zu erzählen – zumindest redete ich mir das ein. Ich verschwieg es ihr zu ihrem eigenen Besten und nicht etwa, weil ich ein egoistischer Idiot war und mir der Mumm fehlte.

Doch nachdem ich eine Woche lang mit mir gerungen hatte, sah ich ein, dass ich dasselbe mit ihr machte wie damals in ihrer Kindheit. Ich hielt sie hin, ohne etwas zu unternehmen, weil ich mir meiner Sache nicht sicher war.

Nur dass ich damals ein verwirrter Teenager gewesen war und jetzt ein Mann, auch wenn ich mich weiß Gott nicht so benahm. Ich war Rachel fast jeden Abend aus dem Weg gegangen, außer im Hörsaal, wenn mir keine andere Wahl blieb. Sie wusste, dass etwas nicht stimmte.

»Was ist mit dir los?«, fragte meine Schwester und nahm meinen Teller. Sie hatte an diesem Nachmittag wieder einen Arzttermin gehabt, weshalb ich mich um die Kinder gekümmert hatte. Evelyn musste sich in einer extremen Notsituation befunden haben, dass sie noch einmal auf mich zurückgriff, nachdem ich beim letzten Mal fast eines der Kinder umgebracht hatte.

»Nicht viel.«

Sie ging in die Küche, dann setzte sie das Verhör fort. »Blödsinn. Ich merke doch, dass etwas nicht stimmt.«

»Wie das?«

Sie warf mir einen strengen Blick zu. »Erstens: Du bist noch hier. Wenn du sonst für mich die Kinder hütest, flitzt du aus der Tür, sobald ich zurückkomme, als wäre es irgendwie ansteckend, eine Familie zu haben.«

Da war was dran, aber ich versuchte, es abzutun, und zuckte mit den Schultern. »Ich hatte Hunger, sonst nichts.«

Sie taxierte mich. »Wo ist die Frau, die du letztes Mal mitgebracht hast? Die Mädchen haben eine ganze Woche lang von ihr geredet. Rachel, oder?«

»Woher soll ich das wissen?«

»Erzähl mir keinen Mist. Als du ihren Namen gehört hast, hast du gleich ein anderes Gesicht gemacht.«

»Das bildest du dir ein.«

»Wirklich?« Sie beugte sich vor. »Rachel.« Ihre Stimme wurde lauter. »Rachel. Rachel. Rachel.«

»Ich finde, du solltest zusätzlich zu den anderen Arztterminen auch zu einem Psychologen gehen.« Ich erhob mich und räumte den Tisch fertig ab, um etwas Abstand zwischen den Bullterrier und mich zu bringen.

Meine Nichten waren längst mit einem Karton Hörnchennudeln und Bastelkleber verschwunden und ungewöhnlich leise, während sie im Wohnzimmer Nahrungsmittel auf Papier klebten. Wo waren die kleinen Plappermäuler, wenn man sie brauchte, um ein Gespräch zu stören?

Meine Schwester räumte das Geschirr in die Maschine, und überraschenderweise schwieg sie. Ich hätte mir denken können, dass sie nur neue Munition sammelte.

Sie drückte den Geschirrspüler zu, dann drehte sie sich um, lehnte sich dagegen und nagelte mich in der Küche fest, als ich gerade die letzten Teller wegstellen wollte.

»Was hast du ausgefressen?«

»Was soll das heißen?«

»Entweder hat sie mit dir Schluss gemacht, oder du hast einen Fehler begangen. Das merke ich. Und weil du normalerweise richtig sauer wirst, wenn dich jemand verarscht, lehne ich mich mal weit aus dem Fenster und tippe, *du* hast Mist gebaut.«

Verdammt. Sie ist gut. Ich seufzte. »Ich habe mir ganz schön was eingebrockt.«

»Willst du darüber reden?«

»Eigentlich nicht.«

»Okay. Und wie willst du sauber aus der Sache herauskommen?«

»Das kann ich nicht, ohne ihr wehzutun.«

»Hast du sie betrogen?«

»Nichts in der Richtung.«

Evelyn betrachtete mich einen Moment nachdenklich. »Hör mal, kleiner Bruder, du belastest dich mit vielen Dingen, für die du nichts kannst. Du fühlst dich verantwortlich. Meinst du wirklich, dass es so schlimm ist, was du getan hast?«

Wenn es um mich ging, war Evelyn parteiisch und zu keinem objektiven Urteil fähig. Als ich nichts erwiderte, schüttelte sie den Kopf und fuhr fort: »Du bist ein guter Mensch. Ganz egal, was da los ist – ich weiß, du wirst das Richtige tun. Ich kann mir nicht vorstellen, dass du absichtlich jemanden verletzt, der dir etwas bedeutet.«

In einer Sache hatte meine Schwester recht. Ich hatte nie

die Absicht gehabt, Rachel wehzutun. Oder auch Liam. Aber ich traf im Laufe der Jahre eine Menge falscher Entscheidungen, unter deren Folgen andere zu leiden hatten. Bei Liam erkannte ich nicht, dass der Druck zu groß war, dass die Band und der Plattenvertrag ihn überforderten – bis es zu spät war. Bei Rachel hätte ich noch an dem Tag, an dem sie zum ersten Mal in den Beichtstuhl gekommen war, jemandem von meinem Verdacht erzählen sollen. Doch stattdessen belog ich ein unschuldiges Mädchen und gab mich monatelang als Priester aus. Von meinem Fehler waren ihr Narben geblieben. Ich hatte ihr schon genug Schaden zugefügt.

Es war fast unerträglich, wie ihre Augen strahlten, als ich sie am nächsten Tag nach dem Seminar auf einen Kaffee einlud.

»Also, der *Cosmopolitan* zufolge mag ich dich«, verkündete sie.

Wir bestellten zwei Becher Kaffee und setzten uns an einen ruhigen Tisch im hinteren Teil des Cafés. Rachel versuchte so zu tun, als sei alles in Ordnung, aber ich hörte ihre brüchige Stimme und bemerkte, wie sie ihre Armbanduhr hin und her drehte.

»Noch ein Quiz?«

»Ja. Frage neun war knifflig«, scherzte sie. »Sie lautete, ob ich mich auch noch körperlich zu dir hingezogen fühlen würde, wenn du dreißig Kilo zunimmst, eine Glatze bekommst und plötzlich arbeitslos wirst. Ich war schon drauf und dran, eine bestimmte Antwort anzukreuzen, als mir einfiel, dass du mir sowieso gern eine Augenbinde anlegst.« Sie grinste schief, und verdammt, das tat weh.

Als ich nicht reagierte, dachte Rachel, ich sei beleidigt. »Ich mache nur Spaß«, sagte sie.

Ich nickte und räusperte mich. Es war, als schnürte mir die Angst die Kehle zu, als ich die Worte herauszubringen versuchte, die gesagt werden mussten.

»Hör mal, Rachel … ich kann das nicht mehr.«

Ihr Lächeln verblasste. Sie wusste, was ich sagen wollte, und schaffte es trotzdem noch, sich an einen Hoffnungsfaden zu klammern.

»Was denn? Dich mit mir auf dem Campus zu treffen? Daran stört sich niemand. Ich sehe ständig Lehrassistenten und Professoren zusammen.«

»Ich rede nicht von der Zeit, die wir auf dem Campus verbringen. Ich meine, überhaupt mit dir zusammen zu sein. Wir dürfen uns nicht mehr sehen.«

»Warum? Das verstehe ich nicht.«

Nach dem Gespräch mit meiner Schwester gestern Abend war ich zu dem Schluss gekommen, dass es keinen Zweck hatte, ihr etwas von der Kirche zu erzählen, von uns vor fünfzehn Jahren. Warum sollte ich ihr wehtun und den ganzen Mist wieder aufrühren, wenn ich es nicht tun musste?

»Du bist meine Studentin. Was zwischen uns passiert ist, hätte niemals geschehen dürfen.« Die Traurigkeit in ihrer Miene verwandelte sich in Wut.

»Das ist Blödsinn. Das ist dir doch total egal. Und außerdem ist das halbe Semester sowieso schon vorbei.«

»Tut mir leid.« Ich senkte den Blick, weil es mir unerträglich war, ihr wunderschönes Gesicht anzulügen. »Es hätte niemals so weit kommen dürfen.«

»Du kannst mich mal.«

»Ich werde dich weiterhin bei deiner Arbeit beraten. Ich habe einen Fehler gemacht, darunter sollst du nicht leiden.«

»Ich soll nicht darunter *leiden*?«

»Rachel …«

Sie stand auf. »Weißt du was, Caine? Ich habe ganz lange gedacht, dass ich keine Liebe verdient habe. Ich habe mich für Dinge *geschämt*, die in meinem Leben passiert sind, und *bereut*, was ich getan habe. Erst in den letzten paar Wochen habe ich allmählich begriffen, dass ich *nicht* von meiner Vergangenheit bestimmt werde. Und ich will nie erleben, dass es jemandem leidtut, mit mir zusammen zu sein. Also fick dich.«

Instinktiv hielt ich ihren Arm fest, als sie sich an mir vorbeischieben wollte. Ihr schossen Tränen in die Augen, und sie wollte schnell weg, damit ich es nicht merkte. Damit ich nicht sah, wie aufgelöst sie war. O Gott, ich hätte am liebsten zurückgespult und alles gelöscht, was ich gerade gesagt hatte. Doch stattdessen nahm ich die Hand von ihrem Arm und ließ sie gehen. Es war das Beste, was ich für sie tun konnte, auch wenn es sich in diesem Moment nicht so anfühlte.

Ich brachte es nicht fertig, mich umzudrehen und ihr hinterherzusehen. Stattdessen schloss ich fest die Augen und lauschte, wie sich ihre Schritte immer weiter entfernten, bis ich sie schließlich nicht mehr hören konnte.

Mit einer Sache hatte Rachel recht – das mit ihr tat mir leid. Nur nicht so, wie sie dachte. Es würde mir ewig leidtun, dass ich sie hatte gehen lassen.

37. Kapitel

Rachel

Aus reiner Gewohnheit ging ich zu dem Platz, auf dem ich seit Semesterbeginn gesessen hatte. Doch dann hielt ich inne. *Scheiß drauf.* Ich hatte keinen Grund, mich dem allmächtigen Professor frontal zu präsentieren. Ich machte meinen Job, ging zu den Seminaren, an denen ich teilnehmen musste, gab Tutoriumsstunden, benotete Hausarbeiten – das volle Programm. Aber ich musste mich nicht dort hinsetzen, wo er mich sitzen haben wollte. Die Zeiten waren vorbei.

Ich sah mich im Saal um und grinste, als ich einen freien Platz neben Mr Ludwig entdeckte. Sollte er sich meinen Körper doch nur aus allernächster Nähe ansehen, um ihn zeichnen zu können – dann gab es wenigstens einen, der ihn zu schätzen wusste.

Heute war es fast fünfundzwanzig Grad warm, trotzdem trug mein Sitznachbar seine Beanie.

»Hey.« Er lächelte mich an. »Professor Stock-im-Hintern lässt dich von der Kette? Ich dachte schon, ich müsste mich ganz nach vorne setzen, um dich zu fragen, ob du nach dem Seminar mal einen Kaffee mit mir trinken gehst.«

»Brauchst du Hilfe bei irgendwas? Du bist zu keiner einzigen meiner Tutoratsstunden gekommen.«

Beanie-Mützenbubi grinste. Er war süß, Typ draufgängerischer Collegeboy mit Grübchen. »Nein. Ich brauche kein Tutorium. Nur einen Kaffee mit dir.«

In dem Moment spürte ich, dass jemand hinter mir stand. Als ich sah, wie er den Blick von meinen Brüsten löste, über meine Schulter schielte, und der freche Ausdruck in seinen Augen erlosch, wusste ich, wer da war.

Ich ignorierte ihn und hoffte, dass er den Wink verstand. *Aber nein.*

»Rachel.« Caine räusperte sich. »Können wir uns nach dem Unterricht unterhalten?«

Ich schloss die Augen. Am liebsten hätte ich mit *Fick dich ins Knie* geantwortet, aber den Gefallen, so viel Gefühl zu zeigen, tat ich ihm nicht. Außerdem hatte ich keine Lust, selbst zu einem jener Gerüchte zu werden, die Professor West schon vorausgeeilt waren, bevor ich ihn überhaupt kennengelernt hatte.

Ich setzte mein bestes künstliches Lächeln auf, drehte mich zu ihm um und bot ihm einen fantastischen Blick auf meine weißen Zähne. »Selbstverständlich, Professor.«

Ich war fest entschlossen, ihm zu demonstrieren, dass es mir gutging. Doch was ich sah, als ich aufschaute, wischte mir das falsche Lächeln aus dem Gesicht. Caine sah furchtbar aus. Die strahlenden Augen gerötet, der sonst warme Teint fahl, und er wirkte ungepflegt – nicht wie sonst bewusst lässig gestylt. Nein, Caine sah aus, als läge eine Sauftour hinter ihm, die erst vor wenigen Stunden zu Ende gegangen war. Oder als ginge es ihm hundeelend, und er hätte sich zum ersten Mal seit Tagen aus dem Bett gequält, um zum Unterricht zu erscheinen. Ich war zwar sauer auf ihn, aber ich hoffte trotzdem auf Letzteres.

Caine nickte und richtete den Blick auf den Studenten neben mir. Ich bemerkte das feine Zucken in seiner Kiefermuskulatur, als er Mr Ludwig ein paar Augenblicke länger als üblich finster anstarrte. Meine Gefühle waren ziemlich durcheinander. Es nervte mich, dass Caine sich das Recht herausnahm, jeden anzugiften, der mit mir flirtete. Ich war ihm nichts schuldig.

In den folgenden neunzig Minuten mied ich es, Caine anzusehen, und tat, als machte ich mir Notizen, während ich meinen Gedanken nachhing. Als das Seminar endlich zu Ende war, wartete ich auf meinem Platz, bis die letzten Studenten aus dem Hörsaal drängten, dann ging ich nach unten zum Pult. Ich blieb mit einigem Abstand vor Caine stehen und fühlte mich denkbar unwohl. Er packte seine Tasche.

»Vielleicht ist es das Beste, wenn wir uns in meinem Büro unterhalten.«

»Ich finde es hier prima.«

Caine blickte zu mir hoch. »Unter vier Augen wäre es mir lieber.«

»Mir wäre auch so einiges lieber, aber anscheinend bekomme ich es trotzdem nicht, stimmt's?«

Er nickte. »Na schön. Können wir uns wenigstens hinsetzen?« Er deutete auf die erste Reihe, und ich setzte mich widerwillig.

Ich benahm mich wie ein aufsässiger Teenager, aber ich weigerte mich, ihn anzusehen. Er wartete und dachte offenbar, ich würde irgendwann aufhören, mit dem Handy zu spielen und ihm meine volle Aufmerksamkeit schenken. Doch da hatte er sich geschnitten. Nach einer Weile begriff er es und fing an zu sprechen.

»Ich habe eine E-Mail vom Dekan bekommen, weil du um einen anderen Betreuer für deine Abschlussarbeit gebeten hast.«

»Und?«

»Das ist nicht nötig. Du bist fast fertig, und wenn du mich nicht sehen willst, können wir das meiste davon über E-Mail abwickeln.«

Jetzt endlich sah ich doch zu ihm hoch. »Ich will nicht, dass du meine Arbeit beurteilst. Und ich möchte die Verteidigung meiner Arbeit nicht mit dir üben. Bei dir will ich überhaupt nichts mehr verteidigen.«

Caine streckte die Hand aus, um meinen Arm zu berühren. »Rachel.«

Ich wich zurück. »Fass mich nicht an.«

Er hielt beide Hände hoch. »Tut mir leid. Ich wollte dir nicht zu nahe treten.«

»Dafür ist es ein bisschen zu spät, findest du nicht?«, höhnte ich.

Er atmete tief ein und anschließend hörbar aus. »Lass es mich anders formulieren. Wir schaffen es doch, während des Seminars professionell miteinander umzugehen. Warum willst du dir jetzt die zusätzliche Arbeit aufhalsen, einen neuen Betreuer für deine Abschlussarbeit anzufordern? Die meisten Professoren werden ihre persönliche Note in deine Arbeit einbringen wollen, und am Ende musst du monatelang alles umschreiben.«

»Ich schätze, es wäre dir lieber, meiner Arbeit *deine* persönliche Note aufzudrücken.«

Ich hörte Caine an, dass er allmählich die Geduld verlor. Das war genau das, was ich wollte. Er sollte sich ärgern, irgendeine Gefühlsregung zeigen. Unsere Beziehung war derart undramatisch auseinandergegangen, dass ich das Gefühl hatte, ich wäre es ihm nicht wert gewesen, mehr zu investieren. Und das verletzte mich.

»Ich versuche nur, professionell zu sein, Rachel.«

Ich streckte den Rücken. »Ich auch, Professor. Wenn ich die Wahl hätte, wäre ich nicht mehr deine Lehrassistentin und du auch nicht mehr der Betreuer meiner Abschlussarbeit. Einen neuen Betreuer konnte ich anfordern, ohne Misstrauen zu erregen. Wir haben noch nicht lange zusammengearbeitet, und ursprünglich hatte ich ohnehin einen anderen Betreuer. Mir fiel jedoch kein Grund ein, mich als deine Lehrassistentin abziehen zu lassen, ohne Misstrauen zu erregen. Ich dachte, wenn ich sage, dass wir *gevögelt* haben, jetzt *aber* nicht mehr, sei das vielleicht nicht die professionellste Art, damit umzugehen.«

Caine fuhr sich mit den Fingern durchs Haar. »Es tut mir leid, dass ich dir wehgetan habe, Rachel. Ich weiß nicht, wie ich das in Ordnung bringen kann, damit wir wieder Freunde werden.«

»Wir waren nie Freunde, Caine. Und was das ›wieder in Ordnung bringen‹ anbetrifft: Es gehören immer zwei dazu, damit eine Beziehung funktioniert. Wir können nichts in Ordnung bringen, weil nur einer von uns weiß, was eigentlich passiert ist.« Meine Stimme wurde weicher. »Ich weiß immer noch nicht, was passiert ist.«

Als mir bei den letzten Worten die Stimme brach, sah Caine mir in die Augen. Ich wollte ihn mit meinen Blicken töten, aber als ich ihm tief in die Augen sah, erkannte ich darin nichts als Schmerz.

In einem schwachen Moment zeigte ich ihm meine Gefühle. »Was ist passiert, Caine? Warum hast du dich getrennt? An dem einen Tag war noch alles in Ordnung, und am nächsten …«

Anstatt den Blick von mir zu lösen, wie er es in der letzten Zeit stets getan hatte, ließ Caine für einen kurzen Moment einen Augenkontakt zu. Unsere Blicke verschmolzen, und ich sah in ihn hinein – tief dort drinnen war noch der Mann, den ich kannte. Ich hatte mich schon gefragt, ob mein Bild von ihm nur meiner Einbildung entsprungen war, nachdem sich alles so plötzlich geändert hatte.

»Du bist eine tolle Frau, Rachel. Du verdienst etwas Besseres.«

War ich eben noch verletzlich und weich, so wurde ich im nächsten Augenblick wieder schroff und hart. Ich stand abrupt auf, verlor dabei fast das Gleichgewicht, fing mich jedoch gerade noch ab. »Du hast mir nicht zu sagen, was ich verdiene. Das entscheide ich selbst.«

Als ich mich zum Gehen wandte, stand Caine auf und griff nach meinem Ellenbogen. Mit einem lauten Geräusch, das durch den ganzen Raum hallte, öffnete sich die schwere Tür zum Hörsaal. Dann folgten Stimmen von Studenten, die zum nächsten Seminar hereinströmten. Ich wartete, weil ich sehen wollte, wie viel ihm daran lag, dass ich blieb.

Es tat im ganzen Körper weh, als er mich einfach losließ.

»Denk darüber nach, Rachel. Belaste dich nicht mit zusätzlicher Arbeit, nur weil du wütend auf mich bist.«

Obwohl die Studenten noch ganz oben im Hörsaal waren, beugte ich mich vor, damit niemand meine Worte hören konnte. Vielleicht tat ich es auch um der Wirkung willen.

»Fick dich ins Knie, Professor«, flüsterte ich in sein Ohr.

»Sprich mit mir.« Charlie stemmte die Ellenbogen auf den

Tresen. Er war für heute fertig, trieb sich aber noch im Laden herum. Vermutlich wartete er, dass sich die letzten versprengten Nachmittagsgäste verabschiedeten.

Seit einem Jahr funktionierte das Trocknerprogramm unseres Geschirrspülers nicht mehr. Charlie hatte nicht vor, es zu reparieren. Ich fand das seltsamerweise sogar ganz gut – insbesondere heute, weil mich das Gläserpolieren beruhigte. Ich zog ein tropfendes Cola-Glas aus dem Gestell und schob das Geschirrtuch hinein.

»Worüber willst du reden? Aktuelle Ereignisse? Musik?«

»Komm mir nicht so, Fräulein. Du weißt, was ich meine.«

Ich lächelte Charlie an und wusste genau, worauf er hinauswollte. »Ich weiß nicht, ob ich das weiß.«

»Du siehst schon seit einer Woche verdammt unglücklich aus. Was ist los? Liebeskummer?«

Charlie hatte eine harte Schale, aber einen wachsweichen Kern. Das gehörte zu den Dingen, die ich am meisten an ihm mochte.

»Alles in Ordnung, Charlie. Ich hatte nur eine anstrengende Woche, das ist alles.«

Er schüttelte den Kopf. »Erzähl keinen Mist. Ich war achtundzwanzig Jahre im Dienst. Ich merke es, wenn mir jemand Quatsch erzählt.«

Ich wollte es gerade abstreiten, aber dann kam mir ein Gedanke. »Woran merkst du, dass dir jemand Mist erzählt? Ich meine, woran erkennst du das?«

»Wenn man darauf achtet, verraten sich die meisten Menschen mit ihrer Körpersprache.«

»Zum Beispiel?«

»Ach, da sind zuerst die naheliegenden Dinge: Die Leute sehen dir nicht in die Augen, sie werden nervös, sie tasten nach ihrem Mund oder ihrem Gesicht. Allerdings kennen die meisten guten Lügner diese Indizien und geben sich Mühe, sie zu unterdrücken. Es gibt jedoch unauffälligere Dinge, die zuverlässige Hinweise liefern. Manchmal ziehen sie die Schultern ein bisschen nach oben. Das kommt daher, dass sie flacher atmen, wenn sie lügen. Wenn sich die Atmung verändert, reagiert der Körper darauf, das ist ganz normal. Manche stehen auch stocksteif da. Normalerweise bewegen sich die Leute beim Reden ganz natürlich. Wenn sie lügen, erstarren sie. Abgesehen davon gibt es auch Hinweise in der Sprache – zum Beispiel, immer wieder dieselben Worte oder Formulierungen. ›Ich war das nicht. Ich war das nicht.‹«

»Interessant.«

»Wer belügt dich?«

Ich zog die Schultern übertrieben hoch und wiederholte: »Niemand. Niemand.«

»Schlauberger.«

Charlie machte sich Sorgen um mich, und ich wusste, dass er niemals so tief in den Dingen herumstochern würde wie Ava. Also sagte ich ihm die Wahrheit. »Der Typ, mit dem ich zusammen war, hat Schluss gemacht. Und ich habe das Gefühl, dass er mir nicht ehrlich sagt, warum.« Ich seufzte. »Vielleicht suche ich auch nach einem Grund, der gar nicht existiert, nur um mein Ego zu trösten. Ich weiß es nicht.«

»Reden wir von diesem Professor?«

»Ja.«

»Du willst wissen, ob du ihm noch am Herzen liegst oder nicht? Du meinst, dass er sich irgendeinen Quatsch einredet, aber eigentlich ganz anders empfindet?«

Ich nickte. »Ich glaube, ja.«

»Es gibt nur eine Möglichkeit herauszufinden, ob dich ein Mann, der vor dir das Weite sucht, in Wahrheit liebt.«

»Und die wäre?«

Charlie sah mir in die Augen. »Geh deinen Weg ohne ihn. Ein Mann kommt ziemlich rasch zur Besinnung, wenn er denkt, dass du nicht mehr auf ihn wartest.«

38. Kapitel

Caine

Ich war dermaßen verlogen.

Nur machte ich mir diesmal auch selbst etwas vor. Der Fakultätsleiter hatte mich per E-Mail gebeten, ihm meine Einschätzung zu Rachels geplanter Magisterarbeit mitzuteilen. Er wollte sie an die anderen Professoren weiterleiten, um einen neuen Betreuer für sie zu bestimmen. Ich hatte mir ein Bein ausgerissen, damit sie es sich noch einmal anders überlegte. Jetzt nutzte ich die Magisterarbeit als Vorwand, um mich mit ihr zu verabreden, und tat, als müsste ich dem Fakultätsleiter schnell antworten, dabei hatte ich das überhaupt nicht vor.

Das Semester war bereits an seinem Ende angelangt, die vorlesungsfreie Zeit begann, aber ich ertrug es nicht, Rachel länger als sechs Tage nicht zu sehen. Hätte jemand mitbekommen, wie ich mich ablenkte, würde er sicher annehmen, ich wäre nicht mehr bei Verstand – was vielleicht auch zutraf. Aber nach sechs Tagen war mir das völlig egal.

In der Zeitschrift *Rolling Stone* gab es diesen Monat einen dieser Psychotests, auf die Rachel so versessen war. Ich hatte ihn gesehen, als ich das Heft vor zwei Wochen durchblätterte, und ihn für sie beiseitegelegt. An jenem Morgen vermisste ich sie und machte den Test deshalb selbst.

Die Überschrift lautete: *Was die Musik über dein Liebesleben verrät.* Es wurde nach Songs gefragt, die einem besonders wichtig waren. Als ich meinen Punktestand zusammenzählte, passte mir die vorhergesagte Zukunft natürlich ganz und gar nicht. Neugierig las ich deshalb auch die Prognosen für die anderen Punktestände. Eine passte auf mich wie die Faust aufs Auge, obwohl mein Punktestand nicht zwischen zweiundfünfzig und achtundsechzig lag. Hätte ich mir eine Antwort für Rachel ausgedacht, sie hätte nicht treffender sein können. Da stand:

Du kennst deinen Traumpartner schon! Auch wenn du es vielleicht noch nicht weißt. Du hast eine alte Seele, die sich auf einer kosmischen Ebene mit anderen Menschen verbindet. Manchmal fällt es dir schwer, Vertrauen zu fassen, und oft lässt du dich nicht auf Beziehungen ein, weil du auf deinen Kopf hörst anstatt auf dein Gefühl. In der Liebe musst du die Vorsicht manchmal in den Wind schießen und mit beiden Füßen hineinspringen. Du kennst den Menschen, der perfekt zu dir passt, schon sehr lange, hast aber erst vor Kurzem verstanden, dass er dein Schicksal ist. Hör auf, dich dagegen zu wehren, und gib deiner Seele, was sie braucht.

Der Test bestand aus fünfzehn Fragen. Ich machte ihn noch einmal, diesmal so, wie Rachel meiner Einschätzung nach geantwortet hätte. Ich trank einen Scotch auf Eis und ließ die Eiswürfel im Glas klirren, während ich ihre Punkte zusammenzählte.

Ihr Punktestand läge irgendwo zwischen 40 und 43. *Du hast deinen Traumpartner noch nicht kennengelernt!*

»Tja. Das wird also nichts«, knurrte ich.

Dann kippte ich den Rest Scotch hinunter. Ich überschlug, dass sie zusätzliche achtzehn bis zwanzig Punkte brauchte, um dorthin zu gelangen, wo sie hingehörte. Ich suchte mir die vier Fragen heraus, bei denen ich mir ihrer Antworten am sichersten war, und erhöhte die Punktezahl jeweils um fünf.

»Viel besser.«

Meine Güte, was ist nur für ein Weichei aus mir geworden.

Ich schleuderte das Heft auf den Tisch und wischte mir mit den Händen über das Gesicht. Was zum Teufel trieb ich da? Jetzt füllte ich schon Liebestests aus, und zwar als Rachel. Was ich jetzt *nicht* brauchte, war ein zweiter Drink. Ich musste nüchtern werden, mich duschen, etwas Sauberes anziehen und zum O'Leary's fahren. Sonst kam ich noch auf die Idee, sie anzurufen, nur um ihre Stimme zu hören, und wieder aufzulegen, sobald sie sich meldete.

Ich musste Rückgrat zeigen – und genau das tat ich schließlich.

Ich entschied, mich nicht mit einer Nachricht bei ihr anzukündigen. Sonst würde sie mich womöglich auffordern, ihr das unwichtige Zeug per E-Mail zu schicken, von dem ich behauptete, sie müsse es sich dringend ansehen. Kurz vor Ende ihrer Schicht fuhr ich zum O'Leary's. Die Aussicht, sie gleich zu sehen, sorgte dafür, dass sich meine Laune zum ersten Mal seit zwei Wochen etwas besserte. Auf der Fahrt pfiff ich die Melodie aus dem Autoradio mit.

Als ich hereinkam, stand Ava hinter dem Tresen. Ich erinnerte mich, dass Rachel einmal gesagt hatte, ihre Freundin sei als Barfrau allenfalls dazu geeignet, sie kurz zu vertreten, wenn Rachel eine Pause machte oder zur Toilette ging. Daraus schloss ich, dass sich Rachel entweder auf der Toilette befand oder irgendwo hinten beschäftigt war.

Ich setzte mich an den Tresen, um auf sie zu warten. Ava stand mit dem Rücken zu mir und unterhielt sich mit einem Gast, während ich mich für die leerere Seite entschied. Immer noch gut gelaunt trommelte ich mit den Fingern auf dem Tresen den Song »Better Together« von Jack Johnson mit, der aus den Lautsprechern schallte.

Leider fand meine gute Laune ein abruptes Ende, als ich mich im Restaurant umschaute. Rachel befand sich im Restaurant, doch sie servierte kein Essen. Ich ballte die Fäuste, als ich sah, dass sie mit irgendeinem Kerl hinten in der Ecke saß. Sie hielten auf dem Tisch Händchen und schienen ein tiefschürfendes Gespräch zu führen. Ich starrte sie an, bis der Typ den Kopf hob und ich deutlich sein Gesicht erkennen konnte. *Davis.*

Was zum Teufel sollte das?

Am liebsten wäre ich sofort zu ihnen gegangen, um es herauszufinden. Ich stand auf und bewegte mich bereits in ihre Richtung, als ich etwas sah, was mich augenblicklich erstarren ließ. Rachel warf lachend den Kopf in den Nacken. Sofort wich meine Wut einer seltsamen Mischung aus Niedergeschlagenheit und schlechtem Gewissen. Rachel lächelte wieder und wirkte nicht mehr traurig. Das war es doch, was ich mir die ganze Zeit gewünscht hatte, oder etwa nicht?

Innerlich zerrissen beobachtete ich sie, bis ich es nicht länger ertrug. Dann drehte ich mich um und verließ unauffällig die Kneipe. Ich war wütend, obwohl ich absolut kein Recht dazu hatte, und in meine Wut mischte sich großes Bedauern.

Es war meine Schuld, dass sie mit einem anderen Mann Händchen hielt. Ich hatte sie zwar verlassen, weil ich sie nicht verdiente, doch es war auch kein anderer gut genug für sie. Meine Gedanken waren irrational. Irgendwie war mir klar, dass niemand meine Entscheidungen nachvollziehen konnte. Deshalb fraß ich alles in mich hinein, obwohl ich dringend mit jemandem darüber reden musste, was ich durchmachte.

Während der gesamten vorlesungsfreien Zeit hatte ich mich in meiner Wohnung verkrochen. Von meinem täglichen Besuch im Fitnessstudio abgesehen, verbrachte ich meine Zeit nur mit Musikhören. Falls ich jetzt nicht wenigstens ein paar Stunden lang etwas unternahm, standen die Chancen für Rachel gut, ein Mixtape zu bekommen. Ich war so ein Weichei.

Weil ich sonst nichts mit mir anzufangen wusste, entschied ich mich zu einer Spritztour. Sollten die Straße und mein kleines Auto entscheiden, wohin es ging. Ich musste erst am Montag wieder zur Arbeit. Für ein, zwei Tage aus der Stadt rauszukommen war vielleicht genau das Richtige. Ich machte eine Kehrtwende und steuerte auf die Brücke anstatt auf die Schnellstraße zu, die zu meiner Wohnung führte. Ich hatte kein bestimmtes Ziel vor Augen und fuhr einfach stundenlang weiter. Und als ich ankam, merkte ich, dass ich genau dort gelandet war, wo ich hinmusste.

Die Treppe war renoviert worden, die ausgetretenen roten Ziegelsteine durch weißen Marmor ersetzt. Ein paar Büsche waren neu, und den kleinen Zaun, der die Statue der Jungfrau Maria umgab, hatte es vorher auch nicht gegeben. Davon abgesehen sah die St.-Kilians-Church noch genauso aus wie vor fünfzehn Jahren, als ich zum letzten Mal durch die Pforte gegangen war. Ich erinnerte mich noch an den Besuch. Ich hatte mich aus dem Haus schleichen müssen, weil ich wegen der Sache mit Benny, die eine Woche zuvor passiert war, unter Hausarrest stand. Sie war weg. Wenigstens so viel hatten meine Eltern mir erzählt, nachdem ich mich weigerte, auch nur ein Wort über das Geschehene zu sagen, ehe ich sie in Sicherheit wusste. Aber es war mir egal. Ich musste an diesem Samstag hier sein, falls sie doch noch zurückkehrte, um mit mir zu reden. Ich wollte ihr erklären, warum ich getan hatte, was ich getan hatte.

An jenem Nachmittag saß ich geschlagene sechs Stunden in dem dunklen Beichtstuhl. Natürlich kam sie nicht – sie war längst weg. Mir wurde klar, dass ich mit der Schuld leben musste, ihr Vertrauen missbraucht zu haben, und schlicht hoffte, dass sie darüber hinwegkam.

Komisch, dass ich ausgerechnet heute wieder hier war, nachdem ich gesehen hatte, *dass* sie darüber hinweggekommen war.

In der Kirche hielten sich keine Besucher auf. Ich hatte keine Ahnung, warum ich hier war oder was ich hier sollte. Sofort sah ich zum Beichtstuhl hinüber. Es gab ihn noch, aber ich wollte mich nicht hineinsetzen. Stattdessen nahm ich ganz hinten in einer Bank Platz und sah mich um. Es war ein friedlicher Abend. Der Weihrauchduft wärmte mich von innen. Ich schloss die Augen, atmete ein paarmal tief durch, dann legte ich die Arme auf die Rückenlehne der Kirchenbank und senkte den Kopf.

So verharrte ich für unbestimmte Zeit, bis ich Schritte hörte und daraufhin aufsah. Ein älterer Priester kam auf mich zu. Ich hatte ihn erst gehört, als er nur noch wenige Bänke entfernt war.

»Wie geht es Ihnen, mein Sohn?«

Es klang so seltsam, dass ich einen Moment brauchte, um zu begreifen, dass er einen irischen Dialekt hatte und sich einfach danach erkundigte, wie es mir ging.

Ich lächelte. »Danke, gut. Ich hoffe, es ist in Ordnung, dass ich hier sitze.«

»Unsere Türen sind nie verschlossen. Das können sich nur noch wenige Kirchen erlauben. Es ist eine gute Gemeinde. Man kann kommen, wann immer man will.«

»Danke.«

»Gibt es etwas, worüber Sie reden möchten?«

»Ich glaube nicht.«

»Sind Sie sicher? Ich gelte als ziemlich guter Zuhörer.«

»Nehmen Sie es mir nicht übel, Pater, aber es geht um eine Frau – ich weiß nicht, ob das Ihr Fachgebiet ist.«

Der Priester lächelte freundlich und setzte sich in die Bankreihe vor mir. Dann drehte er sich zur Seite, legte ein Knie auf die Bank, schob einen Arm über die Rückenlehne und sah mich an.

»Ich mag mit dem Herrn vermählt sein, aber ich habe eine Mutter und vier Schwestern.« Er streckte vier Finger hoch. »*Vier* Schwestern. Und von denen konnte keine jemals den Mund halten, deshalb weiß ich geradezu höllisch viel über Frauen.«

Ich lachte. »Ich glaube, ich habe noch nie einen Priester von der Hölle reden hören, außer wenn er die ewige Verdammnis meinte.«

Er lächelte. »Wir leben in einem neuen Jahrtausend, mein Sohn. Ich muss mit der Zeit gehen. Wenn ich meine Schwester Mary besuche, muss ich mir sogar diese *Real-Housewives*-Realityshows im Fernsehen ansehen. Sie ist süchtig nach dem Zeug.«

»Das klingt nach Selbstkasteiung.«

»Nun ja, die Wege des Herrn sind unergründlich.«

»*Das* kann ich voll und ganz bestätigen.«

»Also, was führt Sie an diesem schönen Abend hierher? Ich kann mich nicht erinnern, Sie schon einmal in der Messe gesehen zu haben. Sind Sie neu in der Gegend?«

»Nein. Ich bin hier aufgewachsen. St. Kilian war die Kirche meiner Kindheit.«

»Ach so.« Er nickte. »Dann besuchen Sie Ihre Familie in der Stadt?«

»Nein. Mein Vater ist schon vor Jahren verstorben. Meine Mom wohnt nicht mehr hier. Ich bin nur … ich war nur …« Es hatte keinen Zweck, einen Priester zu belügen. »Ich dachte nur, ich drehe eine Runde mit dem Wagen, um den Kopf freizukriegen, und irgendwie bin ich hier gelandet.«

»Manchmal ist unser Weg schon vorherbestimmt, und wir können ihm nur folgen.«

»Ich glaube auch …«

»Erzählen Sie mir von Ihrer Frau. Wie heißt sie?«

»Rachel.«

Er nickte. »Aus dem Buch Genesis.«

»Wenn Sie das sagen.«

»Was ist mit Rachel passiert, das Sie so aus der Fassung bringt?«

»Das ist eine lange Geschichte, Pater.«

»Wenn ich etwas habe, dann ist es Zeit.«

»Es wird Ihnen nicht sehr gefallen. Ich habe die Kirche nicht geachtet. Oder das Priesteramt, um genau zu sein.«

Sein Lächeln war einladend und offen, selbst nachdem ich ihn vorgewarnt hatte. »Wir machen alle Fehler, mein Sohn. Manchmal hilft es, sich alles von der Seele zu reden.«

Ich hatte nichts zu verlieren, außer seinen Respekt. Meinen eigenen hatte ich schon verloren. Vielleicht war eine echte Beichte längst überfällig.

Also atmete ich tief durch. »In Ordnung. Aber sagen Sie nicht, ich hätte Sie nicht gewarnt.«

Der Priester nahm die Brille ab und rieb sich die Augen. »Na, das ist allerdings ein starkes Stück, mein Sohn.«

»Was sagen Sie dazu?«

»Beginnen wir mit dem Anfang. Das, was Sie vor all diesen Jahren getan haben … fing vielleicht aus den falschen Gründen an: Sie haben sich vor der Arbeit gedrückt und im Beichtstuhl versteckt. Aber Sie sind zurückgekehrt, obwohl Sie nicht mehr hätten hier sein müssen.«

»Ja.«

»Warum sind Sie jede Woche zurückgekehrt?«

»Ich wusste, dass etwas nicht stimmte. Das kleine Mädchen … Rachel, meine ich. Sie hatte Angst. Sie wirkte, als bräuchte sie jemanden, um über das zu reden, was bei ihr los war.«

»Dann wollten Sie ihr also helfen?«

»Ja.« Das war die Wahrheit. Ich wollte ihr helfen. »Aber ich bin es nicht richtig angegangen. Ich hätte schon am ersten Tag jemandem von meinem Verdacht erzählen und die Polizei informieren sollen. Stattdessen habe ich Detektiv gespielt und zugelassen, dass sie verletzt wurde.«

Der Priester dachte einen Moment nach. »Warum sind Sie nicht zu einem Erwachsenen gegangen? Dafür muss es doch einen Grund gegeben haben?«

»Sie hatte geradezu panische Angst. Ich war mir nicht sicher, ob mein Verdacht begründet war. Außerdem hatte ich Sorge, sie dermaßen zu verschrecken, dass sie danach keinem mehr traut.«

»Wären Sie gleich nach dem ersten Gespräch mit ihr zur Polizei gelaufen, wären Rachel und ihre Schwester vielleicht zu verängstigt gewesen, um die Wahrheit zu sagen. Vielleicht hätten sie geleugnet, dass etwas nicht in Ordnung war.«

Ich schüttelte den Kopf. »Vielleicht hätten die beiden die Wahrheit gesagt und wären dieser Hölle früher entronnen.«

»Schmerz ist im Leben manchmal unvermeidlich, mein Sohn. Wir geben unser Bestes. Ich habe den Eindruck, dass Sie die schlimme Situation für die Mädchen beendet haben. Wären Sie in der folgenden Woche nicht wieder hingegangen, hätte das Ganze noch jahrelang weitergehen können. Es gibt nicht viele Teenager, die ihre freien Samstagnachmittage geopfert hätten, um sich mit einem kleinen Mädchen anzufreunden.«

Ich strich mir mit den Fingern durchs Haar. »Ich weiß nicht.«

»Glauben Sie an Gott, mein Sohn?«

Es war lange her, seit ich zum letzten Mal einen Fuß in eine Kirche gesetzt hatte, aber es änderte nichts an meinem Glauben. So schlecht es mir auch ging und so verkorkst meine Beziehung zur Kirche war, ich glaubte trotzdem an eine höhere Macht.

»Ja.«

»Das ist gut. Sie müssen das Schicksal annehmen, das Er Ihnen beschieden hat. Sie können es nur wertschätzen, wenn Sie es akzeptieren und sich ihm ehrlich stellen.«

»Ich weiß nicht, ob ich das verstehe.«

»Es gibt keine Zufälle. Zufälle scheinen ein bemerkenswertes Zusammentreffen von Ereignissen zu sein, zwischen denen es keinen plausiblen Zusammenhang gibt. Aber den gibt es immer. Und dieser Zusammenhang ist immer Gott.«

Ich war skeptisch. »Sie glauben also, dass es Gott war, der uns beide gleichzeitig in jenen Beichtstuhl gesetzt hat?«

»Das glaube ich«, antwortete er unerschütterlich. »Und noch wichtiger ist, glaube ich, dass Gott euch aus einem bestimmten Grund erneut zusammengeführt hat.«

»Und aus welchem Grund?«

»Das …«, er deutete mit dem Finger auf mich, »… müssen Sie selbst herausfinden. Es scheint, als ob Er euch eine zweite Chance geben wollte. Was ihr daraus macht, ist euch selbst überlassen.«

Ich schüttelte den Kopf. Vielleicht hatte der Mann recht. Vielleicht waren wir uns wiederbegegnet, damit ich mit Rachel ins Reine kommen konnte. Vielleicht ging es bei dieser zweiten Chance auch um mehr. Doch es war so verdammt schwer, das Richtige für sie zu tun.

»Danke, Pater.«

Er streckte mir die Hand entgegen. »Ich lasse Sie jetzt ein wenig allein, damit Sie Zeit haben, das zu tun, wofür Sie hergekommen sind: nachdenken.«

Wir tauschten einen Händedruck. »Danke.«

Er erhob sich und ging ein paar Schritte in Richtung Altar, dann drehte er sich noch einmal um. »Vier Ave Maria, zwei Vaterunser und ein Glaubensakt.« Als er meinen Gesichtsausdruck sah, erklärte er: »Ihre Buße. Ich glaube nicht daran, dass man allein durch Beten für seine Sünden Buße tun kann. Manchmal verlange ich eine tugendhafte Handlung als Teil der tätigen Buße – einen Akt der Nächstenliebe, einen Akt der Hoffnung … Was die Gebete betrifft, will ich

Milde walten lassen, aber ich erwarte von Ihnen einen bedeutsamen Glaubensakt.«

Ich blieb noch fast eine Stunde in der Kirche sitzen und dachte nach. Irgendwann fand ich, es sei Zeit zu gehen. Aber auf dem Weg nach draußen konnte ich der Versuchung nicht widerstehen, zum Schauplatz meiner Verfehlung zurückzukehren und einen Blick hineinzuwerfen.

Ich lächelte, als die Tür zum alten Beichtstuhl beim Öffnen genauso quietschte wie damals. Auch innen sah es noch genauso aus wie früher, vielleicht ein bisschen abgenutzter. Ich setzte mich in den Stuhl, in dem damals alles begonnen hatte. Dann sah ich mich um. Die Einrichtung hatte sich kaum verändert. Nur ein einfaches goldenes Kreuz hing an der Wand. Ich starrte es eine Weile an, dann ließ ich den Kopf in die Hände sinken und schloss die Augen.

So viele Fragen wirbelten mir durch den Kopf. Konnte es stimmen, dass Rachel und ihre Schwester womöglich abgestritten hätten, was ihnen angetan wurde, wenn ich es gleich jemandem gesagt hätte? Konnte sie mir vergeben, was ich getan hatte, all die Lügen von damals und heute? Und selbst wenn sie es konnte – hatte sich Rachel inzwischen für einen anderen entschieden? War es besser, wenn dem so wäre? Sie vorhin mit Davis lachen zu sehen hatte höllisch wehgetan. Ich wollte derjenige sein, der sie zum Lachen brachte. Vielleicht war das mein Glaubensakt, der Teil meiner Buße war.

Ich wusste absolut nicht, was ich tun sollte. Gut möglich, dass ich jetzt noch verwirrter war, als bevor ich hergekommen war. *Ich weiß, ich bin ein lausiges Gemeindemitglied, aber ein Zeichen wäre schön.*

Ich fühlte mich niedergeschlagen. Doch als ich die Augen öffnete und auf den abgewetzten Teppich blickte, strahlte mich ein glänzender Penny an, mit dem Kopf nach oben. Ich lachte und hob ihn auf. Selbst nach all den Jahren konnte ich noch ihr Stimmchen hören.

»Finde einen Penny und heb ihn auf, dann nimmt dein Tag einen glücklichen Lauf.«

O Gott, sie war bei mir. Selbst nach all den Jahren und nach allem, was wir durchgemacht hatten. Wie konnte ich sie nur gehen lassen?

Und plötzlich begriff ich.

Ich konnte sie zwar körperlich gehen lassen, aber mein Herz gehörte ihr. Ich musste ihr wenigstens die Wahrheit sagen und sie selbst entscheiden lassen, wie sie damit umgehen wollte.

Genau wie früher schon einmal auf diesem Stuhl, drehte ich den Kupferpenny zwischen Daumen und Zeigefinger. Nach einer Weile schloss ich meine Faust um ihn und sah zum Kreuz hoch.

»Danke. Den werde ich brauchen.«

39. Kapitel

Rachel

Wenn es ihm wirklich etwas ausmachen würde, dann hätte er etwas unternommen.

Es war schwer, sich damit abzufinden. Ich hatte mir Hoffnungen gemacht, auch wenn Caine mir keinen Anlass dazu gab. Doch es kam mir vor, als sei der Faden, an den ich mich klammerte, heute Abend endgültig gerissen.

»Es tut mir in der Seele weh, dich in diesem Zustand zu sehen«, sagte Ava.

Der Abend war zu Ende, gerade hatten wir das O'Leary's abgeschlossen. Es war nicht viel los gewesen, und ich hatte schon vor Geschäftsschluss alles erledigt, was getan werden musste. Nur die Kassenabrechnung war noch übrig, und um die kümmerte ich mich gerade. Ich hörte auf zu zählen und hob den Blick zu meiner Freundin.

»Ich komme schon klar. Es war einfach ein anstrengender Abend.«

Sie setzte sich an den Tresen. »Vielleicht hättest du Davis doch nicht sagen sollen, dass du nicht interessiert bist. Er ist ein netter Typ. Vielleicht hätte er dir geholfen, über den Widerling hinwegzukommen.«

Ich lächelte. Ava war bis zu dem Moment pro Caine gewesen, als ich ihr sagte, dass er Schluss gemacht hatte. Jetzt gab es in ihrem Wortschatz eine große Auswahl von Namen für ihn, von denen kein einziger »Caine« lautete.

»Ich begreife einfach nicht, weshalb er heute Abend hier aufgekreuzt ist.«

»Caine? Ich weiß es nicht. Aber glücklich sah er nicht aus. Er hat zu euch beiden hinübergestarrt und noch nicht einmal gehört, dass ich nach ihm gerufen habe. Ich war mir sicher, dass er gleich losstürmt und zuschlägt.«

Auch wenn es ärgerlich gewesen wäre, hätte es mir wenigstens gezeigt, dass es ihm etwas ausmachte. Kein Mann sieht eine Frau, für die er etwas empfindet, und geht dann einfach weg. Schon gar nicht in einem Moment, wie Caine ihn offenbar mitbekommen hatte. Als ich erfuhr, dass er dem O'Leary's einen Besuch abgestattet hatte und wieder gegangen war, als er mich mit Davis Händchen halten sah, dachte ich, dass jetzt endgültig Schluss sei. Ich hatte mir eingebildet, in seinem Blick erkannt zu haben, dass da noch etwas war. Aber Charlie behielt recht: Wenn du herausfinden willst, ob dich ein Mann noch liebt, zeig ihm, dass du über ihn hinweggekommen bist. Ich hatte gesehen, was ich sehen wollte, aber nicht die Wahrheit.

»Ja, gut, er hat aber nichts unternommen. Und das sagt mehr als alles andere.«

»Männer sind bescheuert.«

Ich zählte den restlichen Kassenbestand und legte das Geld in eine Ledertasche, in der wir es über Nacht im Safe deponierten.

»Das bringt es auf den Punkt.«

Auf der Heimfahrt sprach ich mir Mut zu. Mit Caine West

war ich fertig – ich hatte mich gar nicht richtig in ihn verliebt. Es war lediglich Lust gewesen. Nach neun Monaten Flaute im Bett hatte ich beides miteinander verwechselt. Ich sollte öfter ausgehen, mich vielleicht mit Männern meines Alters treffen. Das war das Beste. *Auf Wiedersehen, Caine West. Die Sonne geht auch ohne dich morgen wieder auf, ich brauche dich nicht.*

Für die Fahrt nach Hause verschrieb ich mir meine eigene Musiktherapie. Bei Rachel Plattens »Fight Song« bildete ich mir sogar ein, dass ich ohne Caine nicht nur gut, sondern sogar besser dran war. *Er hat mich nur flachgelegt und abgeschossen,* dachte ich bei mir und lachte.

Ich parkte meinen Wagen auf dem überteuerten Parkplatz in der Nähe meiner Wohnung und seufzte vernehmlich. Mein Kopf ließ sich deutlich leichter überzeugen als mein Herz. Und weil die beiden miteinander im Clinch lagen, ging es mit meinen Gefühlen drunter und drüber. War ich beim Abschalten des Motors noch guter Dinge, so war meine Stimmung nach den fünf Blocks bis nach Hause wieder auf dem Nullpunkt.

Gedankenverloren trottete ich vor mich hin, ohne auf die Umgebung zu achten. Doch als ich um die Ecke zu meinem Haus bog, befiel mich urplötzlich ein Gefühl von Panik. Ich blickte mich um, sah zur anderen Straßenseite und die Straße hinauf und hinunter. Die ganze Zeit über verspürte ich heftige Angst, die sich noch verstärkte, als ich schnelleren Schrittes auf mein Haus zulief. Erst als ich die Tür zu meinem Apartmenthaus öffnete, offenbarte sich der Grund meiner Unruhe.

Ich fuhr vor Schreck zusammen und schrie auf, als jemand im Eingangsbereich stand. Instinktiv holte ich aus und schlug mit zusammengekniffenen Augen so fest zu, wie ich konnte.

»Verdammt!«, schrie der Eindringling.

Aber … die Stimme! Das war gar kein fremder Eindringling.

»Caine! Was zum Teufel? Du hast mich zu Tode erschreckt. Schon wieder!«

Er tastete nach der Stelle in seinem Gesicht, auf die ich ihm gerade eine verpasst hatte. »Das merke ich. Du hast einen ganz schönen Schlag am Leib, Wildkatze.«

»Tut mir leid. Bist du okay?« Das Herz schlug mir bis zum Hals.

»Ja, schon in Ordnung. Mach dir deshalb keine Sorgen. Ich wollte dir keinen Schreck einjagen. Ich habe geklingelt. Ich dachte, du bist inzwischen zu Hause, weil das O'Leary's um Mitternacht zugemacht hat.«

»Ist wirklich alles in Ordnung?«

Er nahm die Hand weg, und ich konnte sehen, dass seine Wange bereits anschwoll und gerötet war.

Caine nickte. »Außerdem habe ich es verdient.«

Als sich der Adrenalinkick abzubauen begann, merkte ich, dass mir die Hand wehtat. Richtig doll weh. Ich öffnete und schloss die Faust und fragte mich, ob vielleicht etwas gebrochen war.

»Du hast meine Hand verletzt.«

Caine zog den Kopf zurück. »Ich habe *deine* Hand verletzt? Du hast *mich* geschlagen.«

»Ja, aber du bist schuld, weil du mich schon wieder zu Tode erschreckt hast. Was treibst du hier überhaupt?«

»Zeig mir deine Hand.«

Ich streckte sie ihm hin. Es gab keine offenen Wunden

oder so etwas, aber die Knöchel von Mittel- und Zeigefinger schwollen an. Caine nahm meine Hand und strich zärtlich mit dem Daumen über meine Gelenke. Blitzartig floss elektrischer Strom durch meinen Körper, der nichts mit der Verletzung zu tun hatte. Schnell entzog ich ihm meine Hand.

»Hat das wehgetan?«

»Ja«, log ich.

»Dann sollten wir etwas Eis drauflegen.«

Als ich ihn *wir* sagen hörte, erinnerte ich mich, dass er hier eigentlich gar nichts zu suchen hatte.

»Was machst du hier?«

Caine senkte kurz den Blick, dann sah er mir in die Augen. Seine Attraktivität trieb meinen Pulsschlag erneut in die Höhe. Er wirkte müde und gestresst, und in seinem Gesicht bildete sich eine Beule, dennoch war er absolut hinreißend. Es war jene Art von Schönheit, an der man sich nicht sattsehen konnte, weil die Wirkung einen jedes Mal wieder aufs Neue faszinierte.

Seine Stimme klang sanft. »Ich muss mit dir reden. Bitte.«

»Es ist spät.«

»Es kann nicht warten.«

Als ich zögerte, die Tür aufzusperren, dachte er offensichtlich, dass es mir vielleicht nicht recht war, ihn nach oben zu bitten.

»Wenn du möchtest, können wir irgendwo einen Kaffee trinken oder einfach ein Stück gehen.«

Ich wühlte in meiner Handtasche nach den Schlüsseln. »Nein, schon in Ordnung. Ich will mich auch gern umziehen und die Arbeitskleidung loswerden.«

Die Fahrt mit dem Aufzug war bedrückend. Caines Spiegelbild sah mich aus den Metalltüren an. Ich blickte nach oben und beobachtete die Leuchtanzeige, die ewig brauchte, um von einer Zahl zur nächsten umzuspringen, als würde sich der Fahrstuhl eigentlich gar nicht bewegen. Das verdammte Ding fuhr im Schneckentempo.

In der Wohnung ging ich in die Küche, holte einen Beutel Tiefkühlerbsen aus dem Eisfach und reichte ihn Caine. »Deine Wange schwillt an.«

»Schon okay. Nimm das für deine Hand.«

Ich legte den Beutel auf den Küchentresen und stürzte geradezu ins Schlafzimmer, um mich umzuziehen. Außerdem musste ich meine Gedanken ordnen. »Bin gleich wieder da.«

Vor zwanzig Minuten hatte ich im Auto noch wütend den »Fight Song« mitgesungen und gefeiert, dass ich Caine los war. Jetzt schöpfte ich schon wieder Hoffnung, weil er an meiner Haustür aufgekreuzt war. Ich war erbärmlich. Was wollte er hier überhaupt? Hatte er getrunken? Der sollte sich bloß nicht einbilden, er könnte hier auf einen zwanglosen Quickie vorbeischneien. *Sex mit Caine.* Ich verfluchte meine Libido dafür, dass sie mich überhaupt auf die Idee brachte.

Ich schlüpfte in eine Yogahose und ein Trägerhemd, bürstete mir das Haar und wusch mich. Möglich, dass ich sogar etwas Parfüm auftrug. (Nichts Falsches denken.) Ich wollte gerade wieder ins Wohnzimmer gehen, als ich merkte, dass ich mental noch nicht richtig vorbereitet war. Ich nahm mein iPhone, öffnete die Playlist und scrollte, um etwas zu finden, was mich wieder richtig sauer machte. Ich landete bei dem Song von Three Days Grace »I Hate Everything About You«.

Das sollte reichen.

Ich legte mich aufs Bett, schloss die Augen, stöpselte die Kopfhörer ein und brachte mich wieder auf Spur. Danach fühlte ich mich stärker und bereit, mich Caine zu stellen.

Als ich schließlich herauskam, stand er an seinem üblichen Platz und betrachtete die Fotos an der Wand.

»Möchtest du etwas trinken?« Ich ging an ihm vorbei, um mir aus der Küche eine Flasche Wasser zu holen, obwohl ich wirklich etwas Stärkeres vertragen konnte.

»Nein, danke.«

Ich drehte den Deckel ab und nahm einen kräftigen Schluck aus der Flasche. Caine verfolgte jede meiner Bewegungen. »Und worüber willst du reden?«

»Können wir uns setzen?«

Caine wartete, bis ich Platz nahm. Ich stand näher an der Couch, setzte mich aber ganz bewusst in den Sessel, damit wir uns nicht zu nahe kamen. Heute waren unsere Rollen vertauscht. Ich brauchte Abstand, um klar denken zu können.

Nachdem er sich ebenfalls gesetzt hatte, verschränkte er die Hände ineinander, stützte die Ellenbogen auf die Knie, ließ den Kopf hängen und starrte auf seine Füße. Ich hatte Caine noch nie so nervös gesehen. Normalerweise war er der Inbegriff von Selbstbeherrschung. Je länger das Schweigen zwischen uns andauerte, desto ängstlicher wurde ich.

Vermutlich vergingen nur zwei oder drei Minuten, sie fühlten sich jedoch wie eine Ewigkeit an, bis Caine gequält ausatmete. Als er schließlich den Kopf hob, um mich anzusehen, waren seine Augen glasig und schmerzerfüllt. Wie gern hätte ich die Hand nach ihm ausgestreckt, aber ich musste mich schützen. Was ihm jetzt wehtat, würde bald auch mir Schmerzen bereiten.

»Ich weiß nicht, wo ich anfangen soll«, sagte er mit heiserer Stimme.

Darauf gab es nur eine Antwort, wenn ein Mensch so mitgenommen aussah wie Caine. »Wie wäre es mit: einfach von vorne?«

Er nickte. »Das hätte ich schon vor ein paar Wochen tun sollen.« Er suchte meinen Blick. »Ich weiß, dass du mir nichts schuldig bist, aber kannst du mir etwas versprechen?«

»Was?«

»Mich anzuhören, bis ich fertig bin.«

»Okay …«

Caine schüttelte immer wieder den Kopf. »Erinnerst du dich noch an den Abend, als wir uns kennengelernt haben?«

»In der Bar? Ja.«

»Ich fragte, ob wir uns nicht irgendwoher kennen. Du dachtest, es sei nur ein Spruch. Damals wusste ich nicht, woher ich dich kenne, aber nachdem ich erfahren hatte, dass du aufs Brooklyn College gehst, dachte ich, ich hätte dich dort schon einmal gesehen.«

Ich sah ihn fragend an. »Willst du behaupten, dass wir uns schon vorher begegnet sind?«

Caine nickte. Sein Gesicht war todernst. »Vor sehr langer Zeit.«

»Wo?«

»In der Kirche.«

Was redete er da? Ich legte den Kopf schief. »In der Kirche?«

Caine strich sich mit den Fingern durchs Haar und starrte mich an. Seine Miene brach mir das Herz.

»Weißt du noch, wie du jeden Samstag in die St.-Kilians-Church gegangen bist, um mit einem Priester zu reden?«

Ich riss die Augen auf und erstarrte. »Woher weißt du davon?«

Er suchte meinen Blick. »Das war kein Priester. Das war ich.«

Ich glaube, ich befand mich in einem Schockzustand. Ich wusste nicht, was ich empfand. Ich war weder empört noch wütend, sondern irgendwie … benommen. Als hätte ich mich im dichten Nebel verlaufen und wüsste nicht, in welche Richtung ich gehen sollte. Meine Hände waren feucht und meine Beine schwer, obwohl ich saß. Mir war schwindelig, und ich fühlte mich einer Ohnmacht derart nahe, dass ich mich an die Sessellehnen klammerte.

»Rachel?«

Ich nahm entfernt wahr, dass Caine meinen Namen sagte, ohne ihn wirklich zu hören.

»Rachel? Vielleicht solltest du dich hinlegen.«

So wie ich mich fühlte, hätte ich das vermutlich tun sollen, aber ich brauchte Antworten.

»Wann hast du herausgefunden, dass ich es bin?«

Caine lächelte traurig und fasste sich in die Tasche. Als er die Hand herauszog, öffnete er die Faust und zeigte mir etwa ein Dutzend Pennys, die auf seiner Handfläche lagen.

»Ich habe sie alle behalten. Weiß nicht, weshalb. Aber ich habe es getan. All die Jahre.«

Verwundert nahm ich eine Münze aus seiner Hand. »Das sind …«

Er nickte. »Das sind die, die du in den Beichtstuhl geworfen hast, damit sie mir Glück bringen.«

»Du hast sie behalten?«

»Ehrlich gesagt wusste ich schon damals, dass nicht in Ordnung war, was ich tat. Nachdem ich jedoch gemerkt habe, dass du trotz all der Scheiße, die um dich herum passierte, an das Glück glaubtest, konnte ich nicht gehen, selbst wenn ich gewollt hätte. Keine Ahnung, warum ich die behalten habe. Als ich dann neulich sah, wie du in meinem Schlafzimmer Pennys auf den Boden geworfen hast, hat es klick gemacht.«

»Warum hast du es mir nicht gesagt, wenn du es schon an dem Tag begriffen hast?«

»Ich war mir nicht sicher. Zum Teil wollte ich wohl nicht glauben, dass du es warst – dass *du* bei diesem verdammten Monstrum gewohnt hast. Ich musste mir ganz sicher sein. Das Werfen von Pennys hätte auch nur ein eigenartiger Zufall sein können. Deshalb habe ich dich bei der nächsten Gelegenheit gefragt, ob deine Mutter jemals wieder geheiratet hat.«

Ich verzog das Gesicht. »Und ich habe Nein gesagt.«

Caine nickte. »Und dann bei deiner Schwester …«

»Sie hat Benny erwähnt.«

Wieder nickte er. »Das ist noch nicht alles. Es geht noch weiter, Rachel.«

Was konnte er denn noch vor mir verheimlicht haben? »Noch weiter?«

»Erinnerst du dich an die Schlägerei, die Benny in der Werkstatt hatte?«

»Ja?«

»Das war kein Kunde. Das war ich. An dem Samstag, als ich dir sagte, dass wir uns am nächsten Morgen treffen sollten, bin ich dir nach Hause gefolgt – nur für den Fall, dass du nicht kommst. Und als du dann am Sonntag nicht zur Kirche kamst, wollte ich nach dir sehen. Ein paar Blocks von eurem Haus entfernt habe ich getankt. Dabei entdeckte ich den Wagen, der am Tag zuvor bei euch in der Einfahrt gestanden hatte. Es war purer Zufall, dass ich dort getankt habe, wo er arbeitete.«

»Und was ist dann passiert?«

»Ich habe ihm gesagt, dass er die Finger von dir und deiner Schwester lassen soll. Daraufhin hat er ein paar entsetzliche Dinge gesagt und ist mit dem Schraubenschlüssel auf mich losgegangen.«

»Hat er dich verletzt?«

»Ein paar Platzwunden und blaue Flecke, aber ich war okay.«

Mir war schwindelig. »Es geht mir nicht so gut.«

»Es tut mir so leid, Rachel. Einfach alles. Dass ich dich vor all den Jahren angelogen habe. Dass ich nicht schon früher zur Polizei gegangen bin und Hilfe geholt habe. Dass ich zugelassen habe, dass man dir wehtut. Hätte ich dir nicht gesagt, dass du dich mit mir treffen sollst, hätte dich dieses Monster nicht beim Packen erwischt und dann …« Der Schmerz in Caines Stimme war eine Qual. »Dann hätte er dir nichts getan. Es tut mir so leid.«

Sosehr es mich auch aufwühlte, Caine derart verzweifelt zu sehen, ich musste allein sein. Ich brauchte Zeit zum Nachdenken. Das war zu viel auf einmal.

Die Gespräche mit diesem Priester kamen mir vor wie aus einem anderen Leben. Ich konnte mich nicht mehr an alles erinnern, was ich ihm erzählt hatte, aber damals war ich verzweifelt gewesen. Er war der einzige Mensch, bei dem ich mich sicher gefühlt hatte. Jetzt herauszufinden, dass nichts davon der Wahrheit entsprach, brachte mich völlig durcheinander … ich war wütend und fühlte mich *missbraucht*.

Das Schlimmste von allem aber war, dass ich mich schämte. Immer hatte ich mir vorgeworfen, zu lange verheimlicht zu haben, was damals geschehen war. Ich fühlte mich schuldig, weil ich dem Leid meiner Schwester nicht schon früher ein Ende gemacht hatte.

»Ich muss mich hinlegen.« Ich spürte, dass Caine mich ansah, aber ich konnte ihm nicht in die Augen sehen. »Du gehst jetzt besser.«

Er schwieg einen Moment, während ich weiterhin den Blick abwandte. Dann hörte ich, wie er aufstand. Seine Stimme war nur ein Flüstern.

»Es tut mir leid, Rachel. Es tut mir so leid.«

40. Kapitel

Rachel

Ich hatte schon seit vielen Jahren zurückkommen wollen, doch dieser Teil meines Lebens war wie eine verschlossene Truhe, und ich fürchtete mich davor, sie zu öffnen. Ich hatte Angst, dort auf Dinge zu stoßen, die ich nicht wieder zurückdrängen konnte. Doch seit Caines umfassendem Geständnis vor vier Tagen hatte es mich so stark hierher zurückgezogen, dass ich es nicht mehr ignorieren konnte.

Es fand keine Messe statt, doch seit zehn Minuten kamen Leute herein und setzten sich in der Nähe des Beichtstuhls auf die Kirchenbänke. Vielleicht warteten sie darauf, sich die Beichte abnehmen zu lassen. Eine gute Stunde saß ich gedankenverloren auf der anderen Seite der Kirche. Immer wieder wanderte meine Aufmerksamkeit zu den Leuten, die in den Beichtstuhl gingen und wieder herauskamen – zu den Sündern. Eine Frau mit einem Kind betrat die Kirche und setzte sich. Das junge Mädchen war vielleicht zehn Jahre alt, nicht viel älter als ich, als ich begonnen hatte, samstags herzukommen.

Nachdem ein älterer Herr den Beichtstuhl verließ, beugte sich die Frau vor und sagte etwas zu dem kleinen Mädchen, und es ging hinein. Das erinnerte mich daran, wie ich immer mit meiner Mutter hergekommen war, bevor sie krank wurde. Ich schloss die Augen und sah Mom und mich vor fast zwanzig Jahren auf diesen Bänken sitzen.

»Wenn du Bauchschmerzen oder Fieber hast, gehst du zum Doktor, nicht wahr?«, fragte sie, während wir darauf warteten, dass sie an die Reihe kam, in diese seltsame Kabine zu gehen.

»Ja.«

»Weißt du, hier kommst du her, wenn dir da drin etwas wehtut.« Mom klopfte sich auf die Brust.

»Wenn mir die Brust wehtut? So wie Riley, als sie Lungezünde hatte?«

Mom lachte. »Lungenentzündung. Und nein. Nicht deine Brust. Das, was in dir drin ist und dich bestimmte Dinge fühlen lässt.«

Ich zog die Nase kraus. »Was ist in mir drin?«

»Deine Seele. Das kann man nicht beschreiben. Es ist die Wahrheit, die dich zu der macht, die du bist.«

Ich lachte. »Das verstehe ich nicht.«

Mom lächelte. »Das brauchst du jetzt auch noch nicht. Merk dir einfach, dass dies ein Ort ist, an den du kommen kannst, um mit Gott über alles zu reden.«

»Und wenn Er beschäftigt ist?«

Sie beugte sich vor und küsste mich auf den Scheitel. »Dann hört dir einer seiner Engel zu.«

Dass ich weinte, merkte ich erst, als eine Träne auf meine gefalteten Hände tropfte. Ich öffnete die Augen und blickte zu der Stelle hinüber, wo das kleine Mädchen gesessen hatte. Aber die Bänke waren alle leer. Sie war weg und ihre Mutter ebenfalls. Ich hatte ihren Aufbruch nicht einmal mitbekommen. Da sah ich, dass die Tür des Beichtstuhls offen stand.

Als ich mich umblickte, merkte ich, dass sich außer mir sonst niemand mehr in der Kirche befand. Die frühen Erinnerungen an meine Mutter zerrissen mir das Herz.

»Weißt du, hier gehst du hin, wenn dir da drin etwas wehtut.«

»Was ist in mir drin?«

»Es ist die Wahrheit, die dich zu der macht, die du bist.«

Bevor ich es mir wieder anders überlegte, stand ich auf und ging zum Beichtstuhl.

Es fühlte sich ganz unwirklich an, mich nach all den Jahren wieder hineinzubegeben. Ich mochte inzwischen fünfundzwanzig sein, aber es war ein zehnjähriges Mädchen, das sich setzte. Nichts hatte sich verändert. Der Ort sah noch genauso aus wie beim letzten Mal, als ich hier war. Ich hörte auf der anderen Seite des Beichtstuhls jemanden atmen – der Priester wartete. Und diesmal hatte ich ihn hineingehen sehen. Ich wusste, dass es ein echter Priester war.

Ich überlegte hin und her, ob ich wieder gehen sollte, aber irgendwann holte ich tief Luft und öffnete die hölzerne Lade vor dem geflochtenen Gitter.

»Segne mich, Vater, denn ich habe gesündigt. Seit meiner letzten Beichte sind fünfzehn Jahre vergangen.«

Abgesehen von einigen wenigen *Sprich-weiter* und *Erzähl-mir-mehr*-Kommentaren war der Priester verhältnismäßig still geblieben. Nach einem holprigen Start – ich wusste gar nicht, wo ich anfangen oder was ich sagen sollte – erzählte ich erstaunlicherweise über eine halbe Stunde lang alles Mögliche. So lange hatte ich noch niemandem von meiner Mutter, meiner Schwester, meinen Schuldgefühlen erzählt.

Und von meinem jahrelangen Kampf mit der Scham darüber, dass ich zugelassen hatte, was geschehen war.

»Was führt Sie heute her? Es klingt, als ob Sie in letzter Zeit viel nachgedacht hätten.« Seltsam, es kam mir vor, als hörte ich einen irischen Akzent.

Obwohl ich hergekommen war, weil mich die Sache mit Caine so durcheinanderbrachte, hatten wir noch gar nicht über ihn gesprochen. Das, was mir so zusetzte, hatte nur wenig mit ihm und umso mehr mit mir zu tun. Das war mir inzwischen klargeworden.

»Es ist wirklich eine lange Geschichte.«

»Wenn ich etwas habe, dann ist es Zeit, meine Liebe.«

Ich glaube, Priester haben wirklich schon alles gehört, denn als ich mit meiner verrückten Geschichte fertig war, klang er nicht im mindesten überrascht.

»Gibt es sonst noch etwas, das Sie heute beichten möchten?«

»Na ja, das letzte Mal ist wirklich sehr lange her, darum gibt es bestimmt noch eine Menge Dinge. Ich benutze oft Schimpfwörter.«

Der Priester schwieg einen Moment. »Ich möchte, dass Sie zur Buße ein Ave Maria und ein Vaterunser beten. Und Sie sollen zweimal vergeben.«

»Okay.«

Ich stand auf und sah zum Abtrenngitter. Der Priester blickte in Richtung Tür, und ich konnte nur gerade sein Profil erkennen.

»Danke fürs Zuhören, Pater.«

Ich hatte schon eine Hand auf der Klinke, als er mich aufhielt.

»Rachel?«

»Ja?«

»Der erste Akt des Vergebens sollte Ihnen leichtfallen. Sie haben nichts falsch gemacht. Sie müssen *sich selbst* vergeben.«

Ich sprach meine Gebete, dann ging ich zum Wagen zurück. Erst auf dem Heimweg wurde ich auf halber Strecke stutzig. Ich hatte ihm nicht gesagt, wie ich heiße, trotzdem hatte der Priester mich mit meinem Namen angesprochen.

Auf dem Rückweg dachte ich viel nach. Ich beschloss, am O'Leary's haltzumachen und um ein paar freie Tage zu bitten. Ich wusste nicht, wo mir der Kopf stand, und außerdem musste ich wirklich an meiner Abschlussarbeit feilen. Es war Spätnachmittag und in der Bar nicht viel los, nur ein paar Stammgäste – ehemalige Polizisten, die Charlie Gesellschaft leisteten.

»Hey, Charlie. Hast du einen Moment Zeit?«

»Klar, Süße. Du bist ein viel angenehmerer Anblick als die zwei alten Knacker.« Er deutete mit dem Daumen auf seine beiden Kumpel und grinste.

Ich setzte mich ans entgegengesetzte Ende des Tresens. Charlie füllte ein Glas mit Cola light, dann kam er zu mir.

»Ist es okay, wenn ich mir ein paar Tage freinehme? Ich kann Ava bitten, für mich einzuspringen.«

»Alles in Ordnung?«

»Ich muss nur fürs Studium einige Dinge auf die Reihe kriegen.«

»Klar. Natürlich. Und du brauchst Ava nicht zu bitten, dass sie dich vertritt. Ich übernehme deine Schichten.«

»Danke, Charlie. Das weiß ich wirklich zu schätzen.«

»Ach, übrigens …« Er ging zur Kasse, hob den Hartgeldeinsatz hoch und zog einen Umschlag darunter hervor.

»Ich bin froh, dass du und dieser Professor auseinander seid. Ich habe ihn überprüft. Er ist vorbestraft.«

»Du hast ihn überprüft?«

Er warf den Umschlag auf den Tresen. »Ja. Ich habe dir doch gesagt, dass ich die Typen, die um euch Mädchen herumscharwenzeln, von jetzt an überprüfe. Der Typ hat einen Eintrag wegen eines tätlichen Angriffs. Die Sache ist alt, und die Akte war versiegelt, weil er damals noch ein Jugendlicher war. Aber die wenigsten Kriminellen ändern sich.«

Ich sparte mir einen Erklärungsversuch und bedankte mich nur. Das Ende passte zu dem Tag, der hinter mir lag. Als ein paar neue Gäste eintrudelten, ließ mich Charlie allein, um Chickenwings zu machen, und ich beschloss, den Umschlag zu öffnen.

Es war höchst merkwürdig, einen Polizeibericht zu lesen, in dem es um Caine und Benny ging. Die erste Hälfte war rein informativ: Name, Datum, Ort, Zeitpunkt des Vorfalls. Am Ende der Seite gab es einen Abschnitt *Beschreibung des Herganges*. Dort hatte ein Polizist handschriftlich einen Absatz notiert.

Am 03.08.02 um 15.35 Uhr attackierte der Tatverdächtige willkürlich einen neununddreißigjährigen Mann. Es gibt keine Zeugen des Angriffs, aber als ich am Tatort eintraf, stand der Tatverdächtige vor dem bewusstlosen Geschädigten. Ich bemerkte Abschürfungen und Blut an den Knöcheln des Verdächtigen, die zu den Verletzungen des Geschädigten passten. Der Rettungswagen Nummer 4631 traf um 15.38 Uhr am Tatort ein. Der Geschädigte kam bei der Erstversorgung durch die Sanitäter wieder zu Bewusstsein. Der Tatverdächtige räumte ein, den Ge-

schädigten angegriffen zu haben, verweigerte jedoch weitere Aussagen und verlangte lediglich die Entsendung von Polizei und Sozialfürsorge zur 3361 Robbins Lane in Pleasantville. Zu Ermittlungszwecken wurden Einsatzkräfte zur betreffenden Adresse geschickt. Der Verdächtige wurde durchsucht und in Handschellen auf die Rückbank des Einsatzwagens verbracht, während der Tatort gesichert wurde. Um 16.50 Uhr wurde er ins 33. Polizeirevier transportiert, wo Ermittlungen wegen schwerer Körperverletzung eingeleitet wurden.

Alles, was dort stand, wusste ich zwar schon, dennoch machte es mich sehr betroffen, es schwarz auf weiß zu lesen. Caine hatte sich mehr um meine Schwester und mich gekümmert als um sich selbst. Er hatte dafür gesorgt, dass wir die Aufmerksamkeit bekamen, die wir benötigten, bevor er daran dachte, was aus ihm wurde. Genauso hatte er sich vor ein paar Wochen verhalten – oder es zumindest im guten Glauben daran getan –, als er sein eigenes Glück für meines geopfert und Schluss gemacht hatte, weil er nicht an der Vergangenheit rühren wollte.

Ich schloss die Augen. Wieder stieg die Erinnerung an meine Mom in mir auf, die bei meinem heutigen Besuch in der Kirche geweckt worden war. Sie hatte mir gesagt, dass ich zur Kirche gehen sollte, wann immer ich mich aussprechen müsse und dass Gott mir zuhöre.

»Und wenn er beschäftigt ist?«

Sie beugte sich vor und küsste mich auf den Scheitel. »Dann hört dir einer seiner Engel zu.«

Plötzlich war alles klar. Ich musste nicht Caine vergeben, er hatte immer nur versucht, mich zu beschützen. Ich musste mir selbst vergeben und akzeptieren, dass ich mein Herz an ihn verloren hatte. Ich konnte zwar davonlaufen, aber mein Herz gehörte ihm.

Charlie musste bemerkt haben, dass ich tief in Gedanken war, und nahm fälschlicherweise an, ich sei wütend.

»Alles okay?« Er zeigte auf den aufgerissenen Umschlag auf dem Tresen und die Papiere, in denen ich gelesen hatte.

»Jetzt ja. Danke, Charlie.«

41. Kapitel

Caine

Rachels Nachricht war das Letzte, womit ich gerechnet hatte. Ich las mir immer wieder die Textnachrichten durch, die wir vor einer Stunde ausgetauscht hatten und die ich nicht richtig deuten konnte.

Rachel: *Können wir uns morgen nach dem Seminar unterhalten?*

Caine: Natürlich. Ist alles in Ordnung?

Rachel: *Ja. Alles prima.*

Caine: *Willst du über Studienangelegenheiten reden oder über deine Abschlussarbeit?*

Rachel: Nein.

Dienstags nach dem Seminar hatte sie es immer eilig, zur Arbeit zu kommen.

Caine: *Musst du nicht arbeiten?*

Rachel: *Nein, ich habe mir eine Woche freigenommen.*

Heute Nacht würde ich kein Auge zutun können. Ich war zu aufgewühlt. Mein Verstand spielte verrückt, und ich malte mir allen möglichen Mist aus – zum Beispiel, weshalb sie sich eine Woche freigenommen hatte. Ich stellte mir vor, dass sie mit diesem Idioten Davis im Flugzeug saß und auf dem Weg zu einem exotischen Ort war. Obwohl seit unseren letzten Nachrichten bereits einige Zeit vergangen war, griff ich zum Handy, um etwas in Erfahrung zu bringen, das zu meiner Entspannung beitrug.

Caine: *Fährst du weg?*

Ihre Antwort ließ nicht lange auf sich warten.

Rachel: *Nein. Ich fahre nirgendwohin.*

Dennoch gelang es mir nicht, mich zu beruhigen. Irgendwann schnappte ich mir meine Schlüssel. Ich konnte unmöglich bis morgen warten, um zu hören, was mir Rachel zu sagen hatte. Ich hatte ihr den gewünschten Freiraum gewährt, aber nachdem sie jetzt endlich gesprächsbereit war, hatte ich ihr auch eine Menge zu sagen.

Bei ihr zu Hause angekommen, merkte ich, dass es schon recht spät war. Weil ich kurz vor elf nicht einfach an ihrer Tür klingeln und sie erschrecken wollte, schrieb ich ihr zuerst eine Nachricht.

Caine: *Bist du noch wach?*

Die Pünktchen hüpften, was die Frage beantwortete.

Rachel: *Ja.*

Caine: *Meinst du, wir könnten uns anstatt morgen nach dem Seminar auch schon etwas früher unterhalten?*

Rachel: Klar. Wann?

Caine: *Gleich jetzt.*

Rachel: *Ich finde, es ist besser, wenn wir uns dafür treffen.*

Caine: Finde ich auch. Ich bin unten. Darf ich raufkommen?

Kurz darauf klingelte mein Handy.

»Machst du Witze?«

Zur Antwort drückte ich den Klingelknopf. »Das bin ich.«

Sie betätigte den Summer, um mich hereinzulassen, dann wartete ich vor dem Fahrstuhl.

Mann, war das Ding langsam! Seitdem ich hier war und sie mich hereingelassen hatte, konnte ich es nicht erwarten, sie zu sehen. Das Herz schlug unnatürlich schnell in meiner Brust. Ungeduldig sah ich mich nach einer Tür zum Treppenhaus um. Als ich sie fand, riss ich sie auf und stürmte – zwei Stufen auf einmal nehmend – die Treppe hinauf.

Rachels Wohnungstür öffnete sich genau in dem Moment, als ich auf ihrer Etage anlangte. »Du bist tatsächlich da.«

Ich konnte nicht sagen, ob sie sich freute oder verärgert war, dass ich ohne Vorwarnung vorbeikam – sie wirkte vor allem überrascht.

»Ja, da bin ich.«

Sie stand in einem dünnen Baumwoll-T-Shirt und Shorts in der Tür. Ihre Haare waren zu einem Pferdeschwanz nach hinten gebunden, und sie war nicht geschminkt. Ich hatte sie in aller Schönheit gesehen, als sie sich für den Opernbesuch zurechtgemacht hatte, aber in diesem Augenblick war sie schöner als jemals zuvor.

»Darf ich hereinkommen?«

Sie trat zur Seite. »Klar.«

Auf der Fahrt hierher hatte ich beschlossen, ihr gleich und vor allem anderen zu sagen, was ich für sie empfand – danach konnte sie loswerden, was sie loswerden musste. Egal, ob sie mich zusammenstauchen oder mir erzählen würde, dass sie einen anderen hatte, ob sie mich zur Hölle schickte oder mir vielleicht sogar eine zweite Chance gab. Ich wollte vor dieser Frau jedenfalls keine Geheimnisse mehr haben.

»Möchtest du etwas trinken?«

Von der Anspannung und dem rasanten Treppenaufstieg war mein Mund ganz ausgetrocknet. »Etwas Wasser wäre toll, danke.«

Während Rachel mir Wasser holte, sah ich mich im Zimmer um. Mein Blick fiel auf die Fotowand, die ich schon immer interessant gefunden hatte. Ich blieb an dem Foto von Rachel und ihren Mitbewohnern hängen. An *Davis*, um genau zu sein. Ich musste es wissen, und als sie mir das Wasser brachte, fragte ich deshalb direkt und ohne Umschweife: »Triffst du dich wieder mit Davis?«

»Nein.«

»Ich habe dich letzte Woche mit ihm im O'Leary's gesehen.«

»Ich weiß.«

»Hast du mich gesehen?«

»Nein, Ava hat dich gesehen. Warum bist du nicht geblieben, um mit mir zu reden, wenn du schon den ganzen Weg auf dich genommen hast?«

Ich ließ den Kopf hängen. »Ich wollte das Richtige tun.«

»Das Richtige? Was soll das heißen?«

»Dich jemandem überlassen, der besser für dich ist als ich. Mich zurückziehen.«

Sie schien einen Moment darüber nachzudenken. »Und warum bist du dann jetzt hier?«

Ich seufzte. »Weil ich ein egoistisches Arschloch bin.«

»Das verstehe ich nicht.«

Ich wartete, bis sie mir in die Augen blickte, dann gab ich mir einen Ruck, um ihr zu sagen, was ich ihr schon vor Wochen hätte sagen sollen. »Ich habe dich belogen und dir Dinge verschwiegen. Ich bin schuld daran, dass dir wehgetan wurde. Und ich bin der Grund, weshalb du eine Narbe auf dem Rücken hast. Du hast absolut keinen Grund, mir zu vertrauen oder mir eine zweite Chance zu geben. Aber ich muss es versuchen.« Ich atmete tief durch. »Ich muss es versuchen, weil ich dich liebe, Rachel. Ich bin so wahnsinnig in dich verliebt.«

Sie sah aus, als würde sie gleich in Tränen ausbrechen. In meinem Magen bildete sich ein unheilvolles Gefühl.

»Dich trifft überhaupt keine Schuld, Caine. Das ist nicht der Grund, warum ich mich eine Weile nicht mit dir treffen wollte. Ich wollte dir nicht begegnen, weil ich dir nicht in die Augen sehen konnte. Ich schäme mich so für alles, was passiert ist.«

»Du schämst dich? Wovon redest du? Es gibt nichts, wofür du dich schämen musst.«

Rachel senkte den Blick. »Ich habe die Dinge laufen lassen und lange mit niemandem darüber geredet. Ich hätte zur Polizei gehen sollen. Oder einem Lehrer davon erzählen. Wenn ich nicht so viel Angst gehabt hätte, wäre es für meine Schwester vielleicht nicht so schlimm gekommen. Dann müsste sie vielleicht nicht ihr halbes Leben einen Entzug nach dem anderen durchmachen. Ich war die Einzige, die etwas gegen das hätte unternehmen können, was da vor sich ging, und ich habe es nicht getan.«

Ich legte die Hand unter Rachels Kinn, hob es an und zwang sie, mich anzusehen. Es brach mir das Herz, als ich die Tränen sah, die ihr über die Wangen liefen.

»Du hast nichts falsch gemacht. Es gibt *nichts*, dessen du dich schämen musst. *Gar nichts.*«

»Ich hätte …«

»Du hättest ein zehnjähriges Mädchen sein sollen, das völlig sorglos draußen mit dem Fahrrad herumkurvt. Das hättest du tun sollen. Der einzige Mensch, der deiner Schwester etwas angetan hat, war *Benny.* Du warst zehn, du hattest Angst und hast nicht einmal richtig begriffen, was geschah.

Aber trotzdem *hast* du versucht, es jemandem zu erzählen. Du hast es mir erzählt, ich war älter. Ich hätte es besser wissen und Hilfe holen müssen.«

»Du *hast* geholfen. Ich weiß nicht, wie lange es noch so weitergegangen wäre, wenn es dich nicht gegeben hätte.«

»Ich hätte es früher beenden müssen.«

Sie schüttelte den Kopf. »Ich habe darüber nachgedacht, wie ich überhaupt auf die Idee gekommen bin, in diese Kirche zu gehen. Dabei erinnerte ich mich an ein Gespräch mit meiner Mutter. Sie hat mir gesagt, dass ich in die Kirche gehen soll, wenn mich etwas belastet. Sie hat gesagt, es sei ein Ort, an dem ich mit Gott über alles reden könne. Ich war wahrscheinlich erst fünf, als sie das sagte, deshalb habe ich ihren Rat sehr wörtlich genommen. Ich fragte sie, was geschähe, wenn Gott beschäftigt sei. Und weißt du, was sie geantwortet hat?«

»Was?«

»Sie sagte, wenn er zu beschäftigt sei, hörten seine Engel mir zu.«

Ich starrte sie an. Faszinierend, wie stark und intelligent sie schon damals war. »Deine Mutter scheint ein ganz besonderer Mensch gewesen zu sein. Sehr spirituell.«

»Das war sie. Und sie hatte recht, Caine. Findest du nicht auch? Gott war beschäftigt, deshalb hat er mir einen Engel geschickt. Meinen eigenen Schutzengel. Gott hat mir dich geschickt.«

Es war mir völlig egal, ob ich wie ein Weichei wirkte, aber ich fing an zu weinen.

Rachel legte ihre Hand auf mein Herz. »Es wird Zeit, dass wir beide die Vergangenheit loslassen.«

»Es tut mir alles so leid, Rachel.«

»Du hast dir absolut nichts vorzuwerfen.«

Ich beugte mich zu ihr hinunter, nahm ihr schönes Gesicht zwischen meine Hände und küsste sie mit all meiner Seele. Als wir uns voneinander lösten, waren ihre Wangen gerötet.

»Fast hätte ich's vergessen«, sagte sie.

»Was?«

Rachel wich einen Schritt zurück und zog sich das T-Shirt aus. Sie trug keinen BH, und ich konnte meine Reaktion nicht verhehlen.

»Dazu kommen wir gleich, Professor, erst will ich dir etwas anderes zeigen.«

Sie drehte sich um und sah über ihre Schulter zu mir. Ganz unten links an ihrem Rücken war eine bandagierte Stelle.

»Was ist passiert?«

»Mach den Verband ab. Aber vorsichtig, es ist noch ein bisschen wund.«

Als ich den Verband entfernte, merkte ich, dass er an der Stelle klebte, wo sie seit fünfzehn Jahren die Narbe von Benny hatte.

»Ist etwas mit deiner Narbe passiert?«

Sie lächelte. »Das ist keine Narbe. Das ist nur ein Schnitt, der verheilt ist. Die wahren Narben sieht man nicht – und das sind die, die am schwersten heilen.«

Als ich die Mullbinde anhob und sah, was sie getan hatte, verschlug es mir die Sprache. Die lange Narbe, die ihre schöne Haut verunstaltet hatte, war jetzt von einem Engels-Tattoo überdeckt.

»Das bist du«, sagte sie. »Ich hatte so viel in mich hineingefressen, nur um mich den alten Gefühlen nicht zu stellen.

Dass jetzt alles herauskam, war hart, aber ich habe endlich das Gefühl, die Sache verarbeitet und überwunden zu haben. Vergessen werde ich das nie, aber jetzt sehe ich alles im Rückspiegel, und es verstellt mir nicht mehr den Blick nach vorn.«

Es schnürte mir derart die Kehle zu, dass meine Stimme brach, als ich sagte: »Es ist wunderschön. Genau wie du.«

»Der Verband kann jetzt ab. Der Typ in dem Tattoo-Studio sagte, ich soll ihn maximal acht Stunden drauflassen. Ich habe es heute machen lassen.«

Rachel drehte sich wieder zu mir um. Ihre Brüste waren so herrlich voll und provozierend, dass ich unwillkürlich abgelenkt wurde.

»Caine?«

»Hm?« Ich hob den Blick wieder und sah ihr in die Augen.

Sie wirkte amüsiert. »Da ist nur ein Problem.«

»Und das wäre?«

»Ich darf nicht auf dem Rücken liegen.«

»Das ist kein Problem, Wildkatze. Mir fallen eine Menge Möglichkeiten ein, in dir zu sein, ohne dass du auf dem Rücken liegst.«

Ich beugte mich herunter und nahm sie in die Arme. Dann trug ich sie ins Schlafzimmer.

»Jetzt sag, willst du mich reiten oder auf allen vieren sein, willst du dich über das Fußteil beugen oder auf der Seite liegend vögeln? Oder willst du lieber einfach auf meinem Gesicht sitzen?«

Ich setzte Rachel an der Bettkante ab, zog ihr Shorts und Slip aus, dann entledigte ich mich selbst meiner Kleidung. Als die Reihe an meine Boxershorts kam, hakte ich die Finger in die Seiten und sah sie beim Abstreifen an. Mein Schwanz war so hart, dass es wehtat.

»Worauf bist du scharf, Süße? Wonach ist dir?«

Rachel leckte sich die Lippen. »Darf ich mir nur eins davon aussuchen?«

Ich stieg aus meinen Shorts und streichelte mich ein paarmal. »Nein, Süße, du suchst dir nur aus, womit wir anfangen. Wir gehen sie alle durch. Morgen wirst du so wund sein, dass es wehtut, wenn du dich im Hörsaal hinsetzt. Ich werde zusehen, wie du Platz nimmst, und weiß genau, warum du so auf dem Stuhl herumrutschst. Danach werde ich das ganze Seminar über einen Ständer haben. Such dir etwas aus, dann können wir anfangen, dich wund zu vögeln.«

»Reiten. Ich will dich reiten.« Sie sah so sexy aus mit ihrem schelmischen Lächeln. Ich kletterte aufs Bett, lehnte mich mit dem Rücken gegen das Kopfteil und hob sie auf meine Schenkel. Ich wollte ihr Gesicht sehen, wenn sie meinen Schwanz in sich aufnahm.

»Bist du feucht?« Ich ließ meine Finger zwischen ihre Beine gleiten und stellte fest, dass sie klatschnass war.

Sie nickte.

Ich nahm meinen Schwanz und führte ihn an die richtige Stelle. »Nimm ihn. Schön langsam. Ich will sehen, wie er in deiner Muschi verschwindet.«

Rachel ging auf die Knie, hielt sich an meinen Schultern fest, um das Gleichgewicht zu halten, und schwebte über der glänzenden Krone meines Schwanzes. Ich hatte allergrößte Lust, nach oben zu stoßen und tief in sie einzudringen, aber ich tat es nicht. Sie wollte mich reiten, und ich wollte ihr alles geben, was sie begehrte.

»Gott«, stöhnte ich, als sie sich langsam auf meinen Schwanz sinken ließ. Sie war so eng und heiß. Der Anblick ihrer Muschi, die mich in sich aufnahm, fesselte mich. Es war erst ein paar Wochen her, seit wir zum letzten Mal zusammen waren, aber ich begehrte sie, als seien es Jahre gewesen.

Sie hob sich ein paarmal auf und nieder und schob mich tiefer und tiefer in sich hinein, bis ich ganz und gar in ihr war, sie auf mir saß und ich fühlte, wie ihr Hintern auf meine Hoden drückte. Als sie anfing, die Hüften zu bewegen, presste ich den Daumen auf ihre Klitoris und ließ ihn kreisen. Mit der anderen Hand griff ich ihren Pferdeschwanz.

»Reite mich, Wildkatze. Besorg's mir *richtig*.«

Sie stöhnte, also zog ich etwas fester an ihrem Haar. Weil sie den Kopf zurückgebogen hatte, befanden sich ihre fantastischen Brüste direkt vor meiner Nase. Ich sah, wie sie vor mir auf und ab schwangen, und ließ sie nur so lange aus dem Blick, wie ich mich vorbeugte und zuerst an einem und dann an ihrem anderen Nippel saugte. Rachel wurde immer schneller, sie bewegte sich auf und ab, hob sich halb von meinem Schwanz und nahm mich dann wieder ganz in sich auf – in einem Rhythmus, der einfach perfekt war. Einfach perfekt.

Als ihr Orgasmus einsetzte, wimmerte sie, und ihre Bewegungen schwächten sich ab. Ich packte ihre Hüften, übernahm die Führung und schob mich von unten fest in sie hinein, während sie mir mit letzter Kraft entgegenkam. Als sich ihre Muschi zusammenzog und sie wieder und wieder meinen Namen stöhnte, während sie kam, stieß ich immer fester zu, bis mein Name kaum noch ein Flüstern auf ihren Lippen war. Ich dämpfte ihr letztes Stöhnen mit einem Kuss. Dann drang ich so tief in sie ein, wie es nur ging, und kam lange und hart in ihr.

»Ich liebe dich, Rachel Martin«, murmelte ich an ihren Lippen.

»Ich liebe dich auch, Caine West.«

Anschließend verharrten wir noch lange in dieser Position – sie saß auf meinem Schoß, und ich streichelte ihr Gesicht.

Ich konnte einfach nicht fassen, wie sich alles entwickelt hatte. Ihre Schönheit – die äußere wie auch die innere – war ebenso ergreifend wie das Schicksal, das uns wieder zusammengeführt hatte.

»Was ist? Du siehst mich so komisch an?«, fragte sie.

»Es ist nur verrückt, seit wie vielen Jahren sich das alles angebahnt hat und wie wir schließlich zueinander zurückgefunden haben.«

Rachel lächelte und legte den Kopf schief. »Du kennst den Grund, warum wir uns wieder begegnet sind, stimmt's?«

»Ich glaube, der Tod von Professor Clarence hatte etwas damit zu tun.«

»Vielleicht. Aber wenn du nicht gewesen wärst, hätte ich womöglich nie entdeckt, dass sich die Kraft der Musik zur Therapie nutzen lässt. Damals, vor all den Jahren, hast du mir deine Kopfhörer gegeben und gesagt, ich soll Musik hören und mich auf die Texte konzentrieren, wenn ich aufgebracht bin. Das habe ich getan, und es hat tatsächlich geholfen. Eigentlich bin ich dadurch erst zur Musik gekommen.«

Ich versuchte, mich zu erinnern. »Ich habe dir Kopfhörer gegeben? Wirklich?«

»Ja. Weißt du, an dem Morgen, als das alles passiert ist, habe ich dir einen Brief geschrieben. Na ja, nicht dir, sondern deinem falschen Priester-Ich.«

»Ach ja? Bist du dazu gekommen, ihn in die Kirche zu bringen?«

»Nein. Ich weiß nicht einmal mehr, was mit ihm passiert ist. Ich schätze, der Brief ist irgendwie untergegangen, als wir zu meiner Tante und meinem Onkel gezogen sind.«

»Und was stand drin?«

»Ich erinnere mich nicht genau. Aber ich weiß noch, dass ich dir gedankt habe, weil du jede Woche mit mir gesprochen hast.«

»Noch monatelang bin ich jeden Samstag hingegangen, nur für den Fall, dass du zurückkehrst. Jedes Mal, wenn ich da war, du aber nicht, hatte ich das Gefühl, etwas fehlt.«

»Das stimmt. Ein kleines Stück von deinem Herzen.« Sie lächelte. »Ich habe es für dich aufbewahrt und dir zurückgebracht.«

»Nein, das hast du nicht, Rachel. Mein Herz hat dir immer gehört, und ich will es nie wieder zurückhaben.«

Epilog

Rachel

»Wenn du schon ein Sexverbot verhängst, musst du dir auch angewöhnen, zu Hause einen BH zu tragen«, knurrte Caine, beugte sich herunter und drückte mir einen züchtigen Kuss auf die Lippen. Gleichzeitig schob er mir die Hand unters Hemd und kniff mir in den Nippel. *Fest.*

»Aua.«

»Du genießt es, und das weißt du auch.«

Mein Verlobter war grummelig, doch er hatte recht. Insgeheim fand ich es toll, dass er immer reizbarer wurde, seit ich ihn vor fast zwei Wochen auf Entzug gesetzt hatte.

Als ich zu ihm hochsah, wurde mein Blick weicher: »Wann kommst du zurück?«

»Wahrscheinlich nicht vor sechs. Ich muss sämtliche Noten nachkontrollieren, die mein dämlicher Lehrassistent vergeben hat, bevor ich die Endnoten einreichen kann.«

Caine war ausgesprochen unzufrieden mit dem Assistenten, der ihm dieses Jahr zugewiesen worden war.

Ich lächelte. »Wenn man einmal die Beste gehabt hat, wirken alle anderen dagegen minderbemittelt.«

»Du warst eine gute Assistentin. Aber vielleicht habe ich mich auch von deinen tollen Kurven beeinflussen lassen.

Wenn ich so darüber nachdenke – da du mich gerade nicht in den Genuss deiner Kurven kommen lässt, könntest du wenigstens meine Lehrassistentin sein und für mich die Noten vergeben.«

»Kann ich nicht, Professor. Ich habe einen vollen Tag vor mir. Heute Morgen muss ich hier meine letzten Sachen zusammenpacken. Deine Schwester und ich fahren zuerst mit den Mädchen ihre Kleider abholen, dann essen wir gemeinsam zu Mittag. Anschließend treffe ich mich mit Pater McDonald, um ihm die Zitate zu geben, die wir uns zum Vorlesen ausgesucht haben, und um unsere Musikwünsche mit ihm zu besprechen. Du wirst dich also selbst darum kümmern müssen.«

Er schmollte. »Ich kümmere mich jetzt schon seit zwei Wochen selbst darum.«

Ich stand aus dem Sessel auf, in dem ich meinen Morgenkaffee getrunken hatte, stellte mich auf die Zehenspitzen und schlang die Arme um Caines Hals.

»Es sind nur noch zwei Tage. Stell dir doch vor, wie viel aufregender es sein wird, wenn wir Samstagnacht nach der Hochzeitsfeier endlich ins Bett gehen. Und das nächste Mal, wenn du mich liebst, bin ich Mrs Caine West.«

Jetzt wurde sein Blick milder. »Das klingt gut. Aber ich habe mich nur bereiterklärt, bis nach der Trauung zu warten. Von nach der Hochzeitsfeier war nie die Rede.«

»Was hast du denn gedacht? Dass wir auf der Fahrt von der Kirche zum Restaurant im Auto Sex haben?«

»Ich dachte, wir könnten es im Beichtstuhl machen, gleich nachdem der Priester verkündet hat, dass du mir für den Rest unseres Lebens erhalten bleibst.«

»Das ist selbst für deine Verhältnisse ziemlich pervers.«

Caine lachte. »Ich muss jetzt los, sonst komme ich zu spät zu den Prüfungen. Also gib mir jetzt einen anständigen Kuss, damit ich auch diesen Tag des Zölibats überstehe.«

In einer geschmeidigen Bewegung griff er hinter meinen Rücken, packte meinen Hintern und hob mich hoch. Ich schlang die Beine um seine Taille. Seine Lippen verschmolzen mit meinen, sein Kuss war fordernd und leidenschaftlich. Ich stöhnte in seinen Mund, als er mich an die Wand schob und mit der Hüfte so fest dagegendrückte, dass er die Hände für meinen Körper frei hatte.

Ja, mein zukünftiger Ehemann wusste eindeutig, wie man anständig küsste.

Nachdem er zerknirscht und unbefriedigt meine Wohnung verlassen hatte, ließ ich den Blick über die wenigen Dinge schweifen, die ich noch einpacken musste. Weil wir uns darauf geeinigt hatten, dass ich zu Caine zog, waren wir seit einem Monat damit beschäftigt, meine Sachen dorthin zu schaffen. Jetzt fehlten eigentlich nur noch meine Bilderwand, die Bücher und ein paar persönliche Dinge aus dem Badezimmer. Ich nahm zuerst die Bücher in Angriff und machte danach an der Wand weiter.

Im Laufe des Jahres waren ein paar neue Bilder hinzugekommen: Caine und ich bei meiner Abschlussfeier an der Fakultät. Ich lächelte in die Kamera und war stolz auf meinen Titel, Caine schaute mich mit dem gleichen stolzen Lächeln an. Ich mit der Crew vom O'Leary's bei meiner letzten Nachtschicht dort. Charlie hatte mir den Arm um die Schultern gelegt. Es war nicht leicht gewesen, ihn davon zu überzeugen, dass Caine kein gewalttätiger Krimineller war. Als Caine und ich wieder zusammen waren, erzählte ich Charlie eines Abends schließlich meine ganze Geschichte. Nachdem sich alles viele Jahre lang aufgestaut hatte, war es eigenartig, so offen darüber zu reden – doch je mehr ich darüber sprach, desto mehr verblassten jene hässlichen Tage im Rückspiegel.

Ich vermisste den Job im O'Leary's, aber ich liebte meine neue Arbeit als Musiktherapeutin. Ich arbeitete frei für einen Schulbezirk und machte Einzeltherapie mit autistischen Kindern. Die Aufgabe war für mich viel mehr Belohnung als Plackerei. Caine und ich aßen jede Woche mit Charlie im O'Leary's zu Abend. Er war jetzt zwar nicht mehr mein Arbeitgeber, doch seit dem Tod meines Onkels war er so etwas wie ein Vater für mich. Charlie sollte mich in zwei Tagen sogar zum Altar führen, und ich war mir sicher, dass er Caine dort eine wohlmeinend-augenzwinkernde Warnung zukommen lassen würde.

Obwohl meine Forschung abgeschlossen und meine Abschlussarbeit veröffentlicht war, hielten wir auch den Kontakt zu Lydia und Umberto aufrecht. Jeden ersten Sonntag im Monat brachten Caine und ich Murphy für einen Besuch vorbei. Ich war mir nicht sicher, wer mehr von unseren Begegnungen hatte – wir oder sie.

Ich füllte zwei Kartons mit gerahmten Fotos und wurde bei jedem Erinnerungsstück sentimental, das ich in Luftpolsterfolie einschlug. Zuletzt packte ich das Foto ein, das meine Mutter auf der Schaukel in unserem Garten zeigte. Ich strich mit den Fingern über das Glas vor ihrem schönen Gesicht. *Danke, Mom.* Wenn sie mir nicht geraten hätte, in die Kirche zu gehen, hätte ich Caine wohl nie kennengelernt.

Die kleinen Verschlussklammern auf der Rückseite des Bilderrahmens, die das Foto hielten, mussten sich verschoben haben, als ich es von der Wand genommen hatte. Als ich nach der Luftpolsterfolie griff, fiel die Pappe aus der Rückseite des Rahmens, und etwas flatterte auf den Boden: ein zusammengefaltetes Stück Papier. Ich dachte, es sei eine Quittung oder ein Musterbild, das schon in dem Rahmen gewesen war, hob es auf und faltete es auseinander.

Als ich die Handschrift darauf erkannte, erstarrte ich.

Es war meine eigene.

Sie war noch nicht so ausgeprägt und krakeliger als jetzt, aber es war meine. Und ich wusste genau, was es war: der Brief, den ich vor sechzehn Jahren an den falschen Priester geschrieben hatte. Bis zu diesem Moment wusste ich nicht mehr, dass ich ihn hinter Moms Foto versteckt hatte. Ich fasste mich und atmete tief durch, dann las ich, was ich geschrieben hatte.

Lieber Pater,
es tut mir leid, dass ich nicht da war, als ich kommen sollte. Mein Stiefvater hat herausgefunden, dass wir weglaufen wollten, und ist richtig wütend geworden. Er hat gesagt, wenn er jemals den Menschen erwischt, der uns helfen wollte, tut er ihm etwas an. Deshalb kann ich samstags nicht mehr kommen, um mit Ihnen zu reden. Ich will nicht, dass er Ihnen etwas tut. Aber ich wollte mich bei Ihnen bedanken. Danke für die Kopfhörer und dass Sie mir gesagt haben, wie ich Musik hören kann, damit alles besser wird. Danke, dass Sie mir zugehört haben, auch wenn ich zu viel Angst hatte, um zu reden. Aber vor allem danke ich Ihnen, dass Sie mein Engel gewesen sind, als Gott zu beschäftigt war. Ich hoffe, dass ich Sie eines Tages wiedertreffe.
Rachel

Ich starrte auf das Blatt hinunter und las den Brief ein zweites Mal. Dann ein drittes Mal. Mom hatte mir meinen Engel geschickt. Daran bestand für mich nicht der geringste Zweifel.

Zwei Tage später schritt ich zum Altar, um die Liebe meines Lebens zu heiraten. Meine neuen kleinen Nichten Lizzy und Alley fungierten als Blumenmädchen, sie liefen vor mir her und streuten Rosenblütenblätter. Als sie den Altar erreichten, drehte sich Alley mit einem breiten Grinsen zu mir um. Ich nickte, jetzt durfte sie das andere werfen, das ich ihr ins Körbchen gelegt hatte. Sie blickte zu ihrem Onkel hoch, dann warf sie ihm zwei Pennys vor die Füße. Beide landeten mit dem Kopf nach oben.

Charlie führte mich zu den Klängen einer folkigen Coverversion des alten Gene-Clark-Songs »Full Circle« zum Altar. Caine standen Tränen in den Augen, als ich schließlich zu ihm trat. Das Lied endete, er nahm meine Hand, und gemeinsam drehten wir uns kurz zu unserem Beichtstuhl um. Genau wie es in dem Lied besungen wurde, hatte sich für uns ein großer Kreis geschlossen. Wir waren unterschiedliche Wege gegangen und am Ende wieder dort angelangt, wo wir begonnen hatten. Doch nun waren wir endlich am Ziel. Heute war der erste Tag vom Rest unseres Lebens, und ich brannte darauf, dass es anfing.

– ENDE –

Dank

Wie immer danke ich von Herzen meinen wunderbaren Lesern. Danke, dass ihr meine Welt zu einem Teil eurer Welt werden lasst. Es ehrt mich, dass mir so viele von euch über mehrere Bücher hinweg treu geblieben sind, und ich kann nur hoffen, dass wir noch viele weitere gemeinsame Jahre erleben werden.

Liebe Penelope: Ohne dich wäre es eine andere Reise. Danke, dass du all meine Verrücktheiten erträgst, besonders beim Schreiben dieses Buches!

Liebe Julie: Danke für deine unerschütterliche Freundschaft.

Liebe Luna: Deine Unterstützung und deine Freundschaft sind ein Geschenk. Ich schreibe die Geschichte nieder, aber du erweckst sie mit deiner Vorstellungskraft zum Leben. Ich danke dir für alles, was du tust, und freue mich auf Oktober!

Liebe Sommer: Du hast meinen Worten wie immer ein wundervolles Cover verliehen.

Meine liebe Agentin und Freundin Kimberly Brower: Ich bin stolz, dich beides nennen zu dürfen, und gespannt, was die zweite Hälfte des Jahres bereithält!

Liebe Elaine und Jessica: Euch sei für all eure harte Arbeit gedankt, das volle Potenzial dieser Geschichte zu entfalten.

Liebe Dani bei Inkslinger: Danke, dass du alles für *Beautiful Mistake* organisiert hast!

All ihr wohlmeinenden Blogger: Ich danke euch so sehr für eure Unterstützung. Es ist ein Segen für mich, so wundervolle Partner zu haben, die für die Liebe zu Büchern werben. Euer Enthusiasmus ist ansteckend und macht jede Neuveröffentlichung spannender als die vorangegangene. Danke, dass ihr euch die Zeit nehmt, meine Arbeit zu lesen, Kritiken zu schreiben, Videos zu drehen, Teaser zu verfassen und so vielen Büchern auf den Weg helft! Danke! Danke! Danke!

Alles Liebe
Vi

Autorin

Vi Keeland ist eine New-York-Times-Bestsellerautorin. Mit über einer Million verkaufter Bücher wird sie inzwischen in acht Sprachen übersetzt. Vi Keeland hat ihre große Liebe mit sechs Jahren kennengelernt. Ein Junge mit strohblondem Haar und hellgrünen Augen schubste sie vom Fahrrad. Die Narbe an ihrem linken Knie erinnert sie täglich daran. Sie hat ihn trotzdem geheiratet und lebt mit ihm und ihren drei Kindern in New York.

Vi Keeland im Goldmann Verlag:

Perfect Chemistry. Roman
Just Business. Roman
Mr. CEO. Roman
Hot Client. Roman
Best Man. Roman
Mister West. Roman
Player. Roman
Bossman. Roman

(Alle als E-Book erhältlich)